CULPA NUESTRA

MERCEDES RON

Montena

Papel certificado por el Forest Stewardship Council®

MIXTO
Papel | Apoyando la silvicultura responsable
FSC® C117695

Penguin Random House Grupo Editorial

Primera edición con esta encuadernación: noviembre de 2024
Primera reimpresión: febrero de 2025

Travessera de Gràcia, 47-49. 08021 Barcelona

Printed in Spain – Impreso en España

ISBN: 978-84-10298-87-3
Depósito legal: B-16.100-2024

Compuesto en Compaginem Llibres, S. L.
Impreso en Rotoprint by Domingo, S. L.
Castellar del Vallès (Barcelona)

GT 9 8 8 7 3

A mi prima Bar.
Gracias por acompañarme durante todo el camino.
Este libro es tan mío como tuyo

Prólogo

No dejaba de preguntarme por qué, si Nick y yo habíamos roto hacía más de un año, lloraba ahora como si de verdad hubiésemos terminado. En un momento dado tuve que salirme de la carretera, tuve que apagar el motor y abrazarme al volante para sollozar sin peligro de chocar con alguien.

Lloré por lo que habíamos sido, lloré por lo que podríamos haber llegado a ser..., lloré por él, por haber conseguido decepcionarlo, por haberle roto el corazón, por conseguir que se abriese al amor solo para demostrarle que el amor no existía, al menos no sin dolor, y que ese dolor era capaz de marcarte de por vida.

Lloré por aquella Noah, aquella Noah que había sido con él: aquella Noah llena de vida, aquella Noah que a pesar de sus demonios interiores había sabido querer con todo su corazón; supe amarlo más de lo que amaría a nadie y eso también era algo por lo que llorar. Cuando conoces a la persona con la que quieres pasar el resto de tu vida, ya no hay marcha atrás. Muchos nunca llegan a conocer esa sensación, creen haberla encontrado, pero se equivocan. Yo sabía, sé, que Nick era el amor de mi vida, el hombre que quería como padre de mis hijos, el hombre que quería tener a mi lado en las buenas y en las malas, en la salud y en la enfermedad, hasta que la muerte nos obligase a separarnos.

Nick era *él*, era mi mitad, y ya era hora de aprender a vivir sin ella.

PRIMERA PARTE

Reencuentro

1

NOAH

Diez meses después...

El ruido del aeropuerto era ensordecedor, la gente iba y venía agitada, arrastrando las maletas, arrastrando niños, arrastrando carritos. Miré fijamente la pantalla que había sobre mi cabeza, buscando el nombre de mi siguiente destino y la hora exacta en la que debería embarcar. No me hacía mucha gracia ir sola hasta allí, nunca me habían gustado los aviones, pero no tenía muchas opciones más: ahora estaba sola, únicamente yo, y nadie más.

Consulté mi reloj y volví a mirar la pantalla. Vale, había llegado con tiempo de sobra, aún podía tomarme un café en la terminal y leer un rato, seguro que eso me tranquilizaría. Fui hasta los detectores de metales, la verdad es que detestaba que me manosearan al pasar por ellos, siempre lo hacían porque siempre llevaba algo que hacía sonar la alarma. Tal vez, como me habían dicho, tenía un corazón de metal: la simple razón del infortunio que suponía para mí ir a cualquier lugar con detectores.

Dejé mi pequeña mochila en la cinta transportadora, me quité el reloj y las pulseras, y el colgante que siempre llevaba en el cuello —aunque debería habérmelo quitado hacía tiempo— y lo coloqué todo junto con mi móvil y las pocas monedas que tenía en el bolsillo.

—Los zapatos también, señora —me dijo el joven guardia de seguridad en un tono cansado. Lo entendí, ese trabajo era el paradigma de algo tedioso y monótono, el cerebro probablemente se le quedaba aletargado, siempre haciendo lo mismo, siempre diciendo lo mismo. Puse las Converse blancas en la bandeja y me alegré en el alma de no haberme puesto calcetines con dibujos ni nada parecido, me habría dado muchísima vergüenza. Mientras mis cosas empezaban a desplazarse por la cinta, crucé el detector y, cómo no..., empezó a sonar.

—Colóquese aquí, por favor, abra los brazos y las piernas —me ordenó, y yo suspiré—. ¿Lleva algún objeto metálico, algún objeto puntiagudo o algún...?

—No llevo nada, siempre pasa y no sé por qué —contesté dejando que el guardia me toqueteara de arriba abajo—. Seguro que es algún empaste.

Al chico le hizo gracia mi respuesta y, de repente, quise que me quitara las manos de encima.

Cuando se apartó y me dejó ir, cogí mis cosas y me fui directa al *duty-free shop*. ¿Hola? ¿Toblerones gigantes? Bueno, pues eso. Creo que era lo único agradable de ir a un aeropuerto. Me compré dos, los guardé en la maleta de mano y fui a buscar mi puerta de embarque. El aeropuerto de LAX era grande, pero, por suerte, mi puerta no estaba muy lejos. Caminé por esos suelos medio alfombrados con señales y flechas bajo mis pies, pasé por mil carteles que me decían «Adiós» en decenas de idiomas distintos y llegué a mi destino. Aún no había mucha gente esperando, así que entré sin problemas después de dar mi pasaporte y mi billete. Cuando crucé la puerta del avión, me senté, saqué mi libro y empecé a comer Toblerone.

Las cosas habían ido razonablemente bien hasta que la carta que había metido entre las páginas cayó sobre mi regazo, evocándome recuerdos que había jurado olvidar y enterrar. Sentí un nudo en el estómago mientras las imágenes volvían a mi cabeza y mi día tranquilo se iba al traste.

Nueve meses antes...

La noticia de que Nicholas se marchaba me había llegado por vías inesperadas. Nadie me había querido decir nada que tuviese que ver con él, y estaba claro que era porque él debía de haber dado instrucciones muy tajantes al respecto. Ni siquiera Jenna hablaba de Nick y eso que yo sabía que lo había visto en más de una ocasión. Su cara de preocupación era el reflejo de lo que debía de presenciar cuando ella y Lion iban a su apartamento. Mi amiga estaba entre la espada y la pared, y eso era otra de las muchas cosas que tenía que añadir a mi lista de culpabilidades.

No había vuelto a ver a Nicholas, pero sus acciones con respecto a mí no se hicieron esperar. Algunas cajas con cosas mías llegaron apenas dos semanas después de haber roto y, cuando vi a N en una caja para animales, tuve un ataque de ansiedad que me dejó frita sobre la cama después de que se me agotaran las lágrimas. Nuestro pobre gatito, ahora mío... Se lo tuve que dejar a mi madre en mi antigua casa porque mi compañera de piso era terriblemente alérgica. Fue duro desprenderme de él, pero no tuve otra opción.

Esa época de mi vida en la que solo lloraba y lloraba la he catalogado como «mi época oscura» porque había sido exactamente así: estaba dentro de un túnel negro sin luz, inmersa en una oscuridad total de la que no podía emerger a pesar de la luz de un nuevo día o de la luz artificial de una lamparita junto a mi cama; había sufrido ataques de pánico casi a diario hasta que finalmente una médica me mandó derechita al psiquiatra.

Al principio no había querido ni oír hablar de psicólogos, pero supongo que en el fondo me ayudó porque empecé a levantarme por las mañanas y a hacer las cosas básicas de un ser humano... hasta esa noche, esa noche en la que entendí que, si Nick se marchaba, todo se perdería y esta vez para siempre.

Me enteré por una simple conversación en la cafetería del campus. Dios, hasta las universitarias salidas sabían más sobre Nick que yo por aquel entonces.

Una chica había estado cotilleando sobre mi novio, perdón, exnovio, y me informó sin darse cuenta sobre su marcha a Nueva York en apenas unos días.

Fue entonces cuando algo se apoderó de mi cuerpo, me obligó a montarme en el coche y me llevó a su apartamento. Había evitado pensar en ese lugar, en todo lo que había pasado, pero no podía dejar que se fuera, no al menos sin verlo antes, no al menos sin tener una conversación. La última vez que lo había visto había sido la noche en que rompimos.

Con las manos temblando y las piernas amenazando con hacerme caer sobre el asfalto, entré en el bloque de Nick. Me metí en el ascensor, subí hasta su piso y me planté ante su puerta.

¿Qué iba a decirle? ¿Qué podía hacer para que me perdonara, para que no se marchara, para que volviese a quererme?

Llamé al timbre casi sintiéndome al borde del desmayo. Sentía miedo, anhelo y tristeza, y así me encontró cuando abrió la puerta de su piso.

Al principio nos quedamos callados, simplemente mirándonos. No esperaba verme allí; es más, habría puesto la mano en el fuego de que su plan había sido marcharse sin mirar atrás, olvidarse de mí y hacer como si yo nunca hubiese existido, pero no contaba con que yo no iba a ponérselo tan fácil.

La tensión fue casi palpable. Estaba increíble, vaqueros oscuros, camiseta blanca y el pelo ligeramente revuelto. Calificarlo de increíble era quedarse corto: él siempre lo estaba, pero aquella mirada, aquella luz que siempre aparecía en su rostro cuando me veía llegar, se había apagado, ya no existía esa magia que nos hechizaba cuando estábamos el uno frente al otro.

Al verlo tan guapo, tan alto, tan mío..., fue como si me restregaran lo que había perdido, fue como un castigo.

—¿A qué has venido? —Su voz fue dura y gélida como el hielo y me hizo salir de mi estupor.

—Yo... —contesté con la voz entrecortada. ¿Qué podía decirle? ¿Qué podía hacer para que volviese a mirarme como si yo fuese su luz, su esperanza, su vida?

Ni siquiera parecía querer escucharme, pues se dispuso a cerrarme la puerta en las narices, pero entonces tomé una decisión: si tenía que luchar, lucharía; no pensaba dejarlo marchar, no podía perderlo, puesto que yo sin él no sobreviviría, sería imposible. Me dolía el alma verlo ahí delante de mí y no poder pedirle que me abrazara, que calmara ese dolor que me consumía día sí y día también. Me adelanté y, escurriéndome, me metí por la rendija, colándome en su piso e invadiendo su espacio.

—¿Qué crees que estás haciendo? —me preguntó siguiéndome cuando fui directa hasta el salón. La estancia estaba irreconocible: había cajas cerradas por todas partes, mantas blancas cubrían el sofá y la mesita del salón. Recuerdos de ambos desayunando juntos, de besos robados en el sofá, de arrumacos viendo películas, de él preparándome el desayuno, de mí suspirando de placer entre esos cojines mientras él me besaba hasta dejarme sin aliento...

Todo eso se había esfumado. Ya no quedaba nada.

Fue entonces cuando las lágrimas empezaron a brotar de mis ojos y, sin poder contenerme, me volví hacia él.

—No puedes marcharte —sentencié con la voz entrecortada; no podía dejarme.

—Lárgate, Noah, no pienso hacer esto —replicó quedándose quieto a la vez que apretaba la mandíbula con fuerza.

Su tono de voz hizo que me sobresaltara y que mis lágrimas pasasen a otro nivel. No..., joder, no, no iba a marcharme, no sin él al menos.

—Nick, por favor, no puedo perderte —le rogué con voz lastimera. Mis palabras no eran nada del otro mundo, pero eran sinceras, totalmente sinceras, no sobreviviría a una vida sin él.

Nicholas parecía respirar cada vez más agitadamente, me daba miedo estar presionándolo demasiado, pero si me metía en la boca del lobo, mejor hacerlo del todo.

—Lárgate.

Su orden era clara y concisa, pero yo era experta en desobedecerlo, siempre lo había hecho..., no pensaba cambiar ahora.

—¿Acaso no me echas de menos? —inquirí, y mi voz se quebró en mitad de la pregunta. Miré a mi alrededor y luego volví a fijarme en él—. Porque yo apenas puedo respirar..., apenas consigo levantarme por las mañanas; me acuesto pensando en ti, me levanto pensando en ti, lloro por ti...

Me limpié las lágrimas con impaciencia y Nicholas dio un paso hacia delante, pero no con la intención de calmarme, sino todo lo contrario. Sus manos me agarraron por los brazos con fuerza. Con demasiada fuerza.

—¡¿Y qué te crees que hago yo?! —dijo con rabia—. ¡Me has roto, joder!

Sentir sus manos en mi piel, por muy feo que fuese el gesto, fue suficiente para darme fuerzas. Había echado tanto de menos su contacto, que sentí como un chute de adrenalina en el mismo centro de mi alma.

—Lo siento —me disculpé bajando la cabeza, porque una cosa era sentirlo y otra muy distinta soportar el odio en sus bonitos ojos claros—. Cometí un error, un error inmenso e imperdonable, pero no puedes dejar que eso acabe con lo nuestro. —Levanté los ojos. Esta vez necesitaba que creyese mis palabras, que viera en mi mirada que hablaba desde el corazón—. Yo nunca voy a amar a nadie como te amo a ti.

Mis palabras parecieron quemarle, porque apartó las manos de mi cuerpo, se volvió y se las llevó al pelo con desesperación, se lo mesó y se fijó en mí de nuevo. Parecía desquiciado, parecía estar librando la peor batalla de su vida.

Un silencio se instaló entre nosotros.

—¿Cómo pudiste? —preguntó segundos después, y mi corazón volvió a romperse al escuchar cómo su voz se quebraba en la última palabra.

Di un paso de forma vacilante. Él estaba herido por mi culpa y solo quería que me estrechara entre sus brazos, que me abrazase otra vez, que me dijese que todo iba a solucionarse.

—Ni siquiera lo recuerdo... —admití con la voz rota por la angustia. Era cierto, no lo recordaba, mi mente lo había bloqueado; es más, esa noche, aquella fatídica noche, estaba tan absolutamente destrozada por pensar que él había hecho exactamente lo mismo que yo, que ni siquiera había sido capaz de detenerlo, lo había dejado hacer; en ese momento de mi vida estaba tan destrozada que simplemente había desconectado de mi cuerpo y de mi alma—. Nada que no tenga que ver contigo permanece en mis recuerdos. Nick, necesito que me perdones, necesito que vuelvas a mirarme como lo hacías antes. —Mis palabras empezaron a quebrarse de forma patética, me dolía tanto el corazón, por verlo ahí delante de mí y sentirlo tan lejos...—. Dime qué puedo hacer para que me perdones...

Me miró con incredulidad, como si le estuviese pidiendo algo imposible, como si de mi boca solo salieran cosas incoherentes y ridículas.

Y sí, me sentí ridícula porque ¿podría yo haber perdonado un engaño? ¿Un engaño de Nick?

Sentí un dolor inmenso en el pecho y eso fue suficiente para conocer la respuesta... No, claro que no, solo de pensarlo me entraban ganas de tirarme de los pelos para borrar la imagen de Nick en brazos de otra mujer.

Me limpié las lágrimas con el antebrazo y comprendí que todo era inútil. Nos quedamos en silencio unos instantes y supe que debía marcharme, no soportaba esa sensación de pérdida, porque sí, lo había perdido y, por mucho que suplicara, no había nada que se pudiese hacer al respecto.

Las lágrimas siguieron cayendo en silencio por mis mejillas... sabedora de que lo que íbamos a tener era una despedida silenciosa. Despedida... ¡Madre mía, despedirme de Nick! ¿Cómo se hacía algo así? ¿Cómo te despides de la persona que más quieres y necesitas en tu vida?

Empecé a caminar en dirección a la puerta de la calle, pero antes de que pasara junto a él, Nick se movió, se colocó frente a mí y, para mi sorpresa, sus labios se posaron en mi boca, sus manos me cogieron por los hombros, me apretaron contra él y yo me quedé inmóvil recibiendo un beso que no hubiese esperado en años.

—¿Por qué, maldita sea? —se lamentó un segundo después, apretándome los brazos con fuerza.

Le cogí el rostro entre mis manos y no me dio tiempo a analizar lo que pasaba porque mi espalda chocó contra la pared del salón y él me retuvo allí con fuerza, su boca buscando en la mía el aire que parecía habernos sido arrebatado. Lo acerqué a mí con desesperación, su lengua se introdujo en mi boca mientras sus manos bajaban por mi cuerpo. Pero entonces algo cambió, su actitud, su beso, se volvió más insistente, más duro. Se separó de mis labios y me estampó contra la pared sin apenas dejarme mover.

—No deberías estar aquí —bramó con rabia, y al abrir los ojos noté cómo las lágrimas se deslizaban por sus mejillas. Nunca lo había visto llorar así, nunca.

Sentí que me faltaba el aire, noté que necesitaba separarme, que no estábamos haciendo las cosas bien, que eso estaba mal, muy mal. Quise acariciarle la mejilla, quise enjugar esas lágrimas, quise abrazarlo con fuerza y pedirle perdón una y mil veces. No sé qué mostraba mi mirada en aquel momento, pero al clavarse en los ojos de Nick, estos parecieron encenderse con algo que podría calificarse de rabia, rabia y dolor, un dolor profundo que yo conocía muy bien.

—Yo te quería —afirmó enterrando su rostro en el hueco de mi cuello.

Lo noté temblar y mis manos lo abrazaron como si no quisieran soltarse nunca—. ¡Yo te quería, maldita sea! —repitió de nuevo a gritos, separándose de mí.

Nicholas dio un paso hacia atrás, me miró como si me viese por primera vez, clavó los ojos en el suelo y luego los subió hasta mi rostro.

—Lárgate de este apartamento y ni se te ocurra volver.

Lo miré directamente a los ojos y comprendí que todo estaba perdido. Las lágrimas pugnaban por salir, pero ya no había ni rastro de amor en ellos, solo dolor, dolor y odio, y yo no podía hacer nada para luchar contra eso. Había creído que iba a ser capaz de recuperarlo, había creído que el amor que sentía por él iba a conseguir que el suyo regresase, pero qué equivocada estaba. Del amor al odio no hay más que un paso... y eso es exactamente lo que estaba presenciando.

Esa fue la última vez que lo vi.

—Señorita —dijo una voz junto a mí, haciéndome volver a la realidad.

Levanté la mirada de la carta y vi a una azafata que me observaba con un poco de impaciencia.

—¿Sí? —respondí incorporándome mientras el libro y el Toblerone que tenía en mi regazo se caían al suelo.

—Ya han embarcado casi todos, ¿me puede dar su billete?

Miré a mi alrededor. ¡Mierda!, era la única que quedaba en la sala. Me fijé en las dos azafatas que me observaban desde la puerta que daba a la manga que me conduciría al avión y me levanté de la silla. ¡Joder!

—Lo siento —me disculpé cogiendo mi mochila y rebuscando dentro para sacar mi pasaporte y mi billete. La chica lo cogió y fue hacia la puerta. La seguí, echando un rápido vistazo a la sala para comprobar que no me dejaba nada y esperé.

—Su asiento está al final a la derecha... Le deseo un buen vuelo.

Asentí mientras entraba en la manga y sentía un malestar en la boca del estómago.

Seis horas de vuelo a Nueva York, eso era lo que me esperaba.

El viaje se me hizo eterno. No quería ni imaginar las temperaturas que debían de estar haciendo en Nueva York, pues estábamos a mediados de julio, y agradecí que mi estancia allí fuera a ser más bien corta, ya que se debía a un simple motivo.

Al salir del avión, me fui directa a la estación. Me esperaba un breve trayecto en tren desde el aeropuerto hasta la estación de Jamaica, donde tomaría otro tren que me llevaría hasta East Hamptons. Aún no podía creerme que fuese a visitar un lugar tan esnob y que nunca había llamado mi atención, pero Jenna, ¡ay, Jenna!, había querido celebrar una boda por todo lo alto; sí, señor, había estado meses organizándola y había querido casarse en los Hamptons, así, cual americana ricachona. Su madre tenía una mansión en esa exclusiva zona desde el principio de los tiempos, donde casi siempre veraneaban, y Jenna amaba ese lugar, pues era donde se concentraban todos sus recuerdos infantiles. Navegando un poco por internet me enteré de la millonada que costaba tener allí una casa: me quedé boquiabierta.

Jenna me había dicho que me quería con ella una semana antes de la boda. Era martes y no sería hasta el domingo cuando mi mejor amiga dejaría de estar soltera para siempre. Muchos habían dicho que casarse a los diecinueve años era una locura, pero ¿quiénes éramos nosotros para juzgar el amor de una pareja? Si querían y estaban preparados y seguros del amor que sentían, pues al cuerno con los convencionalismos.

Así que ahí estaba yo, bajándome del tren en la estación de Jamaica para enfrentarme a dos horas y pico de viaje en el transcurso del cual iba a tener que concienciarme de que no solo tenía que ver cómo mi mejor amiga se casaba, sino que iba a volver a ver a Nicholas Leister después de diez meses sin saber absolutamente nada de él, más que las pocas cosas que había descubierto en internet.

Nick era el padrino y yo, una de las damas de honor..., ya podéis imaginaros qué buena estampa. A lo mejor el tiempo había llegado a curar las heridas, a lo mejor el tiempo había llevado al perdón. No lo sabía, pero una cosa estaba clara: ambos íbamos a encontrarnos frente a frente y lo más seguro era que estallase la tercera guerra mundial.

2

NOAH

Llegué a la estación de tren a eso de las siete de la tarde. El sol aún no había desaparecido por el horizonte, en pleno julio no lo haría hasta pasadas las nueve, y fue agradable bajarme del tren, estirar las piernas y sentir ese cálido olor a mar y la fresca brisa proveniente de la costa. Hacía tiempo que no iba a la playa y lo echaba de menos. Mi facultad estaba a casi dos horas del océano y hacía lo posible por evitar ir a casa de mi madre. Mi relación con ella había dejado de ser lo que era y, aunque habían pasado muchos meses, no habíamos solucionado absolutamente nada. Hablábamos muy de tiempo en tiempo y, cuando la conversación se dirigía a terrenos a los que no estaba dispuesta a entrar, simplemente colgaba el teléfono.

Jenna me esperaba dentro del coche, frente a la estación. Al verme se bajó de su descapotable blanco y vino corriendo a mi encuentro. Yo hice lo mismo y nos encontramos en medio de la carretera. Nos envolvimos en un abrazo totalmente de chicas y empezamos a saltar como posesas.

—¡Estás aquí!

—¡Estoy aquí!

—¡Voy a casarme!

—¡Vas a casarte!

Ambas soltamos una carcajada hasta que los insistentes bocinazos del tráfico que habíamos interrumpido hicieron que nos separásemos.

Nos subimos al descapotable y yo me fijé en mi amiga mientras esta empezaba a parlotear sobre lo agobiada que estaba y todas las cosas que íbamos a tener que hacer antes del gran día. En realidad solo disponíamos de un par de días para estar juntas y solas, ya que los invitados no tardarían en llegar. Los amigos más cercanos se quedarían en su casa y los demás o tenían casa propia en los Hamptons —cuando digo «casa» quiero decir «mansión»— o se alojarían en la de algún amigo que viviese por la zona.

Jenna también había elegido estas fechas justo por eso. Para no obligar a ir a todo el mundo hasta allí, decidió elegir la época de vacaciones, puesto que la mitad de sus amigos y conocidos ya iban a estar; si no en los Hamptons, al menos cerca.

—He preparado un itinerario que es una locura, Noah, los próximos días solo vamos a tumbarnos en la playa, ir al spa, comer y beber margaritas. Esta es mi despedida de soltera al estilo «relax» que tanto deseo.

Asentí mientras mis ojos se iban perdiendo en los alrededores. ¡Dios mío, ese lugar era precioso! Sentía como si me hubiesen trasladado de golpe y porrazo a la época colonial del siglo XVII. Las casitas del pueblo eran de ladrillo blanco con tejas alargadas y preciosas, con porche en las zonas delanteras y mecedoras frente a sus puertas. Estaba tan acostumbrada al estilo práctico y sencillo de Los Ángeles que había olvidado lo pintorescos que podían llegar a ser algunos lugares. A medida que nos íbamos alejando del pueblo empecé a vislumbrar las impresionantes mansiones que se alzaban imponentes en extensas fincas. Jenna se metió por una carretera secundaria en dirección al mar y allí, a lo lejos, pude ver los altos tejados de una espectacular mansión de color blanco y marrón claro.

—Dime que esa no es tu casa...

Jenna se rio y sacó un aparatito de la guantera. Le dio a un botón y las inmensas verjas de la puerta exterior se abrieron casi sin hacer ruido. Y ahí estaba, una casa impresionantemente grande y preciosa.

Era de estilo colonial, como todo por la zona, nada moderna, pero exquisitamente construida sobre un terreno que desembocaba en el mar —se escuchaba el oleaje desde allí—. Una serie de luces tenues alumbraban el camino que conducía a la zona de aparcamiento, con cabida para por lo menos diez coches.

La mansión de ladrillos blancos contaba con un precioso porche que sostenían unas inmensas columnas. Los jardines que la rodeaban eran de un verde que hacía tiempo que no veía y en él destacaban dos robles centenarios que parecían recibirte con su majestuosa presencia.

—¿Vas a casarte aquí? Joder, Jenna, de verdad, es preciosa —exclamé bajándome del descapotable sin poder apartar la mirada de esa sublime construcción, y eso que estaba acostumbrada... A ver, había vivido en casa de los Leister, pero aquello era totalmente distinto..., era mágico.

—No me caso aquí; en principio sí que era el plan, pero hablándolo con mi padre supe que le hacía ilusión que lo hiciese donde siempre habíamos hablado: hay un viñedo a una hora de aquí, más o menos, donde mi padre me llevaba cuando era pequeña. Solíamos ir a caballo y recuerdo que una vez me dijo que quería que me casase en ese sitio, porque tenía una magia difícil de encontrar. Recuerdo que apenas tenía diez años y en ese momento soñaba con casarme como una princesa. Mi padre todavía lo recuerda.

—Seguro que es un lugar increíble si supera a este sitio.

—Lo es, te va a encantar, muchas bodas se celebran allí.

Dicho esto, las dos nos acercamos juntas a la escalera y subimos los diez escalones que conducían al porche. Sentí el sutil crujir de la madera bajo mis pies y fue como música celestial para mis oídos.

No os podéis imaginar lo que era por dentro: apenas había paredes, era un inmenso espacio diáfano con suelo de madera de roble. En el centro había un juego de sofás dispuestos en círculo alrededor de una chimenea moderna y redonda. Una biblioteca con pequeños sillones orejeros ocupaba otro espacio que desembocaba en una escalera que subía a la segunda planta, donde una balaustrada te permitía mirar hacia abajo.

—¿Cuánta gente se queda aquí, Jenn?

Jenna dejó descuidadamente la americana sobre el sofá y fuimos hasta la cocina. Era también enorme: contaba con una especie de salón, con sillones amarillos y una pequeña mesa para el desayuno. Por los grandes ventanales pude ver que la puerta daba al inmenso jardín que había detrás y, más allá, a unos cuantos metros, estaba la playa de una arena blanca inmaculada que hacía competencia a la gran piscina cuadrada.

—Pues, a ver... En total creo que unos diez contándonos a nosotras dos, a Lion y a Nick; los demás se quedan en otras casas de la zona o en el hotel que hay en el puerto.

Desvié la mirada hacia la ventana al escuchar el nombre de Nick y asentí de forma despreocupada para que no se diese cuenta de lo mucho que me afectaba oír su nombre.

Sin embargo, Jenna se percató y, sacando dos botellas de ginger ale de la nevera, me obligó a mirarla a los ojos.

—Ya han pasado diez meses, Noah... Sé que aún te duele y en parte he esperado este tiempo por vosotros, porque no podría haberme casado sin mis dos mejores amigos, pero... ¿crees que vas a estar bien? Es decir..., no lo ves desde...

—Lo sé y sí, Jenna, no voy a mentirte diciéndote que me da igual y que lo he superado, porque no es así, pero ambas sabíamos que esto iba a terminar pasando. Prácticamente somos familia... Era cuestión de tiempo que volviésemos a vernos las caras.

Jenna asintió y yo tuve que desviar la mirada de la suya. No me gustaba lo que veían mis ojos; cuando se hablaba de Nick, la gente parecía que anduviese por terreno pantanoso. Yo sabía lidiar con mi dolor, lo había hecho y seguía haciéndolo día sí y día también, no necesitaba la compasión de nadie. Yo había acabado con nuestra relación y quedarme sola y con mi corazón roto era el castigo.

Jenna no tardó en enseñarme mi habitación y lo agradecí, puesto que estaba agotada. Me abrazó emocionada después de explicarme cómo funcionaba la ducha y se marchó gritando que mejor que descansara porque al día siguiente no iba a haber Dios que nos parara. Sonreí y, cuando se marchó, abrí el grifo para darme un baño caliente y relajante.

Sabía que los días que estaban por venir iban a ser duros. Iba a tener que mantener la compostura por Jenna, para que no viera que estaba destrozada.

La siguiente semana tenía que realizar la mejor actuación de mi vida... y no solo delante de Jenna, sino también de Nicholas, porque si él veía mi vulnerabilidad terminaría por machacar mi alma y mi corazón... Al fin y al cabo eso era lo que se había propuesto.

Me desperté bastante temprano, más que nada porque las cortinas de mi cuarto estaban descorridas. Me asomé y las olas del océano parecieron darme los buenos días. Estábamos tan cerca del mar que casi podía sentir la arena en mis pies.

Me puse el biquini apresuradamente y, al llegar a la cocina, vi que Jenna ya estaba despierta y hablaba con una mujer que tomaba café sentada frente a ella.

Al verme llegar, ambas me sonrieron.

—Noah, ven que te presento —dijo levantándose y cogiéndome del brazo. La mujer que había frente a ella era muy guapa, de rasgos asiáticos y el pelo castaño muy bien peinado. Era... limpia; sí, esa era la mejor palabra para describirla—. Ella es Amy, la organizadora de la boda.

Me acerqué a ella y le estreché la mano con una sonrisa.

—Encantada.

Amy se me quedó mirando con aprobación y sacó un libro de su bolso, donde empezó a buscar algo pasando las páginas de forma rápida y segura.

—Jenna me dijo que eras guapa, pero ahora que te veo... El vestido de dama de honor te va a quedar espectacular.

Sonreí mientras sentía cómo mis mejillas se coloreaban.

Jenna se sentó a mi lado y se metió un trozo de tostada en la boca.

—Eh, que la guapa de la fiesta tengo que ser yo. —Apenas se la entendió con la comida en la boca, pero sabía que lo decía de broma. Jenna era tan hermosa que por muchas chicas guapas que hubiese a su lado ella siempre destacaría entre todas las demás.

—Mira, Noah, este es tu vestido —dijo Amy enseñándome una foto de la firma Vera Wang. Era un vestido precioso de color rojo, con escote en V y dos finas tiras que se cruzaban en la espalda. El escote que tenía por detrás era impresionante—. ¿Te gusta?

¡Como para no gustarme! Cuando Jenna me pidió que fuese una de sus damas de honor casi se me saltaron las lágrimas, pero hicimos un pacto: si yo era su dama de honor ella tenía que elegir cualquier vestido que no me hiciese parecer una tarta de cumpleaños. Y vaya si se había tomado en serio mi petición: el vestido era increíble.

—¿Quién más será dama de honor conmigo? —pregunté sin dejar de mirar esa fascinante prenda.

Jenna me miró con una sonrisa.

—Al final he decidido tener solo una dama de honor —admitió dejándome de piedra.

—Espera..., ¿cómo? —exclamé con incredulidad—. ¿Y tu prima, Janina, o Janora o como se llame...?

Jenna se levantó de la silla y fue directa a la nevera, dándome la espalda. Amy pasaba olímpicamente de nosotras; es más, se incorporó para atender una llamada y se alejó hacia una esquina de la cocina para oír mejor.

Jenna sacó fresas y leche y las colocó sobre una de las encimeras. Mientras cogía la batidora, con la clara intención de hacerse un batido, se encogió de hombros.

—Janina es insoportable. Mi madre es la que casi me ha obligado a hacerla dama de honor, pero cuando se enteró de que no podía, ha admitido que entre tener solo dos damas de honor o una sola prefería que solo hubiese una... Ya sabes, es más armonioso, esas fueron justamente sus palabras.

Puse los ojos en blanco; genial, ahora iba a tener que estar ahí sola, de pie frente a los cientos de invitados que acudirían a la ceremonia y sin tener a nadie a mi lado con quien poder compartir mi desdicha.

—Además, ya sabes... Lion solo va a tener a un amigo en el altar, por lo que no tengo que preocuparme por que quede raro: va a quedar todo perfectamente proporcionado.

Antes de comprender lo que mi amiga acababa de decir, la batidora ocupó el repentino silencio, ahogando mis pensamientos encontrados.

Un momento..., solo un amigo y una amiga en el altar...

—¡Jenna! —grité poniéndome de pie y cruzando la cocina hasta llegar a su lado. Mi amiga tenía la mirada fija en el recipiente de la batidora. Apagué el cacharro sin miramientos y la obligué a mirarme—. Soy la madrina, ¿verdad?

Jenna tenía la culpabilidad reflejada en su rostro.

—Lo siento, Noah, pero Lion no tiene a su padre y obviamente sabías que Nick sería su padrino. Como comprenderás, no iba a poner a mi madre de madrina si no estaba el padre de Lion para acompañarla, no me pareció correcto y por eso decidimos que fueran nuestros mejores amigos.

Cerré los ojos con fuerza.

—¿Sabes lo que me estás pidiendo?

No solo iba a tener que entrar en la iglesia con Nicholas, sino que ambos debíamos encargarnos de que todo saliera según lo planeado; no solo íbamos a tener que vernos en la ceremonia, sino también en los ensayos previos.

Me había desentendido de todo eso porque pensé que Jenna ya había escogido a su madrina, simplemente me había hecho a la idea de que iba a tener que ver a Nick en la distancia... Sí, estaríamos en la misma habitación, pero no tendríamos que interactuar el uno con el otro; ahora iba a tenerlo pegado a mí durante toda la ceremonia, incluida la cena posterior.

Jenna me tomó de las manos y me miró a los ojos.

—Solo serán unos días, Noah —dijo intentando transmitirme una calma que ni en broma iba a poder sentir—. Habéis pasado página, han pasado meses... Todo va a ir sobre ruedas, ya verás.

«Habéis pasado página...»

Solo sabía de uno de nosotros que lo había hecho; yo, en cambio, aguantaba con las pequeñas bocanadas de aire que tomaba de vez en cuando al salir a la superficie.

3

NICK

Miré el reloj que había sobre la mesa de mi despacho. Eran las cuatro de la madrugada y era incapaz de pegar ojo. Mi mente no paraba de darle vueltas a lo que iba a pasar al cabo de pocos días. Joder..., iba a tener que volver a verla.

Entorné los ojos al fijarme en la dichosa invitación de boda. No había cosa en este mundo que odiase más ahora mismo que una estúpida ceremonia en donde dos personas se juraban amor eterno: vaya gilipollez.

Había aceptado ser el padrino porque no era tan cabrón como para negarme, sabiendo que Lion no tenía padre y su hermano Luca era un exconvicto que ni siquiera sabía si lo dejarían entrar en la iglesia. Pero, a medida que se acercaba el día, me ponía de peor humor y más nervioso.

No quería verla..., incluso había hablado personalmente con Jenna, había intentado ponerla entre la espada y la pared para que eligiera, ella o yo, pero Lion casi me da una paliza por ponerla en esa situación.

Había pensado mil y una excusas para no tener que asistir, pero ninguna justificaba ser tan cabrón como para dejar tirados a dos de mis mejores amigos.

Me levanté del sillón y me acerqué al inmenso ventanal que permitía contemplar aquellas increíbles vistas de la ciudad de Nueva York. Allí de pie, en la planta 62, me sentía tan lejos de todos..., tan lejos de cualquiera, que un frío glacial me recorrió entero. Eso era yo, un témpano, un témpano de hielo.

Aquellos diez meses habían sido una pesadilla, había bajado al infierno, lo había hecho solo, me había quemado y había resurgido de las cenizas convirtiéndome en alguien completamente diferente.

Se acabaron las sonrisas, se acabaron los sueños, se acabó sentir algo más que simple deseo carnal por alguien. De pie allí, lejos del mundo, me había convertido en mi propia cárcel, solo mía, de nadie más.

Oí los pasos de alguien a mi espalda y después unas manos me rodearon desde atrás. Ni siquiera me sobresalté, ya no sentía, simplemente existía.

—¿Por qué no vuelves a la cama? —me preguntó la voz de aquella chica que había conocido hacía apenas unas horas en uno de los mejores restaurantes de la ciudad.

Mi vida ahora se reducía a una sola cosa: el trabajo. Trabajaba y trabajaba, ganaba más y más dinero, y de vuelta a empezar.

Solo habían pasado dos meses después del aniversario de Leister Enterprises, cuando mi abuelo Andrew decidió que ya estaba cansado de este mundo y que quería abandonarlo. Si tengo que admitir algo es que fue ese momento, el instante en el que recibí la llamada que me informaba de su fallecimiento, cuando me permití derrumbarme por fin. Fue en ese instante en el que me arrebataron a otra persona a la que amaba cuando comprendí que la vida es una mierda: entregas tu corazón a alguien, dejas que custodien esa parte de ti para luego descubrir que no solo no lo han cuidado como tú esperabas, sino que lo han machacado hasta hacerlo sangrar; y luego, las personas que de verdad te han querido, la gente que desde que naciste decidió protegerte, un día deciden dejar este mundo sin ni siquiera avisar, se van sin dejar rastro y tú te quedas solo sin ni siquiera entender qué ha pasado, preguntándote por qué han tenido que marcharse...

Eso sí, no se había ido sin dejar rastro, no: había dejado un documento muy importante tras él, un documento que cambió mi vida y le dio un giro radical.

Mi abuelo me había dejado absolutamente todo. No solo su casa en Montana y todas sus muchas propiedades, sino que me había dejado Leister Enterprises a mí, en su totalidad. Ni siquiera mi padre había recibido parte de su herencia, aunque tampoco es que le hiciera falta, él ya ejercía el liderazgo de una de las mejores asociaciones de abogados del país, pero mi abuelo me había legado todo su imperio, incluida Corporaciones Leister, la empresa que junto con la de mi padre dominaba gran parte del sector financiero del país. Siempre había ansiado formar parte del mundo de las finanzas con mi abuelo, pero nunca había querido que todo me cayera del cielo.

Así, de repente, me había visto obligado a ocupar ese puesto que tanto había ansiado y me había convertido oficialmente en el dueño de un imperio, y todo a la pronta edad de veinticuatro años.

Me había volcado tanto en el trabajo, en demostrar que era capaz de superar cualquier obstáculo, en demostrar que podía ser el mejor, que ya nadie dudaba de mis capacidades. Había alcanzado la cima... y, sin embargo, no podía ignorar lo hundido que me encontraba.

Me volví para observar a la chica morena que había querido entretenerme unas cuantas horas. Era delgada, alta, tenía los ojos azules y unos pechos perfectos, pero no era más que un cuerpo bonito. Ni siquiera recordaba su nombre. En realidad, ya debería haberse marchado, pues le había dejado claro que solo quería follar y que, cuando terminásemos, gustosamente llamaría a un taxi para que la acompañara a su casa. No obstante, al verla allí, después de sentirme tan hundido y cabreado por tener que enfrentarme a una situación que me enfurecía más de lo que podía llegar a admitir, sentí la urgencia de al menos liberar parte de la tensión que mi cuerpo parecía acumular.

Sus manos subieron por mi pecho al tiempo que sus ojos buscaron los míos.

—Tengo que admitir que los rumores sobre ti no eran infundados —dijo pegándose a mí de forma tentadora.

Le cogí las manos por las muñecas y detuve su caricia.

—No me interesa lo que puedan decir sobre mí —repliqué de forma tajante—. Son las cuatro de la mañana y dentro de media hora te voy a pedir un taxi, así que es mejor que aproveches el tiempo.

A pesar de la crudeza de mis palabras, la chica esbozó una sonrisa.

—Por supuesto, señor Leister.

Apreté la mandíbula con fuerza y simplemente permití que continuara. Cerré los ojos y me dejé llevar por el placer momentáneo y la simple satisfacción física intentando no sentir el vacío que tenía dentro. El sexo ya no era lo que había sido, y para mí... incluso mejor así.

4

NOAH

La calma con la que habíamos vivido los últimos días había dejado de existir nada más sonar el timbre aquella mañana muy temprano. Habíamos pasado el rato yendo al spa de Sag Harvor, comiendo marisco fresco en restaurantes pintorescos y nos habíamos tostado al sol durante horas dejando que nuestra piel adquiriera ese color bronceado tan deseado y por el cual seguramente tendríamos arrugas de por vida.

Amy, la organizadora del evento, nos había dejado solas para vivir ese momento de amigas que tanto necesitábamos, pero a pocos días de la boda y con la inminente llegada de numerosos invitados, fue imposible seguir con nuestro *dolce far niente*.

Jenna parecía ponerse cada vez más nerviosa y lo demostraba hablando sin parar y, sobre todo, llamando a Lion cada vez que le daba un ataque de ansiedad. Después de meses preparándose para la prueba que hacían en una de las empresas del padre de Jenna, había conseguido el merecido puesto como administrador de una de sus sucursales y las cosas por fin parecían estar encaminadas para el descarriado del grupo. Ambos habían conseguido perdonarse por el pasado y estaban más enamorados que nunca.

Aquella mañana por fin pude ver el vestido de novia. La modista había llegado con Amy para que Jenna pudiese probárselo casi por última vez y hacerle los últimos retoques. Tengo que decir que el vestido era increíble, de encaje blanco y entallado hasta la cintura, de la que surgía una falda acampanada. Me recordaba a los vestidos que lucen las protagonistas de las películas o las modelos de las revistas y que hacen que inevitablemente se nos caiga la baba. La madre de Jenna, junto con una de las modistas más caras de Los Ángeles, había diseñado el vestido y a mi amiga le quedaba espectacular.

Pronto llegaron un grupo de trabajadores que se encargaron de poner flores en la entrada de la casa, acorde, según Jenna, con los motivos florales de la boda; asimismo, otro grupo dispuso el catering con el que se recibiría a todos los amigos y familiares que llegarían durante el día: había comida para dar y tomar. En suma, en el inmenso jardín, se estaba preparando lo que sería un recibimiento preboda digno de admiración.

La cena de ensayo sería al cabo de dos días y se celebraría en un salón junto a la bahía. Huelga decir el estado de nervios en el que me encontraba. No estaba preparada para volver a ver a Nick y mucho menos para pasar más de dos días en la misma casa.

La estancia pronto se convirtió en un hervidero de gente, de familiares y amigos que llegaban sin parar y, emocionados, se acercaban a Jenna con la intención de preguntarle cosas sobre la ceremonia o simplemente cotillear sobre el vestido y todo lo demás.

Mi amiga había invitado a los amigos más íntimos para que se quedaran en la mansión y también a los familiares más cercanos, sobre todo los más jóvenes, ya que los adultos preferían hospedarse en hoteles donde la emoción juvenil y la borrachera con la que seguramente acabaríamos todos aquella noche no interrumpieran su tranquilidad adulta.

Jenna estaba rodeada de algunas de sus primas mientras por la puerta principal entraban los del catering, que parecían no acabar nunca. Justo pasaba por la entrada, con la clara intención de subir a mi habitación a buscar un poco de tranquilidad, cuando un coche conocido aparcó junto a la entrada. Levanté la mano y me la coloqué como visera para ver al hermano de Lion bajar con aquella sonrisa peligrosa que parecía tener tatuada.

Hizo girar las llaves del coche entre los dedos y clavó su mirada en la mía al percatarse de que lo observaba desde el porche.

—Mira a quién tenemos aquí —dijo con una sonrisa torcida acercándose a los escalones—: la princesita perdida en acción.

Puse los ojos en blanco. Luca nunca me había caído del todo bien. Había pasado años en la cárcel y, según me había contado Jenna, seguía metiéndose en problemas, problemas que ahora Lion se encargaba de solucionar. Tenía que admitir que Luca estaba bastante cambiado desde la última vez que lo había visto hacía meses, en las horribles carreras donde Jenna terminó cortando con Lion. Nick y yo también habíamos tenido una pelea monumental, una pelea que, como siempre, había terminado en sexo, sexo que no solucionaba nada, sexo que simplemente nos ayudaba a obviar lo inevitable: que nos estábamos destruyendo poco a poco el uno al otro.

—¿Cómo estás, guapa? —me dijo colocándose frente a mí y obligándome a levantar un poco la mirada. Si Lion era un tipo grande, Luca no le andaba a la zaga. Sus brazos tatuados podrían haber espantado a cualquier persona de bien, pero él los lucía con orgullo y a mí no podía importarme menos.

—Muy bien, Luca, me alegro de verte —contesté dando un pasito hacia atrás; se me había pegado más de la cuenta y no me hacía mucha gracia—. Jenna está dentro, si quieres saludarla.

Luca miró por encima de mi hombro sin mucho interés. Sus ojos verdes, igualitos a los de su hermano, bajaron a los míos, me recorrieron descaradamente el vestido blanco que llevaba y se arrugaron al sonreír de nuevo y mirarme a la cara.

—Tengo tiempo para saludar a la futura novia, y hablando de novias... y novios. ¿Es verdad que estás soltera?

Su interés me descolocó un poco, y como no tenía ganas de hablar de mi vida sentimental y menos con el hermano macarra del mejor amigo de mi ex, que seguramente estaba al tanto de lo que había pasado, sobre todo de lo que había hecho, las ganas de salir corriendo y encerrarme en mi cuarto aumentaron de forma considerable.

—Estoy segura de que sabes la respuesta a esa pregunta —afirmé de un modo bastante frío. El recordatorio de mi situación actual solo consiguió que sintiera un pinchazo en el pecho.

Justo entonces apareció Jenna. Una sonrisa bastante más agradable que la mía recibió a Luca, que le abrió los brazos para estrecharla contra su pecho.

—Hola, futura cuñada —la saludó sobándola con las manos—. ¿Estás más gorda? Ten cuidado, no vaya a ser que no te quepa el vestido.

Luca sonreía y Jenna se revolvió entre sus brazos, soltándose de un tirón y fulminándolo con sus ojos rasgados.

—Eres un idiota —le soltó dándole un manotazo en el brazo.

Luca volvió a centrarse en mí.

—Le estaba preguntando a Noah que dónde estaba mi habitación... Ya sabes que no estoy acostumbrado a vivir en castillos junto a la playa y me siento cansado del viaje...

Jenna puso los ojos en blanco.

—Solo a ti se te ocurre cruzar el país en coche. ¿No sabes de la existencia de esos aparatos llamados aviones?

Abrí los ojos con sorpresa.

—¿Has venido en coche desde California?

Luca asintió, recolocándose la mochila que llevaba al hombro.

—Me encantan los restaurantes de carretera —declaró pasando entre las dos y entrando en la casa—. ¿Adónde voy?

Jenna sacudió la cabeza, sonriendo. En ese preciso momento la llamaron desde la cocina.

—Noah, llévalo arriba y dile que se quede en la habitación de la derecha, la que está junto al balcón.

—Pero...

Jenna no se quedó a escuchar mis protestas, desapareció por el pasillo en dirección a la cocina y me dejó a solas con Luca.

—Vamos, princesa, no tengo todo el día.

Después de enseñarle la habitación y con la clara intención de perderlo de vista, me volví para salir por la puerta y meterme en mi cuarto, que estaba solo a dos puertas de distancia, pero Luca me interceptó a mitad de camino, colándose entre la puerta y yo.

—Vamos a la playa —propuso con la resolución reflejada en la mirada.

—No, gracias —respondí intentando esquivar su cuerpo y alcanzar la manija de la puerta.

—No quiero quedarme aquí... Vamos, no seas aburrida, te invito a un perrito caliente.

Lo observé detenidamente intentando adivinar cuáles eran sus intenciones. Luca era una persona inquieta, alguien difícil de controlar. Estaba segura de que quedarse allí, con todos los invitados que estaban llegando sin parar, lo estresaba más de lo que quería admitir.

—No quiero un perrito caliente, quiero irme a mi cuarto a leer un buen libro, así que apártate, por favor.

No me hizo ni caso.

—¿Leer? —pronunció la palabra como si se tratase de un insulto—. Ya leerás cuando estés muerta. Eh, vamos a dar una vuelta por este sitio pijo.

—Luca, no puedo irme sin más, Jenna necesita ayuda; además, no conocemos este lugar y no me apetece perderme contigo por los Hamptons, la verdad.

Luca se colocó la gorra que llevaba hacia atrás y me observó fijamente.

—Perderte conmigo es lo mejor que te podría pasar, guapa, pero no es algo que me interese ahora mismo; solo quiero salir a comer algo con una buena compañía, y tú no estás nada mal, a pesar de tus aires de princesita repelente.

Me crucé de brazos y a punto estuve de darle un manotazo, igual que había hecho Jenna, pero soltó una carcajada que interrumpió el insulto que estaba a punto de soltar por la boca.

—¡Era una broma! Venga ya, no seas muermo, prometo traerte de vuelta sana y salva, Dios no quiera que Jenna se quede sin dama de honor.

Justo entonces un grupo de familiares de Jenna empezó a subir por las enormes escaleras y acto seguido el pasillo se llenó de personas hablando animadamente, por lo que la idea de Luca de salir por ahí ya no me pareció tan horrible.

—Saldré contigo con una condición —dije mirándolo fijamente, sin un atisbo de sonrisa.

En cambio, Luca me miró con una sonrisita de chico malo en el rostro.

—Lo que tú quieras.

—Yo conduzco.

Al contrario de lo que esperaba, a Luca no pudo importarle menos que fuera yo la que me colocara al volante de su Mustang de color negro brillante; al revés, parecía contento de no tener que estar atento a la carretera y disfrutar así de las vistas de la costa. El sol no tardaría en ponerse y hacía una brisa bastante agradable.

Nos envolvía un silencio para nada incómodo, y me gustó conducir por aquellas carreteras secundarias con la simple determinación de dar un paseo. Sabía que una parte de Luca se estaba conteniendo conmigo: él no era el típico chico que va con una tía simplemente para pasar el rato, pero sus intenciones me importaban bastante poco. Finalmente, después de un rato conduciendo sin rumbo y cuando ya se había hecho de noche, me detuve en un puesto ambulante de perritos junto al mar. Alrededor de él había mesas, a las que estaban sentadas dos parejas y un matrimonio con dos niños pequeños.

—Tengo hambre —anuncié sacando las llaves del contacto.

Luca sonrió y bajó del coche. Lo observé desde mi posición junto a la ventanilla y me apresuré a alcanzarlo.

—No sabía que condujeras con marchas —me comentó quitándose la gorra, pasándose la mano por el pelo cortado casi al cero y volviendo a colocársela después.

—Bueno, no es que tú y yo nos conozcamos demasiado, es normal que no lo supieras.

Me adelanté al puesto que vendía aquella comida, considerada basura, pero que olía a gloria. Pedí un perrito con todo incluido, unas patatas y una Coca-Cola; Luca, a su vez, pidió lo mismo, pero con una cerveza. Cuando tuvimos nuestra comida nos sentamos a una de las mesas. Me resultó un poco extraño estar allí con el hermano del futuro marido de mi mejor amiga, exconvicto y con muy mala fama, pero debía reconocer que hasta el momento se había portado bastante bien.

—A ti eso de las dietas, no te va mucho, ¿no? —dijo señalando mi plato grasiento.

—Hago ejercicio —repuse dando un bocado al perrito. Estaba delicioso.

Luca asintió mientras le daba un sorbo a su cerveza, se echaba hacia atrás y se me quedaba mirando.

—Antes has dicho que no nos conocíamos, ¿por qué no jugamos al juego de las veinte preguntas?

Dejé el perrito en el plato con cuidado y desvié un instante la mirada.

Una parte pequeña de mi cerebro captó el flirteo escondido en su propuesta, pero la otra se evadió para traer un recuerdo de hacía tiempo, un recuerdo que me había acercado a Nick de una forma bastante íntima, en donde ambos habíamos jugado a ese estúpido juego para conocernos mejor.

El recuerdo de aquella época, cuando apenas nos conocíamos, el recuerdo de estar con él, sin yo saber ninguno de sus problemas ni él ninguno de los míos, casi me impulsó a levantarme y salir corriendo para encerrarme en mi habitación, de donde no debería haber salido, pero hice lo apropiado en esas circunstancias: cerré los ojos un segundo, respiré hondo y me concentré en cualquier otra cosa.

Tenía a un chico atractivo delante de mí, un chico que no me convenía en absoluto y que solo traería problemas a mi ya complicada situación, pero lo que él no sabía era que daba igual lo que hiciera o dijera, nada conseguiría hacerme volar como conseguía hacerlo una simple mirada de Nicholas Leister. A veces era simplemente eso lo que echaba de menos, su mirada, sus ojos fijos en los míos de esa manera única e incomparable.

Luca movió su mano delante de mi cara para hacerme reaccionar y yo volví a fijarme en él, en sus tatuajes y en sus ojos verdes cargados de demasiada curiosidad.

—Te dejo que me hagas solo una pregunta —contesté para no sonar antipática.

Luca sonrió, se pasó la mano por la barbilla y se inclinó sobre la mesa.

—Si solo lo reduces a una, voy a tener que ir directo al grano —comentó.

Me revolví un poco incómoda en mi silla. Creo que esa era la primera vez en meses que estaba a solas con un chico y no me gustaba la sensación que estaba sintiendo en el estómago, como si estuviese haciendo algo malo.

—¿Saldrías conmigo mañana por la noche?

Su pregunta estaba clara, pero más lo fue mi respuesta.

—No.

Esa era yo siendo clara y concisa. Es más, me levanté de la mesa —ya no tenía ganas de seguir comiendo—, pero él me retuvo por la muñeca, obligándome a quedarme de pie junto a él, que se volvió para mirarme de frente.

—¿Por qué no?

—Porque no puedo.

Me devolvió la mirada extrañado.

—¿Que no puedes? ¿Qué clase de respuesta es esa?

Me moví un tanto inquieta, pero él me seguía sujetando por la muñeca.

—No quiero —afirmé fijando mi mirada en su hombro derecho.

Pasaron unos segundos antes de que volviese a hablar.

—Ya veo... Aún sigues enamorada de él —dijo afirmándolo más que preguntándolo. Me solté de un fuerte tirón y di un paso hacia atrás.

—Eso no es de tu incumbencia, ¿me oyes?

Luca levantó las manos y soltó una risotada.

—Noah, solo iba a proponerte salir a correr, ¿vale? No es para tanto... Dios, me dijeron que tenías carácter, pero... —Mi mirada pareció advertirle de que no le convenía seguir por ahí—. Cuando el sol baje y no haga tanto calor. Así nos escapamos de la locura que va a ser mañana, con todos los invitados que faltan por llegar. Venga ya, solo busco excusas para escabullirme de esa casa, nada más, así que cambia la cara, puedes seguir enamorada de quien quieras, no puede importarme menos.

Su respuesta hizo que sopesara su petición. Era Luca de quien estábamos hablando, era un gamberro, a él le traía sin cuidado mi vida personal, solo abría la boca y soltaba lo primero que se le pasaba por la mente.

Correr... Eso podía hacerlo... Era algo aburrido, aburrido e impersonal; además, ¿quién invitaba a alguien a correr con otra intención que no fuera tener compañía? Estaría sudada y horrible, así que no habría peligro..., ¿no?

—¿Solo correr? —pregunté y me maldije interiormente por aquella voz insegura que no reconocí como mía.

Luca frunció levemente el ceño, me soltó la muñeca y asintió forzando una sonrisita en sus gruesos labios.

—Solo correr.

Suspiré internamente y volví a sentarme para esperar que él terminase de comer.

La siguiente media hora la pasamos hablando de la boda y de cosas sin importancia, pero a pesar de eso no pude evitar sentir que me había descubierto ante él, había dejado entrever la inseguridad en la que había estado trabajando meses y no me hizo ni pizca de gracia.

Solo faltaba un día y medio para la boda y Luca iba pegado a mí como una lapa. Habíamos salido a correr tal como él me había pedido y, para mi sorpresa, me había dado cuenta de que no me molestaba: él se ponía los cascos, yo me ponía los míos y corríamos el uno junto al otro hasta llegar al puerto para después regresar corriendo por la playa. Tengo que admitir que era nuestra forma más sutil de escaparnos de la casa, habían estado llegando tantos invitados que ya apenas quedaban habitaciones libres. Los padres de Jenna habían llegado la noche anterior y por fin me sentía con un poquito más de libertad a la hora de dejarla sola. Su madre era una anfitriona nata y parecían felices de recibir a tantos amigos y familiares para celebrar el casamiento de su hija mayor.

En ese instante, me encontraba casi al límite de mis fuerzas, Luca me había insistido en llegar más lejos esta vez, y mis piernas se resistían ya, amenazando con hacerme volver andando.

—¡Venga ya! —me gritó el muy listillo mientras corría hacia atrás para poder mirarme y burlarse de mí al mismo tiempo. Le hice una peineta e intenté ignorarlo, pero tuve que detenerme para beber agua y recuperar el aliento. Al cabo de unas horas se haría de noche y teníamos que estar duchados y vestidos para cenar con el resto de los invitados. El padre de Jenna había contratado un catering para esos días; era una celebración continua, con una carpa instalada fuera y comida disponible a cualquier hora. La casa de los Tavish se había convertido en un hotel de cinco estrellas y todos parecían encantados.

—¡No me seas blandengue!

Solté el aire lentamente y me eché agua por la cabeza. El top rosa que llevaba se empapó, pero me deshice de parte del sudor que se deslizaba por mi estómago y mis pechos. Me limpié la cara con las manos y decidí que volvería andando, ya había forzado mi cuerpo demasiado por una tarde.

—¡Sigue tú, capullo!

Luca sacudió la cabeza, se detuvo y retrocedió hacia donde me había detenido.

—Creía que tu resistencia estaba mejorando, princesa. Me has decepcionado.

—Anda, cállate.

Juntos empezamos a caminar por el pavimento en dirección a casa de Jenna. Íbamos por una cuesta inmensa, y a lo lejos el sol se estaba poniendo rápidamente, tiñendo el cielo de colores alucinantes.

—Falta poco para el gran día. ¿Estás nerviosa? —me preguntó Luca a la vez que hacía lo mismo que yo había hecho unos segundos antes y se echaba lo que le quedaba de agua en la botella por encima de su cabeza. Se sacudió y gotas de agua mezcladas con sudor me salpicaron el cuerpo y el rostro. Lo empujé con mi brazo y él sonrió como un idiota.

—Yo no soy quien se casa, Luca —contesté con fingido disimulo.

Lo poco que habíamos hablado durante esos dos días había dejado bastante claro que cierto tema era intocable, aunque teniendo en cuenta que no quedaba casi nada para la boda, entendía su curiosidad.

—Eres la madrina..., tu papel es importante —afirmó mirando al frente.

No respondí, pero el nerviosismo que había estado reprimiendo estos días resurgió de forma vertiginosa, consiguiendo que mi estómago diera un vuelco. No había querido preguntar a Jenna cuándo llegaría; es más, ni siquiera estaba segura de que fuera a presentarse antes del mismísimo día... Qué digo, el mismísimo momento en el que nuestros amigos debían casarse. Para mí, incluso mejor así; temblaba simplemente de pensar en tener que volver a verlo.

Justo entonces un coche pasó a nuestro lado y lo hizo tan rápido que Luca me apartó hacia un lado.

—¡Capullo! —gritó, pero el Lexus negro ya era una motita oscura al final de la carretera.

Sentí una sensación extraña en el estómago y me entraron prisas por llegar a la casa.

5

NICK

Eran las seis de la tarde y todavía seguía en Nueva York. La secretaria que se encargaba de organizar mi agenda se había equivocado y me había puesto una reunión con dos gilipollas pomposos que solo me habían hecho perder el tiempo.

Había tenido que estar dos horas contestando a preguntas ridículas y, cuando por fin di por terminada la reunión, me encerré en el despacho. Miré el reloj de pulsera y supe que iba a llegar más tarde de lo que en un principio me había propuesto. Salir poco después de la hora punta en dirección a los Hamptons era una locura, pero ya no podía atrasar más mi llegada.

Steve me esperaba fuera cuando finalmente me quedé libre.

—Nicholas —dijo inclinando la cabeza y cogiendo la pequeña maleta que le tendí.

—¿Cómo está el tráfico, Steve? —le pregunté al mismo tiempo que me vibraba el móvil.

Lo ignoré unos instantes y me subí al coche, en el asiento del copiloto. En ese momento necesitaba cerrar los ojos unos minutos y tranquilizar el remolino de pensamientos que pasaban por mi mente.

—Como siempre —me contestó Steve sentándose frente al volante y saliendo en dirección al lado este de la ciudad. Nos quedaban más de dos horas de viaje, eso si no había demasiado tráfico.

Steve se había convertido en mi mano derecha, se encargaba de llevarme a los sitios a tiempo, de mi seguridad, y de ayudarme en cualquier cosa que necesitara. Llevaba trabajando para la familia desde que yo apenas tenía siete años, así que era de los pocos hombres que me conocían y sabían cuándo debían hablar conmigo o cuándo debían quedarse en silencio. Él, mejor que nadie, era consciente de a lo que debía enfrentarme en los próximos días y por eso agradecí que pusiera música relajante, ni muy lenta ni muy marchosa, con el ritmo ideal para permitirme empezar a convencerme a mí mismo de que no pensaba perder los papeles en esa boda; no, iba a tener que controlar, no solo mi genio, sino cualquier cosa que amenazara con derrumbar la torre de marfil en la que ahora me encontraba, alta y lejana..., lejana con respecto a todos, especialmente a ella.

Una hora y media más tarde paramos a repostar en una gasolinera perdida en medio de la carretera. Después de haberme permitido dormir un rato, empecé a sentirme cada vez más inquieto e insistí en cambiarme de sitio y ponerme al volante, lo que a Steve no pareció importarle; además, de repente necesitaba que me hablara de cualquier cosa.

Conduciendo un poco más deprisa de lo que marcaban las señales, nos pusimos a hablar sobre el partido de los Knicks contra los Lakers y así, sin apenas darnos cuenta, ya estábamos entrando en los Hamptons.

Distintas emociones me invadieron cuando nos adentramos en aquella parte del estado de Nueva York que tantos recuerdos me traía. Mi padre y mi madre habían comprado una casa junto a la playa; bueno, en realidad había sido un regalo de bodas. Era una casa pequeña, nada que ver con las mansiones que había por allí y podía recordar aquellas ocasiones en las que habíamos veraneado los tres juntos.

Habían sido pocas, todo hay que decirlo, pero si mis recuerdos no me engañaban, creo que la casa había sido de los pocos lugares donde habíamos sido una familia. Mi padre me había enseñado a hacer surf en las playas de Mountack, y me esforcé por hacerlo lo mejor que pude para que se sintiera orgulloso de mí.

Con esos pensamientos en mente y algunos otros amargos más, me dirigí a la carretera que conducía a casa de los padres de Jenna. Cuando mi madre se largó, mi padre me traía a los Hamptons una semana cada verano y la pasábamos con los Tavish. Allí fue cuando nos dimos nuestro primer beso... Dios, qué nervioso había estado yo y qué tranquila Jenna. Para ella solo había sido un simple experimento; yo, en cambio, casi salgo corriendo.

Había sido debajo de uno de los grandes árboles que había en el jardín trasero. Estábamos jugando al pillapilla y, cuando la encontré, me sujetó de la camisa y me obligó a esconderme con ella detrás de un inmenso tronco.

—Tienes que dármelo ahora, Nick; si no, será demasiado tarde.

Por aquel entonces no entendí a qué demonios se refería, pero años después descubrí que en ese árbol, justo debajo de esas hojas, el padre de Jenna le había pedido matrimonio a su madre. Jenna se enteró ese mismo día, y la niña soñadora y romántica que se empeñaba en esconder decidió salir a pasear. Según ella, ese beso fue asqueroso..., pero para mí fue el comienzo y no he parado desde entonces.

Con esos pensamientos en mente pisé el acelerador. Estaba tan absorto que tardé unos segundos de más en poner el pie en el freno al ver una pareja que parecía estar dando un paseo por el centro de la carretera. Iban vestidos con ropa de deporte y, cuando el coche pasó volando junto a ellos, convirtiéndolos en un borrón junto a mi ventanilla, sentí una presión incómoda en la boca del estómago. Miré por el espejo retrovisor y esa presión se convirtió en un escalofrío.

6

NOAH

Salí de la ducha dejando una inmensa nube de vapor tras de mí. Había estado dentro del baño más de lo recomendable, pero era eso o dejar que todos mis músculos siguieran tan tensos como las cuerdas de un violín.

Me asomé por la ventana envuelta en una toalla y vi que el jardín trasero estaba a reventar de gente. Todos iban vestidos de blanco, idea que se le había ocurrido al padre de Jenna y que había ido rulando por la casa, de modo que la cena se había convertido en una fiesta ibicenca en honor de los futuros novios.

Cuando habíamos llegado a la casa, sudorosos y oliendo mal, me había encontrado con Lion y Jenna envueltos en un abrazo de oso junto a las escaleras del porche. Por lo visto, él acababa de llegar y Jenna ya parecía estar completa.

A pesar de mi ruptura con Nicholas, Lion nunca había hecho comentario alguno sobre lo ocurrido; es más, se negó en rotundo a formar parte en nada que tuviese que ver con nuestra ruptura. Hubo un momento, justo después de nuestra separación, que me dio por acosar al pobre Lion para que me diera el nuevo número de Nick. No hubo manera y Jenna se sumó a su actitud de imparcialidad porque ninguno de los dos volvió a hablar de Nick delante de mí, a no ser que fuera para darme apoyo cuando más lo necesité.

Así que sí, los momentos que había pasado con Lion se habían reducido a aquellos encuentros en los que inevitablemente estaba con Jenna.

Me separé de la ventana y empecé a arreglarme con prisas. No tenía ningún vestido blanco aparte del que usaba para ir a la playa, por lo que me puse una falda ibicenca que me llegaba un poco por encima de las rodillas y una camiseta ajustada de tirantes del mismo color. Me sequé un poco con la toalla para no tener el pelo chorreando y lo dejé húmedo, consciente de que la brisa proveniente del océano lo secaría en cuestión de minutos.

Cuando bajé las escaleras con la clara intención de ir al jardín trasero donde estaba todo el mundo, el ruido del timbre me hizo detenerme junto a la balaustrada. Jenna estaba fuera reunida con sus amigos y familiares y la casa parecía haberse quedado desierta aparte de los camareros que salían y entraban de la cocina llevando marisco a los comensales de fuera.

Me acerqué hasta la puerta, y repitiendo la misma acción que llevaba haciendo desde que los invitados habían empezado a llegar, abrí y obligué a mis labios a forzar una sonrisa de bienvenida.

Mi sonrisa se congeló cuando Steve me devolvió la mirada. Pareció tan sorprendido como yo, aunque un segundo después me saludó con cordialidad. Sentí un nudo en el estómago al verlo allí de pie, sujetando sendas maletas con sus manos.

Con el corazón latiéndome a mil por hora vi que un poco más allá un hombre vestido de traje se bajaba de un Lexus negro con las gafas de sol puestas y un teléfono contra la oreja izquierda. Nick se quitó las gafas de sol mientras decía algo de forma cortante a quien estaba al otro lado de la línea. Al hacerlo sus ojos se encontraron con los míos y tuve miedo de desmayarme allí mismo.

Estaba tan distinto... Se había cortado el pelo y ya no lo llevaba despeinado y largo, tal cual lo recordaba, tal cual se levantaba por las mañanas; ahora lo tenía corto y bien peinado, lo que le daba un aspecto serio, incluso intimidatorio. El traje que llevaba, por otra parte, no hacía más que acentuar esa imagen nueva de emprendedor. Llevaba la americana colgando de un brazo, los dos primeros botones de la camisa desabrochados y las mangas de esta remangadas por encima de los codos, dejando entrever sus antebrazos bronceados y mucho más musculados desde que yo lo había visto por última vez.

Todo este escrutinio lo hice en apenas unos segundos, unos simples segundos, porque sus ojos se clavaron tan fieramente en los míos que tuve que desviar la mirada hacia el suelo para poder recuperarme del impacto de volver a verlo.

Cuando levanté de nuevo la mirada él ya no me miraba; se despidió de aquella persona y se guardó el teléfono en el bolsillo mientras se acercaba hacia la puerta donde yo me encontraba.

Contuve el aliento sin saber qué hacer o decir y cuando se colocó delante de mí, durante esos dos segundos efímeros que tardó en rodear mi cuerpo sin ni siquiera titubear para entrar por la puerta sin mirar atrás, sentí como si volviera a morir, sentí como si hubiese estado meses, años, caminando por un desierto y de repente apareciera una fuente de agua justo frente a mí... solo para darme cuenta un segundo después de que era un simple espejismo jugando con la poca cordura que aún me quedaba.

Gracias a Dios Jenna apareció para rescatarme. Solo cuando escuché cómo Nicholas y Steve desaparecían pasillo arriba pude volver a entrar en la casa. Me apresuré a salir al jardín con los demás invitados, quería perderme entre la gente, quería desaparecer de allí y que la tierra se me tragase.

Ahora me percataba del inmenso error que había cometido al ir allí; lo sé, Jenna era mi mejor amiga, pero aquello era demasiado duro, habían pasado meses, meses, y una simple mirada suya había conseguido volver a poner todo mi mundo patas arriba.

Unos diez minutos después lo vi bajar las escaleras charlando amigablemente con los novios. Nick era el único que había decidido pasar de la chorrada de vestirse de blanco. Iba igual que como había llegado, con su pantalón de traje oscuro y su camisa celeste remangada, pero sin corbata. Sentí un pinchazo de dolor en el centro de mi cuerpo al ver lo increíblemente atractivo que parecía desde la distancia.

No tardó en mezclarse entre la gente; muchos se acercaron a saludarlo y él entabló conversación con todos de forma distante, pero con aquella elegancia suya tan característica.

Vi a Luca hablando con Nick y Lion y supe entonces que estaba sola: ese no era mi lugar, esos no eran mis amigos... Solo Jenna me quería allí, estaba segura. Me puse tan triste que tuve que echar mano de todo mi autocontrol para no ponerme a llorar. Tomé la decisión de que, ya que nada podía hacer —o, mejor dicho, deshacer—, iba a hacer de tripas corazón y tragarme todo lo que seguía sintiendo por él. A lo mejor el tiempo había curado sus heridas, a lo mejor el tiempo había hecho que dejase de odiarme, a lo mejor podíamos llevar aquello como adultos, tratarnos con cordialidad y respeto e incluso algún día intentar ser amigos.

Lo sé, sonaba ridículo, pero era eso o tirarme por un balcón, y la segunda opción, por muy apetecible que fuera, no iba a hacerme ningún bien, obviamente. Así que empecé a hablar con la gente y me obligué a mí misma a relajarme. Si permanecía lejos de él no tenía por qué pasar nada malo ni tenía por qué someter a mi corazón a una tortura insoportable.

Los padres de Jenna me presentaron a un amigo de la familia, un socio de Greg que muy amablemente entabló una conversación conmigo sobre mis estudios y sobre qué quería hacer en el futuro. Se notaba a la legua que era alguien importante, por lo que cuando me tendió su tarjeta agradecí el detalle. Estaba más que perdida con respecto a mi futuro, así que cuantas más opciones mejor.

Lo que no sospechaba era que Lincoln Baxwell fuera amigo de Nicholas Leister. Estábamos hablando amigablemente cuando el señor Baxwell hizo un ademán con la mano para llamar a alguien que había a mi espalda. Al volverme, Nicholas apareció frente a mí.

Se saludaron con un apretón de manos y, cuando Baxwell pasó a hacer las presentaciones, vi cómo algo temblaba en el cuello de Nick: estaba tan tenso como pocas veces lo había visto, tanto que tuve que ser yo la que hablara.

—Ya nos conocemos, señor Baxwell —dije odiándome por aquel temblor de voz que puso en evidencia en medio segundo lo insegura e incómoda que estaba.

Baxwell sonrió y nos miró alternativamente. Nicholas retuvo mi mirada con la suya por unos instantes y me dolió ver la frialdad con la que soltó:

—¿De verdad? ¿Nos conocemos? —preguntó sin apartar los ojos de mi rostro. Sentí un escalofrío recorrer toda mi columna vertebral al volver a oír esa voz grave que aún seguía oyendo en sueños, esa voz que tantas veces me había dicho «Te quiero», que tantas veces me había susurrado cosas dulces al oído.

Su mirada me tenía tan hipnotizada que apenas pude abrir la boca.

—Me recuerdas a alguien a quien creí conocer hace tiempo... —comentó a continuación de forma fría e impersonal.

Inclinó la cabeza hacia a su amigo, se volvió y se marchó para mezclarse de nuevo entre la gente.

El ruido que se escuchó a continuación fue el de mi corazón chocando contra el suelo.

A la mañana siguiente me desperté al amanecer. Apenas había podido pegar ojo, me resultó imposible... El día en que lo fastidié todo, ese maldito día en que hice algo que aún sigo sin entender cómo pude ser capaz de hacer, volvió a reproducírseme en la cabeza.

«Ya no hay vuelta atrás.»

«Ni siquiera puedo mirarte a la cara...»

«Hemos terminado.»

Tenía grabada en la memoria la expresión de Nicholas cuando comprendió lo que había hecho con Michael, ni siquiera podía pensar en su nombre sin sentirme culpable.

Salí de la cama y me vestí deprisa, quería ver si podía salir de la casa antes de que nadie se levantara y me viera marchar; ni siquiera pensaba avisar a Luca de que me iba a correr, necesitaba estar sola para pensar y aclararme, pero sobre todo necesitaba estar sola para concienciarme de que iba a tener que ver a Nicholas durante los próximos días y no solo eso: iba a tener que caminar junto a él hasta llegar al altar.

Correr me sentó de maravilla y, por lo demás, el resto de la mañana, por suerte, pasó volando porque tuvimos que hacer mil cosas, los invitados seguían a sus anchas y fuera ya montaban la cena de ensayo de esa noche.

La maldita cena de ensayo.

Tras haberme escaqueado del almuerzo y no haber vuelto a ver a Nicholas ni a Steve desde la noche anterior, en esos momentos estaba esperando junto a los padres de Jenna a que esta bajara de una vez con Lion para poder ir al viñedo donde se celebraría la boda. Los que participábamos en la ceremonia teníamos que ensayar nuestra entrada y si no salíamos ya la noche se nos echaría encima.

Justo cuando Jenna y Lion bajaban por las escaleras la puerta de entrada se abrió y un Nicholas pulcramente vestido con vaqueros y camisa blanca ancha hizo acto de presencia. No sabía qué había estado haciendo toda la mañana y parte de la tarde, pero estaba clarísimo que su objetivo principal había sido evitarme.

—Nick, por fin llegas, ya empezaba a preguntarme dónde te habías metido —le dijo la madre de Jenna acercándose a él y dándole un beso en la mejilla. Nick apenas esbozó una sonrisa para corresponder a ese gesto y, tenso como estaba, empezó a girar la llave del coche entre sus dedos.

Jenna cruzó una mirada extraña con él y yo volví a sentir náuseas. Joder, aquello estaba resultando un infierno.

Al salir fuera, nos dimos cuenta de que éramos demasiados para ir en un solo coche. Estaban los padres de Jenna, la madre de Lion —una mujer con una sonrisa franca que me había caído fenomenal y me había dado su receta especial de tarta de manzana—, Lion, Jenna y el primo de esta, que no debía de tener más de cinco años y era quien llevaría los anillos. Y Nick, claro.

Sumábamos ocho y solo pude rezar para que no me metieran en el coche con Nick, pero fue en vano: los padres de Jenna y la madre de Lion fueron directos al Mercedes que había junto a los demás coches aparcados allí. Me fijé en Jenna, que, de la mano de su primito, se me acercó con cara de circunstancias.

—Jenna, ni se te ocurra —dije empezando a cabrearme. Nicholas había dejado bastante claro que no quería estar cerca de mí, así que no pensaba meterme en un coche con él. No, ni hablar.

Mi amiga me miró con la culpabilidad reflejada en la cara.

—Nick es el único con una sillita..., ya sabes..., por Maddie, y yo tengo que ir con mis padres...

Nicholas la interrumpió acercándose en ese instante. Ignorándome, levantó al pequeño Jeremy en brazos y lo hizo volar sobre su cabeza para después cogerlo con fuerza.

—¿Listo para ser mi copiloto, pequeñajo?

Jeremy se rio divertido. Nick se lo colocó en la cadera y fue hacia su coche. Jenna me devolvió la mirada mordiéndose el labio.

Sacudí la cabeza y pasé delante de ella hasta llegar a la puerta del conductor del Lexus. No tenía ni idea de qué había pasado con su 4x4, pero no pensaba preguntar. Me acomodé en el asiento delantero, mientras Nick sentaba al niño detrás de nosotros y le ponía un juego en el móvil. Intenté ignorar lo nerviosa que me sentía por estar con él a solas por fin. Su comentario en la fiesta me había sentado como una patada y tenía curiosidad a la vez que miedo por ver cómo transcurría la siguiente media hora.

Cuando se sentó en su lugar, empezó a manipular algunos mandos del coche y arregló el espejo retrovisor. Acto seguido salimos hacia la carretera.

Pronto el olor de su loción de afeitado y su colonia inundó el coche por completo y la atracción que siempre había sentido en su presencia se hizo patente una vez más. Dios, tenía a ese hombre sentado a mi lado, el mismo hombre al que había añorado más que a nadie en el mundo... Me moría por tocarlo, por darle un beso, necesitaba su contacto más que el aire para respirar. Sentí que todo mi cuerpo entraba en calor, el simple movimiento de su mano en la palanca de cambios conseguía ponerme nerviosa... Sus brazos, su mano apoyada distraídamente sobre el volante y la otra sobre esa palanca... Joder, ¿por qué era tan terriblemente atractivo ver a un hombre conduciendo?

Sin poder soportarlo bajé la ventanilla para que el aire entrara y borrara el rastro de su fragancia, pero nada más bajarla, él manipuló los mandos y volvió a subirla. Me volví para mirarlo.

—Tengo calor —dije, dirigiéndole la palabra directamente por primera vez en casi un año. Pulsé el botón otra vez para bajar la ventanilla de nuevo y al instante caí en la cuenta de que ya la había bloqueado.

Sin decir una sola palabra puso el aire acondicionado, y el potente aire frío me dio de lleno en la cara. Vale, eso haría descender mi temperatura corporal, pero su olor seguía impregnado en cada parte de ese coche y sentía como si me mareara. Me retorcí inquieta sobre el asiento de cuero y vi con el rabillo del ojo que su mirada se desviaba de la carretera para demorarse unos segundos sobre mis piernas desnudas.

No me había comido mucho el coco a la hora de vestirme, pero los pantalones cortos que llevaba dejaban mis piernas al aire y no me pasó desapercibida su manera de aferrar fuertemente el volante un segundo después de fijar los ojos hacia el frente.

El sonido del juego de Jeremy nos acompañó todo el camino y fui consciente de que aquella era una oportunidad única para hablar con él sin temor a que me dejara tirada en medio de la carretera. Con el niño detrás iba a tener que controlar su genio... y sus palabras.

—Nicholas, quería decirte...

—No me interesa —me interrumpió a la vez que doblaba en una intersección que nos condujo ante un lago inmenso.

Respiré hondo con la clara intención de hablar con él.

—No puedes seguir ignorándome.

—No lo hago.

Lo miré sin poder obviar el duro tono con el que me hablaba. No lo hacíamos desde hacía casi un año, necesitaba que me dijese algo, necesitaba hablar con él.

—No puedes seguir odiándome como lo haces.

Una risa amarga salió de entre sus labios.

—Si te odiara significaría que aún siento algo por ti, Noah, así que no te preocupes por eso, no es odio lo que siento, sino indiferencia.

Miré su perfil intentando ver cualquier signo que indicara que lo que decía era mentira..., no detecté ninguno.

—Dices eso porque quieres hacerme daño.

—Si quisiera hacerte daño, me habría tirado a otra estando contigo... Espera, esa fuiste tú.

Eso fue un golpe bajo, pero tampoco podía negar que no me lo merecía.

—Si queremos sobrevivir a los próximos días deberíamos establecer algún tipo de tregua... No voy a ser capaz de seguir con esto si ni siquiera podemos estar juntos en la misma habitación.

No supe descifrar lo que pasaba por su cabeza, nunca había podido hacerlo, era algo complicado que solo había conseguido en momentos puntuales, momentos en donde compartíamos intimidad, esa intimidad que solo había llegado a compartir con él.

—¿Y qué propones, Noah? —dijo volviéndose hacia mí, dejándome ver la rabia en su mirada—. ¿Hacemos como si nada? ¿Te cojo de la mano y finjo que te quiero?

Me quedé callada a modo de respuesta. «Finjo que te quiero...» Sus palabras hicieron sangrar un poco más mi ya lastimado corazón.

Detrás de nosotros se hizo un silencio repentino y al volverme para ver a Jeremy vi que el niño nos observaba con los ojos muy abiertos.

—¿Cuánto falta para llegar? —preguntó medio haciendo pucheros.

«¡Mierda! No, por favor, que no se ponga a llorar ahora.»

—Poco, Jeremy, ¿quieres que ponga música? —le ofreció Nicholas al mismo tiempo que estiraba la mano y una canción de rap empezaba a resonar a todo volumen.

El niño sonrió divertido y yo volví a mirar hacia delante: estaba claro a quién pretendía callar con eso.

7

NICK

Para mí Noah siempre había sido una droga, una puñetera droga que me narcotizaba con su simple presencia. Toda ella me llamaba para que me acercara, toda ella me convertía en un puto yonqui, en alguien débil.

Me había costado tanto separarme de ella, me había dolido tanto saber que no iba a volver a tocarla, que no iba a volver a besarla ni a cuidarla, que no iba a ser la mujer de mi vida... Del dolor pasé al odio de una forma que incluso a mí me dio miedo; porque me había abierto a ella, le había dado mi alma y corazón y había hecho exactamente lo que más temía, me había engañado; tantas veces pensando en todas las cosas que podían salir mal y nunca se me pasó por la cabeza que Noah pudiese dejar que otro tío si quiera la tocase. Ni siquiera era capaz de pensar en el puto psicólogo. Era pensar en su nombre y todo yo entraba en una vorágine de rabia y locura incontrolable.

Ese tío había tocado a mi novia, la había desnudado... Creo que fueron esas imágenes, esa realidad imborrable, lo que me había roto por completo. Nunca en toda mi vida me había sentido tan mal, tan hundido en la miseria... Fue tal la muralla que se formó en torno a mí, que otra persona nueva apareció en mi lugar. Ya no existía cabida para nada que no fuera los sentimientos básicos de un hombre sin alma. La poca capacidad que aún me quedaba para amar iba dirigida a mi hermana pequeña, y ahí se acababa todo.

Me había asegurado tan minuciosamente de no tener que volver a ver a Noah que me fastidiaba toda esta situación. Estaba tan furioso con ella..., tan cabreado..., porque solo con verla había vuelto a sentir algo, había vuelto a sentir que mi corazón se aceleraba y que mi respiración se entrecortaba. Odiaba esa sensación, odiaba cualquier sensación, yo no sentía ya, me había acostumbrado a no sentir y que ahora ella llegase y volviese a torturarme hacía que quisiera arrastrarla conmigo a mi propio infierno.

Allí estaba, tan jodidamente irresistible como siempre, tan jodidamente tentadora... y encima parecía encogerse en mi presencia, me miraba sin ese brillo ni superioridad que antes siempre acompañaban a cada una de sus palabras. La Noah que tenía delante también había cambiado, no era la misma, y odiaba sentir lástima, odiaba ver lo que nos había pasado y odiaba culparla a ella.

Cuando paré el coche, salió al instante. Desabrochó el arnés de la silla de Jeremy, lo sacó y, acto seguido, se dirigió al viñedo sin esperarme. Llevaba un pantalón corto y una simple blusa de color amarillo y ya había conseguido trastocar y penetrar todas mis defensas.

En el coche, el olor de su fragancia, ese olor tan característico de ella, ese olor con el que a veces todavía soñaba por las noches y que hacía que me despertara con una erección descomunal y ganas de matar a alguien... Ese puto olor ahora estaba en cada uno de los rincones de mi coche y, lo peor de todo, lo más irritante, es que una parte de mí había disfrutado como un alcohólico dando un trago de brandi después de años de abstinencia; ni siquiera había abierto las ventanas, ni siquiera había podido evitar la sucesión de imágenes que habían pasado por mi cabeza sobre las cosas que le haría para saciar esa necesidad que tenía y siempre tendría de ella.

Levanté la vista hacia donde mis mejores amigos iban a casarse y no pude creer que fuera a pasar. Me enteré de que Lion le había pedido matrimonio a Jenna un mes después de que Noah y yo cortásemos. Mi amigo había llevado el secreto de manera casi profesional, y una parte de mí lo agradeció. Me alegraba por ellos, pero, por otro lado, había sido como echar alcohol a mis heridas.

El viñedo de Corey Creek era un lugar precioso para casarse, muchas veces había ido allí para pasear por los viñedos y comprar merlot del bueno. Jenna y su padre me habían llevado con ellos y recordaba haber montado a caballo por los campos y ver las bodas que se celebraban en la distancia.

Uno de los dueños era amigo de mi padre y de Greg, así que habíamos tenido ciertas libertades.

Jenna no tardó en decirnos adónde debíamos ir, primero pasando por una bonita recepción del lugar, con altas vigas de madera y alfombras de piel de animales que seguramente habían sido cazados por el propio dueño. Había lámparas de aceite y altas arañas de cristales que se suspendían sobre nuestras cabezas de forma un poco intimidatoria. Jenna se había pegado a una mujer asiática que parecía estresada; unos minutos después me la presentaron como Amy, la organizadora de la boda.

Cuando salimos a la parte trasera, donde estaban los viñedos, tuve la certeza de que la boda iba a ser magnífica, como las que había contemplado en la distancia, o incluso mejor.

Habían colocado el altar de flores justo de cara a los inmensos viñedos que se extendían casi infinitamente bajo el caluroso sol de julio. Los bancos y las flores aún no estaban colocados del todo, pero pude hacerme una idea de cómo iba a quedar todo cuando estuviese terminado.

—¿Los padrinos? —preguntó Amy, mirando entre nosotros.

Noah dio un paso al frente, me miró de reojo y prestó atención a las palabras de la organizadora. Un minuto después me cogió del brazo y me indicó dónde debíamos colocarnos. La mujer hizo una fila de parejas. La primera que entraba era Lion y su madre; luego lo haría la madre de Jenna de la mano de Jeremy, que parecía querer hacer de todo menos prestar atención a Amy; después nosotros y, finalmente, Jenna con su padre.

Me coloqué junto a Noah e intenté por todos los medios disimular mi mal humor.

Cuando Amy se colocó delante de nosotros, claramente consciente de que éramos los únicos que apenas se rozaban, frunció el ceño y nos miró con mala cara.

—¿Qué demonios estáis haciendo?

«Ni puta idea, guapa, ni puta idea.»

Sentí los ojos de Noah en mi rostro y tuve que contar hasta diez para no largarme y mandarlo todo a la mierda.

8

NOAH

Era como si tuviese la lepra, así era como me trataba Nicholas. Cuando Amy se nos quedó mirando como si fuésemos idiotas, juro que casi me muero de vergüenza.

—Noah, cógete de su brazo, vamos —dijo con un enérgico ademán.

Volví el rostro hacia él, temerosa de cuál podía llegar a ser su reacción; simplemente miró hacia delante y, moviendo el brazo, me indicó que hiciera lo que me pedían.

Sentí su brazo duro debajo del mío y una corriente eléctrica pareció recorrernos a ambos. Levanté la mirada y vi cómo cerraba los ojos por un levísimo instante. Después de eso no pudimos detenernos mucho para analizar nuestros sentimientos porque Amy nos hizo ir y venir como unas diez veces, nos exigió que caminásemos en formación, empezando todos con el pie derecho, no demasiado lento ni demasiado rápido... Al que más le costó pillarlo fue al pequeño Jeremy que, cuando repetimos el desfile por tercera vez, decidió que hacer aquello le aburría y que quería irse a jugar.

Estaba pasándolo realmente mal, Nicholas ni siquiera me miraba; es más, hacía como si ni siquiera existiese, lo que me tensaba hasta tal punto que tenía hasta el brazo dormido. El resto, en cambio, se reían y charlaban y hacían el tonto cuando Amy no miraba.

Finalmente se hizo de noche y ya no pudimos seguir ensayando. Amy no estaba muy convencida, pero al menos a Jenna y Lion les había quedado bastante claro cuál era el plan y qué debían hacer en cada momento.

Jeremy había caído en los brazos de Morfeo hacía rato, así que iba plácidamente dormido en el asiento de atrás del coche, por lo que Nicholas y yo estábamos prácticamente a solas.

Al principio reinó el silencio, ya que ni siquiera se molestó en poner la radio. La carretera era recta y el cielo estaba tan negro como mis pensamientos. Estando allí juntos, en un espacio tan pequeño y con tantos sentimientos a flor de piel, sentí que me ahogaba, no soportaba su indiferencia, necesitaba que supiera lo que seguía sintiendo, me daba igual que ya no pudiese verme, me daba igual que su amor por mí se hubiese transformado en algo tan feo; necesitaba hacer algo.

—Nick... —dije mirando hacia delante.

Supe que me había oído, aunque mi voz había sido un levísimo susurro.

—Sigo enamorada de ti.

—Cállate, Noah —me ordenó soltando el aire entre los dientes.

Me volví con el corazón en un puño. Él siguió mirando al frente, con la mandíbula tan tensa que me hizo temer lo que pudiese soltar a continuación, pero no me dejé amilanar, necesitaba decírselo.

—Sigo enamorada de ti, Nicholas...

—He dicho que te calles —siseó volviéndose hacia mí y fulminándome con toda la ira de su mirada—. ¿Crees que me importa algo lo que sientas por mí? —continuó totalmente fuera de sí—. Tus palabras no valen nada, así que puedes ahorrártelas. Vamos a cumplir mañana con la mierda de ceremonia y luego no tendremos que volver a vernos.

Había sido una idiota. ¿Qué creía que iba a pasar? ¿Que me iba a decir que él sentía lo mismo?

Noté cómo una lágrima caía por mi mejilla y la enjugué deprisa, pero otra y otra se le sumaron casi de forma inmediata.

Ya no me quería, Nicholas ya no me quería; es más, quería que me fuera de su vida completamente, daba igual todas las cosas que habíamos pasado, daba igual las veces que me había jurado amarme por encima de todo, acababa de dejarme muy claro que lo nuestro había terminado para siempre.

Lo sé, llevábamos diez meses separados, pero en esos meses no nos habíamos visto, no habíamos hablado y una parte de mí se negaba a pensar que lo nuestro se había terminado, una parte de mí había querido volver a verlo para descubrir que él seguía tan enamorado de mí como yo de él.

Y cuán equivocada estaba...

Durante la cena de ensayo no hablé con nadie. Me senté al lado de Luca y él se encargó de hablar por los dos. En cuanto tuve oportunidad, me escapé a mi cuarto y por fin lloré sobre las almohadas, lloré hasta quedarme dormida con mi mente jugándome una mala pasada, pues no pude evitar recordar cada momento, cada caricia, cada palabra dicha y también cada error cometido.

Me dolía tanto su distancia que sentía como si mi corazón sangrara, como si cada lágrima que caía sobre la almohada fuera una gota de sangre directamente proveniente de mi corazón.

A la mañana siguiente estaba exhausta y lo peor de todo era que ese era el día de la boda, el día en el que mi sonrisa tenía que ser esplendorosa, en el que debía poner mi mejor cara, debía ser la mejor madrina de la historia y, además, debía durar y aguantar hasta la noche, algo que, dado el cansancio que sentía, se me antojaba una hazaña casi imposible.

Me lavé la cara con agua fría y me miré en el espejo. Al hacerlo me di cuenta de lo mucho que había cambiado durante todos esos meses. Mi mirada, sí, mi mirada era distinta, era una mirada sin vida, una mirada triste. Ansiaba con todas mis fuerzas creer que podía llegar a salir de aquello, mi psicóloga había hablado conmigo durante horas, había dicho innumerables veces que lo ocurrido con Nicholas no tenía por qué marcar mi futuro, que había miles de hombres en el mundo, que era joven y guapa y cualquiera se enamoraría de mí, pero solo con pensar en acercarme a alguien, solo con sopesarlo siquiera me estremecía de pies a cabeza. Solo debía recordar cómo habían acabado las cosas la última vez que estuve con otro hombre, solo había que verme ahora para saber lo peligroso que era relacionarse con otro chico que no fuera Nicholas. Clavé mi mirada en el espejo y me obligué a mí misma a recomponerme. No podía seguir así, solo faltaba un día, un día y ya no volvería a verlo más... Al sentir ese pinchazo atravesarme el pecho otra vez, me fulminé con la mirada y me obligué a serenarme.

«Se ha acabado, Noah, olvídate de él, olvídalo y hazlo ya... Hazlo ya o nunca vas a superarlo.»

Esa vocecita en mi interior me persiguió durante toda la mañana. Por suerte Nicholas estaba con Lion en el viñedo, ya que se vestirían allí. Yo estaba con Jenna en la casa, seríamos las últimas en salir, ni siquiera sus padres irían con nosotras en el coche. Cuando Jenna estuvo lista, tan despampanante que me quedé sin aliento, no pude evitar que una lágrima me rodara por el rostro, agradeciendo que los maquilladores que nos habían arreglado esa mañana nos hubiesen aplicado productos resistentes al agua y a cualquier tipo de agente conocido capaz de estropear el maquillaje.

El vestido color rojo que me habían hecho a medida me quedaba como un guante. Iba de ese color porque toda la estancia iba a estar llena de rosas rojas, al igual que las flores que Jenna sostenía entre sus manos. Era precioso, de seda y encaje, largo hasta el suelo y abierto por un costado dejando mi larga pierna al descubierto. Por delante tenía un escote en pico y, a partir de ahí, la parte superior de mis pechos y mis brazos quedaba recubierta por un fino encaje idéntico al que Jenna llevaba en su vestido blanco. Su vestido era precioso y ni que decir tiene lo increíble que le sentaba con su tez oscura y su perfecta figura. Lion iba a alucinar, estaba segura y así se lo dije.

Jenna me miró emocionada, había intentado con todas mis fuerzas que no se diera cuenta de lo mucho que estaba sufriendo aquellos días. Había dedicado todos mis esfuerzos a cuidarla, a apoyarla y a hacerla sentirse tranquila. Nos habíamos reído, habíamos bebido champán y había escuchado atentamente cada una de sus preocupaciones procurando ayudarla de la mejor manera posible.

Amy entró entonces en la habitación de Jenna y nos indicó que ya era hora de marcharnos.

Hasta yo estaba terriblemente nerviosa, pero intenté que no se me notara. A esa boda iban a acudir cientos de personas, entre ellas gente muy importante. Al pensarlo comprendí que, si esa hubiese sido mi boda, no habría soportado tener a tanta gente observándome mientras caminaba hacia el altar; nunca me había detenido mucho a pensar en lo que a mí me hubiese gustado hacer el día que me casase, pero toda esa locura estaba claro que no.

La limusina blanca nos esperaba en la puerta y ayudé a Jenna a bajar los escalones para que no tropezara. Cuando ya estuvimos bien instaladas en la parte trasera del vehículo, rodeadas del tul y de encaje, no pude evitar soltar una carcajada.

—Quién diría que íbamos a estar aquí después de ver la bofetada que le pegaste aquella noche a Lion —comenté sin poder evitarlo.

Jenna se unió a mis risas y estaba tan magnífica que no pude por menos que hacer una instantánea mental de aquel momento. Esa imagen, esa imagen de ambas riéndonos a carcajadas, en una limusina, un poco achispadas por el champán y completamente histéricas a causa de los nervios no se me olvidaría nunca. Mi amiga, justo entonces, era la viva imagen de alguien locamente enamorada y feliz.

Cuando llegamos al viñedo la organizadora nos indicó adónde teníamos que ir para salir directamente en el punto donde habían instalado el altar y donde esperaban los invitados. Desde donde estábamos se podía escuchar el murmullo de la gente, nerviosa, seguro, igual que nosotras; cuando vimos al padre de Jenn acercarse, hasta yo pude respirar con un poco más de tranquilidad. La presencia de un adulto responsable, por mucho que insistiéramos las adolescentes en negárnoslo a nosotras mismas, siempre era tranquilizadora en momentos como aquel.

La sonrisa del señor Tavish iluminó la estancia y miró a su hija de una forma tan especial que sentí que me dolía el corazón. Jenna le dio un beso en la mejilla a su padre y tras aferrarse a su brazo siguieron a la organizadora en dirección a las puertas por las que saldrían majestuosamente. Claro que antes debíamos salir Nicholas y yo.

Empecé a buscarlo con la mirada, pero no estaba en aquel salón; fui a asomarme por la puerta y casi choco contra su pecho. Elevé mi mirada y me topé con la suya. A pesar del dolor que sentía cada vez que lo veía, en esa ocasión el dolor vino acompañado de rencor, de rencor y enfado por lo que me había dicho la noche anterior. Me aferré a ese rencor para poder pasar la velada, o eso al menos me propuse.

Me observó fija y fugazmente unos instantes, recorriendo mi figura. Se mostró muy sorprendido cuando llegó a mis ojos y me vio con el ceño fruncido.

—Salimos en dos minutos —dije y me volví para encaminarme hacia la puerta. Lo sentí detrás de mí; es más, sentí sus ojos clavados en mi espalda y en mi nuca. Llevaba el pelo recogido en una cola alta de la que caían algunos mechones rizados que me llegaban hasta la mitad de la espalda. Conociendo sus gustos y aun a sabiendas de que me odiaba con todas sus fuerzas, sabía que el encaje de ese vestido lo estaría volviendo loco.

Por muchas cosas que hubiesen pasado entre los dos, nunca íbamos a dejar de desearnos; solo echar un vistazo a su traje azul, su corbata gris, su camisa blanca y su increíble cuerpo y presencia había causado estragos a mis nervios... ¡Dios! ¿Por qué tenía que estar tan tremendamente bueno?

¿No podría haber adelgazado siete kilos como me había ocurrido a mí? ¿No podría haber perdido su maldito aire de superioridad, no podía tener los ojos hinchados de tanto llorar como yo, en vez de aquellos increíbles ojos celestes que solo parecían estar hechos para hacer temblar a cualquier puñetera chica?

Cuando llegué al saloncito vi a la organizadora ayudando a Jenna con el vestido y a su asistenta dando órdenes a los que debíamos salir en unos minutos. La música empezó a sonar al otro lado de la puerta y entonces sentí una mano grande colocarse en la parte baja de mi espalda, demasiado baja diría yo.

Antes de poder decir nada, Amy nos hizo una seña para que nos colocáramos los primeros y Nicholas me empujó con suavidad hasta que estuvimos ambos frente a la puerta cerrada.

Respiré hondo intentando calmarme.

—Cógeme del brazo, Noah —me pidió Nicholas y os juro por Dios que su voz, con solo susurrar mi nombre, me produjo escalofríos. Había pasado tanto tiempo desde que lo había oído pronunciarlo...

Hice lo que debía y enrosqué mi brazo en torno al suyo, lo que me permitió notar cómo sus músculos se tensaban. Juntos aguardamos a que la música nupcial empezara. Cuando lo hizo, caminamos hasta el altar en lo que iba a ser nuestra última actuación como pareja.

La ceremonia fue preciosa, a Lion casi se le saltaron las lágrimas al ver a Jenna y yo no pude evitar llorar también. Maldita sea, ¿por qué tenía que ser una sensiblera empedernida?

Mis amigos leyeron los votos, se dijeron «Sí, quiero» y, con unas simples palabras, quedaron unidos de por vida. Cuando se inclinaron para darse un increíble beso que hizo que más de un invitado se sonrojara, no pude evitar mirar a Nicholas y, para mi sorpresa, él estaba haciendo lo mismo. Nos sostuvimos la mirada y nos sumergimos en esos instantes mágicos en los que todo a tu alrededor parece desaparecer y solo importa la persona que tienes delante de ti. ¿Esta noche iba a ser la última noche que nos veríamos? Finalmente desvié la vista, porque la intensidad con que sus ojos observaban los míos había conseguido que me temblasen las piernas.

Tuvimos que salir detrás de los novios y, esa vez, cuando entrelacé mi brazo con el suyo, temí también que ese fuera mi último contacto físico con él, un simple contacto en donde ni siquiera nos tocábamos de verdad, pero ese recorrido iba a ser el último que iba a hacer en su compañía. Me dolió tanto ese hecho que cuando atravesamos las puertas me solté casi de inmediato y salí en dirección contraria. Necesitaba serenarme, sí, y rápido.

9

NICK

La observé marchar con un nudo en el estómago. No había podido apartar los ojos de ella en toda la ceremonia, ni siquiera me había dado cuenta de que se habían dado el «Sí, quiero» hasta que los aplausos me sacaron de mi ensimismamiento.

Joder..., ¿por qué tenía que ser tan increíblemente hermosa, por qué tenía que volverme loco de aquella manera tan insoportable? Las manos me habían picado de las ganas de tocarla y el saber que no podía hacerlo, que no lo haría, me había puesto de terrible humor. Al verla detenerse frente al salón donde todo el mundo se preparaba para salir, con aquel vestido que se ceñía a su figura de forma espectacular con el maldito encaje marcando cada una de sus curvas, mi mano casi había actuado por su cuenta y al tocarla, al posarla sobre la parte baja de su espalda, había vuelto a sentirme vivo después de diez malditos meses.

No veía la hora de que se acabara todo ese paripé que estábamos llevando a cabo los dos, necesitaba marcharme, regresar a mi vida, donde todo estaba bajo control. Noah siempre había trastocado mi mundo, lo había puesto patas arriba y me había convertido en un hombre totalmente a su merced. Y eso no volvería a pasar. Cuando se apartó de mí al llegar al salón, lo agradecí internamente. No soportaba tenerla cerca.

La fiesta no tardó en empezar. Al otro lado del viñedo habían montado una impresionante carpa blanca, con mesas vestidas de blanco y miles de rosas rojas por todos lados. Estaba claro cuál era la flor preferida de Jenna y, al verla a ella y Lion hablando con los invitados, no pude evitar sentir un pinchazo de envidia. Muchas parejas se les unieron en el salón principal mientras los camareros se movían entre los invitados para ofrecernos canapés y copas frías de champán rosado.

Pronto pasaríamos al salón de la cena y yo, como un idiota, solo podía buscar a Noah. No estaba por ninguna parte.

«Joder, ella ya no es asunto tuyo, olvídala.»

Haciendo caso a mi voz interna me topé con una chica morena de grandes ojos verdes que no tardó en empezar a sacar todas sus armas para intentar seducirme. Apenas le presté atención y, cuando afirmó que ya nos conocíamos, tuve que centrar mi mirada en ella para no ser maleducado.

—Lo siento..., no recuerdo —dije sin tampoco hacer mucho esfuerzo por reconocerla.

La chica se acercó más a mí, invadiendo mi espacio personal e impregnándome con su perfume caro y demasiado fuerte para mi gusto.

—Venga ya, no te hagas el tonto... Fue una de las mejores noches de mi vida —dijo y maldije en mi fuero interno, al recordar que me la había tirado hacía cosa de un mes.

No tenía ni idea de cuál era su nombre y estaba a punto de despedirme de ella sin importarme ser grosero cuando por fin la vi, al otro lado de la estancia, colgada del brazo de Luca y sonriendo como solo ella sabía hacerlo.

Los celos, tan dormidos desde hacía tiempo, se despertaron con la fuerza de un león hambriento y tuve que soltar el aire despacio para no perder el control de mí mismo.

Esa no era la primera vez que me pasaba desde que había llegado a los Hamptons; es más, cuando caí en la cuenta de que había sido Noah la chica que había estado haciendo ejercicio junto a aquel tío en la carretera, me entró tal ataque de locura que pasé dos horas pegándole puñetazos a un saco de boxeo del spa del Hilton antes de sentirme preparado para ir a la casa de los Tavish.

Steve me había echado la reprimenda del siglo, dejándome claro que no podía montar ningún numerito, no podía pelearme con nadie, que debía ser, en definitiva, un santo. Desde que era el dueño de una empresa no podía permitirme provocar ningún escándalo y menos aún a causa de los celos. Por ese motivo me había mantenido alejado de todo el mundo, solo trabajaba y trataba con economistas, banqueros e inversores, y únicamente de vez en cuando llevaba a alguna mujer a casa, todo con el fin de mantener mis problemas a raya. Unos problemas que podían resumirse con una simple palabra: Noah.

—¿De verdad no te acuerdas de mí? —insistió la chica morena captando mi atención de nuevo.

Noah seguía con Luca y la mano de este se había posado en su espalda.

Necesitaba una distracción, ya.

—Claro que me acuerdo —afirmé cogiéndola del brazo y moviéndola estratégicamente para poder hablar con ella y controlar a Noah a la vez.

Justo entonces, como si supiera que la estaba observando, levantó la cabeza y me miró.

Sonreí como el capullo que era y desvié los ojos hacia la morena.

—¿Quieres bailar? —le pregunté desviando otra vez la mirada hacia Noah, que ahora parecía solo centrarse en Luca.

Este la había apartado hacia una esquina y ella se reía de aquella forma que yo sabía que era por simple compromiso.

Coloqué las manos en la cintura de la chica y procuré centrarme en ella, cosa difícil teniendo a Noah pululando por allí. Ahora que la tenía más cerca, podía recordar dónde nos habíamos visto: en una de las discotecas del centro, exactamente me la había tirado en uno de los reservados privados, había sido algo rápido y frío.

Molesto, subí la mano por la espalda de la chica hasta colocarla en su nuca.

—¿Quieres ir arriba? —me susurró la chica.

«Arriba.» La oferta era tentadora, pero el problema era que no sentía absolutamente nada por ella, en comparación con lo que me despertaba Noah: un simple roce de su mano hacía unas horas me había causado una erección que apenas había podido disimular y esa chica... Esa chica era lo opuesto a ella, lo opuesto en todos los sentidos.

—Ahora no, tal vez más tarde —respondí deteniéndome al acabar la canción.

Justo entonces nos indicaron que podíamos pasar para la cena.

Por suerte no estaba sentado a la misma mesa que la morena, aunque sí que me habían colocado en la mesa de los novios, con los padres de Jenna, la madre de Lion, Noah y Luca. Esta apenas miró en mi dirección cuando nos sentamos todos y nos trajeron el primer plato. De hecho, estuvo toda la cena hablando y riéndose con Luca y con los demás, hacía como si no me conociera, como si no existiese.

Desde que la había visto a mi llegada dos días antes, siempre que me volvía me la encontraba mirándome; siempre que estábamos juntos parecía querer abordarme; es más, lo había hecho, lo había hecho y casi pierdo los papeles cuando dijo que seguía enamorada de mí.

«¿Enamorada? ¡Y una mierda!»

Mi copa chocó estruendosamente contra la mesa y casi todos los presentes dejaron su conversación para observarme. Me disculpé y me levanté para ir al servicio.

¿Por qué de repente me molestaba que Noah no estuviese pendiente de mí? Había odiado sentir que me perseguía con la mirada, había odiado ver el arrepentimiento en sus ojos, el dolor que sentía... Había odiado sentirme culpable cuando yo no había tenido la culpa de nada y ahora encima estaba cabreado, cabreado porque parecía estar poniéndome a prueba para ver qué demonios hacía al respecto.

Solo sabía una cosa: más le valía andarse con cuidado.

10

NOAH

Había procurado mantenerme alejada de él, con todas mis fuerzas me había obligado a no mirarlo a hurtadillas. Luca me había sido de gran ayuda: me había encontrado alejada de todos después de la ceremonia —había tenido un momento de derrumbe, había necesitado unos minutos a solas para recuperarme— y me había tendido la mano, me había ayudado a incorporarme y había dicho algo absurdo que me había dibujado una sonrisa.

¿Quién iba a decir que el macarra del hermano de Lion iba a resultar tan divertido? Me había prometido que no iba a dejarme sola aquella noche, se había reído de mí diciéndome que parecía el perrito faldero de Nicholas, mirándolo todo el tiempo con ojos de cordero degollado. Yo no era así, y si Luca se había dado cuenta estaba segura de que Nicholas también.

No pensaba hacerlo sentir incómodo, no quería que sintiera lástima por mí, nadie en realidad. Así que habíamos hecho un trato: Luca iba a ser mi salvavidas aquella noche, íbamos a estar juntos porque así podía evitar cualquier tentación de derrumbarme, de derrumbarme o de rogarle a Nicholas que me perdonara, cosa que se me había pasado por la cabeza numerosas veces desde que nos habíamos vuelto a ver.

Cuando vi cómo bailaba con aquella chica, cómo tonteaba con ella, había sentido como si me cogieran el corazón y lo estrujaran hasta hacerlo sangrar. Y, si yo me sentía así por un simple baile, no pude evitar pensar en cómo debería de haberse sentido él al enterarse de que me había acostado con otro.

No era tonta, estaba claro que Nicholas no se había vuelto un monje después de haber roto conmigo; es más, estaba segura de que la lista de chicas con las que se debía de haber acostado era infinita.

Luca me había visto observándolo y me había regañado pegándome un pellizco en la cadera. A partir de ahí lo había perdido de vista, solo me había centrado en las personas que tenía justo delante. Claro, que había resultado más difícil cuando nos sentaron a todos en la misma mesa. De vez en cuando mis ojos se habían desviado hacia él y, cada vez que lo hice, recibí un pellizco por debajo de la mesa. El último me lo dio en la cadera, lo que me provocó una carcajada por las cosquillas que sentí. Fue entonces cuando Nicholas casi rompió la copa al dejarla de forma estruendosa sobre la mesa. Se levantó y desapareció en dirección a los lavabos.

—Está celoso —declaró Luca observando a Nick de mala gana.

«¿Celoso?»

—No lo está... Simplemente no soporta tenerme delante —repliqué deprimida; a continuación di un sorbo a mi copa de champán.

Nicholas apareció después con una chica colgando del brazo. La gente había empezado a levantarse de las mesas, pues la música ya sonaba e invitaba a bailar. Los novios abrieron el primer baile y, poco después, el ambiente se transformó por completo: las luces cambiaron, la pista se llenó de gente moviendo el esqueleto y la mayoría sosteniendo en sus manos cócteles muy cargados de alcohol.

Luca tiró de mí para sacarme a bailar y agradecí poder alejarme de Nicholas sin tener que ver cómo prácticamente le metía mano a la morena por debajo de la mesa. Dios, estaba asqueada, asqueada y totalmente celosa. Empezamos a bailar como amigos. Luca se estaba comportando, en ningún momento se me había insinuado ni nada parecido. En un momento nos juntamos con Lion y Jenna, y los cuatro comenzamos a bailar juntos en la pista, riéndonos y pasándonoslo en grande; fue, de verdad, lo mejor hasta el momento. Nicholas estaba lejos de mí en aquel instante, haciendo Dios sabe qué con esa chica y, aunque me hervía la sangre, las copas que me había bebido me ayudaron a que todo fuera más llevadero.

Lo que ocurrió después... tengo que admitir que fue por mi culpa.

En un momento dado me volví en la pista y lo vi... Lo vi besándole el cuello a la chica que tenía sentada sobre el regazo, y eso no fue lo peor: me miró al hacerlo, sus labios en el cuello de la morena y sus ojos clavados en los míos. Sonrió y de repente paré de bailar. Y lo que hice... ¡Maldita sea!, ¿es que nunca iba a aprender?

Luca se me acercó consciente de dónde estaban mis ojos, fue a decirme algo, se me pegó al oído para que pudiese escucharlo dado el atronador sonido de la música... y entonces la Noah antigua se apoderó de mi ser, todo lo que había aprendido durante esos meses, todas las sesiones de psicólogo, todas mis lamentaciones se fueron al traste porque cogí a Luca por el cuello, tiré de él hacia abajo y estampé mis labios contra los suyos.

Lo más raro fue que no me apartó, en absoluto; es más, sentí su lengua introducirse en mi boca y su mano en mi espalda, atrayéndome hacia él.

¿Qué estaba haciendo?

No tuve mucho tiempo para sopesarlo porque de repente alguien tiró de él hacia atrás y lo siguiente que supe fue que Luca estaba en el suelo con el labio partido y manchado de sangre. Elevé los ojos y me encontré con un Nicholas completamente desquiciado. Miró a Luca, sacudiendo la mano con dolor, y después a mí. Sentí un escalofrío al ver su mirada dolida... y terriblemente furiosa. Cerró la mandíbula con fuerza y me dio la espalda. Poco después Luca empezó a levantarse —o más bien, lo ayudaron los que estaban a nuestro alrededor— y yo vi cómo Nick se marchaba en dirección opuesta a la fiesta.

No sé qué diantres me pasaba, quizá la alta graduación de aquel exclusivo champán me había dañado peligrosamente el juicio, pero fui tras él, claro que fui tras él, y no para pedirle perdón.

Se había dirigido a la parte donde había tenido lugar la ceremonia, donde las sillas seguían perfectamente colocadas, igual que las flores. La zona estaba ahora desierta y hasta ella llegaba el sonido de la fiesta, ensordecedor.

—¿Adónde vas, Nicholas? —le pregunté a voz en cuello.

Medio me tambaleé al bajar por las escaleritas. Y él se volvió con el rostro rojo de ira al descubrir que lo había seguido.

—¡No tienes ningún derecho a hacer lo que has hecho! —bramé ahora furiosa.

Vale, sí, estaba loca y medio borracha... También cabreada y todo eso junto no era una buena combinación.

Caminé hacia él, que parecía estar calibrando muy seriamente qué hacer conmigo... ¡Dios, daba hasta miedo!, pero no me acobardé, sino todo lo contrario. El ataque de celos que acababa de tener demostraba algo, estaba claro... No podía haberme olvidado, me negaba a creerlo, y si tenía que enfrentarme a su ira con tal de que lo confesara lo haría.

Lo empujé cuando llegué a su lado.

—¡Eres un mentiroso! —le grité. Mis puños volvieron a moverse, esta vez para golpear su pecho con todas mis fuerzas—. ¡Eres un jodido mentiroso de mierda, Nicholas!

En un principio él apenas se inmutó, pero unos segundos después observé que su pecho bajaba y subía. Solo me dejó golpearlo dos veces más, hasta que sus manos volaron y atajaron mis puños. Ese contacto me encendió más que cualquier otra cosa.

—¿Dices que me has olvidado? ¡No es eso lo que demuestran tus actos! ¡Dijiste que nada podía separarnos!

Me miró con incredulidad.

—Eres tú la que rompió todas sus putas promesas, la que decidió cargárselo todo, ¡joder! No vales nada, Noah, para mí ya no vales nada. —Sus palabras detuvieron mi asalto, me dejaron de piedra y se me hizo un nudo en el estómago.

Tragué para aclararme la garganta. Mis ojos buscaron los suyos y lo miré extrañada, no era capaz de verlo bien, no lo veía bien, estaba borroso... Tardé más de la cuenta en caer en que no lo veía con claridad porque las lágrimas inundaban mis ojos.

—¿Cómo puedes decir eso? —dije y la voz se me quebró dos veces.

Nicholas me observó. De pie, allí plantado delante de mí, parecía tan desquiciado, tan desgraciado como yo... Así las cosas, ¿cómo podía haberme soltado esas palabras... a mí?

—Porque es la puta verdad.

Me dio la espalda, indiferente, y empezó a alejarse de mí.

—¡Cometí un maldito error, Nicholas! —le grité, pero él siguió andando—. ¡La loca de tu exnovia me hizo creer que me habías engañado! ¡Te liaste con Sophia en mis narices, ¿y yo soy la que se lo cargó todo?! ¡Tú te cargaste lo nuestro! ¡Tú me obligaste a cometer el peor error de mi vida! ¡Tú hiciste que me utilizaran, que me usaran como si yo... como si yo...!

No pude seguir hablando, los sollozos no me dejaron. Maldición, estaba tan cabreada, tan rota por dentro... Sin embargo, lo que decía lo sentía de verdad: si no hubiese sido por sus mentiras yo nunca me habría visto en la tesitura de acudir a alguien que se aprovechó de mi debilidad, se aprovechó de lo que le había contado confidencialmente. Cuando levanté la mirada allí estaba, justo delante de mí, había desandado el camino. Me miró furioso, con una rabia tan pura, tan terriblemente aterradora que casi di un paso hacia atrás de la impresión, pero entonces hizo lo último que esperaba: su mano rodeó mi cintura y sus labios chocaron contra los míos. Por un instante creí que estaba teniendo una pesadilla, una de las que últimamente me asaltaban cuando caía vencida por el sueño, en la que estaba con Nicholas como antes, éramos felices, nos besábamos y, un segundo después, él se marchaba y yo no podía hacer nada para detenerlo. Corría, corría tras él, pero mis piernas no se movían lo suficientemente rápido.

Pero eso no era un sueño, no lo era en absoluto. Su brazo me levantó del suelo, pegando mis pechos contra su torso increíblemente duro y su lengua hambrienta se metió en mi boca. Tardé unos segundos en asimilar lo que pasaba, pero mi cuerpo entero pareció encenderse ante el contacto. Mis brazos le rodearon el cuello con fuerza, atrayéndolo hacia mí. ¡Dios, cómo necesitaba ese contacto! Fue como si toda la energía de mi cuerpo regresara a él después de haberme abandonado durante meses.

Su otro brazo me aferró por detrás, levantándome del suelo y su lengua acarició la mía voraz, con ansia. Me cogí de su pelo con fuerza, pero este ya no era como antes: estaba corto, demasiado para tirar de él, como me gustaba hacer a mí. Con la respiración entrecortada, subió la mano por mi espalda hasta llegar a mi nuca y allí permaneció posada mientras su boca se separaba de la mía y me clavaba la mirada... Sus pupilas estaban dilatadas, dilatadas por la excitación, por el deseo, el puro deseo carnal que creía que nunca más iba a experimentar.

Nos miramos fijamente a los ojos, quise decirle tantas cosas... Pero entonces algo cambió... Algo pasó por su mente, algo volvió a atormentarlo y supe que volvía a perderlo. Desesperada, tiré de su cuello hacia mí y volví a posar mis labios sobre los suyos, solo que ahora no obtuve la misma respuesta. Sentí cómo sus brazos se aflojaban y después me depositaban en el suelo. Me entró el pánico, pánico de que se fuera, pánico de que volviese a dejarme.

Las lágrimas resurgieron otra vez, aparté mi boca de la suya y enterré el rostro en su cuello. Con mis brazos en torno a este, me negué a soltarlo, me negué a dejarlo marchar.

—No puedo hacer esto, Noah —declaró Nicholas de forma clara, aunque su voz parecía ahogada por sus sentimientos.

—No —negué aferrándome a él con fuerza. Mis lágrimas estarían manchándole la camisa, pero no me importó, no podía dejar que se marchara, lo necesitaba, y él a mí, teníamos que estar juntos.

Acto seguido, sus manos abandonaron mi cintura y subieron a mis muñecas. Hicieron fuerza hasta soltar mi agarre. Me sujetó las manos frente a él y me miró a la cara.

—No me dejes —le rogué de forma lastimera. Estaba suplicando, lo sé, pero al día siguiente se marcharía y no volvería a verlo, y ese sentimiento me mataba por dentro.

—Cuando cierro los ojos te veo con él —confesó tragando saliva. Sus ojos parecieron flaquear ante los míos, que le suplicaban que se quedara, que me quisiese, que volviese a protegerme.

—Yo ni siquiera lo recuerdo, Nicholas —repuse negándome a que me soltara. Era cierto, no conseguía recordar lo que había pasado esa noche: sabía que nos habíamos acostado, pero yo no había formado parte del acto, simplemente me había dejado porque no tuve fuerzas para decir que no... Nada me importaba por aquel entonces, porque mi vida se había convertido en un infierno.

Vi que sus ojos se humedecían y me sentí morir.

—No puedo hacerlo..., lo siento. —Y me soltó.

Se dio la vuelta y se alejó, dejándome allí...

Jenna no tardó en descubrir lo que había pasado en la pista y me encontró dos horas después sentada en una de las sillas de la ceremonia, abrazándome las piernas e intentando recomponerme a mí misma. Ese beso, sus palabras..., no me habían hecho ningún bien. Noté sus brazos alrededor sin ni siquiera darme cuenta y me sentí aún más culpable al saber que estaba fastidiándole aquel día tan especial.

—Lo siento, Jenna —me disculpé intentando dejar de llorar.

—Yo sí que lo siento, Noah, todo esto ha sido culpa mía —me dijo, y la miré sin comprender—. Toda esta situación, que fuerais los padrinos y que os metiera a los dos en el mismo coche, hasta os he puesto a dormir puerta con puerta. —Mi amiga me miró con el rostro apenado y, aun así, seguía estando espectacular—. Quise daros otra oportunidad, creí... creí que si forzaba un poco la cosa...

—Nos hemos besado —le confesé consciente de que a pesar de ese beso, ese último beso, las cosas entre nosotros no iban a mejorar, por mucho empeño que pusiese Jenna.

Jenna pareció sorprendida y confusa. Miró a su alrededor, como queriendo entender qué había pasado, por qué Nick no estaba conmigo.

—Lo nuestro se ha acabado, Jenn —afirmé y tuve que llevarme la mano a la boca para amortiguar los sollozos. ¡Dios, qué patética era...! Pero, maldita sea, cómo dolía..., ¡cómo dolía haberlo perdido!

Jenna volvió a abrazarme y dejé que me consolara. Allí estábamos las dos: ella en el día más feliz de su vida y yo hundida en la miseria.

Jenna volvió a fijar sus ojos en los míos y vi cierta determinación.

—No debería decirte esto, Noah, de verdad que no, pero conozco a Nick, he visto durante los meses que estuvo contigo a una persona completamente feliz. Independientemente de los problemas que teníais, nunca había estado tan centrado, tan... ¿cómo decirlo?, tan normal. Toda su vida ha sido una mierda, lo he visto llorar de niño cuando su madre se marchó, lo vi llorar durante meses, hasta que después se endureció y creó esa coraza que ahora lleva tan orgulloso a todas partes, se convirtió en alguien inquebrantable... Tú conseguiste penetrarla... No estoy diciendo que vaya a ser fácil, Noah, pero ¡joder, es el amor de tu vida! Quiero que mis mejores amigos sean tan felices como lo soy yo justo en este instante. Necesito, es más, te lo pido, Noah, te pido que no lo dejes marchar, por muchas cosas que te diga, por muchas veces que afirme no quererte o que para él es imposible perdonarte... Tiene que haber alguna forma.

Me levanté de la silla y la miré. Una sonrisa triste asomó a mis labios.

—Sé que quieres creer lo que dices, Jenn... Yo también —declaré mirando hacia el lugar por donde había desaparecido—, pero le he roto el corazón... Creí que él me había engañado y me creí morir, de verdad que sí, así que sé lo que se siente... No va a perdonarme, nunca lo hará.

Jenna fue a decirme algo, pero volvió a cerrar la boca, creo que por primera vez se había quedado sin palabras. Me acerqué a ella y le di un beso en lo alto de la cabeza.

—Disfruta de este día.

Después de eso intenté por todos los medios volver a ser la chica que había sido durante toda esa semana. Me negaba a dejar a Lion y Jenna sin sus dos mejores amigos, así que me quedé en la fiesta todo lo necesario. Me obligué a mí misma a bailar y disfrutar de todo lo que me rodeaba. En un momento dado me encontré frente a frente con Luca. Sus ojos verdes me observaron con cautela, pero sin atisbo de rencor por haberlo usado, literalmente, para poner celoso a Nicholas.

—Lo siento —me disculpé de corazón, esperando que mis palabras fuesen suficientes para obtener su perdón. Me había comportado como una completa imbécil, como la niña inmadura que había jurado dejar atrás, y si le había causado falsas esperanzas al hermano de Lion lo lamentaba profundamente.

—Yo no —repuso él y, acto seguido, me cogió la mano y tiró de mí hasta hacerme chocar contra su pecho—. Tranquila —dijo antes de que pudiese escabullirme o entrar en pánico ante lo que fuera que podía llegar a creer que podía pasar entre los dos—. No me importa que me uses para darle celos a ese idiota, la verdad es que tú me sirves para hacer exactamente lo mismo. —Haciéndome girar, obligándome a pegar mi espalda contra su pecho y moviéndose al son de la música se me acercó al oído para que pudiese oírlo con claridad—. ¿Ves a esa chica de allí? —me preguntó levantando disimuladamente el dedo hacia un grupito de chicas que había junto a la barra. Asentí divertida, entendiendo de repente lo que quería decirme—. La rubia que está allí observándonos como si le trajera sin cuidado lo que estoy haciendo contigo —me indicó volviendo a hacerme girar y colocando sus manos descaradamente en la parte baja de mi espalda casi rozándome el trasero, por lo que yo lo fulminé con la mirada—. Nos acostamos hace cosa de un mes; en realidad llevamos follando desde que tengo uso de razón o de otra cosa para ser exacto, ya me entiendes... —Puse los ojos en blanco—. Había perdido el contacto con ella al entrar en la cárcel y nos reencontramos en una de las fiestas de mi barrio. Es hija de la mejor amiga de mi madre y quiero que se vuelva completamente loca cuando vea cómo te meto mano como estoy a punto de hacer.

Solté una carcajada y le di un empujón. Luca reaccionó llevándose la mano al corazón como si lo hubiese herido profundamente. Después, despacio, tiró de mí y me susurró algo al oído, en un tono del todo distinto.

—No te arrastres, Noah —me dijo, para después fijarse en mis ojos—. Lo que hiciste estuvo mal, pero todos cometemos errores.

No es que el consejo de Luca fuera para mí algo así como una revelación, pero sí me hizo comprender que todos se habían dado cuenta de lo patética que había sido aquellos días siempre que Nicholas había estado cerca.

No podía hacer mucho más y, a pesar de saber que había cometido un grave error, el más difícil de perdonar, también sabía que no todo había sido por mi culpa: las mentiras, nuestros pasados y la intensidad de nuestra relación nos había llevado, casi a la fuerza, a un punto sin retorno.

Seguí bailando con Luca y también con los demás hasta que llegó la hora en que los novios decidieron marcharse, pues ya habían cumplido con dos rituales de rigor en una boda: habían cortado la tarta, que apenas probé, y también Jenna había tirado el ramo. A este respecto debo aclarar que en realidad no lo hizo, dado que después de varios segundos haciéndonos creer que lo tiraría, se volvió y se acercó hacia mí con una sonrisa en los labios. Sin entender nada y casi por un acto reflejo acepté el ramo cuando me lo ofreció.

—Esto para que sepas que aún confío en que tu día llegará, Noah, y llegará con la persona que tú y yo sabemos.

Sentí un nudo en el estómago y no supe qué decir. Admiraba su determinación, su esperanza, pero su gesto solo consiguió hundirme aún más en mi tristeza. De repente ya no aguantaba más allí, rodeada de toda esa gente, así que cuando Jenna me dio un beso en la mejilla y corrió con Lion hacia la limusina que los llevaría a un hotel de lujo para al día siguiente marcharse a su paradisíaca luna de miel, me subí a uno de los muchos coches con chófer que estaban a disposición de los invitados y le pedí que por favor me llevara a casa.

Necesitaba dar por terminada aquella noche.

11

NICK

Sabía que la había cagado al besarla la noche anterior, pero no había podido evitarlo, estaba allí, gritándome, echándome la culpa ¡a mí! Me había llamado mentiroso, ¿mentiroso? Ni siquiera entendía a qué demonios se había referido, pero había sido o besarla o perder los nervios por completo.

Ver las asquerosas manos de Luca en su cuerpo, sus labios sobre ella... Noah había decidido acabar con el poco autocontrol que creía que aún me quedaba. Verla con otro me había hecho revivir todas aquellas imágenes que había conseguido casi eliminar de mi cerebro. Estaba claro que ahora que la había visto de nuevo después de tanto tiempo todo había vuelto al principio, había sido como aquella maldita noche en que descubrí que me había engañado.

Sentir su cuerpo esbelto, precioso y mucho más delgado de lo que recordaba contra mí me había hecho enloquecer por unos instantes. Me había colapsado los sentidos, por unos segundos volví a ser el de antes, volví a ser ese chico totalmente enamorado y demencialmente perdido por esa chica. Cuando la aparté para mirarla, para llenarme de aquella luz que siempre desprendía, vi lo mismo en sus ojos, vi el mismo anhelo, el mismo deseo contenido, ese deseo que nos atraía, pero también vi otra cosa: vi arrepentimiento, vi desesperación, vi nostalgia... y, como si me hubiesen clavado un cuchillo y me lo hubiesen retorcido en el corazón, volví a sentir el mismo sufrimiento que sentí al enterarme de la verdad.

Las imágenes..., las malditas imágenes con las que mi imaginación me torturaba volvieron a proyectarse cual película en mi cerebro. Noah desnuda, en la cama, suspirando de placer, de aquella forma tan sensual, de esa forma tan inocente y tan plena; aquellos sonidos que soltaba por los labios, esos sonidos que me volvían loco, que conseguían postrarme de rodillas. Esos sensuales sonidos, sin embargo, no los provocaba yo, los provocaba otro; unas manos acariciaban su cuerpo, no despacio y buscando su placer, sino de forma brusca: la manoseaban sin el cuidado, sin el amor que yo ponía en cada una de mis caricias. Pero a Noah le gustaban, disfrutaba con ellas, pues no era mi nombre el que gritaba...

En esos momentos sentí como si un jarro de agua helada me cayera sobre el cuerpo y tuve que apartarla de mi lado a pesar de que ella se aferraba con todas sus fuerzas a mi cuello, se negaba a separarse. Tal vez creyó que no iba a ser capaz de alejarme, pero lo había hecho y no me arrepentía.

Y ahora, tras pasarme toda la noche sin dormir, volvía a sufrir uno de esos episodios de debilidad, esos episodios donde quería mandarlo todo a la mierda, olvidarme de todo, ir a su maldita habitación y rogarle que termináramos lo que habíamos empezado.

Supe que era hora de largarme.

Hice la maleta, salí de mi cuarto en silencio y, como el completo idiota que soy, no pude evitar detenerme fugazmente en la puerta del cuarto de Noah. Cerré los ojos un segundo, cabreado al saber que estaba a pocos metros de mí, que seguramente se había pasado la noche llorando por nuestro encuentro y que ya nada podíamos hacer para arreglarlo. Cuando tuve fuerzas, me fui.

Guardé en el maletero mi escaso equipaje y, con el contenido de una botella de agua que encontré en él, me mojé la cara para despejarme, puesto que apenas había pegado ojo: después de abandonar la fiesta, había cogido mi tabla y me había ido hasta la playa de Georgica, donde había surfeado sin parar durante horas, intentando calmarme, intentando buscarle sentido a todas esas razones que supuestamente me mantenían alejado de Noah, todas esas razones que al besarla habían parecido desaparecer. Surfeé en esa playa hasta que empezó a amanecer. Entonces decidí volver, ducharme y dar por terminado aquel viaje.

12

NOAH

No lo oí marcharse, pero sí sentí su ausencia. Ya está, se había acabado, ahora solo me quedaba volver a la misma rutina de siempre.

Me despedí de todos los invitados que aún estaban en la casa, dispuestos a pasar un par de días más en ella. La madre de Jenna me dio un abrazo y su padre se ofreció a llevarme a la estación, donde cogería el tren que me llevaría a Nueva York. Durante el trayecto me preguntó cuáles eran mis planes para el verano y le conté que, aparte de los días que iba a pasar en esa ciudad, lo que quedaba de verano lo pasaría trabajando. No quería dar muchas explicaciones sobre mi trabajo, puesto que estaba hablando con un magnate del petróleo que con toda seguridad ni siquiera comprendería por qué demonios trabajaba de camarera si era la hijastra de su mejor amigo millonario. No obstante, fue muy discreto y lo agradecí.

—¿Dónde vas a hospedarte estos días, Noah? —me preguntó mientras atravesaba aquellas calles tan bonitas. Era temprano, pero ya había gente en ellas: algunos paseando a sus perros, otros caminando y portando grandes bolsas de marcas exclusivas..., casi todos iban con gafas de sol. Me dio pena tener que dejar esa zona sin haber podido conocerla lo suficiente, no había tenido tiempo con todo el lío de la boda.

Miré al padre de Jenna y le dije el nombre del motel que había reservado en Nueva York. No me importaba que fuera un establecimiento de mala muerte, apenas iba a pasar tiempo allí, simplemente lo necesitaba para dormir y ducharme. Las demás horas de mi tiempo las pensaba pasar descubriendo aquella gran ciudad.

El padre de Jenna me miró un poco perplejo cuando le dije el nombre del motel, ni siquiera le sonaba, cosa que no era extraña teniendo en cuenta que él tenía dos propiedades en aquella ciudad, sin contar la casa de los Hamptons.

Pasé un momento de bochorno cuando insistió en alquilarme una habitación de hotel en el centro, ni más ni menos que en el Hilton. Le agradecí su ofrecimiento, pero no necesitaba la limosna de nadie. Aquellas personas, las personas a las que les sobraba el dinero, creían que los que no disfrutábamos de esos lujos éramos unos infelices, y no era cierto. No me molestaba quedarme en un motel... ¡Por Dios, tampoco era para tanto!

—Noah, no es por entrometerme, pero Nueva York no es Los Ángeles. Esta ciudad puede ser peligrosa y mucho más si vas sola y sin conocerla.

Estuvo insistiendo hasta que llegamos a la estación de tren.

—Señor Tavish, no hace falta, sé cuidarme solita, estaré bien, de verdad... Además, no estaré sola, voy a encontrarme con una amiga, así que no tiene de qué preocuparse. —Vale, aquello era una pequeña mentirijilla, pero totalmente inofensiva. El padre de mi amiga no pareció nada convencido; es más, parecía molesto y realmente preocupado, ni que fuera mi padre.

—Bueno, tienes mi número si necesitas cualquier cosa. Yo estaré esta semana en los Hamptons, pero tengo muchos amigos en Nueva York, amigos que estarían dispuestos a acompañarte si hiciera falta.

Amigos... Ya, claro, ya sabía a qué se refería esa gente cuando hablaban de «amigos». Solo había que ver a Steve y su función en la vida de los Leister. No necesitaba un guardaespaldas, gracias.

Me despedí amablemente de él y me apresuré en entrar en la estación, no fuera a ser que le diera por llamar a mi madre o algo parecido..., ya me esperaba cualquier cosa.

Subí al vagón, le entregué mi billete de tren a una señora bastante amable y me acomodé en mi asiento, mirando por la ventana y deseando llegar a aquella magnífica ciudad. Intenté olvidar cuando Nick me prometió tiempo atrás que sería él quien me llevaría a Nueva York, que iba a ser él quien me iba a enseñar esa gran metrópolis. De eso ya había pasado casi una vida o, al menos, así me lo parecía.

Cuando llegamos al destino, lo primero que hice al bajarme del tren fue coger un taxi para que me llevara al motel donde había reservado una habitación. Mientras circulábamos por la ciudad me quedé anonadada con lo que veía a través de la ventanilla. Los impresionantes rascacielos parecían no tener fin y había tanta gente en las calles que uno se sentía como una hormiguita, un grano de arena... Era espectacular, espectacular, pero a la vez sobrecogedor.

Cuando el taxista se metió por una callecita un poco oscura, y eso que eran las cuatro de la tarde, me entró un poco de apuro. Sin embargo, no respondía a ninguna mala intención: en ella estaba el motel que, aunque no era horripilante, no tenía nada que ver con la foto que yo había visto en la página web.

El taxista me bajó la maleta, le di una mísera propina y se marchó por donde había venido, dejándome allí, perdida en la Gran Manzana. Respiré hondo y entré en el establecimiento, que tenía más pinta de hogar para los sintecho que de motel.

La chica que había tras el mostrador apenas levantó la mirada de su revista cuando me coloqué frente a ella arrastrando mi maleta.

—¿Nombre? —dijo masticando un chicle de forma sonora y repugnante. Siempre he odiado los chicles.

—Noah Morgan. Tengo una reserva —le contesté mirando a mi alrededor. Decidido: aquello no era un motel, sino un edificio bastante maltrecho donde reservaban habitaciones.

Suspirando, abrió un cajón y sacó una llave de entre un montón.

—Toma y cuídala porque solo hay una. El desayuno consta de lo que quieras sacar de esas máquinas expendedoras; el almuerzo y la cena corren de tu cuenta.

Asentí intentando que mis primeras horas en Nueva York no consiguiesen deprimirme. A ver, solo necesitaba una cama. Además, al pasar por delante de las máquinas expendedoras vi que había galletas Oreo... ¿Qué más podía pedir?

Dejé mi maleta en el minúsculo cuarto que me habían asignado y salí a dar una vuelta. Abandoné la claustrofóbica y oscura calle donde estaba el motel y empecé a caminar por la ciudad. Descubrí que algunas calles más allá, tal como decía la página web, estaba Central Park.

No sé cómo explicar cómo es ese lugar, llevaba caminando diez simples minutos y ya quería irme a vivir allí. Hacía calor, y la gente estaba tumbada en la hierba tomando el sol, los niños jugaban con la pelota, otros con sus perros... Asimismo, había muchos corredores y otros que practicaban otro tipo de ejercicio. El ambiente era increíble, la naturaleza en medio de una ciudad llena de contaminación y embotellamientos.

Me acerqué al lago, había patos surcando sus aguas, a los que muchos les daban de comer. Por un segundo levanté la cabeza hacia el cielo azul de julio y me dejé llevar por esa sensación de estar sola, de estar sola, pero feliz, en medio de un lugar donde nadie me conocía, ni a mí ni a mi historia, donde ni Nicholas ni mi madre ni William ni la gente que me había juzgado por nuestra ruptura podía mirarme con cara de pena o de enfado. Había sido horrible, la noticia había corrido como la pólvora por el campus de la universidad, donde Nick era una leyenda. Nos habíamos convertido en la pareja que todo el mundo admiraba, miraba de reojo, y que hubiese sido yo la que había metido la pata hasta el fondo... Bueno, la gente puede llegar a ser muy cruel.

Me pasé el resto de la tarde allí en el parque, leí, me compré un perrito caliente y paseé. Cualquiera podría pensar que estaba loca, que con todos los lugares que había por conocer por qué me quedaba allí sin ponerme en plan turista. Lo hice porque a veces es bueno tomarse un tiempo para simplemente estar, para simplemente ser una más entre muchos, y en aquel instante lo único que quería hacer era eso, quería paz... paz y tranquilidad.

Aunque no duró mucho tiempo.

Casi me da un infarto cuando al doblar la esquina para meterme en la callecita del motel vi aparecer a un hombre alto, trajeado, que surgió casi de entre las sombras. A punto estuve de echar a correr, pero entonces reconocí quién era y me llevé una mano al corazón, intentando recuperarme del susto.

—¡Joder, Steve! —solté sin ni siquiera arrepentirme del taco. ¿Qué demonios estaba haciendo allí?

—Noah —dijo simplemente mirándome de malas maneras. Me rodeó el brazo con su mano y casi me obligó a entrar en el motel—. Coge tus cosas, por favor.

Fruncí el ceño dejando que me llevara hasta mi puerta, pasamos delante de la recepcionista, que parecía estar flipando igual que yo. Conseguí recuperarme del estupor y soltarme de un tirón para hacerle frente.

—¿De qué vas, Steve? —le espeté notando el cabreo crecer en mi interior—. ¿Por qué has venido?

—Nicholas me ha dicho que te recoja, este sitio es peligroso. —Steve respondió como lo que era, un hombre práctico y de pocas palabras. El señorito Leister mandaba y sus lacayos obedecían. ¡Qué suerte que yo ya no perteneciera a ese estúpido círculo!

—No me voy a ninguna parte —contesté pasando delante de él y abriendo la puerta de mi habitación.

¿Qué pensaba hacer? ¿Dejar allí a Steve y cerrarle la puerta en las narices? Él no tenía la culpa de trabajar para un idiota.

—Noah, olvídate de Nicholas, no deberías ir sola por Nueva York y menos por esta zona, es peligroso. Simplemente déjame llevarte a un lugar donde no corras ningún peligro.

¡Dios, era absurdo!

—¡Pero ¿cómo me habéis encontrado?! —No pude evitar gritar. Le di la espalda y me llevé las manos a la cabeza.

La ventana que había junto a la cama daba a un callejón sin salida, con escaleras de incendios incluida. Desde allí podía ver los cubos de basura y algunas personas fumando en una esquina. He de reconocer que muy buena pinta no tenía e incluso me había planteado seriamente gastarme mis últimos ahorros en un alojamiento un poco más decente, pero me fastidiaba que me obligasen a hacerlo y mucho más Nicholas. Él había perdido todo el derecho de preocuparse por mí y ¿ahora me venía con estas?

—¿Qué te ha dicho Nicholas que hagas exactamente? —le pregunté volviéndome hacia él.

Steve me devolvió la mirada de forma imperturbable.

—Me dijo que te sacara de este antro y te llevara a un hotel en condiciones.

Que me llevara... O sea, que mandaba a Steve y ni siquiera pensaba dar la cara. Pues de eso nada.

—Quiero hablar con él —le exigí cruzándome de brazos.

Steve me miró dubitativo.

—Hoy ha quedado al salir del trabajo, tiene una reserva para cenar...

Sentí un pinchazo en el corazón y mi yo cuerdo casi me da una patada en la espinilla. «¿Qué te creías, idiota, que se había convertido en monje o qué?»

—¿A qué hora ha quedado? —inquirí tratando de que no me temblara la voz.

Steve suspiró.

—Dentro de media hora —contestó.

—Pues llámalo al móvil. A mí no me lo va a coger.

Steve me aguantó la mirada unos segundos y asintió. Antes de hacer la llamada, sin embargo, tomó la maleta que aún no había deshecho y me acompañó a la calle, donde estaba aparcado el coche. Me abrió la puerta para que subiera y, una vez que se hubo acomodado en el asiento del conductor, marcó el número de Nick con el manos libres.

—Nicholas, Noah quiere hablar contigo —anunció cuando la voz de Nick respondió.

—No quiero hablar con ella —declaró su voz al cabo de un segundo.

Quité el manos libres y me coloqué el teléfono de Steve en la oreja.

—¿Ya no pronuncias mi nombre? —le recriminé sin poder refrenarme.

—Solo si es estrictamente necesario —me contestó. Sabía que podía colgarme en cualquier momento, así que traté de calmarme, pero no pude evitar soltar lo que dije a continuación:

—No pronuncias mi nombre, pero mandas a Steve para que me lleve a un hotel en condiciones... Explícame eso, Nicholas, porque te juro que estoy muy confusa.

Me pareció que mis palabras le afectaron de cierta manera, porque oí cómo suspiraba contra el teléfono.

—Me llamó Greg para informarme de que se había quedado preocupado al enterarse de dónde pensabas hospedarte los próximos días —comentó como quien no quiere la cosa.

¡Maldito Greg Tavish! ¿No podía meterse en sus asuntos? No era mi padre.

—¿Lo has hecho por Greg, entonces? —le pregunté y hasta yo noté la decepción en mi voz.

—Déjalo ya, Noah —dijo y noté el cambio en su voz, cómo se inundaba de rabia—. Tienes una reserva en el Hilton a tu nombre, ¿quieres usarla? ¡Genial! ¿No quieres? Me importa una mierda.

No tuve tiempo de decir nada más porque colgó.

Steve me observaba en silencio, expectante, esperando a ver qué decidía. No pensaba hacer lo que me pedía Nick. Me había besado y después se había marchado sin decir nada. Ahora se molestaba en alquilarme una habitación de hotel... ¿y se suponía que no tenía que hacer nada al respecto? Podía fingir lo que quisiese, podía decirme que ya no le importaba lo que hiciese o dejase de hacer..., pero yo lo conocía: era Nicholas, la fuerza se le iba por la boca.

En ese momento tomé una decisión arriesgada.

—Llévame a su casa.

A Steve no pareció entusiasmarle mucho la idea, pero le dije que o me llevaba o no pensaba moverme de allí. Al ser consciente de que lo estaba poniendo entre la espada y la pared, me sentí un poco culpable, pero no cedí ni un ápice: esa iba a ser la única forma de hacerme dejar este motel.

Aproveché el paseo para mirar por la ventanilla. Aunque no me gustara admitirlo, ir en el coche con Steve me hacía sentir segura, protegida por así decirlo. Debía admitir que llegar a una ciudad como Nueva York tú sola y sin nadie con quien compartir la experiencia era bastante deprimente y también daba un poco de miedo.

—Estamos llegando —me informó Steve al cabo de un rato.

Empecé a ponerme nerviosa y más cuando nos detuvimos junto a un edificio increíble, alto como muchos y con unas vistas impresionantes al Upper East Side. El río estaba a mi derecha y un poco más lejos se veían claramente las copas de los árboles de Central Park. Habíamos tardado poco más de media hora y supuse que esa parte del parque tenía que ser la que estaba al lado contrario al que había visitado esa mañana.

Empecé a jugar con mi pelo. ¿Qué iba a decirle? En realidad no es que me pusieran nerviosa las palabras, sino conocer cómo era su vida ahora, verlo en este ambiente, verlo siendo el Nicholas Leister que vivía solo en un piso en medio de la ciudad de Nueva York, el abogado y empresario en estado puro... Yo no había conocido esa faceta suya, yo había conocido al Nick que salía de fiesta, al Nick que me abrazaba, el que me metía mano en los lugares más recónditos, el que se jugaba el cuello en carreras callejeras y se metía en peleas para ganar dinero... El Nick que estaba enamorado, el Nick que me adoraba y se moría si pasaba más de veinticuatro horas sin saber de mí, hablar conmigo o verme.

¿Dónde estaba ese Nick ahora?

Steve se metió en el aparcamiento de aquel imponente edificio y empecé a notar cómo los nervios se apoderaban de mí.

—¿Está en casa? —le pregunté después de bajarme del coche, mientras lo seguía hasta el ascensor.

—No.

Respiré hondo y vi cómo Steve tecleaba un código que había junto a los demás botones de las plantas. Con asombro vi que había 62... —madre mía, 62 plantas...— y el código era para el ático.

La subida en ascensor se me antojó supersónica y, cuando el ding de la puerta resonó en la cabina rompiendo el silencio que se había instalado entre los dos, no pude evitar sobresaltarme.

Las puertas se abrieron y dieron directamente a un recibidor bastante grande con un espejo que me devolvió la mirada. Tengo que decir que me costó reconocerme en ese reflejo, parecía realmente atacada, por lo que me apresuré a cambiar la expresión: no podía aparentar nerviosismo, tenía que parecer segura de mí misma.

Me hubiese gustado llevar puesta otra cosa y no una simple falda vaquera, unas Converse rosas y una camiseta básica blanca. Parecía una cría de quince años.

Antes de seguir a Steve tiré de la gomilla con la que me sujetaba el pelo y lo dejé caer suelto tras mi espalda... Eso ayudaría, ¿no?

Seguí a Steve hasta el interior del piso. ¡Uf! Aquello no tenía nada que ver con el apartamento que había alquilado en Los Ángeles... Aquello era... era jugar en otra liga. Sabía que había heredado una gran fortuna de su abuelo y también sabía, obviamente, que el dinero nunca había sido un problema para él, pero aquel apartamento eran palabras mayores.

Era muy grande, sin paredes, aparte de unas columnas que se distribuían estratégicamente para crear espacios concretos. La cocina estaba a la derecha, y los sofás que había en el centro se orientaban hacia los grandes ventanales que dejaban ver la ciudad en todo su esplendor. El parquet del suelo relucía y algunos segmentos estaban cubiertos por gruesas alfombras de color beige que debían de ser lo suficientemente mullidas incluso para poder dormir sobre ellas. En un extremo, junto a un minibar de cristal, arrancaba una imponente escalera de mármol oscuro.

¿Aquí vivía Nicholas ahora? ¿Esto era suyo? ¿Vivía solo?

Steve suspiró de nuevo y me miró con el ceño fruncido.

—¿Estás segura de que quieres hacer esto, Noah? No le va a gustar nada.

—Por favor, Steve —le dije casi suplicándole—. Déjame hacer esto a mi manera... Yo solo... solo necesito una oportunidad para hablar con él.

Steve me observó como quien mira a un niño que acaba de enterarse de que Papá Noel en realidad no existe: con pena.

Él asintió con pesar y, tras decirme que lo avisara si necesitaba algo, se fue. Subí la escalera y de repente me sentí muy cansada. Abrí la primera puerta que encontré: era una habitación, no sabía si era la de Nick o la habitación de invitados, pero me tumbé encima de la cama y miré al techo.

Lo esperaría... Esperaría despierta hasta que volviera y, cuando lo hiciera, haría absolutamente todo lo necesario para hacerlo volver a creer en mí, en lo nuestro, en el perdón y en el amor.

13

NICK

Me subí al coche y salí del aparcamiento de la oficina pisando a fondo el acelerador. Debería haber cancelado la cena, debería haberme ido, debería haberle dicho todas esas cosas que me moría por decirle, todas esas cosas que aún guardaba dentro y que estaba seguro algún día pugnarían por salir.

Me apreté el puente de la nariz, intentando tranquilizarme. No podía presentarme así en la cena, no sería correcto... ni justo.

Tenía que quitarme a Noah de la cabeza. Estaba seguro de que no rechazaría lo del hotel, no era tonta, sabía que sería una locura quedarse en ese barrio de mala muerte y, si no me hacía caso, no sería mi problema. Una vocecita interna me gritó «¡Mentiroso!» bien alto y claro, pero la ignoré al mismo tiempo que atravesaba la ciudad y llegaba hasta uno de los restaurantes más de moda del momento, esperando que fuese una noche tranquila.

Cuando le tendí las llaves del coche al portero para que lo estacionara, vi a la chica morena que había en la puerta. El vestido que llevaba era elegante y caro, las sandalias de tacón que calzaba la hacían parecer mucho más alta de lo que en realidad era y su pelo oscuro brillaba al caer en cascada por su espalda.

Su mirada se iluminó al verme, aunque intentó disimular lo mejor que pudo. Sentí un pinchazo de culpabilidad en el pecho, pero yo ya le había dejado muy claras las cosas y ella parecía haberlas entendido.

—Hola —dije forzando una sonrisa cálida.

Sus dientes blancos relucieron cuando le rodeé la cintura con el brazo y me incliné para darle un rápido beso en la mejilla. Olía a frambuesa con una mezcla de limón... Siempre olía a algún tipo de fruta y eso me gustaba.

—Creí que no vendrías —me confesó mientras la empujaba ligeramente por la espalda hasta entrar al restaurante. Las cosas estaban difíciles ahora y lo último que quería era un fotógrafo haciéndonos fotos.

—Me ha surgido un pequeño imprevisto, lo siento —le comenté para después decirle mi nombre al camarero, quien se apresuró a conducirnos a la mesa que había reservado casi con un mes de antelación.

El lugar era agradable, cálido, a lo que contribuía una tenue iluminación. Había música en directo, ejecutada por un pianista. Por algún extraño motivo esa luz y esa agradable música me relajaron... Respiré hondo y disfruté al verme sentado delante de aquella mujer, la mujer que me había apoyado desde que rompí con Noah, la que había estado a mi lado y la que se había convertido en una buena amiga.

—Estás guapa —le dije sabiendo que eso conseguiría sacarle una sonrisa. La razón por la que con ella las cosas eran distintas estaba clara, al menos para mí.

Sophia sonrió con timidez y cogió la carta con soltura. El camarero se nos acercó y cada uno pidió un tipo de vino diferente. Ella era más de vino blanco; yo, en cambio, de tinto o más concretamente de un buen burdeos del 82. Por un instante me acordé de Noah, de cómo no tenía ni pajolera idea de vinos ni de comida ni de muchas cosas en realidad. Su simplicidad me había cautivado, me había hecho creer que podía enseñarle de todo, que podía regalarle el mundo...

Carraspeé, obligándome a volver a la realidad.

¿Estaría ya en el hotel? ¿Estaría duchándose? ¿Estaría llorando? ¿Durmiendo? ¿Comiendo? ¿Echándome de menos?

«¡Para!», me ordené a mí mismo y centré mis ojos en mi bella acompañante.

Las cosas con Sophia habían surgido sin ni siquiera planteármelo. Al principio, después de lo de Noah, me había convertido en una persona que apenas era capaz de mantener una conversación coherente con alguien, todo me molestaba, estaba irascible, cabreado con el mundo, herido y sin querer relacionarme con nada ni nadie.

Me había encerrado en el apartamento, me había hundido en la autocompasión... El teléfono sonaba y yo lo ignoraba; los correos se acumulaban en la bandeja de entrada y ni los leía... Me convertí en alguien totalmente autodestructivo. Bebía hasta quedarme casi inconsciente sobre la cama, rompí muebles, golpeé cosas... Hasta me lastimé la mano dos veces. Me metí en una pelea en un bar, aunque por fortuna no llegó la sangre al río. Mi mente divagaba, imaginaba cosas, se sumía en un bucle de odio, tristeza y decepción. Nadie, ni siquiera Lion, consiguió hacerme entrar en razón, ayudarme; mi padre vino a verme, me gritó, después intentó hablar conmigo más civilizadamente, volvió a gritarme y luego desapareció. No quería escuchar a nadie, no me interesaba... En esos momentos sentía un dolor en el pecho insoportable, me sentía traicionado. Hasta que un día Sophia se presentó en mi apartamento.

Siempre había sido una chica sensata, con las ideas claras. Me gritó de todo, para qué voy a mentir, y no porque yo le importase o estuviese preocupada por mí, más bien porque dependía de mi trabajo y yo apenas pasaba por el bufete. Me gritó que si estaba tan mal me marchara a Nueva York, me echó en cara tantas cosas, estaba tan enfadada por mi actitud —según ella, inmadura e irracional— que solo se me ocurrió una forma de callarla.

La cogí por la cintura y la empotré contra la pared. Nos quedamos mirándonos, yo destrozado, ella confusa, y simplemente hice lo que me apeteció en aquel momento, lo que mi cuerpo necesitaba y lo que mi mente enfermiza quiso hacer para vengarse de Noah.

Follamos durante toda la noche, sin parar, sin descanso, sin tregua y lo mejor de todo fue que, cuando terminamos, Sophia se levantó, se vistió y se marchó sin decir nada.

Al día siguiente fui a trabajar. Ella me habló como si nada hubiese pasado, como si siguiésemos siendo los mismos compañeros de trabajo que simplemente se soportan y que comparten despacho. Yo actué igual que ella, como si no hubiese pasado nada, hasta que un día se levantó, cerró la puerta del despacho, se me acercó y sentándose en mi regazo me convenció para que repitiéramos.

Que quede clara una cosa: ambos sabíamos que eso no llegaría a nada. Sophia era consciente de que yo estaba destrozado por lo de Noah y ella simplemente necesitaba a alguien que le calentase la cama de vez en cuando. Cuando hablamos del tema, ni se inmutó y aceptó mis condiciones: que solo era sexo y que podíamos hacer lo que nos diera la gana.

Me veía con otras, claro, y Sophia era libre de tener encuentros con otros hombres si quería, aunque nunca hablábamos de eso. Ella sabía las cosas que hacía y parecía aceptarlo y a mí me traía sin cuidado con quién salía, se acostaba o quedaba para tomar un café. Eso sí..., a ella la trataba con el respeto que se merecía. Era mi amiga, la única que me ayudó, me obligó a levantarme de la cama y consiguió que me centrara en el trabajo.

Y poco después de aceptar mi puesto en Nueva York, mi abuelo murió, y lo demás es historia.

Ahora estábamos cenando en un bonito restaurante, ella me había dicho que necesitaba hablar conmigo y yo solo podía pensar en que Noah estaba en la ciudad, en que me moría de ganas de ir a su encuentro y de hacerle el amor como solo yo sabía para recordarle a quién había engañado y lo que se estaba perdiendo.

Me pasé la mano por la frente y me centré en Sophia.

—Tengo que pedirte un favor —me dijo después de que estuviésemos hablando de algunos temas banales y, sobre todo, de cosas relacionadas con el trabajo. Sophia nunca parecía descansar, su ambición no tenía límites y, además, ahora su padre se presentaba a las elecciones de gobernador de California. Era la chica que todos se rifaban y que todos parecían conocer. Eso a mí me traía sin cuidado, pero cuando empezó a hablar, tuve que obligarme a prestarle atención—: Necesito que formalicemos lo nuestro.

La miré sin entender ni una de las palabras que salieron por su boca.

—De cara al público, claro está —aclaró llevándose la copa a los labios—. Mi padre me exige que aparentemos estabilidad, que seamos un fuerte unido. No deja de presentarme a tíos, a hijos de sus amigos que solo quieren estar conmigo porque soy hija del senador Riston Aiken, es horrible, no lo soporto.

—Espera, espera —dije intentando comprender lo que me acababa de decir—. ¿Me estás diciendo que quieres filtrar a la prensa que estamos juntos? ¿Como pareja oficial y todo eso?

Sophia asintió y se llevó un ravioli a la boca.

—Por supuesto, tú puedes seguir haciendo lo que quieras... si eres discreto. Pero de cara a la galería necesito tener un novio formal. ¿Harías esto por mí?

En otro momento me habría reído en su cara, pero justo aquel día, justo después de haber hablado con Noah, de haberla besado en la boda de Jenna y haber notado cómo el pasado volvía a darme de lleno en la cara..., lo que Sophia me pidió no me pareció tan mala idea.

Escuché una vocecita en mi mente recordándome las consecuencias de aceptar la propuesta de Sophia. Sabía que si lo hacía, si confirmaba estar saliendo con ella, si la prensa filtraba la noticia de que éramos novios, Noah sufriría mucho... Aceptarla me convertiría en un auténtico capullo, pero quizá sería el modo de que por fin entendiera que teníamos que pasar página.

Volví a casa a eso de la una de la madrugada. Sophia me preguntó si quería ir a dormir con ella a su hotel —estaba en Nueva York solucionando algunas cosas de la empresa en la que yo ya no trabajaba, pero se marchaba al día siguiente—, pero decliné su ofrecimiento: no estaba de humor.

Llegué al apartamento, que solo estaba iluminado por tenues luces que le otorgaban calidez. Dejé las llaves sobre la mesa de la cocina y me volví a servir otra copa.

Ese apartamento había pertenecido a un amigo de mi padre, que cuando se enteró de que me mudaba a Nueva York me lo ofreció a un precio que no pude rechazar. Quería empezar de cero, en un lugar que pudiera considerar como propio y no aceptar el ofrecimiento de mi padre para que me instalara en un piso que tenía en Brooklyn —al margen de varias oficinas repartidas por Manhattan—. No quería recordar lo que viví en esa ciudad siendo un niño.

Al descubrir que mi padre había engañado a mi madre durante prácticamente todo su matrimonio, el odio que sentía hacia ella se había transformado y convertido en algo diferente. Una parte de mí comprendió, más o menos, por qué todo se había ido al garete, y odié a mi padre por hacerme sentir lástima por ella. Odiaba a mi madre, eso no había cambiado, pero toda aquella historia con la madre de Noah me hizo replantearme si aquel odio era justificado o no.

Engaños... ¿Cómo podía culpar a mi madre por haber perdido la cabeza después de haberla perdido yo por idéntico motivo?

Nunca le perdonaría que me hubiera abandonado, eso sí que no tenía justificación alguna, pero ¿quién era yo para juzgar las reacciones de una pareja después de pasar por algo así? Volví a pensar en Noah... Era duro ver cómo el futuro que habías creado con una persona, todas esas imágenes de lo que quedaba por venir, se esfumaba delante de tus narices.

Había imaginado una vida plena con ella, sabía que no iba a ser una relación fácil... No era idiota, nuestra relación no era idílica, pero los problemas habían venido por terceras personas. Habría puesto la mano en el fuego por Noah si alguien hubiera insinuado que pudiera haberme engañado con otro, lo hubiera tildado de loco...

Y allí estábamos...

Me terminé la copa y fui hacia mi habitación.

Entré sin molestarme en encender las luces y me quité la camisa, dejándola tirada de cualquier forma por el suelo. Ya la recogerían mañana los del servicio.

Me volví hacia la cama con la intención de encender una de las lámparas y me quedé congelado, literalmente, cuando vi quién estaba entre mis sábanas.

El corazón empezó a latirme de forma alocada en el pecho, casi haciéndome daño, casi consiguiendo que me pitaran los oídos. La respiración se me aceleró, todo mi cuerpo reaccionó a esa imagen de Noah dormida sobre mi cama, fue como volver al pasado, como cuando regresaba y la tenía allí esperándome, con sus piernas de suave piel enroscadas a una almohada, con sus brazos por encima de las sábanas, con su pelo esparcido por el colchón...

Cerré los ojos un segundo y casi pude sentir lo que sería tumbarme junto a ella, apartar las sábanas blancas de su cuerpo y dejar que mis dedos acariciaran su piel... Lentamente la volvería hacia mí, ella abriría los ojos, medio dormida, pero sonreiría contenta de verme, con aquel brillo que siempre conseguía sacarle cada vez que la tocaba. «Te estaba esperando», me diría y yo me inflaría con todo ese amor que nunca creí poder llegar a sentir. Me colocaría encima de ella, le apartaría el pelo rubio con cuidado y, despacio, posaría mis labios sobre los suyos, hinchados por el sueño, suaves y anhelando mi contacto. Mi brazo bajaría por su espalda, colándose por el hueco de su columna y la levantaría levemente del colchón para conseguir pegar su cuerpo al mío sin llegar a aplastarla. Besaría suavemente la parte superior de su cuello hasta llegar a su oreja, luego aspiraría el aroma de su piel, un aroma que no era frutal ni dulce ni nada parecido a ningún caro perfume, simplemente olería a Noah..., solo a ella.

Abrí los ojos obligándome a volver a la realidad. Casi deseé que hubiese sido una ilusión verla allí en mi cama, entre mis sábanas. No podía flaquear, por mucho que me picaran las manos de tantas ganas que tenía de tocarla, no pensaba ceder ante ella, no tenía ni idea de qué hacía allí, pero dejé que la rabia devorara cualquier otro sentimiento y salí de la habitación pisando fuerte.

14

NOAH

Escuché un ruido y mis ojos se abrieron casi sin darme cuenta. Al principio no supe dónde estaba, pero el olor que me rodeaba me tranquilizó: estaba en casa. Estaba con Nick.

Tardé unos segundos en comprender que esa última frase no tenía ningún sentido..., al menos no ahora. Me incorporé en aquella cama desconocida y gracias a la débil luz que se filtraba por la puerta entreabierta pude echar un vistazo a mi entorno. Finalmente y con un nudo en el estómago, me bajé de la cama y salí hacia el salón. Las luces estaban apagadas y solo unas lucecitas tenues, de esas que impiden que tropieces si te levantas en mitad de la noche a beber un vaso de agua, estaban encendidas. Me desplacé descalza hasta que lo vi: estaba sentado en el sofá, frente a una mesita de cristal donde había un vaso y una botella medio vacía, con los codos apoyados sobre sus rodillas y la cabeza hundida entre sus manos. Seguramente había sido un golpe bajo para él encontrarme en su cama, como si nada, como si aquel fuese mi piso y tuviese algún derecho para esperar dormida a que él llegara. Me sentí como una intrusa.

Debí de emitir algún sonido o simplemente notó mi presencia porque su cabeza se volvió despacio en mi dirección. Tenía los ojos brillantes y, al ver cómo su mandíbula se apretaba con fuerza, quise salir corriendo en la dirección contraria. Pero lo conocía, lo conocía lo suficiente como para saber que debajo de todo ese odio que parecía consumirlo, el amor que sentía por mí, o había sentido, seguía allí en su corazón, igual que el mío, esperando el momento indicado para que volviésemos a querernos.

—¿Qué haces aquí, Noah? —me preguntó y casi me derrumbo allí mismo al notar lo destruida que sonaba su voz.

—Estoy aquí por ti —respondí encogiéndome de hombros levemente. Mi voz parecía un eco de la suya. Nicholas se echó hacia atrás en el sofá y cerró los ojos a la vez que suspiraba fuertemente.

—Tienes que irte... Tienes que marcharte de mi vida —dijo aún sin mirarme.

Se inclinó con la intención de servirse otra copa, pero no lo quería borracho, no, lo quería lúcido, lúcido para mí, porque necesitaba que comprendiera lo que iba a decirle.

Deshice el espacio que nos separaba, cogí la botella, rozando mis dedos con los suyos en el proceso y se la arranqué de las manos para volver a colocarla en la mesa, lejos de él, de nosotros.

Levantó la mirada hasta posarla en mí, de pie entre sus piernas, y vi que sus ojos estaban rojos, pero no solo por el alcohol.

Estiré la mano con la intención de acariciarle el pelo. ¡Dios!, necesitaba borrar esa expresión de dolor de su cara, ese dolor que estaba ahí por mi culpa, pero su mano me sujetó por la muñeca antes de que pudiera hacerlo. A mí me dio igual porque su mano entró en contacto con mi piel, y eso fue suficiente para mí. La chispa, esa chispa que siempre se encendía entre los dos, esa sensación de fuego, de puro deseo carnal, ese mismo deseo que llevábamos sintiendo desde el mismísimo instante en que entré en la cocina de su antigua casa y lo encontré allí, buscando algo en la nevera. Desde ese momento supe que algo mío dejó de pertenecerme.

Dudó durante unos segundos que se me hicieron eternos, pero después tiró de mí, mi cuerpo chocó contra su pecho y sus manos me ayudaron a sentarme sobre su regazo, con ambas rodillas sobre el sofá, junto a sus muslos. Mis manos lo cogieron por la nuca y las suyas se detuvieron en mi cintura. Nuestros ojos se encontraron en la penumbra y me dio miedo seguir adelante. Dudé y él también; era como si estuviésemos a punto de tirarnos por un precipicio, podríamos tener la suerte de caer sobre agua o la desgracia de caer sobre piedra, y eso solo lo descubriríamos si saltábamos.

Me miró un segundo que se hizo eterno para después estampar su boca contra la mía y lo hizo tan bruscamente que mi cabeza no pudo asimilarlo... Mis labios se abrieron por el impacto y su lengua inundó el interior de mi boca, haciéndome estremecer. No tardó en encontrar mi lengua, que se enroscó con la suya sin dilación, como si la vida nos fuera en ello. Mis manos tomaron su nuca para acercarlo a mí, a la vez que las suyas acariciaron mis muslos, desde la rodilla hasta el trasero, y allí se quedaron apretándolos con fuerza, logrando que nuestros cuerpos chocaran y nos dieran placer con el roce; casi puse los ojos en blanco, había pasado demasiado tiempo..., demasiado tiempo desde que no sentía nada, absolutamente nada. Llegué a creer incluso que mi cuerpo estaba muerto, que mi libido había desaparecido tras la ruptura, pero ¡qué equivocada estaba! Una simple caricia, un simple roce de las manos de ese hombre, consiguieron hacerme perder la cabeza.

Me aparté de su boca para poder respirar y sus labios dibujaron un reguero de besos por mi mandíbula, lo que me causó escalofríos. Tenía el pecho desnudo y mis dedos bajaron de su cuello y lo acariciaron. Todos y cada uno de sus malditos abdominales se tensaron ante el contacto de mis uñas contra su piel.

Nicholas emitió un gruñido gutural y se apartó de mi cuello buscando mis ojos.

—¿Qué quieres de mí, Noah? —preguntó cogiendo mis manos y apartándolas de su cuerpo casi a la fuerza.

Me fijé en su torso, en el sudor que perlaba su piel ante la tensión que ambos sentíamos al pensar que lo que estaba a punto de pasar pondría nuestros mundos del revés... otra vez.

—Solo... hazme olvidar... —le pedí con un nudo en la garganta— por unos minutos... Solo finge que me has perdonado.

Noté que su pecho subía y bajaba, acelerado, y también cómo aflojaba la tensión con la que sujetaba mis manos. Las liberé y las enredé en su pelo, otra vez, obligándolo a que se centrara en mí y no en todo lo que nos rodeaba. En esta ocasión fui yo quien posó los labios sobre los suyos. ¡Dios, me sabían a gloria! Besarlo era lo que más había echado de menos, era adicta a sus besos y necesitaba más, necesitaba sentir esos labios en todas partes, lo necesitaba de una forma casi dolorosa.

—Lo haré... —aseguró separando la espalda del sofá para pegarse a mí.

Nuestras narices casi se rozaban—. Olvidaré por unos minutos lo que nos hiciste..., pero mañana te irás, te irás de mi vida y me dejarás en paz.

Mi corazón se detuvo, lo hizo creo que literalmente, pero me obligué a ignorar aquel detalle que acababa de aclarar. Iba a olvidarse... Eso había dicho, ¿no? Con eso me bastaba, ya afrontaría la otra parte mañana.

Asentí, aun sabiendo que mentía, pero no pensaba rechazar la oportunidad de estar con él, en menos de media hora había conseguido hacerme sentir viva otra vez, y no podía renunciar a eso.

Sus manos me cogieron con fuerza por los muslos y se levantó del sofá, llevándome con él. Le rodeé el cuello con los brazos y junté mis labios con los suyos. ¡Qué bien sabían!, ¡qué bien olían! Olían a él, a mi Nick, a la persona que amaba con locura, casi con desesperación.

Me llevó hasta su habitación y me depositó sobre el colchón casi con reverencia, con mucho cuidado, como si temiera que fuese a desaparecer. Él se quedó a los pies de la cama, observándome. Al darme cuenta, me apoyé en los codos para incorporarme y observarlo a mi vez. ¿Cómo podía ser tan perfecto? Su pelo estaba revuelto, sus labios se veían más gruesos después de mis besos, su barba de dos días era sumamente favorecedora. Con ella me había arañado la piel antes, pero me daba igual; de repente, quería notar ese roce en otras partes de mi cuerpo. Estaba temblando, temblando de deseo, puro y carnal, por ese hombre.

—No vamos a follar —sentenció mientras tiraba del cinturón de sus pantalones y lo dejaba caer al suelo. La sorpresa debió de ser patente en mi rostro, también la desilusión, porque me sonrió, no como solía hacerlo, no con calidez, lujuria y amor, sino más bien como quien está aclarando algo obvio a una niña de diez años que le resulta adorable—, pero podemos hacer otras cosas.

Se acercó a mí, acomodándose entre mis piernas, colocó su mano en mi estómago y ejerciendo presión hizo que me tumbara del todo sobre el colchón. Acto seguido, se inclinó sobre mí y tiró de mi falda hasta despojarme de ella y lanzarla de cualquier manera en el suelo. Con la rodilla me separó las piernas y pronto sus manos subieron mi camiseta hasta quitármela por la cabeza y hacerla desaparecer de su vista.

Por un instante sus ojos se posaron sobre mi cuerpo, sobre mis pechos, cubiertos por un sujetador de encaje de color rosa que no era nada del otro mundo, pero era cómodo, o al menos eso había pensado al ponérmelo aquella mañana para salir a visitar la ciudad. Frunció levemente el ceño y la palma de su mano, que aún estaba sobre mi estómago, se movió hacia mi costado y me levantó levemente hasta que sus labios se posaron sobre mi ombligo.

—Estás más delgada —dijo en un susurro que ni siquiera registré.

Su boca fue descendiendo hasta llegar a la parte superior de mis braguitas. Sus manos, mientras tanto, acariciaban mis piernas, de arriba abajo. Sus ojos buscaron los míos y casi sufro un colapso al ver la lujuria desmedida que parecían desprender. Se bajó de la cama, se arrodilló y con rapidez me las quitó.

Sentí cierto reparo. No es que me diese vergüenza, simplemente hacía mucho tiempo que nadie me tocaba, meses, y mucho más desde que Nick no lo hacía. Me moví un poco inquieta y él pareció darse cuenta porque, a pesar de que su respiración delataba que se moría por continuar, clavó su mirada en mí un segundo, pidiéndome que me tranquilizara. Fue un segundo, pero fue Nick..., el Nick de antes, quien me devolvió la mirada. Cerré los ojos y me quedé con ese gesto, lo visualicé en mi cabeza durante un instante hasta que me tranquilicé.

—Nick...

—Chis.

Su boca fue resiguiendo mis muslos, primero simplemente fueron besos, pero después sentí sus dientes en mi piel; en efecto, me mordía ligeramente para después pasar la lengua de forma sensual. Me revolví en la cama y su mano me apretó el estómago contra el colchón, inmovilizándome.

—Por favor... —casi rogué, con la vergüenza perdida y retorciéndome bajo sus caricias.

Me ignoró y siguió besándome por todas partes, menos por la zona que más atenciones requería.

—¿Qué quieres, Noah? Dímelo, quiero oírtelo decir.

Cerré los ojos con fuerza y negué sobre el colchón, Dios, ¿por qué?

Sentí cómo su boca me rozaba la piel, pero sin llegar a tocarla, y me moví con frustración.

—Dilo, Noah, di lo que quieres y lo tendrás.

No me veía capaz de decirlo, no en voz alta al menos, y él lo sabía. ¿Estaba castigándome a su manera? Abrí los ojos y lo vi allí, esperando.

—Bésame —le pedí en un susurro entrecortado.

Se incorporó y se colocó sobre mí; sus labios chocaron contra los míos, me besó con brusquedad y gemí de frustración. Cuando sus caderas hicieron presión sobre las mías tuve unos segundos de alivio, tan solo unos segundos porque al darse cuenta se levantó apoyándose con sus manos.

—Esto no es como antes, Noah —dijo cogiéndome por la barbilla—. Ya no eres la dulce Noah inexperta a la que hay que enseñarle con cuidado lo que tiene que hacer...

Me fijé en sus ojos y vi que la rabia que tan bien tenía contenida se escapaba. No me gustó lo que vi, así que me incorporé un poco hasta que mis labios volvieron a encontrarse con los suyos. Deprisa y a continuación empujé sus hombros para pegarlo a mi cuerpo, para volver a sentirlo acoplado a mí. Mis piernas lo envolvieron por la cintura y noté cómo siseaba. De repente quería las cosas rápidas, no quería que hubiese lugar para dudas ni para reproches.

Mi mano se coló por sus vaqueros y noté cómo Nicholas perdía la batalla. Había olvidado lo que era tenerlo entre mis manos, lo que era notar cómo perdía el control, cómo su respiración se agitaba por mis caricias. Quería volver a sentir esa conexión, quería que nos moviéramos juntos, que nos diéramos placer sin juegos, simplemente uniéndonos en uno y dejando que todo lo demás siguiese su curso.

Rodamos sobre el colchón y me puse yo encima. Me sentí un poco insegura en esa posición, pero no pensaba dejar que lo notara. Con manos temblorosas tiré de sus vaqueros hacia abajo y, al ver que no podía, me ayudó. Segundos después él estaba completamente desnudo y yo solo conservaba mi sujetador. Él volvió a girar y me acorraló contra su cuerpo.

—Te he dicho que no vamos a follar —aclaró sujetándome las manos sobre la cabeza.

—Joder, Nicholas... —protesté frustrada, necesitaba que me tocara, necesitaba ese contacto más que nada en el mundo.

Sin previo aviso uno de sus dedos se coló en mi interior. Hice una mueca involuntaria. Para mi sorpresa, y también la de él, me hizo daño.

—¿No has...?

Me sonrojé de vergüenza... ¿Qué iba a decirle? ¿Que desde lo que había pasado, no había vuelto a dejar que nadie y mucho menos un tío se atreviese a mirarme dos veces? ¿Que mi apetito sexual se había evaporado como el agua en un desierto? ¿Que desde la última vez que lo habíamos hecho en su casa, cuando dibujé sobre su piel, no había vuelto a sentir nada?

Ni pensarlo, no era tan patética. Pero mi cuerpo me delató.

Algo cambió en su expresión, no sé si fue alivio o qué, pero no se hizo más de rogar, volvió a arrodillarse junto a la cama, tiró de mí y su lengua empezó a trazar círculos sobre la parte más sensible de mi anatomía. Gemí en voz alta, y eso lo animó a seguir.

Parecía tan necesitado como yo. Su dedo volvió a introducirse en mi interior, en esta ocasión con más cuidado, y en lugar de dolor sentí alivio; la presión empezó a ser más fuerte, su boca siguió trabajando, su mano subió por mi estómago hasta colarse por debajo de mi sujetador y apretarme el pecho con fuerza.

Todo fue demasiado, demasiado tiempo sin hacerlo, demasiadas emociones contenidas, demasiada estimulación... Mi espalda se separó de la cama y grité sin ni siquiera poder controlarme. El orgasmo arrasó con todo, me llevó al quinto cielo y me encendió como el fuego del infierno.

Nicholas siguió acariciándome hasta que me dolió su contacto y se apartó para dejar que me recuperara. Y lo hice, y deprisa. Necesitaba más y él también, ya que con su mano derecha había empezado a acariciarse, sus ojos clavados en los míos y la expresión dura de quien quiere ceder pero no puede.

No íbamos a hacerlo esa noche, pero no pensaba dejarlo así. Así que me incorporé, tiré de él y lo obligué a que se sentara. Su respiración estaba descontrolada y no me importó tomar las riendas esta vez.

Me separé y me arrodillé entre sus piernas sin quitarle los ojos de encima.

—¿Qué vas a hacer? —me preguntó con la voz ronca, ya no había vuelta atrás, habíamos entrado en ese juego de pasión, amor y odio al mismo tiempo, y no saldríamos de él tan fácilmente.

No le contesté y pasé a hacer eso que nunca había llegado a hacer.

No tenía ni idea de lo que hacía, pero a él parecía gustarle. Abrí los ojos y lo busqué con la mirada. Eso pareció volverlo loco. A continuación, su mano me sujetó el pelo con cuidado y empezó a moverse.

—Joder...

No me dejó llegar al final. Me separó de él, me cogió y me tumbó sobre la cama. Se restregó contra mí y, después, su mano tomó el relevo y yo empecé a hacer lo mismo. Sus ojos ardieron en mi cuerpo y noté cómo el segundo orgasmo amenazaba con hacerme perder el sentido.

Ambos llegamos a la vez con los ojos clavados el uno en el otro, sin apenas tocarnos, simplemente mirándonos y preguntándonos cómo habíamos llegado a ese punto.

Me quedé dormida en su cama, pero no abrazada a él, sino a una simple almohada. Él, al acabar, sencillamente se metió en el baño, se dio una ducha y salió de la habitación.

Supongo que los minutos de perdón habían llegado a su fin, y yo, la verdad, no tenía cuerpo para ponerme a pensar en todo eso. Mis sentimientos estaban a flor de piel y solo quería cerrar los ojos, cerrarlos y no analizar lo que había pasado, porque si lo hacía, me daría cuenta de que todo lo que había ocurrido había estado nublado por un velo de frialdad, no había habido amor, no, simplemente alivio carnal; habíamos dejado que nuestros sentimientos y emociones se escondieran en un rincón inalcanzable de nuestras almas para dejar que lo más primitivo ocupase su lugar.

Me hubiese gustado que Nicholas me abrazara con fuerza, que me estrechara entre sus brazos y me dijese que todo iba a ir bien; sin embargo, se marchó y no me vi con fuerzas para ir tras él.

Dejé que el sueño y el agotamiento se hicieran con el control, cerré los ojos y me dejé llevar.

15

NICK

Me arrepentí en el mismo instante en el que salí de esa habitación. Había sucumbido, había caído en la tentación, había vuelto a morder la manzana prohibida y las consecuencias, estaba seguro, iban a ser terribles.

Me dolía el corazón, si es que eso era posible. El dolor era tan fuerte y tan profundo que tuve que obligarme a mantenerme alejado de ella. Me encerré en mi despacho, intenté por todos los medios hacer como si Noah no estuviese en mi cama, procuré olvidarme de su cuerpo desnudo, de sus manos acariciándose, de su boca dándome placer... Lo había hecho tan bien, tan bien que por un instante me dio hasta rabia.

¿Se lo habría hecho a otros?

Ese pensamiento me sacó de quicio. Daba igual que en la cama hubiese parecido la misma de siempre... La misma Noah pura que yo había conocido se había acostado con otro estando conmigo. ¿Quién decía que no lo había hecho con más estando separados?

Noah en manos de otro... Joder, necesitaba salir de allí, necesitaba olvidarme de la sensación de tenerla debajo de mí, de lo suave que era su piel, de lo dulces que eran sus besos.

Su fragancia aún me perseguía, incluso después de la ducha. De repente el apartamento me parecía pequeño, y mi cuerpo solo parecía querer entrar en esa habitación y terminar con lo que había dejado a medias.

Me puse unos pantalones de deporte, una camiseta Nike blanca y las zapatillas y salí a correr por Central Park. Apenas eran las cinco de la madrugada, pero ya había gente haciendo deporte en sus calles. No me entretuve demasiado, ni siquiera calenté, simplemente, corrí, corrí y deseé con todas mis fuerzas que al llegar a casa Noah ya se hubiese marchado, que cumpliera con lo que le había pedido, que desapareciera de mi vida.

¿Quería que lo hiciese? Sí. Eso era lo único que tenía claro. Estar con ella dolía demasiado y no me veía con fuerzas de perdonar lo que hizo, simplemente no era capaz.

Llegué a casa dos horas después y todo parecía seguir igual que cuando me fui. Me metí en la habitación y volví a encontrarla entre mis sábanas.

Estaba dormida boca abajo, la sábana la cubría solo hasta la mitad, por lo que su espalda desnuda me llamaba a gritos para que la acariciara hasta que se despertara. La besaría, le haría el amor lentamente y luego iríamos a desayunar a una de las mejores cafeterías de la ciudad. Le compraría chocolate, le enseñaría todos los rincones que esa ciudad parecía esconder y luego, cuando ya estuviese cansada de hacer turismo, regresaríamos aquí y otra vez me hundiría entre sus piernas y haría que gritase mi nombre hasta quedarse sin aliento.

Tuve que darme de bofetadas para volver a la realidad: nada de eso iba a pasar, todo eso había acabado esa noche en la que descubrí que había estado entre los brazos de otro hombre.

Fui al baño y me di una ducha fría. Al salir, vistiendo solo unos pantalones de pijama grises, me la encontré sentada, con la espalda apoyada contra el cabecero y la sábana bien sujeta entre sus manos, cubriendo cualquier indicio de desnudez. Sus ojos me observaron con duda, como si no tuviese ni idea de lo que hacer. Me agaché y cogí la camiseta blanca que había tirada en el suelo. Se la lancé para que la cogiera.

—Vístete —le ordené intentando sonar tranquilo, intentando controlarme.

Noah pareció dudar y, al fijarme en su rostro, en su pelo despeinado y en esa boca que ansiaba morder con fuerza tuve que obligarme a salir de aquella habitación. Fui directo a la cocina, cogí el teléfono móvil y llamé a Steve. Él se había mudado a la ciudad y vivía en unos apartamentos no muy lejos de allí. Mi padre había insistido en que de ahora en adelante trabajara para mí y yo me había alegrado de tener a alguien de confianza para que me guardara las espaldas.

—Necesito que te la lleves de aquí —le dije notando la desesperación en mi voz.

Steve suspiró al otro lado de la línea y supe que haría lo que le pedía. Me lo debía. No debería haberla llevado a mi apartamento, para empezar.

Colgué el teléfono, hice café y un minuto después ella apareció en la cocina. No se había vestido, al menos no con su ropa. Llevaba mi camiseta blanca, que le llegaba por encima de las rodillas, pero parecía haber pasado por el baño, puesto que su pelo no estaba tan despeinado y su cara lucía fresca y limpia, sin rastros de los besos de ayer.

—He llamado a Steve para que venga a recogerte —le comuniqué mientras me servía una taza de café. Intentaba hablar con calma, como si eso hubiese sido lo que se esperaba de mí, como si echar a la persona de la que estuve enamorado fuese lo más normal del mundo.

—No quiero irme —repuso en un susurro. Me fijé en ella, en la manera en la que había cambiado después de nuestra ruptura. Estaba tan delgada... Había perdido tanto peso que anoche al ver su cuerpo había tenido miedo de romperla. Ya no era la Noah que yo recordaba, la chica valiente, la que me hacía frente a todas horas, la que hacía de mi vida algo mucho más interesante.

Las peleas con ella siempre habían sido brutales y ahora... parecía tener a un cervatillo asustado delante de mí y eso solo me cabreaba todavía más.

—¿Qué pretendes, Noah? —pregunté enfriando el tono de voz. No quería llegar al punto donde perdía el control sobre mí mismo y liberaba toda la rabia acumulada que sabía aún enterrada en mi interior, pero necesitaba hacerle entender que nada iba a cambiar—. No hay nada que puedas decir o hacer para cambiar lo que pasó. Lo de anoche estuvo bien, pero lo que hicimos puede dármelo cualquier otra, no me interesa jugar a esto contigo.

—Sigues enamorado de mí —afirmó dando un paso adelante. Tenía la intención de tocarme y retrocedí sintiendo asco de mí mismo, asco por haber dejado que las cosas se desmadraran anoche. Yo no quería darle falsas esperanzas, esa no era mi intención.

—Estuve enamorado de ti —puntualicé con calma—, *estuve*, Noah, en pasado. Me engañaste y puede que haya parejas que pueden perdonar lo que hiciste, pero me conoces lo suficiente para saber que yo no soy como los demás.

—¿Y yo sí? —replicó abrazándose a sí misma casi de forma inconsciente—. No puedes pretender que lo que ha pasado hace unas horas no te ha afectado igual que a mí... Lo vi en tus ojos, Nicholas, lo vi anoche y lo vi el día de la boda de Jenna: sigues sintiendo algo por mí, sigues...

—¿Qué quieres que te diga, Noah? —exclamé furioso. En realidad no era con ella con quien estaba furioso, sino conmigo, furioso por no haber sabido contenerme, furioso por haber caído no una sino dos veces, furioso por no saber ocultar, pese a todos mis esfuerzos, que aún sentía algo por esa chica—. Está muy claro que sabes jugar a este juego mucho mejor que yo.

Noah pestañeó sin comprender.

—Yo no estoy jugando a nada, yo solo quiero...

No terminó la frase, pero tampoco hizo falta que lo hiciera, pues sabía perfectamente lo que quería de mí.

—Deberías marcharte —dije unos segundos después. Cogí la taza que había frente a mí y me volví para dejarla en el fregadero, una excusa para no tener que seguir mirándola a la cara.

—¿Cómo lo haces? —me preguntó entonces y su tono me hizo volverme para encararla de nuevo. Un destello de ira cruzó sus ojos color miel—. ¡Explícame cómo puedes seguir con tu vida, porque yo no puedo!

Aquello era ridículo. Yo ya no tenía vida, la mía consistía en un bucle de trabajo sin fin en donde el amor ya no tenía cabida. Era feliz así, sin toda la carga sentimental. El amor era una mierda, lo di todo por amor y mirad adónde me había llevado.

Sabía que si quería alejarla de mí de una vez por todas, si quería hacerle entender que nada iba a cambiar, si quería verla salir por la puerta y no volver a hacerme daño iba a tener que ser duro, iba a tener que hurgar en la herida.

La miré fijamente y algo que me había pasado desapercibido hasta entonces captó mi atención: llevaba puesto el colgante de plata que le había regalado por su decimoctavo cumpleaños.

Me acerqué hacia ella sin quitarle los ojos de encima. Mi mano fue hasta su nuca y encontró el cierre del colgante casi sin esfuerzo. Noah, perdida en mi mirada, no comprendió lo que había hecho hasta que no di un paso hacia atrás llevándome el colgante conmigo y metiéndomelo en el bolsillo de atrás.

—Devuélvemelo —me pidió con incredulidad, sin entender muy bien lo que acababa de hacer.

Apreté la mandíbula con fuerza.

—Tienes que dejar de aferrarte a algo que ya no existe, maldita sea.

—Dame ese colgante, Nicholas —insistió entre dientes.

—¿Para qué? —pregunté entonces, elevando el tono y consiguiendo que se sobresaltase—. ¿Por qué demonios sigues llevándolo puesto? ¿Pretendes remover recuerdos? ¿Pretendes minar mi sensibilidad? No lo estás consiguiendo.

Noah pestañeó varias veces, sorprendida por mis palabras, para después empujarme el pecho con fuerza.

—¡¿Quieres saber por qué lo llevo?! —gritó furiosa—. Me recuerda a ti, simplemente —dijo—. ¿Te molesta oírlo? Pues es la maldita verdad, ¡me has oído! ¡Te echo de menos!

No quería oír la verdad, no esa verdad al menos, no quería sentirme culpable, no quería admitir en voz alta que yo también la echaba de menos... Maldición, no quería admitirme a mí mismo que me dolía igual que a ella quitarle algo que le di para que me llevara consigo siempre, un gesto con el que quise demostrar lo mucho que la amaba.

Necesitaba acabar con eso de una vez por todas.

—Estoy con alguien —anuncié clavando mis ojos en los suyos.

Noah se quedó congelada donde estaba, la ira de antes iba abandonando sus profundos ojos mientras asimilaba mis palabras con lentitud. Pareció perdida unos segundos, pero después pareció encontrar la voz para volver a hablar.

—¿Qué quieres... qué quieres decir?

Cerré los ojos y me pasé la mano por la cara con hastío. ¿Tenía que hacer esto? ¿Era necesario? ¿Era necesario hacernos todavía más daño?

Sí, lo era.

—Tengo una relación, Noah, una relación con Sophia.

Mis palabras parecieron golpearla en el pecho como si hubiese disparado directamente a su corazón. Sus ojos se abrieron al escuchar aquel nombre, y me miró como si la hubiese traicionado, como si le acabase de sacar de su engaño por fin.

Me picaron las manos de las ganas que me entraron de abrazarla contra mi pecho y decirle que era mentira, pero no podía hacer eso, tenía que terminar con aquello y mejor hacerlo rápido, sin dejar lugar a dudas.

Bajó la mirada al suelo y la dejó allí, entre los dos. Fuera estaba amaneciendo y los primeros rayos de luz inundaron el piso, llevándose con ellos la oscuridad de las mentiras y las sombras de lo que habíamos hecho horas antes. Ya estaba dicho, no había vuelta atrás. Cuando volvió a mirarme, supe que la había destrozado.

—Siempre fue ella, ¿verdad? —Su voz se rompió tres veces... y mi corazón unas tres más. Sentí rabia al ver la facilidad con la que creyó mi mentira. ¿Tan mal le había demostrado lo mucho que la había querido? ¿Tan fácil era creer aquello y tan difícil pensar que para mí solo había existido ella, nadie más?

Apreté los puños con fuerza.

—Sí —dije alto y claro—. He estado enamorado de Sophia desde que la conocí, desde el mismísimo momento en el que puse mis ojos sobre su rostro; es guapa, inteligente, compartimos las mismas aficiones y ambiciones. Y lo siento, Noah, pero con ella todo es más fácil. No hay drama, no hay problemas. Sophia es una mujer, no una niña.

El sarcasmo estaba tan claro... Vaya si estaba claro, cualquiera que lo estuviese escuchando podría haberse dado cuenta.

Bien, Noah al parecer no. Apretó la boca con fuerza y pestañeó para aclararse los ojos y librarse de las lágrimas.

—Todo este tiempo... —contestó dando un paso hacia mí, como para empujarme. No lo consiguió, más bien fue un débil intento de hacerme entrar en razón. Ahora que echo la vista atrás y lo recuerdo, creo que fue en ese instante cuando terminamos lo que ambos habíamos empezado: ambos rotos, ambos destrozados... y la única forma de arreglarlo quedaba descartada.

—Es mejor que te vayas —agregué con las pocas fuerzas que todavía me quedaban.

Ni siquiera me miró, me rodeó, se alejó de mí y desapareció en mi habitación.

Después de eso solo me cercioré de que Steve la había dejado en el hotel.

SEGUNDA PARTE

Superándolo... o algo parecido

16

NOAH

Se podría decir que fui tonta, estúpida... o más bien dicho, que la poca autoestima que me quedaba ya no era suficiente para ayudarme a seguir adelante. Las palabras de Nick, sin embargo, me llegaron muy adentro. Me las creí, así, sin más.

Después de mi estancia en Nueva York, en donde no salí de la habitación hasta el día que tuve que ir al aeropuerto, regresé a mi apartamento sintiéndome la persona más estúpida e infeliz de la Tierra.

Nick y Sophia... Sophia y Nick... Joder, cómo me dolía de solo pensarlo y cómo me dolía que me hubiese mentido durante tanto tiempo. No era estúpida, Nicholas me había querido, de eso no había duda, ni el mejor actor del país podría fingir lo que él había sentido por mí, pero era fácil imaginárselo enamorándose de ella.

Llegué a Los Ángeles destrozada, sí, pero también curada de espanto. Durante ese último año no haber vuelto a ver a Nick hasta la boda me había dado esperanzas, me había hecho creer que, si volvíamos a vernos, él no iba a poder seguir ignorando lo que sentía por mí. Me había aferrado a un clavo ardiendo y comprendí por fin que no había nada ya a lo que aferrarse.

Cuando entré en mi apartamento me fijé en que tenía una llamada perdida de mi madre. Seguramente quería saber si había llegado bien y, aunque sabía que no se animaría a preguntármelo, querría asegurarse de que mi encuentro con Nick después de tanto tiempo no había vuelto a destrozarme.

Recuperar la relación con mi madre no había sido fácil, los meses después de la ruptura no solo tuve que enfrentarme a que Nick se había ido y me había dejado, sino también a una situación familiar desfavorable. Aquella noche, la noche de la fiesta del aniversario de los Leister, descubrí aspectos que cambiaron mi forma de ver las cosas, de ver a mi madre en concreto, cosas que me llevaron incluso a odiarla con todas mis fuerzas.

Volver a hablar con ella fue difícil, al principio no quería ni verla, me negué en redondo a dejarla entrar en mi piso. Si no hubiese sido por el apoyo de Jenna no sé cómo habría salido de aquel pozo sin fondo en el que caí. Un par de meses después de que Nick se marchara a Nueva York, me decidí a cogerle el teléfono, y hablando y hablando... terminó explicándome su versión de la historia. Me explicó que su relación con William empezó casi sin querer; ella trabajaba en un hotel por aquel entonces, yo solo tenía seis años, y las cosas con mi padre ya habían empezado a desmadrarse. Un día le pidieron que fuera a llevarle la comida a uno de los huéspedes, algo que no era su cometido, pero una de las camareras estaba enferma y tuvo que sustituirla. El huésped resultó ser William, un William Leister con trece años menos, con el mundo en sus manos, rico, guapo y atractivo; solo con ver a Nick, podía entender lo que mi madre pudo llegar a ver en él. Mi madre por aquel entonces apenas tenía veinticuatro años, nunca en su vida había estado con otra persona aparte de mi padre, de quien se había quedado embarazada de mí siendo muy joven; no había podido disfrutar de su juventud, tuvo que ser responsable desde el minuto uno en el que se enteró de que iba a tener un bebé. Cuando William empezó a cortejarla, su mundo se puso patas arriba, nunca la habían tratado así, nunca le habían dicho cosas tan bonitas, nunca le habían regalado flores... Mi padre era un capullo, siempre lo fue, incluso antes de llegar a perder los papeles del todo.

Desde entonces tuvieron una aventura, una aventura en donde William no supo de mi existencia ni de la de mi padre hasta seis años más tarde. La relación que tenían era extramatrimonial, pero William creía que solo era por su parte. Se veían muy de vez en cuando, solo cuando él viajaba a Canadá, y sus encuentros eran prácticamente... Bueno, ya os podéis imaginar.

La noche del día D, cuando la llamaron para decirle que yo estaba en el hospital, casi desangrándome, fue la misma en la que William descubrió todo lo que mi madre le había ocultado. Los golpes los había disimulado con maquillaje, mi padre nunca le pegaba en la cara o al menos eso intentaba, todo para que nadie descubriese lo que ocurría dentro de nuestra casa, y mi madre siempre le decía a William que apagara todas las luces.

Para William fue un shock, algo que no se había imaginado ni en sueños, que la mujer que lo volvía loco, que había trastocado su mundo, la mujer por la que lo dejaría todo, estuviese casada y con una hija, y encima que el malnacido de su marido le pusiese las manos encima...

A partir de ahí todo se complicó. A mi madre le quitaron la custodia, la culpabilidad la sumió en un estado terrible; los maltratos que venía sufriendo a manos de mi padre más la suma de que no la dejasen seguir cuidándome... Terminó con todo, con William y con el mundo, se dio a la bebida, hasta tal punto que tuvo que someterse a una cura de desintoxicación que costeó William. Después de meses en tratamiento, meses en los que tuve que estar en una casa de acogida, le permitieron volver a tenerme.

Mi madre no quiso volver a ver a Will, nunca más, se dijo, nunca más iba a volver a cometer el mismo error. Desde ese momento se juró vivir por y para mí.

—Nunca he llegado a perdonarme por lo que pasó esa noche, Noah —me confesó mi madre con la voz estrangulada—. Tu padre nunca te había puesto las manos encima, y yo... fui estúpida, me cegué por el amor que sentía por Will, que en esa época era lo único, aparte de ti, que me hacía seguir adelante. Nos veíamos tan poco, y cuando lo hacíamos yo era tan feliz, me sentía tan especial..., tan viva. William solo iba a estar esa noche en la ciudad, y yo necesitaba verle... Lo necesitaba casi tanto como el aire para respirar.

Aquel día sostuve el teléfono contra mi oreja y no dejé de pensar en que lo que mi madre me contaba era lo mismo que yo había sentido con Nick. La comprendí, comprendí al menos esa necesidad de escapar y fui consciente de que tampoco debía condenarla eternamente: ella siempre había estado ahí para mí, se sacrificó para que pudiera estudiar, para que pudiera tener una vida mejor.

Al final la perdoné, tuve que hacerlo, era mi madre. No es que la relación hubiese mejorado hasta el punto de volver a estar como antes, pero al menos volví a casa, comimos juntas, lloré... Lloré bastante, ella me abrazó y me dijo que lo sentía y que también sentía lo que había pasado con Nick. Me dije a mí misma que lo mío con Nicholas había sido real, la vida podía habernos separado por los problemas y la falta de confianza, pero lo había sido.

Tras dejar las maletas encima de mi cama fui a tocar el colgante que me había servido de ancla todo ese tiempo y, al recordar que ya no estaba, dejé caer mi mano junto a mi costado con pesar.

Tenía que seguir adelante; al fin y al cabo, él ya lo había hecho.

Los siguientes meses fueron mejores de lo que había esperado. La facultad, las clases y el trabajo me permitieron centrarme en otras cosas. No volví a saber nada de Nicholas, al menos no de primera mano, porque la noticia de que Nicholas Leister salía con la hija del senador Aiken no tardó en ocupar páginas en algunos periódicos.

Verlos juntos, cogidos de la mano, me dolió. ¿Cómo no iba a dolerme? Pero también me ayudó a transformar mi tristeza en rencor y también en frío distanciamiento. Me dije a mí misma que eso era lo mejor, que no me importaba en absoluto... Obviamente me autoengañaba, pero me ayudó a afrontar los días y las semanas. De ese modo era más fácil.

Cuando quise darme cuenta las vacaciones de Acción de Gracias estaban a la vuelta de la esquina, y después de mucho meditarlo y haber dejado colgada a mi madre el año anterior, le había dicho que iría. Tenía que salir al día siguiente para casa de William y era poco más de una hora de viaje, hora que pasaría escuchando música y haciendo números sobre qué debía pagar a fin de mes y cómo iba a poder comprarme el libro nuevo que nos pedían para clase de derecho. Por suerte el apartamento estaba pagado. Me había negado a que William siguiera pagándome la mensualidad y tuve que empezar a buscar un nuevo piso, pero la casera me informó de que el año estaba pagado: Briar, o mejor dicho, sus padres, habían pagado dos años por adelantado y no lo habían reclamado cuando ella se fue, así que pude quedarme en su lugar y otra nueva compañera no tardó en llegar. Aunque el tema del piso estaba cubierto, al menos por ahora, apenas llegaba a fin de mes. Había conseguido un trabajo en una cafetería del campus, pero hacía dos días mi jefe me había dicho que no iba a renovarme el contrato. Habían abierto otro bar a dos calles y habíamos perdido muchos clientes, así que tenía que recortar la plantilla y yo había sido la última en llegar.

Así que iba a tener que empezar a movilizarme y rápido.

Como iba a pasar el fin de semana en casa de mi madre y Will, saqué la pequeña maletita del armario y distraídamente fui metiendo algo de ropa. Tampoco es que fuera a arreglarme demasiado y, si no, tiraría de lo que tenía en mi otro armario. Sí que metí los libros de derecho, el examen sería justo después de las vacaciones e iba a tener que estudiar, muy a mi pesar. Odiaba esa asignatura, no sé si era porque me recordaba a Nicholas o simplemente porque memorizar leyes no era lo mío, pero ¡Dios, me ponía de un humor de perros! Había tenido que cogerla como obligatoria, se centraba sobre todo en los derechos de autor y de imagen y todas esas cosas, y esperaba con ansia el día en el que pudiese olvidarme de todas esas chorradas que fácilmente podía buscar en Google si el día de mañana me hacían falta.

Como no había vuelto a usar la maleta desde que me había ido a los Hamptons para la boda de Jenna, no me extrañó encontrar que aún quedaban cosas allí metidas, como un cepillo de dientes que creía haber perdido, unas braguitas de encaje negro, mi rímel resistente al agua y, para mi sorpresa, una tarjeta con el nombre de Lincoln Baxwell. En la tarjeta ponía que era abogado, publicista y responsable de comunidades.

Lo recordaba, era uno de los amigos de Jenna, estuvo en su boda y fue bastante simpático. Si no recordaba mal me había dado la tarjeta por si alguna vez me interesaba trabajar en el sector. Cielos, ¡no me lo podía creer! Me había olvidado completamente de su propuesta, sobre todo porque Nicholas se había acercado y había soltado un comentario fuera de lugar, obligándome a alejarme de ellos dos.

No tenía ni idea de qué tipo de trabajo podría ofrecerle a una universitaria de diecinueve años como yo, pero no perdía nada por intentarlo. Miré mi reloj de pulsera y vi que era demasiado tarde para llamar, así que decidí que lo haría por la mañana de camino a casa de Will y, si el mundo no me odiaba tanto como parecía, a lo mejor tenía trabajo antes de lo que hubiese imaginado.

A la mañana siguiente hacía bastante frío, y la calefacción de mi coche no es que fuera nada del otro mundo. Mi madre me había insistido mucho en que volviera a usar mi Audi, pero no me sentía cómoda con la idea. Había insistido en que había sido un regalo, que era mío y que, si no lo utilizaba, era porque era demasiado orgullosa. Puede que tuviera razón, mi cochecito estaba ya casi en sus últimas y ni de broma iba a poder permitirme pagar un coche nuevo, así que aprovecharía ese viaje para dar el cambiazo. Al fin y al cabo era verdad que había sido un regalo, y el coche estaba aparcado allí, sin más, y, maldita sea, era un Audi.

Cuando ya estaba en la autopista y consideré que la hora era razonable, me decidí, nerviosa, a llamar a Lincoln Baxwell. Al principio sonó varias veces y, cuando ya me disponía a colgar, una mujer me dio los buenos días.

—Buenos días, me gustaría hablar con Lincoln Baxwell. Soy Noah Morgan, la hijastra de William Leister —dije un poco con la boca pequeña. No acostumbraba a usar el nombre de Will para abrirme puertas, pero no estaba la cosa para ponerme quisquillosa.

—Un segundo, por favor.

El señor Baxwell me atendió unos minutos después.

—Siento la tardanza, Noah, ¿verdad? —se disculpó Baxwell de forma amigable y educada, un comportamiento que cuadraba con su actitud en la fiesta. Me daba vergüenza decirle el motivo de mi llamada, pero, a ver, él me había dado la tarjeta por algo, ¿no?

—Buenos días, señor Baxwell. Sí, soy Noah Morgan, nos conocimos...

—En la boda de Jenna Tavish, sí, sí, la recuerdo, eres la hermanastra de Nicholas Leister, ¿verdad?

Cerré los ojos un segundo.

—Sí, esa soy yo —afirmé con un poco de retintín.

«Vale, Noah, tranquila.»

—¿En qué puedo ayudarte?

Había llegado el momento de mendigar, por así decirlo.

—Lo llamaba justamente porque el día que hablamos en la boda me pareció bastante interesante el proyecto que tenía en mente... LN... —Aquí el momento de dudar.

—LRB —aclaró amablemente.

Maldita sea, podría al menos haberme aprendido el nombre, seguro que pensaría que era una estúpida.

—Sí, perdone, LRB, pues la verdad es que me encantaría poder aceptar su oferta de trabajar en una empresa importante y que está a punto de abrir. Apenas he conseguido ningún tipo de práctica fuera del campus y me gustaría probar varios sectores antes de decantarme por una especialización...

Estaba claro lo que quería, ¿no?

El señor Baxwell asintió, encantado.

—No hay problema, Noah, moveré algunos hilos y le diré a mi secretaria que te llame. Lo cierto es que me sorprende que me hayas llamado a mí, pero estaré encantado de tenerte en mi equipo, seguro que eres una chica trabajadora. Me gustaría que le mandaras a mi secretaria tu certificado académico, tu horario de clases, así como cualquier tipo de referencia que hayas podido conseguir. Mi sector es puramente comercial, necesito un buen equipo que esté dispuesto a hacerme la vida más fácil, así que si eres buena con el papeleo podemos arreglar algo para que trabajes unas cuantas horas al día sin interrumpir tu horario universitario, ¿te parece bien?

Yo estaba que casi gritaba de júbilo, Dios, qué fácil había sido, ¡no me lo podía creer! Vale, sí podía haberle pedido el favor a Will, pero mejor así; además, había sido Baxwell quien me había dado la tarjeta, ¿no?

Me despedí después de darle las gracias y casi choco con el coche de delante en un semáforo en rojo de lo distraída y feliz que me encontraba.

¡Ya no estaba en el paro!

17

NICK

Me quedé mirando la pantalla de mi ordenador, sin saber muy bien cómo sentirme, puesto que todo aquello seguía pareciéndome una completa locura.

Era un correo de Anne, la asistente social de Maddie; en él me explicaba que en vista de que ya no quedaba duda alguna con lo referente a quién era el padre de mi hermana y tras las acciones legales que había iniciado mi padre contra mi madre por haberlo ocultado durante años, a este por fin le habían dado la custodia, y las visitas que yo antes tenía concertadas para visitar a mi hermana se cancelaban y eran mis padres los que debían darme permiso o no para verla; esos mismos padres que me habían mentido, tanto a mí como a mi hermana, haciéndole creer que su padre no era su padre para después soltarle que todo lo que había creído conocer hasta el momento era una mentira tan gorda como su casa en Las Vegas.

Cuando me enteré de todo esto me alegré, maldición, claro que me alegré, mi hermana era mía por fin, por entero, nada de medio hermana o hermanastra. Siempre había odiado pensar que al tener un padre distinto no me pertenecía por completo, detestaba los horarios de visita y las malas caras de Grason cada vez que me llevaba a Maddie conmigo. Estaba claro que las cosas ahora iban a ser mucho más fáciles o eso creí.

Mi hermana no entendía nada; es más, las pocas veces que mi padre había ido a visitarla había llorado hasta quedarse sin aliento. No quería ir con un desconocido, no quería irse de su casa, no quería saber nada de su nuevo papá.

Suspiré llevándome la mano a la cabeza. Ahora mismo yo era el intermediario de Maddie con mi padre, que parecía haber perdido cualquier tipo de práctica en cuanto a niños pequeños se refiere. En realidad no es que nunca hubiese tenido mucha paciencia, solo había que ver la relación que tenía conmigo. Lo que sí que me sorprendió fue su esfuerzo y determinación por intentar ganarse su afecto.

Mi padre no dudó ni un instante en poner todos los papeles en marcha para que le dieran la custodia compartida y que quedara bien claro que Madison Grason, ahora era Madison Leister. Aún no estaba todo resuelto... ni de lejos, pero la que más estaba sufriendo era Mad, y eso me ponía de los nervios.

Su padre, bueno el que supuestamente había sido su padre durante más de cinco años, se había lavado las manos, no quería saber nada ni de mi madre ni de la niña que había visto crecer. El muy hijo de puta no había querido ni siquiera formar parte del proceso de adaptación que mi hermana tenía que sufrir. Habíamos tenido que explicarle de forma muy delicada pero clara que su padre ya no lo era y que ahora tenía uno nuevo que la quería mucho. Lo que normalmente pasa en estos casos es que el padre que no es padre biológico lucha por la custodia de quien ha creído su hija hasta el momento, al menos lucha por seguir formando parte de su vida y, ni que decir tiene, por seguir a su lado el tiempo que ella necesitase. Pero eso no era lo que había pasado, y mi hermana solo repetía que quería a su padre, a su padre de verdad, y que no entendía por qué la había dejado de querer y la había regalado a otro papá distinto.

Mi hermana estaba irritable y había pasado de ser aquella niña adorable y perpetuamente sonriente a convertirse en una niña dolida y resentida con todos.

Mi madre se había mudado a la ciudad, había dejado Las Vegas y residía en un bonito apartamento en el centro, y Maddie no acababa de terminar de adaptarse a tantos cambios. Al único al que parecía querer ver era a mí y al único a quien llamaba a altas horas de la noche para poder dormirse. Estaba asustada, su casa nueva no le gustaba, decía, sus juguetes ya no eran los mismos, sus amigos estaban lejos y ella no quería ir a ese colegio tan feo al que iba ahora: ella quería vivir conmigo; sí, eso era lo que me decía cada vez que hablaba con ella por teléfono.

—¿Cuándo vendrás a buscarme, Nick? —me preguntaba haciendo pucheros—. ¿Cuándo vamos a ir a la noria? ¿Cuándo volverá mi papá? ¿Cuándo mamá volverá a ser la misma que era antes?

Sus preguntas me dolían y a la vez me sacaban de quicio, porque a través de ellas podía comprobar claramente cómo mi madre la desatendía. Vale, no le faltaba de nada, comía y estaba sana, pero ¿y todo lo demás?

Seguí leyendo el correo en el que Anne me decía que mi padre había pedido que Maddie pasara el día de Acción de Gracias con él y su familia. El juez había acordado dejarles a ellos elegir las fiestas y mi madre había aceptado. Anne se despedía de mí, diciendo que de ahora en adelante las visitas se habían acabado y que, ante cualquier duda que tuviese con respecto a mi hermana pequeña, hablase con mi padre; él también me había mandado un correo y en él me pedía que por favor pasara las fiestas en su casa. Decía que Maddie se iba a adaptar mucho mejor teniéndome a mí allí y que necesitábamos hacer las cosas lo mejor posible por ella.

Siendo sincero, no había tenido ni la menor intención de pasarme por esa casa para ningún tipo de fiesta. Por lo que a mí respectaba, las comidas familiares, las reuniones y todo lo que se le pareciera habían dejado de tener sentido. ¿Iba a sentarme a una mesa frente a alguien que me había mentido durante años, con la mujer que causó el divorcio de mis padres y el abandono de mi madre?

De eso nada. Además, solo ir allí me causaba dolor y no únicamente por los recuerdos de mi niñez, sino por unos mucho más dolorosos que terminaron empañando los recuerdos antiguos.

Para mí esa casa significaba ver a Noah por todos lados: bajando las escaleras en pijama o bajándolas muy arreglada con vestidos bonitos y sandalias de tacón para, al llegar a sus pies, tirarse a mis brazos para besarnos apasionadamente después... Noah en la cocina desayunando, Noah en su habitación, dormida, en aquella ocasión en que entré por primera vez y me di cuenta de que solo con verla se me aceleraba el corazón... Noah en mi cama, desnuda, la primera vez que le hice el amor, la primera vez que hicimos el amor, ambos, porque también fue la primera vez para mí, la primera vez que amé de verdad.

No sabía mucho de ella, solo lo que Lion me contaba de vez en cuando, pero lo que sí que estaba claro era que ella sabía de mí, cómo no, si me había convertido en blanco de los fotógrafos de prensa, que nos perseguían sin cesar.

No solo había salido en las puñeteras revistas por mi relación con Sophia, sino también por los despidos de la empresa. En muchos periódicos me habían tachado de ruin y de no tener corazón y eso, sumado a todo lo demás, me tenía muy estresado.

Siempre supe que sacar ese negocio adelante no sería fácil, nada tan grande como la empresa de mi abuelo iba a ser fácil de llevar, pero ahora que toda la información estaba al alcance de cualquiera, ahora que la gente parecía estar al tanto de absolutamente todo... Eso era lo que peor llevaba, la intimidad, el no poder hacer mis negocios sin que gente que no tenía ni puta idea se pusiese a comentar y a sacar artículos estúpidos. Sí, había tenido que despedir a mucha gente, sí, había tenido que cerrar dos empresas, pero también había abierto una, una en la que muchos de esos despedidos irían a trabajar en menos de un mes, una empresa que daría mucho más empleo en el futuro, con sueldos mucho más decentes que los que habían estado cobrando hasta entonces debido a pocos recursos y una mala gestión.

Explicad eso a gente que solo busca un buen titular.

Me aparté del ordenador. Ya llamaría a mi padre al día siguiente para decirle que pasaría allí las fiestas. ¿Qué otra opción me quedaba? Mi hermana era lo más importante en mi vida ahora mismo, era la única persona a la que debía mostrar mi mejor cara, debía cuidar de ella y hacerle ver que aún podía confiar en los mayores.

Maddie tenía ya siete años y medio, se hacía mayor, y cada vez entendía más las cosas, cada vez era más perspicaz, ya no se la podía engañar con helados y juguetes. Lo que había sufrido estos meses la habían marcado y la habían hecho madurar de una forma infantil y la habían convertido en alguien reticente a confiar en los demás.

Salí de mi despacho y fui a por un vaso de agua. Era tarde, y estaba bastante despierto, necesitaba hacer algo. Entré en mi habitación unos minutos después y me quedé mirando la espalda desnuda de Sophia. Ya debería haberse marchado... La primera regla era que no dormíamos juntos, y esa regla parecía más difusa a cada día que pasaba. Me senté en el pequeño sofá que había frente a la cama y la observé: su pelo oscuro en mi almohada, sus curvas bajo las sábanas blancas de seda... Era muy guapa y decidida a más no poder, pero de una forma bastante apacible... No era un terremoto que arrasara con todo lo que hubiera a su alcance, sino más bien alguien que arrasaba con todo a base de palabras, argumentos y grandes sonrisas seductoras.

Me gustaba, claro que me gustaba, no era imbécil, era una chica alegre, de buena familia, inteligente, decidida y bastante buena en la cama; en ese tema estábamos casi a la misma altura: yo dominaba en ciertas ocasiones y ella, en otras.

Sophia sería una novia perfecta, una compañera de vida perfecta, sería esa clase de mujer que está ahí siempre, que te apoya y da consejo, que te abraza cuando lo necesitas y que te besa hasta dejarte sin aliento; sería una buena madre también, una madre trabajadora, claro, esa clase de madre que se encarga de que sus hijos vayan al mejor colegio, de que estén siempre bien cuidados, bien vestidos y muy sanos, esa clase de madre que sabe todo pero al mismo tiempo no sabe nada, esa clase de madre que llega a las tantas, cuando los niños ya duermen y va a arroparlos y a darles un beso antes de sentarse a descansar.

Sophia era todo eso y más..., pero no era Noah.

18

NOAH

Llegué a casa de Will a eso de las once de la mañana, justo a tiempo de tomarme algo rico y caliente para desayunar. Mi madre salió a recibirme, envuelta en un chal de croché que supuse que sería mucho más caro de lo que parecía. Tenía el pelo rubio más corto desde la última vez que la vi, más o menos a la altura de los hombros, y sus ojos azules me miraron con cariño e ilusión cuando me bajé del coche y me acerqué para saludarla. Subí los escalones y dejé que me abrazara.

No había vuelto a aquella casa desde hacía una eternidad, concretamente desde antes de romper con Nick. Siempre que mi madre y yo nos habíamos visto había sido en mi piso o en algún bonito restaurante. Los recuerdos con Nick me perseguían, y por eso había evitado con todas mis fuerzas este sitio.

Ahora me quedaban dos días por pasar en compañía de mi madre y su marido, pero al menos podía estar tranquila con la posibilidad de que Nick viniera a celebrar las fiestas con nosotros: él odiaba estar allí; antes incluso, cuando estábamos juntos, que viniera era una disputa continua. Nicholas no pasaría el día de Acción de Gracias con su padre; mejor para mí.

Entré en la cocina, donde Will estaba hablando amigablemente con Prett. Esta me abrazó con una sonrisa afable y él también me sonrió, se acercó a mí y me dio un abrazo que se me antojó mucho más reconfortante de lo que había esperado. No podía evitar recordar lo que mi madre me había contado de él y, aun a pesar de haber sido la persona con la que mi madre engañaba a mi padre, él sí que había sabido cuidar de ella, la había hecho feliz en un momento muy oscuro de su vida; ni siquiera quería pararme a pensar en lo que podría haber ocurrido si William no hubiese ingresado a mi madre en aquel centro para que pudiese recuperarse, lo más probable es que hubiese terminado dando tumbos por la vida, intentando salir adelante después de que la hubiesen maltratado durante años y le hubiesen arrebatado a su hija por malos tratos. Seguramente yo hubiese pasado mucho más tiempo en casas de acogida y tal vez nunca hubiese podido volver con ella.

Pasamos la mañana poniéndonos al día, todavía no quería decirle a nadie lo de mi despido, no quería ver cómo mi madre ponía los ojos en blanco o Will empezaba a convencerme para que simplemente me centrara en estudiar, prometiendo que para él era un orgullo poder ayudarme económicamente.

Así que hablamos de otras cosas y, cuando los temas triviales se acabaron, un comentario de Will captó mi interés de forma significativa.

—He tenido que pelear mucho para que mi hija pueda pasar las fiestas conmigo y por fin, cuando lo consigo, me doy cuenta de que no tengo ni idea de qué tengo que hacer para ganármela.

«Oh... Maddie, maldita sea, ¿era aún un tema peliagudo o no?» Miré a mi madre, que parecía relajada, mucho más relajada que aquella maldita noche en la que todas las verdades se pusieron de acuerdo para salir a la luz casi a la vez.

—¿Maddie va a pasar las fiestas aquí? —pregunté un poco como quien no quiere la cosa.

Lo último que supe por mi madre sobre el tema fue que Will ya tenía la custodia y que estaban viendo cómo hacer que la niña entendiera lo que había pasado.

—Ya es hora de recuperar el tiempo perdido —contestó Will levantándose de la mesa y sonriéndome amablemente. Salió de la cocina, no sin antes besar a mi madre en la mejilla. Yo aproveché para indagar un poco más.

—¿Qué está pasando, mamá? —inquirí llevándome la taza de café a los labios.

Mi madre se sentó frente a mí y suspiró profundamente.

—William se siente culpable por todo lo que ha pasado. Quiere organizar su vida de una vez por todas... Ahora todo está patas arriba, no creo que a nadie le guste descubrir de un día para el otro que tiene una hija de siete años con la loca de su exmujer.

Abrí los ojos un poco sorprendida. Mi madre hablaba en un tono que nunca antes había utilizado, al menos estando yo delante. Sabía que para ella había sido un golpe duro. Los años siguientes a lo que pasó conmigo su relación con William no fue de ensueño; de hecho, se comportaron como una pareja bastante inestable: se veían y discutían y cortaron varias veces; no obstante, descubrir que durante ese tiempo había dejado embarazada a su exmujer sería algo de lo que nunca se recuperaría.

—¿Tú cómo estás? —le pregunté sintiendo un poco de pena por ella.

—Cuando hay niños de por medio siempre es una mierda —contestó; tenía que estar pasándolo mal para usar una palabra así—. La niña no entiende absolutamente nada, Will ha hecho lo posible por ganársela todas las veces que ha ido a visitarla, pero Maddie no quiere saber nada.

Pobre Mad... Tan pequeña, tan dulce, tan preciosa. Recordaba todas esas ocasiones en las que había acompañado a Nick a Las Vegas para recogerla y llevarla con nosotros. Nick siempre se había portado como un auténtico padre con ella: la adoraba, era su niñita, la única con la que parecía tener una paciencia infinita. Para ella debió de ser horrible enterarse de que su padre no era su padre. ¿Cómo se le dice eso a un niño? ¿Cómo se lo explicas? Hasta a mí me resultaba complicado entenderlo. Entonces algo se abrió paso en mi mente, una conclusión bastante lógica y que me puso todos los sentidos en alerta.

—Mamá, ¿Nick no irá...?

Sentí un nudo en el estómago al ver que mi madre levantaba los ojos de la mesa y los posaba sobre los míos. ¿Estaba viendo cómo entraba en pánico lenta y dolorosamente?

—Tranquila, Nicholas odia quedarse aquí, sé que William lo ha invitado a pasar las fiestas, como todos los años, pero dudo que acepte.

Su respuesta no me convenció y menos si su hermana estaba de por medio.

—¿Cuántos días se queda Maddie aquí? —pregunté intentando calmar los latidos alocados de mi corazón.

—El fin de semana.

Nick iba a venir... y se quedaría. Mierda, tendría que volver a verlo.

La mañana del día de Acción de Gracias se presentó fría y lluviosa. El cielo estaba bastante encapotado y me dio pena saber que el sol estaría oculto en un día como aquel. En Canadá el día de Acción de Gracias lo celebrábamos en octubre en vez de en noviembre y había más posibilidades de que el tiempo aún fuera más o menos bueno. Me desperté temprano, demasiado temprano, y me puse una bata calentita de color lavanda y mis zapatillas de andar por casa.

Mi madre me había dicho que seríamos unos cuantos para comer, y entre los invitados habría un matrimonio amigo de Will con sus hijos pequeños. «Al menos Maddie tendrá con quien jugar», pensé en mi fuero interno.

No me había confirmado que Nick fuera a quedarse, así que intenté convencerme a mí misma de que llegaría, dejaría a su hermana y se iría por ahí con su nueva novia o a seguir adelante con sus superproyectos de megaempresario.

Bajé a la cocina a desayunar y me encontré a Prett bastante ajetreada. Estaba echándole un vistazo al pavo que, como yo bien sabía, debería de llevar un par de horas ya en el horno. En la encimera de la cocina había patatas, guisantes, especias y todo tipo de alimentos, ya preparados para ser cocinados.

—Hola, Prett —saludé con una sonrisa, sentándome frente a ella y aspirando aquel aroma tan exquisito.

La cocinera se limpió las manos en el delantal y me sonrió con afecto. Siempre supe que le caía bien, a pesar de que se ponía de parte de Nicholas en nuestras discusiones. Muchas veces había acudido a ella para despotricar de él, sobre todo durante nuestros primeros meses de noviazgo. Prett llevaba cocinando para los Leister desde hacía muchísimos años, desde que Nick era un niño, y la mujer lo conocía bastante bien. De hecho, lo malcriaba, algo que ocasionalmente me desesperaba.

—¿Te ayudo?

No me importaba cocinar; es más, me gustaba hacerlo, sobre todo en días especiales como aquel. Al principio dijo que no hacía falta, que ella podía, pero insistí y dos horas más tarde ambas estábamos superatareadas, pelando patatas, hirviendo agua para hacer el puré o amasando la masa para hacer la tarta de calabaza y de manzana, entre otras muchas cosas.

La mañana pasó volando y, cuando casi todo estuvo listo, Prett sirvió sendos vasos de sidra con los que bridamos por el trabajo bien hecho y también sirvió unos riquísimos bollitos de queso: nos lo merecíamos, habíamos cocinado como unas auténticas profesionales.

Cuando me fijé en la hora pegué un salto y me bajé de la banqueta. Si quería estar presentable antes de que los invitados llegaran, más me valía darme prisa. Así, me despedí de Prett, asegurándole que bajaría a echarle una última mano con el pavo en cuanto estuviera lista.

Como olía a comida y a especias, me di el lujo de llenar la bañera y echarle las sales con fragancia de limón y mango que tanto me gustaban. Mientras, me metí en mi vestidor para elegir qué podía ponerme. Encontré una falda de color borgoña, con un poquito de vuelo, que se ataba a la cintura con dos tiras negras. Era bonita y la combiné con una blusa clara, ceñida al cuerpo y con botoncitos en la espalda.

Cuando bajé al salón vi que mi madre estaba justo en esos momentos recibiendo a la primera pareja de invitados y a sus hijos, mellizos de ocho años, ambos peinados con el pelo rubio hacia atrás y vestidos con pantaloncitos y corbata de color azul claro. Sus padres me sonaban de haberlos visto en otras reuniones; supuse que debían de ser muy amigos de Will, porque mi madre los recibió con entusiasmo. Yo también debía de conocerlos, dado que se acercaron y me saludaron muy cordialmente. Por mi parte, forcé una sonrisa que no se me borró hasta que se marcharon hacia el salón, donde se hallaban el resto de los invitados. En esos momentos el timbre volvió a sonar y para escaquearme de ellos, me dirigí a abrir yo la puerta, sin pensar.

Unos ojos del color del hielo profundo se clavaron en los míos en cuanto la abrí. Me quedé paralizada, sin decir nada, solo observándolo como una niña tonta e impresionable. Sentí un sinfín de emociones contradictorias: anhelo, deseo, rencor, amor..., agolpándose en mi pecho y consiguiendo que me quedase casi sin palabras.

Hacía más de tres meses que lo había visto por última vez, pero se me antojaron un suspiro al comprobar cuán vívidamente recordé todo lo que habíamos hecho aquella última noche. Sentí que me acaloraba con solo pensar en ello y me animé mentalmente a bloquear cualquier tipo de pensamiento no recomendado para menores de dieciocho años.

Maldita sea.

Estaba increíble... Iba vestido con unos vaqueros oscuros y una camisa blanca, con los dos primeros botones desabrochados y unas Converse de color gris. Su expresión fue de sorpresa, estaba claro que no esperaba verme allí, en absoluto.

A su lado estaba su hermana, que le llegaba por la cintura. Su manita quedaba oculta tras la manaza de Nick, su cuerpecito de niña de siete años estaba cubierto por un vestido gris escocés de rayas en color rojo y blanco. Llevaba unos zapatos de charol negro y una cinta roja en la cabeza, a juego con el vestido.

Todo este escrutinio duró solo unos segundos, porque en cuanto Maddie me reconoció, se soltó de la mano de Nick y saltó a mis brazos.

—¡Noah! —gritó emocionada abrazándome las piernas y rodeándome la cintura con sus brazos.

Por un instante mis ojos se encontraron con los de Nick, que ya había cambiado la inicial expresión de asombro por una fría máscara impasible. Mis manos se colocaron automáticamente sobre los rizos bien peinados de Maddie e hice acopio de todas mis fuerzas para apartar la mirada de él.

—¡Hola, preciosa! —la saludé fijándome en lo grande que estaba desde la última vez que la vi. Esa niña iba a ser una auténtica belleza de mayor y ahora que sabía que era hija de Will, pude ver esos rasgos que también veía en Nick y que erróneamente había achacado a su madre... Ahora no me cabía duda, esos ojos tan grandes y esas pestañas kilométricas eran rasgos de Will, estaba segura. La madre de Nicholas era demasiado rubia para tener esas pestañas y ponía la mano en el fuego a que las suyas eran postizas.

Maddie se separó de mis piernas y con una sonrisa nos miró a Nick y a mí de forma alternativa, como esperando algo.

Me tensé en cuanto Nick dio un paso al frente, colocando una de sus grandes manos en mi cintura a la vez que posaba sus labios sobre mi mejilla. Fue un beso fugaz, apenas un roce contra mi piel, pero se me erizó todo el vello del cuerpo.

—Feliz día de Acción de Gracias, Noah —dijo en cuanto se separó de mí.

—¡Feliz día de Acción de Gracias, Noah! —gritó entonces Maddie pegando saltitos y cogiéndose de mi mano con fuerza.

Ya entendía a qué venía eso: Nick no quería que su hermana pequeña se diese cuenta de lo que pasaba entre nosotros, o más bien de cómo él apenas podía mirarme sin que el rostro se le contrajera de disgusto. Maddie nos había visto muchas veces juntos, había visto cómo Nick me abrazaba, cómo me besaba, cómo nos reíamos... Nick le había dicho miles de veces a Maddie que nosotras éramos sus chicas, sus chicas preferidas y que nos quería con locura.

Ahora la tensión se podía cortar con un cuchillo, así como la frialdad. En efecto, el beso que acababa de darme era de lo más falso y forzado. No tenía ni idea de si la niña se daría cuenta, pero si esperaba ver el mismo trato que antaño, estaba muy equivocado. Fruncí el ceño, molesta. No pensaba fingir delante de ella, no pensaba pasar por eso. Nicholas me había hecho daño, sí, yo también a él, pero al menos yo siempre tuve mis sentimientos claros.

«Lo siento, Noah, pero con ella todo es más fácil. No hay drama, no hay problemas. Sophia es una mujer, no una niña.»

Apreté los labios con fuerza y le lancé una mirada envenenada; después forcé una sonrisa y tiré de Maddie hacia el interior de la casa.

Nicholas entró detrás de mí, se quitó su abrigo negro y lo colgó en el perchero. Maddie, al entrar, ya no parecía tan risueña, y su carita se contrajo en una mueca que iba del miedo al disgusto. Me arrodillé a su lado y le quité el abriguito rojo. Extendí el brazo para dárselo a Nicholas, que lo cogió y lo colgó junto al suyo.

Entonces Will y mi madre aparecieron en el recibidor. Nick se acercó a

Maddie, que se colocó entre ambos, escondiendo su cabecita detrás de mi cuerpo. De repente parecía nerviosa y tímida.

—¡Hola, Maddie! —la saludó mi madre acercándose a nosotros—. Yo soy la mamá de Noah. ¿Puedo ver ese vestido tan precioso que llevas?

Al escuchar que era mi madre, Maddie subió los ojitos hacia mí, que le sonreí con tranquilidad, como animándola a salir de su escondite.

—¿Eres la mami de Noah? —preguntó mirándola de arriba abajo y asomándose un poco con curiosidad.

—Sí, soy su mamá y también estoy casada con tu papá, con Will —contestó a la vez que este se acercaba hacia nosotros. Los nervios de Will se palpaban en el aire; nunca lo había visto así y supuse que aquel fin de semana era muy importante para él.

Maddie levantó los ojitos azules hacia su padre y después hizo un puchero.

—Él no es mi papá.

Su voz fue tajante. ¡Madre mía, con siete años y ya podía congelar a cuatro adultos con sus palabras! Entonces Nick decidió intervenir. Se inclinó, cogió a Maddie en brazos y empezó a hacerle cosquillas. La niña se distrajo y empezó a reírse.

Will, por su parte, pareció recuperarse del shock de que su hija lo rechazara tan abiertamente y forzó una sonrisa en sus labios.

—¡Vamos a comer! —propuso alegremente—. ¡Hay comida para un regimiento, así que espero que comáis hasta reventar!

Todos fuimos hasta el salón, donde estaban los demás invitados. Maddie pareció alegrarse al ver que había dos niños con los que jugar, salió corriendo en dirección al tren teledirigido que Will había bajado para que los niños se entretuvieran y se sentó a mirar cómo ellos manejaban los trenecitos. Me fijé en que Will no podía apartar los ojos de Maddie y me pregunté qué haría para ganarse la aceptación de su hija.

Iba a seguirla para sentarme con ellos cuando Nick me cogió por el codo y me guio de nuevo hacia el recibidor, apartándome del grupo.

—¿Te quedas el fin de semana? —me preguntó, y supe por su expresión que le hacía la misma gracia que a mí estar de nuevo los dos juntos bajo ese mismo techo.

—Me voy el lunes, tengo un examen de derecho el martes —le expliqué, como si fuese a interesarle. Lo cierto es que ahora que volvía a tenerlo delante, no podía dejar de pensar en las últimas palabras que habíamos compartido y en las fotos que había visto de él con Sophia. La rabia que sentía en mi interior y que había procurado enterrar muy en el fondo de mi ser resurgió impidiendo que me mantuviese bajo control.

—Deberían haberme avisado de esto —dijo más para sí que para mí.

Sus palabras me fastidiaron. No era el único al que le incomodaba aquella situación.

Fui a marcharme, deseando alejarme de él, pero volvió a retenerme por el brazo. Odié su contacto y tiré con fuerza para soltarme. Me coloqué delante de él y vi que me observaba de una forma extraña, entre avergonzado y molesto.

—Antes de entrar al salón... —empezó diciendo sin mirarme a los ojos— debes saber que mi hermana no sabe nada de nuestra ruptura.

Tal como yo había predicho.

—¿No le has dicho a tu hermana que no estamos juntos? —lo acusé, aferrándome a la rabia que sentía.

—Es una cría, no lo entendería.

Miré al techo soltando un bufido.

—¿Y cuál es tu plan, eh, Nicholas? ¿Hacer como si no hubiese pasado nada? Creo que ya intentamos eso y no dio buen resultado.

Maldita sea, no debería haber hecho mención a nuestro encuentro subidito de tono de Nueva York, pero no me refería a eso exactamente. Nicholas desvió casi involuntariamente su mirada a mi cuerpo y luego a mi rostro, lo que lo alteró ligeramente, algo que disimuló pasándose la mano por el pelo.

Cuando se volvió hacia mí, parecía un poco nervioso y preocupado.

—Sé que no debería pedírtelo, pero no quiero decírselo, no ahora al menos, no cuando sus padres se han separado y ahora tiene que adaptarse a su nueva familia... —Me calmé un poco al verlo tan agobiado; la angustia se reflejaba en sus ojos y yo sabía la razón: su hermanita, esa niña adorable, estaba sufriendo—. Maddie está como loca contigo, no ha dejado de preguntarme por ti y yo simplemente...

—Le has ocultado la verdad —terminé por él.

—Una bonita forma de decir que le he mentido, pero sí —dijo sonriendo ligeramente.

Observé sus labios... No recordaba cuándo había sido la última vez que me había sonreído y, por un instante, me perdí en esa sonrisa.

—Escucha, no pretendo que finjamos nada, ¿vale? Simplemente procuremos llevarnos bien este fin de semana, por Maddie y por nosotros. Te prometo no comportarme como un cabrón.

Me mordí el labio con nerviosismo. «Llevarnos bien», ¿era eso posible?

No sabía si iba a poder hacer lo que me pedía. No cuando solo mirarlo aún me producía un gran dolor, que se incrementaba al saber que estaba enamorado de otra y que me había mentido. Me aparté de él y miré hacia el salón. Maddie estaba sola, descolocada en una familia que apenas conocía y me recordó a mí misma cuando llegué a esa casa por primera vez.

—De acuerdo —le dije evitando su mirada—. Vamos a llevarnos bien. Por Maddie.

Él quiso decirme algo, pero le di la espalda deseando alejarme de él.

Al regresar al salón me di cuenta de que a pesar de que nuestro encuentro había tenido lugar en el recibidor, Will y mi madre se habían dado cuenta de nuestra ausencia y nos observaron expectantes de ver nuestro estado de ánimo. Yo ignoré sus miradas inquisitivas y me apresuré a sentarme a la mesa, donde Prett ya estaba sirviendo la comida. Nick hizo lo mismo y se volvió hacia su hermana que, durante esos minutos en que nos habíamos ausentado, se había echado a llorar.

—No me dejes aquí sola, Nick —le rogó al mismo tiempo que él la cogía y se la sentaba sobre su regazo.

—Solo tenía que decirle algo a Noah, nena, pero ya estoy aquí. ¿Quieres comer patatas? —dijo con calidez.

Observé a Nick con Maddie, mientras esperaba pacientemente a que la niña comiera. Le había limpiado las lágrimas que habían rodado por sus mejillas con dos besos suaves, lo que me recordó a aquellas veces en las que me besaba todas las lágrimas para después acabar posando sus labios sobre los míos. Decía que se ponían muy suaves cuando lloraba... Como si hubiese leído mis pensamientos, levantó los ojos y me miró. Sentí un nudo en la boca del estómago y desvié la mirada hacia mi plato. Jugueteé con la comida y, cuando nos trajeron el postre, solo pude darle un par de bocados a la tarta de calabaza y manzana, que estaba buenísima.

Después del almuerzo todos regresamos al salón y nada más traspasar la puerta Maddie salió casi corriendo para coger el tren teledirigido y empezar a jugar con él. Nick se sentó en uno de los sofás mientras Thor, su perro, se acercaba a sus pies para que lo acariciara detrás de las orejas.

Sin previo aviso, N, nuestro gatito, que ya había crecido hasta convertirse en una gran bola de pelo y al cual había tenido que sacar del piso porque mi nueva compañera era alérgica, saltó sobre el regazo de Nick haciendo que Thor gruñera enfadado. Esos dos no habían hecho muy buenas migas, pero al menos se toleraban. Nick pareció sorprendido de ver allí a N y juro que me miró con culpabilidad cuando sus ojos se encontraron con los míos. Al fin y al cabo había sido nuestro gato y él lo había abandonado.

—Por Dios... ¿Quién se ha comido a N? —dijo frunciendo el ceño mientras el gato remoloneaba a su alrededor, ronroneando sin recordar que él era nuestro enemigo común.

¡Traidor!

Maddie dejó el trenecito y fue corriendo a jugar con el gatito. Ahora que iba a pasar más tiempo en esta casa, me alegró saber que iba a tener una mascota con la que entretenerse. Nick levantó la mirada y, antes de que pudiera decir ni preguntar nada, salí del salón en dirección a la cocina. No quería tener que explicarle por qué también había terminado perdiéndolo a él.

Diez minutos más tarde, me había puesto el delantal y charlaba amigablemente con Prett en la cocina mientras la ayudaba a secar la cubertería que ella iba lavando. Me estaba riendo, a mi pesar, de una anécdota que me estaba contando sobre Nicholas de pequeño.

—Una vez no se le ocurrió otra cosa que llenarse los bolsillos de saltamontes, decenas de saltamontes diminutos. Cuando le quité la ropa para bañarlo, los asquerosos bichos se escaparon y, saltando, invadieron el baño, incluso el agua de la bañera. Steve y yo tardamos como tres horas en sacar los malditos bichos de la casa. Por fortuna, cuando el señor regresó, el niño ya estaba metido en la cama, cenado y exhausto. Recuerdo que el señor incluso me felicitó por estar haciendo un buen trabajo en nuestro intento por domar a aquel pequeño monstruo. Si él supiera...

Me reí imaginándome a un pequeño Nick, de grandes ojos azules y pelo revuelto, vestido con pantalones cortos y cazando saltamontes para perpetrar aquella travesura. Estaba segura —es más, pondría las manos en el fuego— de que su intención había sido justamente esa, acaparar la atención de Prett y Steve.

Escuché un carraspeo a mi espalda y ambas nos volvimos sobresaltadas: allí, apoyado contra la pared, estaba él y no me quitaba los ojos de encima. Dejé de reírme en cuanto lo vi, aunque Prett siguió sonriendo y meneando la cabeza.

—¿Contando mis diabluras, Prett? Los trapos sucios se lavan en casa, en privado. Debería darte vergüenza.

—Sucios nos dejabas a Steve y a mí cada vez que volvías de la calle, sí señor —replicó ella volviéndose de nuevo para seguir lavando.

Yo me quedé prendada de su mirada... Allí estaba, medio mojada por el jabón, con el cabello recogido de cualquier forma en un moño flojo mientras él se dedicaba a observarme de forma pensativa.

—¿Piensas regresar? La gente empieza a preguntarse dónde te metes.

«¿La gente o tú, Nicholas?», me hubiese gustado preguntar, pero me mordí la lengua y me quité el delantal.

—Dios no quiera que me pierda toda esa diversión —repliqué con sarcasmo acercándome a la puerta y a él.

En ese preciso instante un grito agudo resonó en toda la casa. Nicholas se apresuró a rodearme y fue directo al salón, conmigo pisándole los talones.

—¡Nosotros somos mayores que tú, así que jugaremos primero! —dijo uno de los gemelos a Maddie, que estaba con sus puñitos apretados a ambos lados de su cuerpo.

Primero miró a Nick, y luego a Will, como queriendo ver si los mayores estaban escuchando tal injusticia.

—¡Ese tren es de mi padre, así que yo juego primero! ¿A que sí, Will?

William se quedó mirando a Maddie como si las palabras que acababan de salir de su boca no fuesen ciertas. Nicholas y yo miramos a Mad con sorpresa y mi madre sonrió desde su lugar junto a la chimenea. Entonces fue el turno de Will de hacer algo y con esa elegancia suya tan característica se acercó a los niños, y se arrodilló junto a ellos, quedando a la altura de Maddie y sonriéndole con afecto.

—Este tren era mío desde que era muy pequeño y luego Nick jugó con él, así que teniendo en cuenta que tú aún no has podido disfrutarlo, es hora de que tenga un nuevo dueño. ¿Cuidarás tú del tren, Maddie? Mira que es una reliquia familiar, solo los Leister podemos manejar este tren.

Maddie parecía estar absorta en las palabras de Will, lo escuchaba con atención y, tras su pregunta, asintió con seriedad.

—Así que, chicos, el tren es de mi hija, así que si ella quiere jugar primero, tendréis que esperar, aunque yo sé que Maddie es buena y le gusta compartir, ¿a que sí?

Will volvió a incorporarse y Mad levantó la mirada para observarlo. Asintió y después se volvió hacia los gemelos, que parecían bastante enfadados.

—Os dejo que miréis, pero ¡nada de tocar! —aclaró la niña muy resuelta.

Casi todos en la sala nos echamos a reír.

La tarde pasó sin incidentes, los niños jugaron sin problema, y Nick y su padre se retiraron al despacho de este para hablar de la empresa, de modo que yo me puse a charlar con mi madre y su amiga. Estábamos enfrascadas en la conversación cuando, de repente, escuchamos un portazo y gritos al otro lado del pasillo.

—¡Joder, no tengo por qué darte más explicaciones que las que ya he dado a la junta! —oí que protestaba la voz de Nick—. ¿Crees que quería hacerlo? ¡No había opción! El problema es que nadie ha tenido lo que hay que tener para tomar esta decisión y te molesta que ahora el apellido Leister vaya a estar asociado a ello.

Se hizo silencio en el salón cuando Nick y su padre aparecieron en medio de una discusión.

—Deberías haberlo consultado al menos conmigo, es algo muy arriesgado. ¡No, Nicholas, escúchame! —gritó Will al ver que su hijo abría la boca para interrumpirlo—. ¡Como esto no salga como planeas llevarás la empresa a la bancarrota!

Ambos, padre e hijo, se miraron furiosos y el ruido del trenecito con el que jugaban los niños los sacó de la burbuja en la que estaban metidos. Nicholas parecía estar a punto de estallar, lo conocía muy bien... La forma en que apretaba los puños, la forma en que miraba a su padre como si de un momento a otro fuese a comérselo vivo. Después, notando que lo observaba, me lanzó una mirada glacial, de esas que consiguen que te tiemblen las rodillas, y no sexualmente hablando.

—Ya va siendo hora de que confíes en mí —dijo Nicholas para después darnos la espalda a todos y salir de la casa dando un portazo. Miré hacia la esquina del salón y me fijé en que Maddie miraba hacia nosotros con los ojos muy abiertos.

No tenía ni la menor idea de qué había sido lo que los había empujado a meterse en aquella discusión, pero tampoco tenía interés en presenciar nada más, y mucho menos tragarme miradas que no me merecía. Fui hacia la esquina y cogí a Maddie en brazos.

—¿Quieres que te enseñe mi habitación, Mad?

La niña asintió, aunque no dejaba de mirar hacia la puerta por donde había desaparecido su hermano un momento antes. Sonreí a los invitados que seguían allí y subí las escaleras con Maddie colocada en la cadera.

—¿Tú vives aquí, Noah?

—Vivía, cielo..., vivía.

19

NICK

Me marché de casa de mi padre y me fui a uno de los muchos bares que había junto al paseo marítimo. Con el tiempo que hacía estaba seguro de que estarían desiertos y lo que yo necesitaba en ese momento era estar solo.

No había esperado la aprobación de mi padre al contarle lo que tenía planeado hacer con la empresa, pero tampoco esperaba que me plantara cara como lo había hecho. Desde que me había hecho cargo del negocio, me había dado cuenta, después de muchas reuniones, gráficos y de hacer muchos números, que había varias pequeñas empresas de la corporación que deberían haber sido liquidadas hacía tiempo. Solo nos daban problemas y generaban ingresos ridículos. En un principio casi nadie había secundado mi decisión de ponerlas a la venta, quería liquidarlas como fuera y, con el dinero obtenido, abrir una compañía nueva con una visualización más moderna y un enfoque diferente. La mayoría de las empresas de la corporación funcionaban perfectamente, gestionadas por los mejores agentes económicos del país, y uno de mis trabajos al empezar había consistido en visitar gran parte de las empresas para asegurarme de que se cumplía con la política general de los Leister.

Pues bien, después de meses trabajando y tras convencer a la junta, habíamos decidido poner en venta aquello que nos daba más pérdidas que ganancias, por lo que no solo me enfrentaba a numerosos despidos, sino a la apertura de una nueva empresa de marketing y telecomunicaciones que reorientaría la estrategia económica de Leister Enterprises hacia un lugar que aún no habíamos explotado.

Había sido una decisión difícil, pero correcta, al fin y al cabo, y me reventaba que mi padre no fuese capaz de confiar en mí, y encima creyese que podía llevar la empresa a la ruina. A los miembros de la junta los manejaba sin problema, pero una cosa era enfrentarme a ellos siendo el jefe y otra muy distinta enfrentarme a mi padre. Y encima Noah había presenciado parte de la discusión, cosa que me había puesto aún de peor humor.

Pedí un whisky y me lo bebí de un solo trago. Aquel estúpido almuerzo había ido peor de lo que había imaginado.

Pagué la cuenta y decidí que tenía que volver. No debería haberme marchado, no dejando a Mad allí, pero aunque me molestara admitirlo, sabía que Noah estaba encargándose de ella y que mi hermana estaba perfectamente. De todas las personas que conocía, a la única a la que le confiaría mi hermana sería a ella, ni siquiera a mi padre.

Noah... No sabía si la tregua que habíamos acordado había sido un error. Era mucho más fácil ignorar lo que sentía por ella si estaba enfadado. Hablar con ella como lo habíamos hecho hoy, como personas adultas, era demasiado peligroso.

A veces..., muchas más veces de lo que admitiría en voz alta, me imaginaba perdonándola, me veía olvidando todo lo que pasó, todo lo que nos hicimos e intentaba visualizar cómo sería ahora nuestra vida. Pero al hacerlo, el recuerdo del motivo de nuestra ruptura volvía a atormentarme y todo se borraba dejando solo el odio al que tan bien me había acostumbrado aquel último año.

Maldita Noah... ¡Maldita fuera por haberlo estropeado todo!

Cuando llegué a casa de mi padre, me fijé en que era mucho más tarde de lo que había supuesto en un principio. Las luces estaban apagadas y reinaba un silencio sepulcral en toda la casa menos en el salón, cuya luz alumbraba ligeramente la entrada.

Me quité la chaqueta, dejé las llaves en la entrada y fui hacia allí. Sentada en el suelo y con la espalda apoyada contra el sofá estaba Noah. Se había cambiado y se había puesto un jersey cómodo, se había recogido el pelo en un moño suelto y llevaba unas gafas de pasta negra. Estaba inmersa en la lectura, y unos cuantos libros abiertos estaban esparcidos a su alrededor. Me fijé en que el fuego de la chimenea se estaba apagando.

—¿Qué haces? —le dije en voz baja, entrando en el salón.

Noah se sobresaltó y fue a contestar, pero mantuvo el silencio cuando me acerqué hasta donde estaba sentada y cogí el libro que tenía entre las piernas.

Derecho de la comunicación y la publicidad, volumen I.

—Estudiar —contestó al fin con frialdad.

Me fijé en ella y analicé su expresión, no quería que se sintiera incómoda en mi presencia. Sabía que ese día me había tolerado por Maddie y que probablemente lo mejor para los dos sería pasar el mínimo tiempo posible juntos, pero en esos momentos justo lo que necesitaba era que Noah fuese Noah.

—Ya veo... ¿Tan mal lo llevas? —dije dándole la espalda y metiendo más troncos en la chimenea. Me incliné para asegurarme de que el calor se concentraba en el centro. Noah había puesto los troncos demasiado separados y así nunca lograría un fuego lo suficientemente grande como para calentar la sala. Cuando las llamas se avivaron chisporroteando y desprendiendo un calor abrasador, me incorporé, me sacudí las manos y de nuevo me volví hacia ella, que me había estado observando con atención.

Me fijé en que tenía las mejillas rojas por el calor. La verdad era que no hacía tanto frío, pero Noah era muy friolera; podía recordar cómo en el invierno que habíamos pasado juntos se me pegaba bajo las sábanas para calentar sus pies helados con mi piel, que siempre parecía estar muy caliente, sobre todo estando ella cerca.

—Bastante —dijo volviendo a fijar la mirada en los libros—. Maddie se ha dormido en mi cama, para que lo sepas, por si subes y no la encuentras.

Asentí mientras me aproximaba al sofá que había cerca de ella y me sentaba. Noah estaba en el suelo, pero, aun así, la distancia que nos separaba nos permitía sostenernos la mirada.

—Gracias por cuidar de ella —dije todavía manteniendo las distancias.

Noah me observó con cautela, como quien es acechada por un perro grande que puede ser cariñoso o que puede saltar y morderte sin dudarlo.

—De nada; de hecho ha sido Will quien le ha puesto el pijama y le ha contado un cuento...

Asentí mientras observaba absorto cómo sus mejillas se sonrojaban ante mi escrutinio.

—Luego han intentado que se durmiera en su nueva habitación —prosiguió y yo me incliné hacia delante, distraído por la forma en la que sus labios se movían—, pero ella ha insistido en que quería dormir conmigo, ha preguntado mucho por ti. No deberías haberte marchado.

—Necesitaba pensar —me excusé fijándome en algo que me había pasado desapercibido hasta entonces: en su mejilla izquierda, cerca del ojo, había una cicatriz blanquecina, recta, como si se hubiese cortado con algo—. ¿Qué es eso que tienes ahí? —le pregunté y la sorprendí cuando estiré la mano y le cogí la barbilla para poder observarlo mejor.

¡Qué demonios!

Noah se estremeció ante mi contacto y se apartó obligándome a soltarla.

—No es nada —contestó fijando la mirada en el libro.

—Nada no es algo que te deja marca. ¿Qué diablos te pasó?

—Me caí —respondió encogiéndose de hombros.

—¿Te caíste? ¿Dónde? La última vez que te vi no tenías esa cicatriz. —«¿O sí?», no estaba seguro, la última vez que la vi no estaba muy en mis cabales.

Noah cerró el libro y se centró en mí, un poco exasperada.

—La tengo desde hace más de medio año, así que sí, la tenía la última vez que te vi. Me caí con la moto, no fue nada del otro mundo, pero me pusieron puntos.

—¡¿Desde cuándo tienes moto?! —No sabía muy bien por qué de repente estaba tan cabreado; al llegar había estado sosegado y tranquilo, me había gustado entrar por la puerta y encontrármela aquí, pero ahora... ahora, joder, quería romper algo.

—No era mía, sino de una amiga. ¿Por qué te pones así?

Me puse de pie y me alejé, pero estaba tan enfadado que no pude evitar soltar lo primero que me vino a la cabeza.

—Solo un idiota iría por ahí con una moto, ¡la mayoría de los accidentes mortales en carretera son por gente que va en esas estúpidas motos!

Noah se levantó apretando los labios y dejó el libro sobre el sofá de cualquier manera.

—¡Tú tienes moto!

—Yo no soy tú, yo no tengo accidentes.

—¿Insinúas que yo sí soy idiota, entonces?

Apreté la mandíbula con fuerza.

—No vayas en moto, eso es lo único que te estoy diciendo —repuse intentando tranquilizarme. Noah había tenido un accidente, un maldito accidente... hacía meses. ¿Dónde había estado yo entonces?

Lejos... muy lejos.

Noah recogió sus libros y se detuvo frente mí antes de marcharse.

—Qué pena que ya no puedas darme órdenes, ¿verdad, Nick?

La observé marcharse con un regusto amargo en la boca.

20

NOAH

Al día siguiente me desperté más temprano de lo que estoy acostumbrada a hacerlo en vacaciones, pero tenía una buena razón y estaba emocionada.

Sin hacer mucho ruido me volví hacia la niña que estaba durmiendo a mi lado, dormía tan profundamente que la observé un rato divertida. Era pequeña, pero se movía más que un animalito revoltoso, lo que me recordaba a cierta persona que ahora mismo estaría durmiendo muy cerca de allí. Su pequeño cuerpecito estaba atravesado, casi ocupaba toda la cama, y yo apenas tenía espacio para poder moverme.

No quería despertar a Maddie mientras me vestía; además, aún no había amanecido y necesitaba encender la luz para poder arreglarme, así que me levanté de la cama con cuidado y la cogí en brazos sabiendo que no iba más que a murmurar algo en sueños antes de volver a caer rendida.

Sus manitas se abrazaron a mi cuello y yo salí de la habitación con ella colgada como un monito. Dudé si era buena idea llevarla a la que de ahora en adelante iba a ser su habitación, no quería que se asustara cuando abriera los ojos y no supiese dónde estaba, por lo que me detuve frente a la habitación de Nick. Podía dejarla allí, ambos dormirían hasta más tarde y, cuando Maddie abriera los ojos, tendría a su hermano mayor para sentirse segura.

Abrí la puerta despacio, sintiéndome muy incómoda al invadir la intimidad de Nicholas. Antes me había colado en cientos de ocasiones para poder dormir con él y despertarnos abrazados. Apreté los labios y borré esos pensamientos de mi cabeza. Nick estaba profundamente dormido, su cuerpo ocupaba casi toda la cama y, como siempre, su cuarto estaba oscuro como boca de lobo. Dejé la puerta abierta para poder ver algo y me acerqué para colocar a la pequeña junto a él. Cuando la dejé sobre la cama, Maddie automáticamente se hizo una bolita y empezó a chuparse el dedo, tan dormida como lo había estado en mi cama minutos antes.

Me mordí el labio, de repente estaba nerviosa. Tiré de la manta para tapar a la niña. Nicholas nunca tenía frío, no había puesto la calefacción y la habitación era un cubito de hielo.

Al tirar de la manta no me percaté de que esta estaba medio enredada entre sus piernas y, aunque lo hice todo muy despacio y sin movimientos bruscos, Nick abrió los ojos, medio dormido. Una sonrisa surgió en sus labios y yo me detuve quieta donde estaba, como si me hubiese congelado.

Su mano se estiró, me cogió el brazo y tiró de mí hasta hacerme sentar junto a él en el colchón.

—¿Qué hacías, Pecas, espiarme? —preguntó y, al escuchar cómo me había llamado, mi corazón empezó a latir alocadamente. Un año, un año había pasado desde la última vez que se había referido a mí con ese apelativo cariñoso.

Se incorporó y, sin previo aviso, su boca buscó mis labios; fue un beso inocente y raro, puesto que me aparté como si me hubiese quemado con fuego. Entonces Nick pareció caer en la cuenta, abrió los ojos, miró alrededor, a su hermana, luego a mí y suspiró para maldecir un segundo después.

—Por un instante pensé... —dijo.

—Lo sé —lo corté yo.

Entendía perfectamente lo que había pasado.

Me levanté del colchón, deseando desaparecer.

—Solo te he traído a Mad, no quería que se despertara sin nadie conocido a su lado.

Nick asintió mirando a la pequeña y luego volvió a fijarse en mí.

—Espera, ¿por qué? ¿Adónde vas? —inquirió quitándose la manta de encima y pasándose la mano por la cara.

—Tengo que hacer cosas..., recados. —No iba a decirle adónde iba, no, ya había pasado por eso una vez.

Nicholas asintió con el ceño fruncido para después abrir los ojos al ser consciente de lo que le ocultaba.

—¡Oh, venga ya! —exclamó demasiado alto.

—Chis —chisté—. ¡Vas a despertarla!

Nick se levantó de la cama, me cogió por el brazo y me condujo hasta su baño. Cerró la puerta y me miró con condescendencia.

—¡Estás loca! —me soltó ocultando su propia diversión.

—¡Déjame! No te rías de mí, es una tradición, me gusta ir... ¡Acéptalo!

Nick sacudió la cabeza con incredulidad.

—Odias ir de compras, te metes con tu madre porque está todo el día comprando cosas y llega el viernes después de Acción de Gracias y te conviertes en compradora compulsiva. ¿Puedes explicarme por qué?

—Ya te lo expliqué una vez —repliqué volviéndome para marcharme, pero me detuvo impidiéndome el paso con su maldito cuerpo. Sonreía... Nicholas sonreía mientras me miraba. Me afectó tanto esa realidad que dejé que me retuviera.

—«Es el Black Friday... La gente compra hasta entrada la noche, hay chocolate caliente, las tiendas no cierran...» —dijo en un vago intento por imitar mi forma de hablar.

Me sorprendió que recordase las mismas palabras que había utilizado para explicarle mi obsesión por aquel día y más teniendo en cuenta que había sido hacía dos años.

—Si lo sabes, ¿para qué preguntas? —repuse molesta.

Nick negó con la cabeza, aún sonriendo.

—Tenía la esperanza de que hubieses madurado y se te hubiese pasado la tontería esa a la que llamas Navidad.

Aunque se dirigió a mí de forma divertida, no me pasó por alto la palabra «madurar». Recordé lo que me había dicho en su piso de Nueva York y sentí cómo me ponía furiosa.

—Déjame en paz, ¿quieres?

Salí del baño antes de que pudiera volver a abrir la boca. A veces olvidaba lo imbécil que podía llegar a ser.

Media hora después bajé a la cocina, embutida en unos vaqueros y un jersey ancho color blanco roto. Quería ir cómoda, el Black Friday era una locura y yo era una experta en encontrar las mejores rebajas.

A pesar de lo temprano que era, cinco minutos después de haberme servido una taza de café, Nick y Maddie aparecieron en la cocina, ambos en pijama y con los pelos revueltos. Nick llevaba a Mad colgada de un hombro y la niña se reía mientras él amenazaba con hacerla caer. Al verme allí sentada, Madison forcejeó para que su hermano la bajara y vino corriendo a sentarse a mi lado. La ayudé a subirse a la silla mientras Nick iba directamente a servirse una taza de café.

—¡Yo quiero lo mismo que Noah! —pidió dando saltitos y señalando mi dónut de chocolate.

Nick la observó con el ceño fruncido.

—Primero mídete los niveles de azúcar, enana —le indicó dejándole un aparatito frente a ella en la mesa junto a un vaso de leche caliente.

Maddie suspiró, pero prosiguió a hacer lo que su hermano le pedía. La observé sin poderme creer que con siete años estuviese haciendo eso ella sola. Miré a Nick, que estaba entretenido batiendo unos huevos, y me vi en la necesidad de hacer algo.

—¿Te ayudo, cielo? —dije, aunque no tenía mucha idea sobre los niveles de azúcar correctos ni nada de eso.

—Yo puedo —contestó la niña sacando una tira de una cajita, luego sacó un dispositivo con una lanceta para pincharse, la colocó sobre uno de sus deditos, apretó la parte superior y un clic consiguió que una gotita de sangre saliera de su piel. Con una habilidad increíble, la habilidad que se consigue al hacer eso unas tres veces al día desde el momento en el que le diagnosticaron la enfermedad, pasó la gotita de sangre a la tira y después la metió en la máquina. Unos segundos después, leyó sus niveles de azúcar en voz alta.

—No hay más dónuts, Mad, pero tengo galletas y una manzana que está riquísima —dijo Nick cogiendo su taza de café, las galletas y la fruta y sentándose junto a su hermana, que lo miraba con cara de pocos amigos.

Sabía que había más dónuts y maldije el momento en el que se me ocurrió comer uno aquella mañana, no quería darle envidia a la pobre criatura, así que lo cogí, me lo llevé de la mesa y lo tiré a la basura.

—Esas galletas no me gustan —protestó cruzándose de brazos.

Nick la observó soltando un suspiro.

—Son las que comes siempre, Madison, y te gustan.

—¡No! —gritó saltando de la silla con intención de salir corriendo.

Nick extendió el brazo y la cogió al vuelo. Justo entonces apareció Will por la puerta, también en pijama y mirando a su hijo con cara de pocos amigos.

—¿Qué son estos gritos? —preguntó mirando alrededor y fijándose en mí unos segundos de más—. ¿Qué haces vestida?

Puse los ojos en blanco y lo rodeé para poder sacar los huevos que Nick se había dejado en el fuego. Los puse en un plato y se los llevé a la mesa mientras Maddie observaba a su padre con asombro.

—Cómete el desayuno —le ordenó su hermano sentándola otra vez a la mesa.

Will cogió su taza y el periódico que había justo encima de la mesa y fue a sentarse. Entonces cayó en la cuenta de que los tres, Nick, Maddie y yo, lo observábamos expectantes.

William miró a Nick, después a mí —que le hice una seña en dirección a Mad— y después sus ojos se fijaron en la niña que había sentada justo enfrente.

—Hum... —dijo aclarándose la garganta un segundo más tarde—. ¿Cómo has dormido, Maddie?

La niña metió la galleta en el vaso de leche, luego se la llevó a la boca y así contestó a la pregunta.

—He dormido con Nick y Noah.

William se medio atragantó con el café. Pasó su mirada de Nick a mí.

—¡¿Qué demonios?! —exclamó dejando la taza en la mesa.

Nicholas cruzó una mirada fugaz conmigo y se dispuso a explicarse. William asintió unos segundos después, mirándonos con cara de pocos amigos. De repente, sentí que necesitaba salir de allí.

—Me largo —anuncié cogiendo mi bolso y dejando mi taza en el fregadero.

Will me observó con las cejas enarcadas.

—¿Otra vez vas a meterte en ese infierno?

Nicholas sonrió detrás de su taza de café y me entraron ganas de tirarle el bolso a la cabeza.

—Sí, William, voy a ir de compras y me voy a someter a ese infierno voluntariamente porque soy masoquista, ¿vale? —respondí irritada justo en el instante en que mi madre decidía hacer acto de presencia.

Ay, Dios mío, había olvidado lo que era vivir en casa.

—Mantente alejada de las avalanchas, Noah —me aconsejó pasando frente a mí y adentrándose en la cocina.

Sacudí la cabeza mientras buscaba las llaves del coche en el bolso.

—¿Adónde va Noah? —preguntó entonces Maddie.

—Me voy de compras, Mad —contesté antes de que nadie volviera a hacer algún comentario estúpido. La niña, de la emoción, abrió los ojos como platos.

—¡Yo quiero ir de compras! —gritó sorprendiéndonos a todos.

William la observó por encima del periódico.

—Eres digna hija de tu madre —afirmó entre dientes volviendo a la lectura.

Yo sonreí divertida mientras Nick observaba a su hermana con el ceño fruncido.

—¿Has oído eso, Nick? Maddie quiere ir de compras —comenté disfrutando como una enana.

Nick me fulminó con sus ojos claros y se volvió hacia la pequeña.

—No. Mad quiere ir a la playa conmigo. ¿A que sí, enana?

Maddie se llenó los pulmones antes de responder:

—¡No!

¡Qué bien sentaba la venganza!

—¡Venga ya, Madison, me dijiste que querías aprender a hacer surf!

—¡Odio el surf! ¡Quiero ir a Rodeo Drive!

Todos soltamos una carcajada menos Nick, que observaba a la niña como si se hubiese transformado en un pequeño monstruo.

—Bueno, yo me marcho —informé saliendo por la puerta.

Nick me alcanzó justo antes de salir.

—No creerás que me voy a enfrentar a esto solo, ¿no? —dijo mirándome de malas maneras.

—¿Enfrentarte a qué? —pregunté procurando no echarme a reír.

—Si yo tengo que pasarme el día de compras con una niña de siete años, tú lo vas a hacer conmigo, que no te quepa la menor duda.

—Yo no voy a Rodeo Drive, sino al Beverly Center —repuse encogiéndome de hombros con una sonrisa en los labios.

Nick me fulminó con sus ojos azules y yo disfruté de mi pequeña venganza.

—Te recogeré a la hora de comer, Noah, y más te vale estar ahí cuando te llame.

—Nicholas...

—Y ve con Steve: aparcar hoy va a ser una locura; además, así volveremos juntos a la vuelta.

—Quiero ir en mi coche.

—Y yo quería hacer surf y disfrutar de la playa en invierno y ahora tengo que ir de compras por tu culpa —me soltó imperturbable.

Diez minutos después Steve me llevaba a uno de los centros comerciales más grandes de la ciudad.

El Beverly Center era un centro comercial situado en Beverly Grove, un barrio del centro de Los Ángeles que estaba a apenas unos diez minutos de Beverly Hills. Sí, había cruzado la ciudad para ir hasta allí y encima iba a tener que darme prisa si a la hora de almorzar tenía que verme con Nick y su hermana, pero el Black Friday lo merecía.

Como siempre, todo era una completa locura: estaba lleno hasta los topes, las colas llegaban hasta las puertas de las tiendas, los niños corrían de aquí para allá, lloraban o comían cosas que los pringaban a ellos, a sus padres y a quienes estuviesen cerca. Hombres y mujeres ataviados con su calzado más cómodo entraban y salían de las tiendas como si estuviesen en plena cacería del zorro.

Me gustaba ir sola porque así no había distracciones. Además, yo era rápida, sí, muy rápida: sabía en los primeros cinco minutos de entrar en una tienda si allí iba a haber algo que me iba a gustar o no; no perdía el tiempo rebuscando entre la ropa, la ropa me llamaba, y si al entrar nada captaba mi atención, adiós muy buenas.

A las dos de la tarde ya había comprado casi todos los regalos de Navidad. El móvil sonó en mi bolsillo y vi que Nicholas me acababa de mandar un mensaje.

Te recojo en la puerta de Macy's en diez minutos.

Genial... Mis ganas de quedar con él eran prácticamente nulas.

21

NICK

Sabía que Noah odiaba ir de compras con gente y por ese motivo me había pasado la mañana a solas con Maddie. Habíamos ido a la librería, a la juguetería y al parque infantil. Me había rogado que le comprara un disfraz; mientras que todas las niñas de su edad se ponían coronas y vestidos de princesas, la rara de mi hermana había elegido el de tortuga ninja. Sí, así que ahora iba por medio de Beverly Grove con una tortuga ninja en miniatura y varias bolsas de cosas que no había tenido intención de comprar.

Tal como había dicho mi padre, mi hermana era digna hija de mi madre.

—¿Dónde está Noah? —me preguntaba sin cesar desde que le había dicho que nos reuniríamos con ella.

—Eso quisiera saber yo —contesté sentándome fuera del centro comercial y esperando a que saliese de una vez. Steve llegaría en nada a recogernos, aunque el tráfico era una locura..., no se podía parar ni en segunda fila.

Justo cuando saqué el móvil para llamarla la vi aparecer. Iba cargada de bolsas, el jersey que se había puesto estaba ahora atado en su cintura y debajo llevaba una sencilla camiseta de tirantes que le marcaba hasta el ombligo.

Mad salió corriendo a recibirla mientras yo me subía las gafas de sol a la cabeza y la observaba embobado como un idiota.

—¡Me encanta tu disfraz, Mad! —dijo sonriéndole y dejando al descubierto sus bonitos dientes blancos. Hacía tanto tiempo que no veía esa sonrisa que sentí un pinchazo en el pecho.

—Había de tu talla, seguro que podemos buscarte uno si quieres —comentó mi hermanita, lo que provocó una carcajada de Noah.

Noah disfrazada de tortuga ninja..., ¡lo que me faltaba! Aunque Noah disfrazada de muchas otras cosas se me pasaron por la mente, obligándome a ponerme las gafas otra vez y ocultar mis pensamientos lujuriosos.

—Hola —saludé cuando por fin nos encontramos a medio camino.

—Hey —respondió de una forma bastante seca.

Fruncí el ceño con curiosidad.

—Deja que te ayude —me ofrecí cogiéndole las bolsas de las manos. Se resistió al principio, pero al final me dejó. Sus ojos se apartaron de los míos y volvieron a fijarse en mi hermana.

—¿Desde cuándo estáis aquí?

—Desde hace un par de horas —contesté sacando el móvil y fijándome en los mensajes. Steve estaba en la esquina esperándonos con el coche mal estacionado—. Vamos.

Cinco minutos después habíamos dejado la locura atrás.

Las llevé a comer a un restaurante alejado de todas las zonas comerciales. Comimos chuletón con patatas mientras mi hermana acaparaba casi toda la conversación. Para ser sincero, no tenía ni idea de qué estaba haciendo o a qué estaba jugando, pero de repente tenía la necesidad casi vital de estar a solas con Noah. Esta apenas me había dirigido la palabra y, aunque las cosas estaban tensas entre ambos, más que tensas en realidad, creía que nuestra tregua iba a funcionar mejor, la verdad.

Al salir del restaurante me fijé en que en el edificio de enfrente había un parque infantil, de esos con bolas de colores y colchonetas para saltar, con toboganes y un montón de niños correteando sin parar.

—Mad, ¿quieres ir ahí? —le pregunté señalando lo que era el paraíso para cualquier niño de menos de diez años.

Mi hermana se puso a saltar como loca de alegría mientras Noah me miraba con el ceño fruncido. Sí, bueno, no había sido tan sutil como creía. Pagué para que retuvieran al monstruito durante una hora y le propuse a Noah dar un paseo.

—Te noto muy callada —comenté mientras entrábamos en una calle peatonal, plagada de bares, tiendas y heladerías—. ¿Estás cansada?

Noah siguió mirando hacia delante.

—Sí, supongo... Me he levantado muy temprano.

Seguimos andando sin volver a decir nada. Aquello era ridículo, nunca habíamos estado tanto tiempo juntos sin pronunciar palabra. Noah, la que no callaba ni debajo del agua, a la que muchas veces había tenido que callar con un beso o distraer con caricias para que me diera un respiro, ahora parecía interesada en cualquiera menos en mí.

—Bueno, ¡basta ya! ¿Qué demonios te pasa? —inquirí molesto.

Ella me miró sorprendida.

—No me pasa nada... —dijo, aunque dudó al final de la frase. Esperé procurando no exasperarme—. Es solo que esto no es lo que esperaba. Se suponía que íbamos a estar con tu hermana, ¿por qué la has metido en ese puñetero parque infantil? ¿Sabes la de enfermedades que se transmiten ahí? ¡Piojos, por ejemplo! Ahora seguro que todos cogemos piojos porque has decidido cambiar de planes... Se suponía que íbamos a dar los tres un paseo por el parque antes de regresar a casa; además, me quedaban compras por hacer... No te planteaste si había terminado cuando me llamaste, pero estás tan acostumbrado a dar órdenes: «Te veo en cinco minutos» —imitó mi voz—. Pues a lo mejor no estaba lista, ¿habías pensado en eso? ¡Y no, no me mires así! Esto es... raro, sí, no estoy cómoda.

Abrí los ojos con sorpresa procurando contener las ganas de reírme, sí que había estado callándose cosas, sí.

—¿No estás cómoda con qué? —pregunté con incredulidad fingida.

Noah se detuvo y se volvió hacia mí.

—¡Con esto! —respondió señalándonos a ambos—. Tú y yo. ¡Actúas como si siguiésemos juntos! —soltó como si le hubiese costado la vida decir algo así—. Acepté la tregua por el bien de Maddie, pero no voy a engañarme a mí misma y agradecería que tú tampoco lo hicieras. ¿O te recuerdo las cosas que me dijiste la última vez que te vi?

Respiré hondo. En el fondo, sabía que Noah tenía razón. Le había dicho que estaba enamorado de Sophia para que pasase página, pero sabía que no iba a ser tan fácil.

—Te he tratado como si fueses una amiga, nada más —dije poniéndome serio.

Noah miró alrededor, parecía afectada. Después de unos segundos volvió a fijarse en mí.

—Prefiero tu hostilidad —soltó entonces y sentí un pinchazo en el pecho—. De veras, lo prefiero, puedo lidiar con eso, estoy acostumbrada; en cambio, lo que haces ahora... —Negó con la cabeza mirando al suelo. Me hubiese gustado levantarle la barbilla para poder fijarme en sus ojos—. Sé que lo haces por tu hermana, pero a mí me duele y me confunde. No quiero pasar tiempo contigo, no quiero ir a dar un paseo, ni a almorzar, ni que me preguntes cosas como por qué tengo una cicatriz o por qué voy en moto... Esos asuntos de mi vida ya no te incumben y sé que fui yo quien lo fastidió todo, pero tomaste una decisión y me gustaría que la cumplieras.

Desvié mi mirada hacia los árboles que había detrás, sintiéndome como una mierda. Sí, era verdad que había hecho eso por Maddie, pero una parte de mí había querido pasar tiempo con ella, porque, maldita sea, la echaba tanto de menos...

—Muy bien —dije un tanto cortante—. Vamos a buscar a mi hermana.

Giré sobre mis talones y empecé a andar calle abajo. Noah no tardó en colocarse a mi lado y esa sensación... esa sensación de tenerla cerca, pero a la vez a kilómetros de distancia, consiguió volver a convertirme en la estatua de hielo que sin haberme dado cuenta había empezado a dejar de ser el día anterior.

Pasamos por delante de algunas tiendas y, justo cuando íbamos a doblar hacia donde estaba el parque infantil, mi madre, sí, mi madre apareció frente a nosotros. Me detuve en cuanto la vi. A pesar de lo que ahora estipulara la ley, yo había seguido negándome a verla y había sido la niñera quien me había traído a mi hermana el día anterior. Verla allí otra vez, teniendo en cuenta que no nos habíamos vuelto a cruzar desde la noche que decidió ponerse a soltar verdades en el aniversario de Leister Enterprises, fue una sorpresa de lo más desagradable.

Como siempre, iba muy elegante, con un vestido de cachemir, tacones altos y el pelo recogido en un moño; aunque creí ver ojeras bajo sus ojos claros, ojeras que el maquillaje caro de mi madre debería haber cubierto mejor.

—¡Nicholas! —exclamó sorprendida al verme justo delante de sus narices.

Apreté la mandíbula con fuerza antes de hablar.

—Sí, madre, vaya desagradable coincidencia encontrarnos así.

Ella cuadró los hombros, encajando el golpe, supongo. La verdad era que me importaba un comino, pues la relación con ella seguía siendo igual de mala... ¡Qué digo!, era inexistente.

—Hola, Noah —saludó volviéndose hacia ella, que se tensó a mi lado de forma evidente.

Teniendo en cuenta las circunstancias y el pasado de nuestros padres, no me equivocaría al pensar que mi madre estaba en la lista de enemigos más acérrimos de Noah; es más, seguramente tenía un lugar privilegiado en lo más alto. No le devolvió el saludo.

—Tenemos prisa. Si nos disculpas... —dije con la firme intención de seguir con mi camino. No obstante, mi madre dio un paso hacia delante y colocó su mano en mi brazo, reteniéndome.

—Me gustaría poder hablar contigo, Nicholas.

—Sí, quedaba claro en todos los mensajes que le has dejado a mi secretaria, pero creo que ella ha sido lo suficientemente concisa en su respuesta al decirte que no me interesa.

Cogí a Noah de la mano en un acto reflejo; de repente sentía que me ahogaba y quería salir de allí cuanto antes. Tiré de ella y pasamos a su lado con la clara intención de largarnos sin mirar atrás.

—Se trata de Maddie, Nicholas —anunció mi madre a mis espaldas.

Eso consiguió detenerme. Me volví hacia ella con desgana.

—Cualquier cosa que pase con mi hermana puedes contárselo a mi padre, él se encargará de ponerme al día.

Mi madre pareció venirse abajo, me miró con ojos suplicantes y todas mis defensas se vinieron abajo. ¿Mi madre suplicando?

—Concédeme unos minutos, Nick, por favor.

Mis ojos se desviaron a Noah, que de pronto parecía igual de intrigada que yo.

—Está bien —acepté—. ¿Qué pasa?

Mi madre hizo un gesto entre sorprendida y aliviada y nos guio hasta una cafetería que había justo delante. Noah se sentó a mi lado y ella enfrente. Todo me resultaba tan extraño que necesitaba acabar con ello lo antes posible.

—Bueno, dispara, no tenemos todo el día.

A pesar de que mi madre parecía haber demostrado cierta debilidad pidiéndome por favor que le concediera unos minutos, ante mi último comentario cuadró los hombros y me miró con cara de pocos amigos.

Ahí estaba la Anabel Grason de mis recuerdos.

—Muy bien, puesto que apenas puedes intentar tener un poquito de tacto conmigo, yo también voy a dejarme de formalismos y florituras. Quieres que sea breve, pues seré breve —dijo dejando su taza en el plato y mirándome fijamente—. Estoy enferma, Nicholas.

Se hizo un silencio en la mesa, un silencio interrumpido por el ruido que hizo el vaso de cristal que estaba sosteniendo cuando cayó sobre ella.

—¿Qué quieres decir con que estás enferma? —dije cabreándome al instante. Esto seguro que era algún tipo de treta, no sé qué fin perseguía con ello, pero me parecía patético.

—¿Qué voy a querer decir? —me contestó y ahora sí, al fijarme con atención, vi que la expresión de dureza flaqueaba para dejar al descubierto un miedo y una inseguridad que nunca había visto en ella hasta el momento. Respiró hondo y me miró fijamente antes de soltar las siguientes palabras—. Tengo leucemia.

—¿Qué demonios dices? —repuse casi al instante notando cómo mi voz bajaba dos octavas.

Mi madre juntó las manos sobre su regazo y se echó hacia atrás en el asiento.

—Me lo diagnosticaron hace más de un año y medio... Quise contártelo, no quería decírtelo por teléfono, eso si te dignabas a cogerlo. Tu padre lo sabe desde hace meses, me prometió que no te diría nada, quería contártelo yo... Sé que me odias, pero eres mi hijo y...

Su voz empezó a temblar y de súbito me noté caer, caía y caía a un pozo sin fondo e iba a estrellarme... Era cuestión de segundos: me estrellaría y no sé qué iba a pasar a continuación, pero nada bueno, eso seguro. Entonces noté que alguien me apretaba la mano con fuerza, una mano cálida y pequeña que se había acercado por debajo de la mesa y que prometía no soltarme.

Miré a Noah, que estaba a mi lado y observaba a mi madre con... ¿pena? Sentí cómo mis dedos se aferraban a ella como si de repente fuera mi único punto de referencia, porque lo que me estaba diciendo mi madre no podía ser cierto.

—No quería contarte esto para que me tengas lástima, solo quería explicarte el porqué de las cosas que he hecho en los últimos meses, todo lo que hice, con Maddie, con Grason, con tu padre...

—¿A qué te refieres? —dije aclarándome la garganta al notar que el nudo que se me había hecho en ella me impedía hablar.

—Voy a ceder la custodia total de Maddie a tu padre.

—¿Cómo? —pregunté despertando de mi letargo.

—En los próximos años voy a tener que enfrentarme a situaciones muy difíciles, Nicholas, situaciones que no quiero que una niña de siete años tenga que presenciar. Cuando me enteré de esto, lo tuve claro: si a mí me pasaba algo, lo último que quería era que mi hija tuviese que quedarse al cuidado de Grason. Es un hombre egoísta y que apenas es capaz de fijarse en algo que no sea su propio ombligo. He cometido errores, Dios, he cometido muchísimos errores en mi vida y sé que estoy muy lejos de ser alguien que se merece siquiera que la escuches ahora, pero Maddie me importa, me importa, Nick, y quiero que si a mí me pasa algo, si esto no termina saliendo como yo espero que salga, mi hija esté con una familia que la quiera y la proteja.

—Espera, espera —la interrumpí—. ¿Dices que mi padre está al tanto de esto? ¿Está de acuerdo en tener su custodia completa? Pero ¿cómo...?

—Todo lo que ha pasado con Grason, el divorcio, saber quién era el padre de Madison... Removí todo ese asunto porque existía una posibilidad de que Maddie fuera hija de tu padre. Y no me equivoqué, como tampoco me equivoqué al dar por hecho que en el instante en que William supiera que Maddie era su hija iba a querer formar parte de su vida, y eso es justo lo que yo quiero también.

La miré con incredulidad... Todo lo que había pasado, todo lo que se había descubierto... ¿Era porque mi madre quería que fuese mi padre el que se encargara de Mad en el caso de que...? ¿En el caso de que muriera?

—¿Y qué piensas hacer? —pregunté súbitamente, sintiendo la rabia crecer dentro de mí—. ¿Pretendes abandonar a Maddie en casa de mi padre? ¿Pretendes renunciar a tus derechos y pretender que tu hija no te eche de menos? ¡Eso es una locura!

—Nicholas... —empezó a decir Noah.

—¡No! —solté poniéndome de pie—. ¡Las cosas no se hacen así, maldita sea! ¿Pretendes hacer con ella lo mismo que hiciste conmigo?

Mi madre respiró hondo sin mirarme.

—Siéntate, por favor —me pidió manteniendo la calma, aunque pude ver que a duras penas.

Me senté porque de repente me temblaban las piernas, todo mi cuerpo estaba en tensión, todo mi maldito cerebro era un remolino de pensamientos sin sentido que pretendían comprender en qué mundo las acciones de mi madre podían estar justificadas.

—No pienso abandonarla, Nicholas, simplemente voy a cederle la custodia a su padre mientras yo procuro salir de esta. Estoy en contacto con los mejores médicos del país y voy a empezar la quimioterapia en el hospital MD Anderson en Houston. Los médicos son optimistas, pero esto puede llevar años; no querrás que me la lleve a Houston conmigo, ¿no? ¿Quién cuidaría de ella mientras yo me someto al tratamiento? Solo estoy pensando en lo que es mejor para todos.

Me quedé callado lo que pudieron ser segundos o minutos, no tengo ni idea. Todo era una mierda, una auténtica mierda.

Entonces sentí el tacto de una mano diferente coger la mía. Abrí los ojos y comprobé que era la de mi madre. ¿Sus manos siempre habían estado así de huesudas? Me fijé en ella, en sus ojeras y en que parecía mucho más delgada que la última vez que la vi. Mis dedos actuaron por su cuenta y se aferraron a ella casi sin ni siquiera pedirme permiso.

—Siento todo esto, Nick —se lamentó y un momento después me soltó para limpiarse una lágrima que había decidido escaparse de su autocontrol—. Tu padre puede explicártelo todo mejor que yo. Gracias por escucharme.

Mi madre fue a levantarse y, de repente, sentí un vacío en mi pecho y mi mente.

—Espera —le pedí sintiéndome más perdido que en toda mi vida—. Voy a darte... Voy a darte mi número personal para que puedas llamarme y decirme cuándo vas a irte o cuándo piensas...

Me callé porque ni yo sabía lo que quería. Saqué del bolsillo de mi cartera una de mis tarjetas de visita y con un boli escribí mi número personal detrás. Mi madre la cogió y me sonrió agradecida.

—Gracias, hijo —dijo antes de desviar su mirada a Noah—, y a ti también.

Diez minutos después estábamos en el parque infantil recogiendo a mi hermana. Me sentía como si de pronto mi vida no fuera la mía, como si estuviese representando un papel que no me pertenecía... De golpe estaba tan enfadado, tan cabreado con la vida por habérmela jugado de esa forma, por ponerme otra piedra en el camino, que noté cómo empezaba a arder bajo la piel, noté cómo mis músculos se tensaban originando una energía que no tenía ni la menor idea de cómo eliminar.

Maddie salió del parque infantil y vino corriendo hacia mí, que la esperaba con los brazos abiertos; de repente necesitaba estrecharla, me hubiese gustado meterla bajo mi piel y ahorrarle todo el dolor que iba a tener que afrontar a una edad tan temprana. No solo el que creía que había sido su padre hasta ahora se había marchado sin intención de volver a verla, sino que ahora su madre enfermaba y la dejaba con un padre al que acababa de conocer.

Una parte de mí sintió la repentina necesidad de meterla en un avión y llevármela conmigo, llevármela a Nueva York, donde podría cuidar de ella, pero... Yo no era su padre, por mucho que en ese instante hubiese deseado serlo. La estreché con fuerza y la levanté del suelo. Estaba colorada del ejercicio que había estado haciendo y superexcitada, hablando sin parar. Noah debió de comprender que apenas era consciente de lo que salía de su boca porque empezó a rellenar los silencios que provocaban mis escasas palabras y pensamientos razonables.

Tiempo... Ahora el tiempo parecía crucial, tiempo perdido, el tiempo que quedaba por vivir, porque ¿cuánto tiempo viviría? ¿Saldría de aquello? ¿Se marcharía a Houston y no volvería a verla? ¿Y mi hermana tampoco?

Llegamos a casa, bajé del coche y los seguí hasta la entrada. Sabía que Noah no me quitaba los ojos de encima y cuando no entré en casa sino que me quedé en el umbral de la puerta sin poder dar un paso más, ella se volvió hacia mí y me preguntó algo, algo que no oí.

—Necesito... necesito estar solo ahora mismo, puedes... ¿puedes encargarte...?

Noah vaciló, como queriendo decir algo, pero sin llegar a atreverse. Finalmente asintió y yo cogí las llaves del coche que Steve me lanzó. Este me observaba preocupado, pero no tenía ánimos para pararme a explicar nada.

Me subí al coche y desaparecí durante horas.

Cuando regresé a casa era prácticamente medianoche. Había tenido mucho tiempo para pensar, y pensar cuando se está realmente jodido puede tener consecuencias de las que es muy probable que te arrepientas con el tiempo.

Subí las escaleras en penumbra, sin molestarme en encender nada. ¿Para qué? Y al pasar junto a la puerta de Noah, un dolor agudo e intenso me encogió el corazón. Ahí estaba el amor de mi vida... El mismo que me había dañado como todas aquellas personas que había dejado entrar en él.

¿Odiaba a Noah?

La había odiado y había una probabilidad muy alta de que la siguiera odiando justo en ese instante, qué digo, fue ahí cuando más la odié, porque justo en ese momento fue cuando más la necesité, justo ahí fue cuando noté su ausencia, cuando mi mente me pidió a gritos ir en su busca y mi corazón esperó esperanzado a que alguien le suministrara algún tipo de paz interna, algún tipo de tregua al dolor.

Abrí su puerta sin ni siquiera detenerme en llamar. Estaba en su cama, despierta y otra vez rodeada de libros. Mi hermana estaba dormida a su lado, atravesada en el colchón y chupándose el dedo como hacía desde que tenía diez meses. Volví a mirar a Noah, que cerró el libro con cuidado, se quitó las gafas y centró en mí toda su atención.

—¿Dónde has estado? —preguntó sin elevar la voz—. Llevas fuera como cinco horas... Nicholas, ¿estás bien?

Me acerqué a ella y le quité el libro de las manos y lo puse sobre la mesilla de noche.

—Quiero hablar contigo —dije señalándole la puerta. Noah dudó y eso avivó algo en mi interior—. Me lo debes —añadí con los dientes apretados.

Nos observamos mutuamente durante lo que pudieron ser minutos. Finalmente y sin decir nada bajó de la cama y me siguió hasta mi cuarto. Cuando nuestros ojos se encontraron no pude contenerme más, le cogí el rostro entre mis manos y la besé con todas mis fuerzas. Su espalda chocó contra la puerta y sentí que volvía a respirar. En la oscuridad que nos rodeaba, apenas pude apreciar lo tensa que estaba, pero tras unos segundos muy intensos volvió la cara y se apartó de mí.

—No hagas esto, Nicholas —me advirtió en un susurro apenas ininteligible.

Mi mano le apartó un mechón de pelo y se lo colocó detrás de la oreja, con cuidado, alargando el contacto lo máximo posible. Su fragancia me rodeaba, me volvía loco de deseo, de amor... Ese olor suyo tan característico, tan rico, tan especial. Podría emborracharme solo con olerla. Y era eso lo que necesitaba justo entonces.

Mi mano le acarició la mejilla y ella cerró los ojos, soltando el aire de forma entrecortada. ¿Estaba sufriendo como yo? ¿Sufría por lo mucho que le dolía estar lejos de mí?

—¿Por qué no puedo olvidarme de ti? —planteé con mi frente sobre la suya—. ¿Por qué siento que eres la única que puede ayudarme en un momento como este?

—Nicholas... —dijo abriendo los ojos para mirarme. Fue tan intenso lo que sentí cuando nuestras miradas se encontraron que me incliné y hundí mi rostro en su cuello; no podía mantener la suya, no lo soportaba.

Posé mis labios en la piel suave de su garganta, primero lentamente, apenas rozándola, luego acaricié con la punta de mi nariz una línea desde el nacimiento de su pelo hasta su clavícula. Mi mano viajó hacia su cintura y la atraje hacia mí, necesitaba más, mucho más. Las manos de Noah se apoyaron sobre mi pecho: al principio pensé que para acariciarme, pero, perdido como estaba en ella, no comprendí hasta unos segundos después que lo que hacían era empujarme hacia atrás.

—No estás pensando con claridad, tú no quieres hacer esto —afirmó.

Yo me separé un poco. Mis manos subieron por sus muslos desnudos apenas cubiertos por un camisón y le acariciaron delicadamente las piernas. Me detuve al llegar a su trasero, pensando, maldita sea, pensando en si lo que estaba sucediendo no sería una locura de la que me arrepentiría después.

Mis labios besaron sus mejillas, la comisura de su boca entreabierta, sus párpados... para enterrarme otra vez en su garganta. Ya no besaba... En ese punto me dejé llevar, chupé y mordisqueé a mi antojo. Estaba perdido en ella, perdido en una especie de limbo en donde lo que nos habíamos hecho parecía haber dejado de existir. Noah emitió un suspiro entrecortado y eso me empujó a seguir. La levanté a pulso y rodeé con sus piernas mi cintura. Sus manos me cogieron el rostro y otra vez volvimos a vernos como si nos encontrásemos después de una eternidad. No vi rencor en sus ojos, no vi nada más que no fuera el amor que yo sentía por ella, el amor por mí que estaba seguro seguía viviendo en su corazón, un amor que tenía que desaparecer, maldita sea, un amor que por mucho que intentara enterrar siempre pugnaba por salir en los peores momentos, haciéndome actuar en contra de todos mis principios.

—Te necesito —confesé sobre sus labios. Su aliento se entremezcló con el mío y creí que me desmayaba de placer. Por fin ese contacto que calmaría todo mi dolor.

No dudé más, dejé de jugar en el instante en el que sus labios rozaron los míos en una tímida respuesta a mis palabras. Me lancé sobre ella, sobre su boca, mi cuerpo la apretó contra la puerta y sus labios se abrieron para recibirme. La besé como si fuese nuestra primera vez. Empujé contra su cuerpo, necesitaba rozar algo, necesitaba algo que consiguiera aliviar la tortura a la que estaba sometiendo a mi cuerpo.

—Voy a hacerte el amor, Noah —anuncié como si fuese algo inevitable, algo que tenía que pasar—. Todo ha sido una mierda desde que cortamos, mi vida sigue desmoronándose cada día que pasa; odio tener que necesitarte como lo hago, odio saber que ahora mismo eres la única capaz de hacerme olvidar, aunque sea por unos minutos, que mi madre está muriéndose. —Noté las lágrimas acudir a mis ojos y la besé para que no se diera cuenta.

Negó con la cabeza, y la luz de la luna que penetraba por la ventana me permitió ver las lágrimas que humedecieron su piel.

—Sabes que esto solo empeorará las cosas —susurró, pegando su frente a la mía y cerrando los ojos con fuerza. Era capaz de sentir cómo su corazón latía enloquecido, casi a la par que el mío.

—Ya no se pueden empeorar más... Las cosas no pueden estar más jodidas de lo que están ahora —repuse cogiéndole la barbilla entre mis dedos y fijándome en sus ojos brillantes y tristes.

—Esto solo nos hará más daño... —volvió a susurrar—. Mañana por la mañana no habrá cambiado nada...

Besé una de sus lágrimas, la recogí con la punta de mi lengua y saboreé el gusto salado en mi boca.

—Aquella noche en Nueva York me pediste que actuara como si te hubiese perdonado —comenté posando otra vez mis labios y capturando otra lágrima de su mejilla—. Ahora necesito que tú hagas lo mismo por mí.

Sentí el temblor de su cuerpo contra el mío, posé mis labios en los suyos con fuerza y me volví con ella hacia mi cama.

22

NOAH

No se separó de mí cuando me dejó de pie junto a la cama y su boca empezó a besar con infinita ternura cada parte de mi cuerpo a medida que me iba desnudando. Primero fue subiendo mi camisón con una lentitud dolorosa hasta quitármelo por la cabeza y dejarlo caer a su lado. Observé embobada cómo se desprendía de la camisa y los pantalones y se quedaba solo con los calzoncillos.

Me obligué a apartar la mirada de su cuerpo de infarto y observé cómo sus ojos se oscurecían al verme allí frente a él, era como si no nos pudiésemos creer lo que íbamos a hacer. Era distinto de lo que pasó en Nueva York. Entonces los dos estábamos heridos y enfadados y nuestro encuentro fue frío y sexual, pero ahora, después de nuestra tregua, de haber pasado unos días sin apenas haber discutido y tras habernos enterado de una noticia tan cruel, la carga emocional que sentíamos era imposible de ignorar.

Sus dedos fueron hacia la parte baja de mi espalda y se me quedó mirando. Llevaba un sujetador de encaje negro, nada del otro mundo, nada que me hubiese puesto si hubiese sabido que iba a pasar algo como esto... Porque ¿iba a dejar que pasase?

Las dudas y el miedo acudieron a mi mente, y él se dio cuenta porque me atrajo hacia sí y pegó sus labios a mi oreja.

—Por favor, Noah —me pidió bajando su mano por mi espalda y subiéndola otra vez, una caricia que consiguió ponerme la piel de gallina. Su boca descendió hasta rozar la parte superior de mis pechos.

Cerré los ojos con fuerza, conteniendo el aliento y deseando que no tuviese ese magnífico control sobre mí, sobre mi cuerpo. Entonces me hizo volverme, mi espalda chocó contra su pecho y mientras su boca jugueteaba con mi cuello, besando mi nuca y acariciando mis cabellos, su otra mano fue bajando por mi estómago, bajó y bajó hasta meterse por mis braguitas y tocarme sin reparo ni vergüenza.

Sus labios fueron hasta mi oreja y lamieron mi piel sensible. Solté un gemido entrecortado y deseé que de verdad aquello fuese hacer el amor, deseé con todas mis fuerzas olvidarme de nuestro pasado y fingir que estábamos juntos, que Nick me estaba tocando y que lo haríamos sobre su cama, como la primera vez, como esa vez que me arrebató la virginidad y me dijo que me quería.

Me quitó la ropa interior y me recostó en la cama para luego echarse sobre mí. Besó mis pechos y los mordisqueó, hasta que mi espalda se arqueó de deseo. Su mano me acarició la pierna izquierda, me cogió por el tobillo y lo levantó hasta hacer que la planta de mi pie quedara contra el colchón junto a su cadera. Me besó la pierna hasta llegar al muslo, me dio suaves mordisquitos y pasó la lengua por encima, como si mi piel supiera a chocolate. Me torturó durante largos minutos hasta que sentí que podía llegar a explotar solo con una caricia más. Me preguntó algo, y asentí sin ni siquiera registrar lo que decía.

Con cuidado acercó su boca a la mía y sentí el peso de su cuerpo sobre mí. Nuestras miradas se encontraron durante unos segundos infinitos hasta que, por fin, me cogió por la cintura y con un movimiento rápido entró dentro de mí.

Me dolió y pegué un grito involuntario.

Sus ojos buscaron los míos con un deje de confusión y preocupación.

—¿Hace cuánto que no lo haces, Noah? —dijo hablándome al oído, a la vez que se movía, causándome dolor, causándome placer... Ya no sabía ni dónde estaba, ni lo que estaba haciendo, solo podía concentrarme en sentir, sentir, sí, porque hacía meses que no sentía nada en absoluto.

—Demasiado tiempo —contesté aferrándome a su cuerpo con fuerza.

Nicholas se detuvo y sus ojos buscaron los míos.

—¿No has hecho nada desde lo que pasó en Nueva York? —me preguntó con incredulidad, pero ¿era alivio lo que veían mis ojos?

—No he hecho nada desde que cortamos, Nicholas.

Sus ojos llamearon y me besó con fuerza a la vez que reanudaba sus movimientos. Sus embestidas se volvieron más lentas, sus movimientos más cariñosos, su boca me besó de nuevo, tiró de mi labio inferior y luego lo chupó con dulzura. Mis manos se sujetaron a sus brazos y me centré en el placer de volver a compartir esa unión tan especial.

Pegué mi mejilla contra la suya y me sujeté a él con fuerza.

—Dime que me quieres —le pedí al oído con la voz rota. Mi petición consiguió que se detuviese—. Por favor...

—No me pidas eso —se quejó clavando su mirada en la mía—. Olvidarte es lo más jodido que he tenido que hacer en mi vida. Ni siquiera sé qué voy a hacer para volver a la realidad después de esto.

—Entonces, quédate conmigo —le rogué, aprovechándome de la vulnerabilidad del momento. No me importaba, lo necesitaba tanto o más que él a mí.

Mis manos se enterraron en su pelo y, cuando empecé a acariciarlo con lentitud, sus ojos se cerraron con fuerza. Lo besé por todas partes, me aferré a él con todas mis fuerzas.

—Dímelo, Nick... Por favor —le pedí con voz temblorosa. Su boca me silenció, y sus besos se hicieron más intensos. Quería hacerme callar, quería que solo estuviese pendiente del choque de nuestros cuerpos... Su cuerpo, sudoroso, se apretaba contra el mío, piel con piel, la más íntima de las caricias. Parecía enfadado, excitado y triste, todo eso a la vez.

—Vamos, Noah... Dame lo que quiero, dame lo que necesito..., por favor.

Sus embestidas se hicieron más fuertes, más rápidas. Fui perdiendo la conexión con lo que me rodeaba, con los sentimientos, con los problemas, con todo, el orgasmo se acercaba peligroso, sería de esos que arrasan con todo.

Por fin grité de placer, grité arqueándome y separándome de la cama. Él siguió moviéndose hasta correrse dentro de mí, soltando un gruñido que ahogó sobre mi piel y después dejándose caer sobre mi pecho.

Había sido perfecto, sí, pero no me había dicho «Te quiero».

Cuando nos recuperamos, Nicholas se metió en el baño y pensé que iba a ser como aquella vez en Nueva York, que salió después de darse una ducha, me tiró una camiseta y me pidió que me vistiera, pero me equivoqué: se acostó junto a mí y me abrazó contra su cuerpo. No entendía nada... ¿Aquello significaba algo? Apoyé mi mejilla en su pecho, sintiéndome como si me hubiesen suministrado felicidad líquida en vena. No quería que se fuera, no quería volver a perderlo. Lo abracé con fuerza y cerré los ojos, estaba agotada. Nicholas empezó a pasar sus dedos por mi pelo, de arriba abajo, acariciándolo hasta que sentí somnolencia. Supe que esa noche soñaría con cosas bonitas, con él y yo juntos otra vez por fin... Tendría un sueño en el que ni el odio ni los errores existían y el amor que nos profesábamos sería lo único que importara.

Inevitablemente la mañana trajo consigo todo un repertorio de verdades e inseguridades y, cuando abrí los ojos muy temprano, comprendí que lo que había pasado en esa habitación no iba a volver a repetirse: Nicholas estaba con otra, y no con otra cualquiera: estaba con Sophia, con *ella*, con una de las causantes de que todos los planetas se alinearan aquella fatídica noche y me forzaran a hacer lo que hice.

Lo miré, estaba dormido y su brazo me apretaba contra su pecho como si no quisiera soltarme nunca. Yo hubiese dado lo que fuera por congelar ese instante, pero sabía que cuando sus ojos volviesen a abrirse, el rencor y el arrepentimiento me devolverían la mirada, y no sabía si estaba preparada para eso.

Me había necesitado, su madre estaba enferma, me había usado para lamerse las heridas... «Me lo debes», había dicho mirándome fijamente y sin pelos en la lengua, y era verdad, ¡se lo debía! Y ahora, horas después me daba cuenta de que lo que había pasado estaba mal, las cosas no se hacían así, no se pedían así; aquel episodio iba a sumarse a la larga lista de recuerdos dolorosos, aunque ese en concreto prefería guardármelo para mí, prefería quedarme con esa «despedida», por así decirlo, que esperar a ver cómo me rechazaba otra vez.

Con cuidado de no despertarlo, cogí el brazo de Nicholas y me lo quité de encima. Lo mejor sería marcharme, alejarme de él, de su hermana, de cualquier recuerdo doloroso. Ya me inventaría una excusa con mi madre o a lo mejor no me hacía falta inventar nada. No podía seguir así, tenía que superarlo, tenía que seguir adelante con mi vida. Nicholas había formado parte de mí, siempre tendría un hueco en mi corazón, ¡qué digo!, siempre tendría mi corazón, pero yo necesitaba volver a ser yo, volver a quererme, a aprender a perdonarme.

Hice la maleta lo más rápido y lo más silenciosamente posible. Maddie seguía acurrucada entre mis sábanas, dormida como un angelito. Cuando salí de mi habitación, ya vestida y preparada para marcharme, en lugar de sentirme aliviada, aliviada de haber zanjado por fin aquella historia, noté como si estuviese cerrando un libro que me había tocado el alma, un libro que recordaría siempre... Sentí aquel pesar de haber terminado un libro mágico e increíble y que no importaba si podía volver a leerlo, nunca sería como la primera vez. Allí, esa mañana, cerré un capítulo importante de mi vida. Un capítulo, sí..., pero no debemos olvidar que después de un capítulo siempre viene otro o un epílogo, por ejemplo.

El trayecto a casa fue insoportable. Mi cuerpo me pedía a gritos regresar, meterme en la cama con Nick y dormirme hasta que ya no quedaran horas, pero mi mente no dejaba de machacarme incesantemente con lo idiota que había sido, con lo estúpida que era al pensar que algo podía haber llegado a cambiar. Lo que no dejaba de preguntarme era por qué, si Nick y yo habíamos roto hacía más de un año, lloraba ahora como si de verdad hubiésemos terminado. En un momento dado tuve que salirme de la carretera, tuve que apagar el motor y abrazarme al volante para sollozar sin peligro de chocar con alguien.

Lloré por lo que habíamos sido, lloré por lo que podríamos haber llegado a ser, lloré por su madre enferma y por su hermana pequeña..., lloré por él, por haber conseguido decepcionarlo, por haberle roto el corazón, por conseguir que se abriese al amor solo para demostrarle que el amor no existía, al menos no sin dolor, y que ese dolor era capaz de marcarte de por vida.

Lloré por aquella Noah, aquella Noah que había sido con él: aquella Noah llena de vida, aquella Noah que a pesar de sus demonios interiores había sabido querer con todo su corazón; supe amarlo más de lo que amaría a nadie y eso también era algo por lo que llorar. Cuando conoces a la persona con la que quieres pasar el resto de tu vida, ya no hay marcha atrás. Muchas personas nunca llegan a conocer esa sensación, creen haberla encontrado, pero se equivocan. Yo sabía, sé, que Nick era el amor de mi vida, el hombre que quería como padre de mis hijos, el hombre que quería tener a mi lado en las buenas y en las malas, en la salud y en la enfermedad hasta que la muerte nos obligase a separarnos.

Nick era *él*, era mi mitad, y ya era hora de aprender a vivir sin ella.

23

NICK

Por mucho que quisiera a mi hermana, aquella mañana no era lo que esperaba ver nada más abrir los ojos. Me incorporé intentando centrarme, intentando determinar por qué el lado izquierdo de mi cama estaba vacío, cómo no me había dado cuenta de que Noah se había despertado y había salido de mi habitación. La respuesta a esa pregunta era que había conseguido dormir profundamente por primera vez en un año.

—¿Dónde está Noah? —preguntaba mi hermana sin cesar, mientras daba pequeños saltitos en el colchón. Esa pregunta me cogió desprevenido. ¿Cómo que dónde estaba?

—¿No está en su habitación? —dije, levantándome por fin y pasándome la mano por la cara en un intento de despejarme. Fui hacia el baño para echarme agua y así centrarme en el nuevo día, un día en el que iba a tener que dar muchas explicaciones y en el que iba a tener que plantearme muchas cosas.

Lo de ayer no había sido simple sexo, no, en absoluto, había sido mucho más, me había dejado llevar por sentimientos pasados... y, por primera vez en mucho tiempo, me había sentido bien.

—No está, Nick —repitió Maddie.

Con el ceño fruncido fui hasta su habitación, abrí la puerta y, efectivamente, allí no había nadie. Miré alrededor en busca de sus cosas... Sus libros y su pequeña maleta habían desaparecido.

—¡Joder! —maldije entre dientes.

—¡Has dicho una palabrota!

Bajé la vista y comprendí que no era el mejor momento para tener que encargarme de Madison.

—Enana, baja a la cocina, Prett te preparará el desayuno, ¡vamos! —la alenté cuando fue a discutir.

—¿Noah se ha ido? —me preguntó visiblemente disgustada.

Sí, bueno, ya éramos dos.

—No lo sé, ahora baja, no voy a repetírtelo —le dije y, por cómo me fulminó con sus bonitos ojos azules, supe que eso iba a tener consecuencias al cabo de un rato.

Sin decir nada más, se volvió y salió corriendo hacia las escaleras.

Yo me metí en mi habitación y busqué el teléfono móvil hasta dar con él. Sin ni siquiera detenerme a pensar marqué su número, y no una, sino dos veces más.

«Maldita sea, Noah, ¿tenías que irte así?»

Estaba cabreado, mucho, además. Me planteé coger el coche e ir tras ella. ¿Por qué se había ido? ¿La había tratado mal? No, claro que no, joder, la había tratado como siempre, lo habíamos hecho como cuando estábamos juntos. Sí, vale, ella había querido más, me había pedido más...

«Dime que me quieres...»

No podía decírselo. Dolía demasiado.

Bajé a la cocina con un humor de perros, allí estaba mi padre con mi hermana, hablaban animadamente de algo, bueno la que hablaba sin parar era Maddie, y Rafaella los observaba con una sonrisa en los labios. Al verme entrar ambos se fijaron en mí y yo mascullé un buenos días antes de encaminarme hacia la puerta de entrada con una taza de café en las manos.

Cuando vi el coche chatarra de Noah, el alivio de saber que en realidad no se había marchado me inundó por entero. Pero si el coche estaba ahí, ¿dónde estaba Noah, dónde estaban sus cosas...?

No tardé mucho en comprobar que el Audi de Noah ya no estaba aparcado en el garaje.

Se había ido. Me di cuenta en aquel momento de que no decirle lo que había necesitado oír había sido más efectivo para alejarla de mí que todas mis mentiras. Había conseguido lo que había querido: que pasase página. Pero entonces... ¿por qué sentía un vacío en mi interior, un vacío que había desaparecido nada más verla?

No ayudó a mi mal humor que mi padre me llamara a su despacho para hablar conmigo. Después de la discusión que habíamos tenido el día de Acción de Gracias, no habíamos vuelto a hablar, pero algo me decía que esta vez no quería hablar de trabajo.

—Tu madre me llamó ayer para decirme que se encontró contigo y que te contó que está enferma —dijo cuando entré en su despacho.

Solté una carcajada irónica mientras me dirigía al bar y me servía una copa. Eran las diez de la mañana, pero me daba igual.

—Veo que ahora sois muy amigos, os lo contáis todo. ¿Cómo se toma eso Rafaella, papá? ¿O es que también se lo has ocultado?

Mi padre no entró en mi provocación, simplemente esperó, con las manos cruzadas sobre su estómago, sentado en su gran sillón de cuero, a que me tomara la copa y me sirviera otra más. Cuando por fin me vi con el ánimo suficiente de volverme hacia él, lo hice lleno de ira, de ira y de una tristeza profunda y nueva que nunca había sentido hasta entonces.

—¡¿Cuándo pensabas decírmelo?! —le grité.

—Tu madre me pidió que no lo hiciera —me contestó él con calma fingida.

Me reí con sarcasmo.

—¿Sabes, papá? Es gracioso ver cómo, dependiendo de si te perjudica o no, decides contar las cosas u ocultarlas. No tuviste problema en ocultarme que engañaste a mi madre durante prácticamente todo tu matrimonio, tampoco tuviste problema en ocultarme que ella se fue por ese mismo motivo... ¡Me dejaste creer que se había ido sin más, sin explicación ninguna!

Mi padre se levantó del sillón y se volvió hacia la ventana.

—Tu madre no pensaba regresar, Nicholas, la conozco, y cuando decidió dejarte aquí lo hizo siendo muy consciente de lo que hacía. No te conté nada porque no quería que tuvieses esperanza de volver a verla, no quería que persiguieses una mentira.

—¡Mi vida entera ha sido una puta mentira! —Necesitaba calmarme, necesitaba controlar los temblores que parecían querer adueñarse de mi cuerpo y mis manos. Apreté los puños con fuerza—. ¿Qué va a pasar con Madison?

Mi padre, al ver que controlaba mi tono de voz, se volvió de nuevo hacia mí.

—Tiene que quedarse aquí, es lo mejor para ella —contestó, y yo empecé a negar con la cabeza... ¿Lo mejor? ¿Lo mejor para quién?—. Nicholas, tu hermana tiene que estar en un ambiente seguro y cálido, no quiero que esté rodeada de médicos y hospitales, y que tenga que ver cómo tu madre se somete a quimio, es muy pequeña.

—Necesita a su madre.

Mi padre se me quedó mirando fijamente, sus ojos, tan parecidos a los míos, se quedaron fijos en mis pupilas. Hacía tiempo que no me miraba así, años tal vez, y empecé a sentir un nudo en la garganta que se hacía más y más grande.

Mi padre se acercó y con cuidado colocó su mano en mi hombro.

—Esto no es lo mismo que te pasó a ti, Nick —dijo. Al escucharlo solo pude apretar la mandíbula con fuerza—. No voy a dejar que pase esta vez, te lo prometo; Maddie verá a su madre, seguirá en contacto con ella, no volveré a cometer el mismo error.

Negué con la cabeza, las palabras estaban atascadas en mi garganta; de repente me sentí como cuando tenía doce años y mi padre me explicó que mi madre ya no iba a regresar.

—Nunca te he pedido perdón por eso... Te lo pido ahora... Me equivoqué, Nicholas, creí que hacía lo mejor para ti, creí que yo iba a ser suficiente, creí que tu madre solo iba a hacerte más daño, pero debí luchar contra eso, debí luchar porque permaneciera en tu vida, de cualquier forma, aunque estuvieses viviendo una mentira. Eso es lo que hacen los padres, hijo, dicen y hacen lo que sea para que os sintáis protegidos y queridos, y yo no supe hacerlo.

Mis ojos se humedecieron y pestañeé varias veces para poder ver con claridad. Maldición, aquello era lo último que me esperaba. La vida seguía dándome sorpresas, dándome golpes, esperando a que me levantara después, dolido, sí, y dañado, pero alentándome a seguir con mi camino.

—No dejes que Maddie se quede sin madre —le pedí con la voz quebrada y no solo me refería a que mi madre tuviese que marcharse. Mi padre entendió exactamente lo que quería decir.

—Voy a hacer todo lo que esté en mi mano para que ninguno de los dos se quede sin madre, Nicholas.

Lo último que supe fue que mi padre tiraba de mí para darme un abrazo que me pilló completamente por sorpresa. No recordaba la última vez que él había hecho algo parecido, no recordaba la última vez que alguien que no fuese Noah hubiese necesitado ese tipo de demostración afectiva por mi parte y al sentir la paz que acudía a mi corazón comprendí, que, al contrario de lo que pensaba, yo también necesitaba bajar la guardia y dejar que otros se ocuparan, al menos por una vez, de protegerme de la oscuridad.

24

NOAH

Dos semanas después de Acción de Gracias recibí la deseada llamada. ¡Me contrataban! La secretaria me dijo que Simon Roger, uno de los socios principales de la empresa, necesitaba una mano derecha, joven y activa, dispuesta a hacerle la vida más fácil. Empezaba el lunes a las siete de la mañana y, aunque eran unas prácticas, me pagaban un poco más de lo que había estado cobrando en la cafetería, así que perfecto.

Al llegar a la oficina mi primer día, una mujer bastante guapa, con el pelo claro y grandes ojos marrones, me indicó dónde me esperaba el señor Roger. Llamé a su puerta y aguardé unos segundos hasta que me indicó que pasara. Cuando entré me encontré con un hombre mucho más joven de lo que había esperado, su altura y porte impecable me dejaron descolocada por unos instantes. Tenía los ojos verdes y el pelo rubio, casi un tono más claro que el mío. Su traje azul marino y la corbata gris le sentaban divinamente y supe que me había quedado mirándolo demasiado cuando una sonrisa apareció en su rostro.

—Noah Morgan, ¿verdad? —me preguntó levantándose de la silla, abrochándose el traje con una mano y tendiéndome la otra un segundo después.

Se la estreché con menos fuerza de la que era necesaria.

—Sí, soy yo —dije sintiéndome un poco estúpida.

Roger se separó de la mesa para rodearla y volver a sentarse. Me indicó que hiciera lo mismo y me apresuré a sentarme en una de las sillas de piel que había frente a él. Su despacho era bastante simple: una mesa de madera, dos sillas delante, un ordenador Mac más grande que una casa y unas cuantas estanterías con carpetas.

—Cuando Lincoln me dijo que la hermana de Nicholas buscaba trabajo aquí, me sorprendió bastante, aunque viendo su expediente académico y las recomendaciones que tiene me alegro de que haya preferido trabajar para mí y no para Leister.

No me apetecía volver a escuchar el nombre de Nicholas, pero teniendo en cuenta que se conocían no me extrañó que la familia saliera a relucir.

—Ya, bueno... Supongo que trabajar para el padrastro de uno nunca es plato de buen gusto —comenté en tono amigable.

Roger levantó los ojos de la carpeta que estaba leyendo y me miró sonriendo.

—No me refería a William, sino a Nicholas, pero supongo que tiene razón —admitió dejando la carpeta en la mesa y observándome entretenido—. El trabajo es sencillo: básicamente se encargará de hacerme los recados, de estar en las reuniones tomando notas y ayudarme en todo lo que le pida...

Asentí comprendiendo que iba a ser algo así como su secretaria.

—Su hermano podría encontrarle algo mejor si prefiere...

—No, no, lo último que quiero es recurrir a Nicholas; además, tendría que irme a Nueva York, ¿no? —dije sonriendo animadamente. Había conseguido un trabajo ¡y me moría por empezar!

Entonces Roger me observó con el ceño fruncido.

—Bueno, sí que es verdad que Nicholas está ahora mismo en Nueva York, pero esta empresa es tan suya como de Lincoln y mía, aunque entiendo que quiera empezar por abajo, eso demuestra mucho por su parte...

Mis pensamientos se me congelaron de golpe y sentí frío.

—Lo siento..., creo que no lo he entendido —comenté sintiendo cómo un sudor frío me recorría toda la columna vertebral—. ¿Esta empresa es de Nicholas?

Roger me miró como si fuese idiota y señaló el emblema que había sobre su cabeza, grabado sobre cristal transparente. Juro que casi me da un infarto: no podía ser cierto.

LEISTER, ROGER & BAXWELL INC.

LRB

¡Mierda!

¡¿Esa empresa era de Nicholas?!

—Es un proyecto que hemos empezado juntos, aunque él es el accionista mayoritario... Creí que lo sabría —confesó, sorprendido por mi reacción de absoluta ignorancia.

¿Cómo podía haber sido tan idiota? ¿A quién se le ocurre presentarse en un trabajo sin apenas investigar un poco antes?

—Lo cierto es que mi hermano y yo no tenemos muy buena relación... —empecé a explicarme—. Llamé porque Lincoln Baxwell me ofreció el trabajo hace unos meses, pero no tenía ni idea de que esta empresa fuese de Nicholas... Yo... —Lo miré y sentí que el bochorno acudía a mis mejillas—. Lo siento, no debería haberle hecho perder el tiempo, ya me voy.

Roger se puso de pie casi al mismo tiempo que yo y me cogió del brazo antes de que me largara corriendo de allí.

—Espera, Noah —me pidió pronunciando mi nombre de forma muy dulce—. ¿Puedo tutearla? —me preguntó soltándome cuando vio que había detenido mi huida.

—Sí, claro, es más, lo prefiero —respondí deseando darle un toque menos patético a todo aquello.

Simon sonrió elevando la comisura de sus labios.

—Nicholas no tiene por qué saber que trabajas aquí, si eso es lo que te preocupa —empezó a decir con calma—. Él lo hace desde Nueva York y, que yo sepa, no tiene ninguna intención de dejar la Gran Manzana.

Respiré hondo con mis pensamientos a mil por hora. Bien sabía yo que Nicholas no iba a regresar a Los Ángeles, y mucho menos ahora.

—Tu jefe voy a ser yo, no él —agregó para convencerme.

Dios..., ¿podía hacerlo? ¿Podía trabajar para Simon Roger sabiendo que uno de los jefes era mi exnovio, el mismo exnovio que no quería tener que volver a ver en mucho mucho tiempo? Si hubiese tenido alguna otra oferta de trabajo no lo habría dudado ni un segundo..., pero no iba a encontrar nada mejor que esto.

—¿Qué me dices? —insistió.

Me tragué todos mis miedos y advertencias y finalmente asentí. Roger me sonrió, enseñándome sus bonitos dientes blancos.

—Bienvenida a mi equipo... Tengo muchas ganas de trabajar contigo.

Forzando una sonrisa, me despedí y salí de su despacho. «Joder, Nicholas... ¿Por qué es tan endemoniadamente difícil permanecer alejada de ti?»

A medida que pasaron los días y comprendí que no iba a cruzarme con Nick, más que nada porque él seguía en Nueva York y gestionaba las cosas de LRB desde allí, pude relajarme e ir tranquila a trabajar. Lo cierto era que me gustaba mi trabajo, no me dejaba mucho tiempo para pensar y darle vueltas a la cabeza, justamente lo que necesitaba. Trabajaba toda la mañana, exceptuando cuando tenía que ir a clase, para luego regresar a la oficina y ayudar a Simon en todo lo que necesitase.

Las semanas pasaron volando y muy pronto llegaron las fiestas. Navidad la pasé con mi madre, Will y Maddie, puesto que Nick había dejado muy claro que no iba a poder estar con nosotros por trabajo, aunque sabía que en el fondo me estaba dejando esas fiestas a mí.

La última noche del año la pasé con Jenna y Lion. Mi amiga procuraba no hablar de Nicholas cuando estábamos juntas, pero el tema salía, casi sin proponérnoslo.

—No está enamorado de ella, Noah —me aseguró durante la cena—, pero ha seguido adelante.

Su última frase la dijo mirándome de forma apremiante. Jenna insistía en que, yo que podía y era soltera, debía salir más, conocer gente, desmelenarme... Mientras empezábamos la cuenta atrás hasta el Año Nuevo, pensé que quizá tenía razón y había llegado el momento de comenzar a salir con otras personas.

Una de las pocas mañanas en que mis clases me permitían estar en la oficina, Simon se pasó por mi pequeño despacho, conectado al suyo por una puerta de madera muy oscura. Levanté la vista de la pantalla del ordenador y lo observé acercarse hasta colocarse frente a la silla. Apoyó ambas manos sobre el respaldo y me observó con una sonrisa.

—Estás haciendo un buen trabajo, Noah —afirmó con un brillo de orgullo en la mirada. Yo ya había notado que me había tomado bajo su protección, era la más joven de su equipo y también de toda la plantilla, y me protegía y enseñaba como si fuese su discípula. Había aprendido muchísimo en el escaso mes que llevaba allí y estaba muy agradecida.

—Gracias, Simon —respondí ruborizándome. Esa era una de las cosas que pasaban continuamente, puesto que el muy condenado estaba para morirse. Ese día llevaba un pantalón de traje gris y una camisa blanca inmaculada, que ya se había remangado hasta los codos. Llevaba el pelo rubio peinado ligeramente hacia arriba y sus ojos verdes me miraron con diversión contenida.

—Venía para invitarte a tomar algo. —Fruncí un poco el ceño, pero él siguió hablando—. Vamos a ir todos, queremos celebrar que hemos firmado con Coca-Cola para la nueva campaña de primavera. ¡Vamos!, no me mires así. Tú eres la joven, ¿recuerdas?

Sonreí divertida y sentí un poco de emoción en el estómago. Hacía mucho que no salía por ahí a divertirme y, si iban todos, no iba a ser yo la única en decir que no, ¿verdad?

Acepté la oferta y también el gesto de cortesía que tuvo conmigo al ayudarme a ponerme el abrigo. Hacía frío fuera, por lo que nada más salir a la calle me enrosqué un pañuelo azul claro al cuello. Cuando salimos solo estábamos él y yo.

—¿Y los demás? —pregunté con duda.

—Ya deben de estar en el bar, no todos trabajan tanto como tú.

Ignoré esa pulla-halago y lo seguí. Doblamos la esquina del alto edificio de la empresa y empezamos a andar calle abajo rodeados por una multitud de personas, vehículos..., lo habitual en hora punta. Íbamos conversando mientras caminábamos y me sorprendió ver lo fácil que era hablar con él fuera del trabajo y lo relajada que me sentía a su lado. Todavía estaba riéndome de una broma que me acababa de hacer cuando de sopetón se detuvo.

—¿Puedo serte sincero? —me dijo mirándome a los ojos.

Me puse nerviosa por el cambio de tono..., pero asentí mirándolo con cautela.

—Siempre es mejor la sinceridad que las mentiras.

Volvió a sonreír y su mano me apartó un mechón de pelo y me lo colocó detrás de la oreja. Aquel gesto me hizo revivir una sensación olvidada, sentir un leve revolotear de mariposas en el estómago.

—Me gustas, Noah... Me gustas mucho y me encantaría invitarte a cenar —confesó y lo hizo sin vergüenza, con seguridad, con la misma seguridad que puede tener un hombre que ha conseguido muchísimo en muy poco tiempo y que es brillante, divertido y un buen jefe.

—¿Quieres invitarme a cenar ahora... o sigue en pie lo de tomar algo con los colegas? —Estaba nerviosa y estaba convencida de que él era consciente.

—Si te soy sincero, me lo inventé... Quería invitarte de forma sutil, pero temía que me dijeses que no, así que te he contado una mentirijilla.

—Ya veo... —dije sin saber muy bien si me hacía gracia que me hubiese mentido.

—Vamos, solo quiero conocerte mejor... Hablaremos, cenaremos en un lugar bonito, pediremos el mejor vino de la carta y, después, cada uno a su casa.

Sonaba bien, pero... ¿era una cita?

El restaurante al que me llevó era elegante, pero no en exceso, no lo suficiente para hacerme sentir incómoda, al menos. En las paredes había vinilos de distintos colores, aunque todos eran álbumes de la década de los ochenta, y todas las mesas estaban vestidas con unos mantelitos de cuadros rojos y blancos supergraciosos, con una velita en el centro, todo lo cual contribuía a otorgar a la estancia un ambiente acogedor y hogareño.

Era un italiano, así que por lo menos estaba segura de que iba a disfrutar de la comida. Yo pedí raviolis con salsa de queso y él, una lasaña vegetal. Lo cierto fue que disfruté de la cena, de la charla, del hablar por hablar, y del intercambio de preguntas que hicimos para conocernos mejor. Hacía mucho que no tenía una cita... Antes de estar con Nicholas había estado con mi novio Dan y, en el ínterin, apenas había tenido tiempo de quedar con chicos y simplemente pasar el rato conociendo a otra persona.

Me contó que era el hijo mayor, el único hermano varón entre cuatro hermanas que lo volvían loco. Venía, además, de una familia muy acomodada —su padre era arquitecto y su madre, médica— y él había sido el rarito que se había dedicado al marketing y a las telecomunicaciones.

La cena se me pasó rápido y regresamos caminando hasta llegar al aparcamiento del trabajo. Mi Audi rojo estaba junto al suyo: casualidades de la vida.

—Bueno, Noah —empezó a decir cuando era obvio que ya no había más trecho para caminar—. Me ha encantado cenar contigo hoy y me gustaría repetirlo cuanto antes.

Me reí, todo había ido tan bien que ni me lo creía. No dramas, no llantos, no numeritos, simplemente un chico y una chica sentados juntos e intercambiando información sobre sus vidas. Sí, me había gustado nuestra cita, pero me tensé cuando dio un paso hacia delante y se inclinó con la intención de besarme.

Me salió instintivo, volví la cara y sus labios chocaron suavemente con mi mejilla.

—Hum —exclamó entre divertido y disgustado.

Me fijé en él, en lo guapo que era, de esa forma dulce y masculina, nada que ver con la belleza arrebatadora de Nick.

—Lo siento... Me ha encantado la cena, pero prefiero ir más despacio —me excusé sintiéndome una chiquilla, una estúpida chiquilla que ni siquiera puede darle un beso en los labios a un chico que acaba de gastarse más de cien dólares en una cena.

Simon me acarició la mejilla con la yema de los dedos. Me gustó su contacto.

—Muy bien... No eres fácil, pero me gusta más así.

Sin decir nada más se volvió hacia su coche y se marchó.

Yo tardé unos segundos y, cuando lo hice, no pude evitar que mis ojos se llenaran de lágrimas.

25

NICK

Miré la agenda que mi secretaria me acababa de pasar y suspiré al ver que apenas iba a tener tiempo de respirar. Entre la apertura de LRB y el cierre de las otras dos empresas, me di cuenta de que casi no iba a poder hacer otra cosa que dedicarme por completo al trabajo. No me quejaba, pues me gustaba trabajar, sobre todo en el nuevo proyecto que tanto me había costado poner en marcha.

Miré el periódico de aquella mañana y maldije entre dientes. Simon Roger me había llamado aquella misma mañana para insistirme en que no podíamos permitirnos la mala prensa tan pronto: la imagen que diésemos en esos momentos era lo más importante, según él, y aunque sabía que tenía razón yo no tenía tiempo para posar sonriente ante las cámaras y explicar el porqué de mis decisiones. Ya me había costado convencer a la junta, no podía hacerlo con todo el mundo.

Todo iría mejorando, aunque a su debido tiempo.

El teléfono sonó y lo cogí sin pensar. Era Sophia.

—Estoy ocupado —le dije un poco más cortante de lo que debería.

—Siempre lo estás —repuso simplemente—. Me ha dicho tu secretaria que viajas a Los Ángeles la semana que viene.

—Voy a visitar las oficinas de LRB para asegurarme de que todo va sobre ruedas.

—También me ha dicho que vas a dar una fiesta para celebrar la apertura.

—Veo que Lisa te tiene muy bien informada —comenté molesto—. Sí, Roger ha insistido en que una fiesta sería lo más acertado para dar una buena imagen.

—¿Pensabas avisarme de que ibas a venir a California? ¿Te recuerdo que hace más de un mes que no nos vemos?

Me levanté de la silla y fui a servirme una taza de café caliente. Lo cierto era que había estado tan ocupado con el trabajo y con rememorar mi último encuentro con Noah que no, no había pensado mucho en Sophia.

—Claro que pensaba avisarte, solo que aún no tenía nada cerrado —repliqué con calma.

Escuché a Sophia pensar incluso a tantos kilómetros de distancia.

—¿Nos vemos en tu apartamento entonces? —La ilusión con la que habló no me pasó desapercibida y, a pesar de las circunstancias, me hizo sonreír.

—Nos vemos allí —dije sentándome otra vez—. Tienes la llave, ¿no?

No pude evitar comparar cómo hablaba con ella y cómo lo había hecho con Noah. La llave se la había dado meses atrás, porque a veces necesitaba quedarse en Los Ángeles por motivos de trabajo y mi apartamento estaba libre. No me había decidido a venderlo por falta de tiempo, en realidad, los recuerdos que guardaban esas paredes quemaban tanto como el fuego de la chimenea que tenía encendida en el despacho...

Mi vuelo a Los Ángeles salía muy temprano y tendría el tiempo justo para llegar a la reunión de personal que había convocado para aquel mediodía. Quería supervisar que no se estaban cometiendo los mismos errores que la última vez. Además, quería ver a mi hermana, ya que no había vuelto a Los Ángeles desde Año Nuevo. Noah no había aparecido y una parte de mí había ansiado verla con todas mis fuerzas. Su madre me había dicho que había decidido quedarse en el campus porque tenía que estudiar, pero bien sabía yo que la causa de su ausencia llevaba mi nombre. La última noche que habíamos pasado juntos, hacía casi dos meses, todavía estaba grabada en mi memoria, cada beso, cada palabra, cada sonido, cada sensación... No sé qué habría pasado de no haberse marchado. ¿Podría haberla dejado después? ¿Habría tenido la fuerza suficiente de levantarme a su lado con ella entre mis brazos y decirle que habíamos terminado?

Eran preguntas cuya respuesta no tenía ni tendría jamás. El destino había querido que ella tomase esa decisión, librándome a mí de tener que hacerlo y así habíamos continuado con nuestras vidas.

Ahora tenía a Sophia, aunque era más bien una obligación para mí, un cumplir las expectativas de mi existencia. Quería tener hijos algún día, quería tener una mujer. Nunca iba a amar a nadie como había amado a Noah, pero no podía dejar mi vida en pausa, siempre sería algo doloroso de recordar y siempre la llevaría en mi alma, en las células de mi sangre como si me perteneciese. Sin embargo, eso no significaba que no pudiese hacer un esfuerzo por todo aquello que sabía iba a querer tener algún día.

En el aeropuerto me esperaba Steve, que había venido a pasar unos días con su hijo mayor, que se graduaba al día siguiente en la universidad. Le sonreí cuando lo vi y juntos nos encaminamos hasta el coche.

—¿Cómo está Aaron? —le pregunté mientras me ponía el cinturón y encendía el teléfono móvil para ver las llamadas perdidas y los mensajes.

—Aliviado de haber terminado por fin.

Sonreí distraído y miré la hora en mi reloj de pulsera.

—Será mejor que aceleres, no me gustaría llegar tarde a una reunión que he convocado yo mismo.

Steve hizo lo que le pedí y tardamos poco más de media hora en entrar a la ciudad y detenernos junto al edificio que tantos millones me había costado.

No me resultó extraño el revuelo que parecía haber en la oficina cuando me vieron llegar, eso había sido algo a lo que había terminado por acostumbrarme.

—Buenos días, señor Leister, lo esperan en la sala de reuniones —anunció una secretaria cuyo nombre no conocía.

—Gracias. ¿Me trae un café dentro de un minuto? —le pedí cruzando la sala, consciente de que ya iba bastante tarde—. Solo y sin azúcar, gracias.

La secretaria se apresuró hacia la cafetera que había en una sala contigua y yo crucé el pasillo hasta llegar a la sala de juntas. Cuando abrí la puerta me sorprendió escuchar que todos estaban riéndose, no había nadie sentado en su asiento; es más, estaban rodeando algo que les hacía mucha gracia. Me acerqué con disimulo, sabiendo que nadie me había oído entrar y me encontré con una chica de pelo largo y rubio que, sentada sobre una silla, intentaba ganarle un pulso al mismísimo Simon Roger.

Tardé creo que dos segundos de más en comprender que la chica que estaba allí sentada era Noah.

No entendí nada, me quedé quieto observándola reírse y hacer fuerza contra la mano de aquel idiota, que obviamente la estaba dejando ganar, al menos por un rato. Mis ojos se posaron unos segundos de más en sus manos entrelazadas y lo vi todo rojo.

—Si en diez minutos que he tardado en llegar os da tiempo a montar este circo, no quiero ni imaginar lo que haréis cuando yo no estoy —comenté tan alto que todos, incluidos los dos que se miraban divertidos y sentados en el medio, se detuvieron y se volvieron hacia mí.

Noah se puso de pie de un salto al oír mi voz, y me impactó tanto volver a verla, sobre todo allí, que la rabia se apoderó de todos y cada uno de mis sentidos; nada me importó en aquel instante, ni los empleados a los que había querido causar una buena impresión, ni el hecho de que si no hubiese estado Noah me habría reído con ellos e incluso habría pedido que me dejaran participar.

Me fijé en ella y sentí cómo todo mi mundo volvía a tambalearse.

—La reunión se cancela —casi grité—. Mañana os quiero a todos aquí a las siete de la mañana y ya veremos si mantenéis vuestro trabajo: ¡esto no es un puto patio de recreo!

Taladré con la mirada a todos los presentes, sobre todo a Roger, que estaba demasiado cerca de mi novia, maldita sea, demasiado cerca de Noah.

Me volví para salir por la puerta, no sin antes pegar un último grito.

—¡Morgan, ven a mi despacho!

26

NOAH

Me quedé observando la puerta, sumida en un silencio que también mantenían todos los que estábamos allí reunidos.

—¡Joder con el jefe! —exclamó uno mientras cogía sus cosas y salía de la habitación.

—Al final lo que dicen en los periódicos va a ser cierto —comentó otro, y me volví para observarlo.

Muchos me miraban con pena, puesto que a mí había sido a la única a la que había llamado y gritado.

Simon se colocó a mi lado y me habló al oído.

—¿Quieres que vaya contigo? —se ofreció, y todo lo que en las últimas semanas me había hecho sentir dejó de tener sentido.

Nick estaba allí.

—Tranquilo, está bien, sé cómo tratarlo —le contesté y él me observó con el ceño fruncido.

Habíamos ido a cenar algunas noches más desde aquella primera vez. Un día, en el transcurso de una de ellas, acabé explicándole lo mío con Nick. Ni que decir tiene la sorpresa de Simon cuando cayó en la cuenta de que mi relación con él distaba mucho de ser fraternal.

Sonreí a Simon y me dispuse a salir de la sala para dirigirme al despacho que Nick, como jefe, tenía en el edificio, aunque estaba vacío la mayor parte del tiempo. Cuando llegué hasta la puerta, llamé antes de entrar, sobre todo porque los que andaban por allí no me quitaban los ojos de encima.

—¡Entra! —bramó desde el otro lado de la puerta.

Al hacerlo me lo encontré caminando nervioso por el despacho.

—¿Qué demonios haces aquí?

Respiré hondo y observé cómo se quitaba la chaqueta, la tiraba de malas maneras sobre una silla y empezaba a arremangarse la camisa hasta los codos.

—Trabajo aquí —respondí con el ceño fruncido—. Pensaba que lo sabías.

Nick se detuvo en el proceso de quitarse la corbata de un tirón y clavó su mirada en la mía con incredulidad.

—¿De qué coño estás hablando?

—Me quedé sin trabajo y recordé la tarjeta que Lincoln Baxwell me había dado en la boda de Jenna; lo llamé y me dijo que me encontraría algo. —Me encogí de hombros al decirlo, como si hubiese sido algo demasiado fácil, como así había sido en realidad.

Nick se apoyó contra el escritorio y se me quedó mirando fijamente.

—¿Por qué no me llamaste a mí? —preguntó y noté en su tono de voz un ligero matiz de decepción—. Yo te habría buscado algo mucho mejor.

Puse los ojos en blanco.

—Ni siquiera sabes cuál es mi papel en la empresa.

—Cierto —convino acercándose hacia mí—. ¿Para quién trabajas?

Algo me decía que no le iba a hacer ninguna gracia, pero no podía mentirle, tardaría menos de unos minutos en averiguar qué hacía allí, y no quería cabrearlo aún más.

—Trabajo para Simon... Soy algo así como su asistenta.

Nicholas respiró hondo y tardó segundos en exhalar el aire.

—¿Su asistenta? —repitió en tono burlón, levantando las cejas significativamente—. ¿Y eso qué coño significa?

Lo miré cruzándome de brazos.

—¿Qué va a significar, Nicholas? Pues que lo ayudo con su agenda, le llevo cafés...

—¿Cafés? —dijo pronunciando la palabra como si fuese un insulto.

—Sí, ya sabes, esa cosa marrón que se toma por las mañanas...

—No te hagas la graciosa conmigo —me cortó sentándose detrás de su mesa y echándome un vistazo—. ¿No deberías estar estudiando? ¿Sigues insistiendo en trabajar cuando no te hace ninguna falta?

—Al que no le hace ninguna falta es a usted, señor Leister —repuse pronunciando su nombre con mucho énfasis.

Nicholas me miró como un director de escuela que observa a una alumna que se ha portado mal.

—Estás muy graciosa esta mañana... ¿Hacer el tonto en horas de trabajo te pone de buen humor?

No deberíamos haber jugado a echar pulsos en horas de trabajo, pero había sido él quien había llegado tarde.

—De buen humor me pone ver lo celoso que estás por ver lo bien que me lo paso con tus empleados.

—Roger, querrás decir.

—Empleados —insistí yo.

—Y no estoy celoso, sino cabreado al ver que haces perder el tiempo a gente que debería estar deslomándose para que esta empresa funcione.

—Así que ahora es mi culpa que hayamos estado matando el tiempo mientras esperábamos a que te dignaras a aparecer en una reunión que habías convocado tú...

—Bueno..., no empecemos a hablar de culpas, Noah, podrían darnos las tantas.

¡Dios, a veces me olvidaba de lo insoportable que podía llegar a ser!

—¿Puedo irme? —pregunté fulminándolo con la mirada.

—No.

Sus ojos brillaron en los míos, con rabia, con furia, con deseo...

—Se te ve bien —afirmó después de un tenso silencio. El cumplido me pilló por sorpresa—. Menos mal que ya has recuperado los kilos que habías perdido, no me gustas esquelética.

Ese comentario no me lo esperaba.

—¿Me estás llamando gorda?

Nick se rio y ese sonido casi me provoca un paro cardíaco.

—¿Te ves gorda?

No, claro que no estaba gorda, nunca había estado gorda, y era cierto que los kilos que había perdido tras nuestra ruptura los había ido recuperando poco a poco. Ahora se me veía más saludable, menos chupada. Eso era buena señal, significaba que seguía adelante.

—Tú tampoco estás nada mal —le dije evitando contestar a su pregunta—. Supongo que estar separados nos empieza a sentar bien.

Mi tono era frío, hasta yo me di cuenta de eso, y Nick se quedó callado, observándome y supongo que recordando, como estaba haciendo yo, los últimos momentos que habíamos pasado juntos.

—¿Quieres algo más? —le pregunté sacándonos a los dos de aquella burbuja en la que parecíamos habernos introducido—. Debería seguir trabajando.

Nick asintió sin quitarme los ojos de encima.

¿Qué intentaba decirme mirándome de aquella manera?

Le di la espalda y fui hasta la puerta. Antes de salir me volví.

—Deberías relajarte más con tus empleados, Nicholas, son buenas personas y todos esperaban con emoción conocerte hoy.

Nick echó un poco la cabeza hacia atrás, pareció pensar en qué contestarme, pero finalmente se limitó a asentir. Acto seguido, me fui y lo dejé solo, supongo que con mucho a lo que darle vueltas.

La reunión del día siguiente fue mucho mejor. Nick se mostró amable y divertido con todos, pero no se disculpó por su conducta del día anterior. Al fin y al cabo era el jefe, y supongo que encontrarse a la plantilla en pleno riendo y jugando en la sala de juntas no le hubiese sentado bien a nadie que dirigiese una empresa. Pareció meterse a todos en el bolsillo, a todos menos a Simon, que lo observaba con fría educación. No me gustaba esa actitud, pero tampoco podía hacer nada. Nick me trataba con el respeto que me merecía y había puesto una distancia segura entre ambos, algo que agradecí. De vez en cuando me encontraba con su mirada, como pillándolo desprevenido mientras había estado observándome. No podía negarme a mí misma que tenerlo allí me gustaba y me hacía daño a la vez, pero procuraba concentrarme en el trabajo y él tampoco es que tuviese muchas ocasiones de hablar conmigo, sus reuniones eran privadas y casi nunca requerían de mi presencia: yo era una simple becaria.

Sin embargo, todo empeoró el día en que salí de mi despacho y me encontré cara a cara con ella..., con Sophia. Ambas nos quedamos mirándonos fijamente y, aunque por dentro sentí que me moría, intenté con todas mis fuerzas mantener la calma.

—Me alegro de verte —dije en el tono más alegre y calmado que pude.

Sophia me miró sorprendida y Nick, que iba hacia el despacho de Simon y había oído mis palabras, se colocó junto a ella y me observó con cautela, pero sin poder ocultar cierto interés en sus ojos celestes.

—Si me disculpáis...

Giré sobre mis talones y fui directamente al baño, donde me concedí un minuto para intentar con todas mis fuerzas no ponerme a llorar.

«Tranquila, Noah..., ya empezabas a superarlo, ¿recuerdas? Respira, respira... No le des la satisfacción de demostrarle que te afecta.»

La imagen de ellos dos juntos, uno al lado del otro, me perseguiría siempre. No era lo mismo haberlos visto en foto que verlos en persona; me impactó ver cómo el rostro de Sophia se iluminó nada más sentirlo a su lado, al fijarme en cómo la mano de Nicholas se había posado ligeramente en la parte baja de la espalda de ella...

«Joder, no, no llores ahora, no lo hagas, no seas estúpida...»

Me puse de pie rápidamente y me refresqué la cara con un poco de agua, con cuidado de que no se me corriera el maquillaje de los ojos. A continuación, saqué mi brillo de labios y les di otra capa de seguridad, tenía que parecer fuerte, tan fuerte como era la Noah madura que había demostrado ser hacía un momento.

Cuando salí del baño Nick y Sophia ya no estaban donde los había dejado. Me dirigí al despacho de Simon, llamé y, cuando este me indicó que pasara, me encontré de frente con Nick, que se había acercado para abrirme la puerta.

Sus ojos escrutaron mi rostro con detenimiento y yo desvié la mirada, para acto seguido rodearlo y acercarme a mi jefe.

—Te pasaré todos estos números que me pides, Nicholas, no te preocupes —le dijo Simon.

Él asintió de forma distraída. Sus ojos seguían fijos en mí.

«¿Por qué te quedas ahí mirándome, Nicholas? ¡Vete con tu novia, déjame a mí sufrir tranquila!»

Nick pareció escuchar mis pensamientos, porque asintió, se marchó hacia la puerta y la cerró al salir.

Simon desvió su mirada hacia mí y se me acercó hasta cogerme de las manos.

—¿Estás bien?

Dije que sí con la cabeza y me acerqué a él, que se apoyó en el escritorio; tiró de mí para tenerme más cerca.

Simon y yo únicamente nos habíamos besado, no habíamos ido más allá, y solo lo habíamos hecho en dos ocasiones. Yo sabía que no podía seguir jugando a que teníamos quince años: él tenía veintiocho y me había dejado más que claro que le gustaba, que le gustaba demasiado.

Cuando me cogió el rostro entre sus manos y posó sus labios sobre los míos, sentí algo, sentí un ligero cosquilleo, pero nada que ver con la embriaguez que sentía solo con que Nick me mirara a los ojos.

Simon pareció darse cuenta de que no estaba muy por la labor, debió de percatarse de que estaba distraída y no le faltaba la razón en absoluto: en ese instante pensaba en todo menos en él.

—Quería pedirte una cosa —anunció separándose de mí y rodeando su mesa. Abrió un cajón y sacó un sobre blanco de color marfil—. Dentro de un par de días es la fiesta de inauguración de la empresa; irán todos, y me gustaría que me acompañases.

Abrí ligeramente la boca, casi a punto de negarme automáticamente. ¿Ir con él como pareja? Eso sería como gritar a los cuatro vientos que teníamos algo, pero ¿no sería eso una buena idea para mantener los sentimientos de Nicholas a raya? Él seguramente iría con Sophia, así que, ¿cuál sería el problema?

—¿Qué me dices? —me apremió Simon con esperanza.

—Que voy a tener que salir a comprarme un vestido... Si mi jefe me deja, claro.

Simon sonrió con verdadera alegría y yo me marché de allí antes de arrepentirme.

Me estaba metiendo en la boca del lobo.

La noche siguiente fui a tomar algo con Jenna. Hacía ya varias semanas que no nos veíamos y habíamos decidido pasar una noche de chicas para desmelenarnos un poco; yo porque necesitaba sentir que aún tenía diecinueve años y Jenna porque necesitaba dejar salir a su «yo antiguo», la Jenna que no estaba casada y la que no solía pasar más de tres días metida en casa.

Así que como la noche lo merecía, me puse una minifalda roja de cuero, unas medias trasparentes y un jersey entallado, calentito y de color oscuro, regalo de mi madre, igual que mis botas de tacón altas hasta las rodillas. Me hice ondas en el pelo, que dejé caer sobre mi espalda, y me pinté los labios del mismo color que la falda. Jenna iba a estar orgullosa.

Después de pelearme un rato con el GPS, llegué al pub donde había quedado con ella. Mi amiga me esperaba en la puerta y me recibió con una sonrisa enorme.

—Hoy te has puesto muy guapa. ¿Acaso vamos de caza? —preguntó muy emocionada.

—El hecho de que me haya puesto guapa no tiene por qué estar relacionado con los hombres: me visto para mí; además, tú estás casada.

Jenna no pareció oír ni una de mis palabras.

—Este es un bar bastante decente, no es rollo discotequero, ¿sabes? Se puede hablar, las luces son tenues... ¿Qué te apuestas a que en menos de media hora tenemos a los tíos babeando por nuestra atención?

—Creí que lo de hoy consistía en bebernos unas copas, charlar y divertirnos nosotras solas... No estoy interesada en buscar un tío y, para que te quedes tranquila, tengo... algo, con mi jefe.

Jenna abrió los ojos como platos.

—¡Desembucha! —gritó más emocionada que por la idea de ir a cazar tíos a un bar.

Me encogí de hombros quitándole importancia.

—Invítame a la primera copa y te lo cuento, pero te aviso de que no hay mucho que contar...

Jenna asintió todavía más emocionada y prácticamente me arrastró hasta dentro del local. No era muy grande, pero estaba hasta los topes. Jenna pidió sendos chupitos de algo rosa que sabía muy bien y nos sentamos a una mesita apartada en la esquina. De repente, la muy pesada me soltó:

—Vamos, ¡cuenta! ¿Te lo estás tirando? ¿Te estás tirando al jefe?

—No me lo he tirado, hemos salido a cenar y, bueno..., nos hemos besado... dos veces —aclaré.

Jenna se quedó mirándome fijamente.

—¿Dos veces? —repitió en un tono que ya conocía muy bien—. No vayas tan rápido, amiga, no vaya a ser que crea que eres una guarra.

—¡Anda, cállate! —le ordené tirándole uno de los cacahuetes que nos habían servido con la bebida.

Jenna se rio, pero siguió mirándome como si fuese alguna especie de bicho mutante de otra galaxia.

—En serio, Noah, comprendo que para ti el sexo sea algo especial y todo eso, pero follar por follar también tiene sus ventajas.

Me reí de ella a la vez que sacudía la cabeza divertida. Pero Jenna no se daba por vencida fácilmente y pasó la hora siguiente intentando buscarme un ligue para esa velada. Cuando iba a presentarme al quinto chico de la noche, miré el reloj y decidí que era hora de retirarme.

—Lo siento, Jenna, pero tengo que irme si mañana quiero estar con los ojos abiertos en la empresa. Dios no quiera que don Estirado vuelva a llamarme a su despacho a gritos.

Ella soltó una carcajada.

—No te he preguntado cómo lo llevas —comentó con curiosidad, pero al mismo tiempo con cautela. Hacía tiempo que el tema Nicholas se había convertido en algo que nos hacía sentir un poco incómodas. Por muy amigas que fuésemos, Jenna conocía a Nick desde que eran unos críos y, a pesar de que ella siempre había estado ahí para mí, en el fondo no me perdonaba que le hubiese roto el corazón de esa manera.

—Mientras sigamos manteniendo las distancias, creo que bien —afirmé a sabiendas de que mentía como una bellaca: la presencia de Nick me afectaba más de lo que estaba dispuesta a admitir.

Justo en ese momento divisé a Lion, alto y guapo a rabiar, que entraba por la puerta del bar. No tardó en localizarnos, como si tuviésemos un radar en la cabeza. Lo saludé con una sonrisa divertida y Jenna le hizo sitio para que se sentara junto a ella.

—¿Qué tal, Noah? —dijo el marido de mi amiga depositando al mismo tiempo su manaza en la rodilla descubierta de ella.

—Genial, cansada ya —respondí dejando mi copa sobre la mesa y dispuesta a irme a casa enseguida. Ahora que sabía que Jenna no iba a quedarse sola, era el momento de escapar.

Me despedí de ellos y salí del local en dirección a donde había aparcado el coche. Era más tarde de lo que había previsto, pero me quedaba tranquila al haber cedido el relevo a Lion: todos sabíamos el aguante que Jenna tenía y yo no me encontraba con fuerzas para seguirle el ritmo.

Me subí al coche y salí disparada en dirección a la autopista. Al ser viernes por la noche, el tráfico era intenso, por lo que decidí que en lugar de sumarme a la caravana que tenía a unos metros, era preferible optar por otro trayecto, aunque me llevara más tiempo.

Puse la radio para distraerme y, cuando llevaba unos diez minutos conduciendo, sentí una sensación extraña en el coche. La dirección del volante empezó a resistirse, y noté que me costaba mantenerlo recto.

¡Mierda!

Empecé a reducir la velocidad, consciente de que me encontraba en una carretera secundaria, en medio de la nada, embarrada y resbaladiza por la llovizna que no había dejado de caer durante prácticamente todo el día. Me detuve en el lado derecho del arcén y puse las luces de emergencia.

Intenté recordar qué se debía hacer en estos casos y, al bajarme, envuelta por una oscuridad casi absoluta y solo interrumpida por las luces del coche, abrí el maletero en busca de una linterna, el chaleco reflectante y el triángulo de emergencia. Pero, para mi desgracia, no los encontré. Rebusqué como una posesa en el maletero que tenía lleno de tonterías, ayudándome con la linterna del móvil... en vano.

Un coche pasó a mi lado a una velocidad que me hizo pegar un grito y un salto casi de un metro.

—¡Serás cretino! —le chillé a la nada.

Alumbré con la linterna las ruedas de mi Audi hasta comprobar que, efectivamente, había pinchado, había pinchado y no tenía ni rueda de repuesto, ni gato, ni nada que pudiese ayudarme en esta situación. ¿Por qué? Pues porque todo eso estaba en mi antiguo escarabajo. Me maldije a mí misma por ser tan estúpida al haberme olvidado de cambiar las cosas de coche.

Saqué el móvil y llamé a la única persona que sabía que vendría a ayudarme en cuanto le diera al botón verde de llamar.

El teléfono sonó una vez.

27

NICK

Eran las dos de la madrugada y yo seguía preguntándome qué diantres estaba haciendo allí, rodeado de gente superficial e idiota que no solo me caía como el culo, sino que, además, no dejaban de hacerme la pelota como si de esa forma fuesen a convertirse en mis amigos del alma.

Estábamos en un club en el centro de la ciudad, uno de esos lugares a los que acudiría mi padre para reunirse con sus amigos, al que yo había acudido porque allí era donde muchos contratos llegaban a buen puerto. Lo del golf podía entenderlo, por ejemplo; además, mi padre me había llevado en contadas ocasiones, desde que era muy pequeño, y era un deporte que disfrutaba, no tanto como el surf, pero al menos me entretenía. Sin embargo, lo de las reuniones en sitios como ese era algo que me ponía de muy mal humor. Y no solo tenía que estar rodeado de hombres trajeados, sentados en sofás de cuero, fumando puros y creyéndose los dioses del universo, sino que encima tenía que aguantar cómo intentaban modificar cláusulas de un contrato en el que llevábamos prácticamente seis meses trabajando.

Me habían hecho ir de improviso, tomándome desprevenido, razón por la que todos estaban impecablemente vestidos y yo llevaba unos vaqueros, una camisa informal y una corbata que Steve me había ido a buscar al apartamento porque, si no, no me dejaban entrar en el establecimiento, los muy capullos.

Mientras sacaba otro cigarrillo del paquete, el sexto que llevaba aquella noche, observé cómo Steve se alejaba de los allí reunidos y atendía una llamada telefónica. Por un instante creí que me llamaba a mí para así darme una coartada y poder largarme de allí cuanto antes; no obstante, cuando cortó, tras fruncir el ceño y asentir, y se acercó hasta donde yo estaba, le presté toda mi atención.

—Necesito ausentarme durante un rato —anunció mirándome muy serio.

«¿Ausentarse?»

—¿Qué ha pasado? —dije levantándome y apartándome a una esquina de la sala para hablar abiertamente con Steve, no sin antes disculparme con los presentes—. Si esto es una trola para sacarme de aquí, te subo el sueldo, Steve.

Mi guardaespaldas personal sonrió, pero negó con la cabeza.

—Me acaba de llamar Noah.

Mi cuerpo se puso automáticamente en tensión al oír su nombre.

—Al parecer ha pinchado y no tiene nada para cambiar la rueda del coche, se encuentra en una carretera secundaria en medio de la nada —me informó, negando con la cabeza y chasqueando los dientes—. Me ha pedido que vaya a ayudarla.

«Espera, ¿qué?»

—Iré yo —decidí sorprendiéndome a mí mismo al darme cuenta de que realmente quería ir—. Pásame la dirección.

—Nicholas, me ha preguntado si estaba contigo y me ha pedido expresamente que no te dijera nada.

Sonreí divertido.

—Es obvio que no le has hecho caso. Iré yo, Steve, y no te lo estoy consultando.

Él suspiró frustrado.

—Muy bien, yo tomaré un taxi para regresar a casa. Te mando la dirección a tu teléfono; en el maletero está todo lo que necesitas —me explicó pacientemente.

Le di un golpe amistoso en el hombro y me acerqué hasta los hombres trajeados.

—Señores, lamento decirles que tengo que ausentarme: ha ocurrido algo que requiere mi presencia inmediatamente —dije regocijándome en sus caras indignadas—. Podemos seguir con la reunión en mis oficinas y en un horario más razonable... Buenas noches.

Salí sin ni siquiera darles la opción a contestar: Noah siempre era mi mejor excusa.

Mientras seguía las instrucciones del GPS, empecé a preocuparme al ver que el coche se encontraba en una zona casi desierta, en una de esas malditas carreteras secundarias que muchos cogían para evitar el tráfico. Siempre le había dicho a Noah que no se metiera por esos lugares, que eran peligrosos, que las calzadas estaban en mal estado, pero ella siempre tenía que hacer lo que le daba la gana.

Divisé su coche un poco después de la salida, era un peligro, cualquiera que fuera un poco distraído podía llevársela por delante. No tenía puestos ni los triángulos de emergencia ni nada. Le hice luces para anunciarle que acababa de llegar. Aparqué delante de ella y me bajé del coche. Ella hizo lo propio, y ambos nos quedamos mirándonos; yo, deseando meterla en mi coche y sacarla de la carretera y ella, como si el que se acabase de bajar del vehículo fuese el mismísimo Satán.

Me acerqué a ella mientras aprovechaba para hacerle un rápido repaso. Las luces delanteras hacían que estuviese a contraluz, lo que marcaba cada una de sus curvas y consiguiera que su pelo brillara de forma increíble. Parecía un ángel rodeado de oscuridad.

—¿Qué haces aquí? —me preguntó cruzándose de brazos. Intentó hacerlo pasar por un gesto de enfado, pero podía ver que estaba congelada. La minifalda que llevaba no dejaba mucho a la imaginación y, casi sin querer, mi mente empezó a desnudarla lentamente... Me habría jugado el cuello a que llevaba unos finos ligueros de encaje ajustados a sus preciosos muslos.

Me detuve justo delante de ella, invadiendo su espacio sin poder evitarlo: con Noah me resultaba muy difícil respetar, como siempre hacía, la distancia obligada entre dos personas: con ella las cosas eran distintas.

—¿Así recibes a la persona que ha venido a socorrerte? —le dije deseando abrazarla para que dejase de tiritar.

—Llamé a Steve, no a ti —replicó desviando la mirada. Mi forma de clavar mis ojos en los suyos le había producido incomodidad.

—Da la casualidad de que Steve trabaja para mí.

—Steve me dijo que, ante cualquier problema que tuviese, siempre podía llamarlo.

—¿Y quién te crees que le dijo que te dijera eso?

No pude evitar sonreír levemente ante su cara de estupefacción.

—¿No tenías nada mejor que hacer? Ya sabes, ahora eres una persona muy ocupada... ¿Y Sophia? —me preguntó como quien no quiere la cosa.

La mención de Sophia no era algo que me pusiese de buen humor; aún tenía grabada en la retina la expresión de Noah después de encontrarla en las oficinas de LRB. Por mucho que hubiese guardado las apariencias, la conocía lo suficiente para saber que le había afectado tanto como me afectaba a mí pensar que ella podía estar con cualquier otro.

—Está con sus padres en San Francisco... Ahora ven —dije cogiéndole la mano y tirando de ella hasta mi maletero. Allí tenía guardado lo necesario para poder cambiar una rueda. Rebusqué entre las cosas hasta dar con el chaleco—. Ponte esto, haz el favor.

Noah se soltó de mi mano y cogió el chaleco amarillo que le tendía. Se lo puso sin rechistar mientras yo hacía lo mismo con otro que tenía allí guardado.

—No tengo que explicarte lo irresponsable que eres al no tener nada de esto en tu propio coche —comenté sacando la rueda de recambio del maletero—. Coge el gato y sígueme.

Noah hizo lo que le pedía. Muchas chicas no sabían ni lo que era un gato, pero estaba seguro de que, si le daba la rueda a Noah, la colocaría incluso más rápido que yo. Sus palabras siguientes me lo confirmaron:

—Puedo hacerlo sola, no hace falta que te quedes —dijo agachándose a mi lado cuando me coloqué delante de la rueda pinchada.

—No digas tonterías y no te separes del coche —repuse levantándome y cogiendo los triángulos de emergencia de mi maletero. Cuando volví junto a Noah, ya había colocado el gato ella sola debajo del coche y empujaba con fuerza.

La cogí por los hombros y la aparté maldiciendo entre dientes.

—¿Quieres esperarte? —le espeté cabreado. Miré hacia abajo y vi que sus rodillas estaban manchadas de barro y que las medias se le habían roto con el roce de las piedras en el suelo—. No tienes que demostrarme nada, sé que eres perfectamente capaz de cambiar una rueda, pero ¿tanto te cuesta aceptar que he venido a ayudarte?

—No quiero tu ayuda, Nicholas —declaró.

Me volví hacia ella intentando controlar lo que despertaban esas palabras en mí.

—¿No necesitas la rueda entonces? —le pregunté mirándola muy seriamente. Noah apretó los labios con fuerza—. Puedo llevármela, una grúa puede tardar entre veinte y cuarenta y cinco minutos en venir a recogerte... Y eso sin contar la multa que pueden ponerte por no llevar la rueda reglamentaria en el maletero de tu coche.

—Por eso no quería que Steve te dijera nada... Al final siempre terminas echándome cosas en cara —soltó sin apenas pestañear.

No había sido esa mi intención: la pura realidad es que prefería estar en medio de aquella carretera en mal estado a las dos de la madrugada con Noah que en cualquier otra parte, y ahí es donde radicaba el problema.

Más enfadado conmigo mismo que con ella, le di la espalda sin contestar y me puse a trabajar. Noté su mirada en mis manos durante todo el proceso. El único ruido que interrumpía el silencio de la noche era el de los coches al pasar por nuestro lado y el viento que parecía querer levantarnos del suelo.

Al terminar me incorporé dispuesto a marcharme y me encontré con una Noah totalmente callada, apoyada ligeramente en el coche y con la mirada clavada en mi rostro. Un coche pasó a nuestro lado y me obligó a adelantarme un paso en su dirección; ella se apoyó contra la puerta y yo sentí cómo mis caderas se acoplaban a las suyas en un movimiento casi magnético.

Nuestros ojos se encontraron en aquella oscuridad parcial y, de repente, sentí una necesidad casi dolorosa de tocar su piel y comprobar que su temperatura había subido tanto como la mía. Sin apenas pestañear, mi mano se apoyó en su cadera y mis dedos se colaron debajo de su camiseta.

—Estás helada —comenté pegándome aún más, deseando sentirla; sin embargo, su mano se interpuso entre ambos. La colocó sobre mi pecho y me empujó ligeramente hacia atrás.

—No hagas esto, Nick —me advirtió evitando mirarme a los ojos.

—Solo me aseguro de que no te entre hipotermia —dije tan bajo que creo que ni me escuchó. Todo pareció desvanecerse, solo quería tomar sus mejillas y besar esos labios hasta que el sol saliera y los dos estuviésemos a la misma temperatura corporal... Odiaba no poder tirar de ella y abrazarla, odiaba que no me pidiera poder acurrucarse debajo de mi abrigo hasta que el frío abandonase su cuerpo, odiaba no ver esa sonrisa radiante al verme llegar.

Iba a besarla, joder, ni siquiera lo dudé —¿para qué estaban hechos esos labios si no para ser besados por los míos?—, pero Noah no me dio la oportunidad: se agachó y se escurrió por el hueco de mi brazo levantado.

—Tengo que irme —anunció sin apenas titubear, abriendo la puerta del conductor y sentándose dentro.

Cuando se apartó, fui yo quien sintió frío, pero no quería que se fuera de ese modo. Había sido un capullo, no podía hacerle eso, simplemente no pensaba con claridad cuando estábamos solos.

—Eh, Noah —dije poniéndome a la altura de la ventanilla del coche. Ella se detuvo con la llave en el contacto y bajó el cristal para poder verme mejor—. No volverá a pasar, te lo prometo.

No sé qué se le pasó por la cabeza, pero lo que sí sé es que la mirada que me lanzó me dejó como loco durante días.

28

NOAH

No voy a hacer mucha mención de ese pequeño encontronazo con Nick, porque no sé qué me dolió más, que fuera a besarme o que me prometiera que no iba a volver a hacerlo.

Me gustó haber tenido el autocontrol como para ponerle fin antes de que pasara alguna cosa, más que nada porque sabía lo mucho que me había costado volver a recuperarme después de habernos acostado las pasadas vacaciones. Nicholas era así, un hombre de impulsos, un hombre que hacía lo que quería sin pensar en las consecuencias. Si quería sexo, que lo buscara con Sophia... ¡Puaj! Solo de pensarlo me entraban ganas de arrancarme todos los pelos de la cabeza, pero no pensaba ser esa chica, no, no pensaba ser la chica a la que la deja el novio y cada vez que a él le apetece se van a la cama; no, ni hablar.

Por eso mismo me centré en la persona que sí quería algo más que llevarme a la cama, el que me había invitado a la fiesta inaugural de LRB. Estaba un poco nerviosa por la fiesta, sobre todo porque Nicholas llevaría a Sophia y no estaba muy segura de poder soportarlo.

Cuando llegó el día me puse un vestido de color azul con pequeñas incrustaciones, corto y ajustado al cuerpo, que no me había podido poner desde hacía un año, justamente por haberme quedado demasiado delgada, hasta el punto de tenerme que meter algo de relleno en el sujetador para que el escote quedara bien. Al contemplarme en el espejo sonreí, pues ya volvía a reconocerme en el reflejo: sí, ahí estaban mis pechos, aquellos que unos meses antes habían desaparecido y que, por suerte, habían decidido regresar.

Me calcé unos tacones que me había dejado Jenna la semana anterior, unos Louboutin de color cereza, que hacían juego con un bolsito del mismo color, con pedrería. Cogí mi abrigo negro, largo y elegante, regalo de Navidad de mi madre, y salí fuera cuando escuché el claxon del coche de Simon.

Cuando salí fuera, Simon se bajó enseguida del vehículo para acompañarme hasta él.

—Estás espectacular —comentó colocando sus manos en mi cintura y atrayéndome hacia su boca.

Ay, Dios, ¿por qué no dejaba de sentirme incómoda cuando hacía eso...?

Me aparté de él un segundo después y me cerré el abrigo, ya que fuera hacía bastante viento. El coche de Simon era un bonito Porsche clásico, de color gris, y no pude evitar recordar el día en el que conseguí que Nick perdiese su Ferrari... Aún no sabía cómo pudo perdonarme, pero sí que por aquel entonces estábamos enamorándonos.

¿Qué haría Simon si chocaba o arañaba su preciado coche?

Me abrió la puerta como un auténtico caballero y, juntos, salimos en dirección a donde se celebraba la fiesta.

El sitio era enorme, de esos con los techos altos y bonitos dibujos pintados. Me sorprendió ver a tanta gente pues la empresa era nueva, aunque claro, solo era una de las muchas de la corporación. Reconocí a unos cuantos que me saludaron y me preguntaron por mi madre y Will. Ahora que Nick era el jefe, William había optado por dar un paso atrás y dejarlo a su aire; además, bastante liado estaba ya con ser padre de una niña pequeña a su edad. Miré alrededor de forma distraída mientras Simon cogía dos copas de champán y me tendía una.

—¿Buscas a alguien?

Mierda.

Fijé mis ojos en él y me llevé la copa a los labios mientras negaba con la cabeza.

—Solo admiraba el lugar... Es bonito —contesté mientras le daba otro trago largo a mi copa.

Como Simon ostentaba un cargo importante en la empresa, tenía la obligación de saludar a casi todo el mundo. Al principio me arrastró con él, pero al cabo de casi una hora decidí que ya había tenido suficiente y me dirigí a la barra con la excusa de que me dolían un poco los pies. Justo cuando una camarera me cambiaba la copa vacía por otra de champán rosado frío y burbujeante, mis ojos se desviaron casi como atraídos por un imán hacia la puerta de entrada.

Bueno..., ahí estaban: el rey y la reina del baile.

Sophia estaba espléndida, con un elegante vestido de noche, largo y de color beige. Llevaba el pelo recogido a un lado, que caía por su hombro en ondas oscuras. Su rostro, por otra parte, relucía a la luz de la estancia.

Él estaba... soberbio, sí, soberbio era la palabra. Traje gris oscuro, camisa blanca, corbata en color celeste, y esa cara que llamaba al pecado y a hacer cosas malas, peligrosas y prohibidas.

Por suerte las luces se atenuaron de repente para dar comienzo a la cena y Simon apareció para acompañarme a nuestra mesa. Me dedicó toda su atención; charlamos, comimos, nos reímos y, poco después del postre, me sacó a bailar a la pista donde ya lo hacían el resto de los invitados y compañeros de trabajo.

A pesar de haber ido juntos, queríamos ser discretos ante los asistentes a la fiesta y no llamar mucho la atención sobre nuestra incipiente relación, así que nos comportamos como si fuéramos amigos. Mentiría, eso sí, si dijese que no disfruté al ver que a Nicholas no le hacía ninguna gracia.

En un momento dado me encontré sola tomándome una copa, la quinta ya en lo que llevaba de noche, y fue entonces cuando Nick por fin decidió acercarse. No vi a Sophia por ninguna parte, pero sentí su presencia, como si estuviese observándonos. Simon había desaparecido y no tenía idea de dónde se encontraba, pero yo estaba feliz con la compañía de mi amigo el barman.

—¿Llegaste bien anoche? —me preguntó Nick colocándose a mi lado en el bar y mirándome con el ceño fruncido.

—Llegué perfectamente, gracias. La rueda iba sobre ruedas —respondí sin poder evitar reírme de mi propia broma—. Deberías dedicarte a eso —agregué dándole otro trago a mi copa.

—¿A cambiar ruedas? —dijo mirándome divertido—. Menos mal que no pongo mi futuro en tus manos...

Le sonreí por cortesía y llevé de nuevo la copa a mis labios, algo que Nicholas contempló nervioso.

—Has venido con Simon —afirmó más que preguntó.

—Muy agudo... ¿Lo has deducido porque estábamos sentados juntos o porque no me he separado de él en toda la noche?

—Lo deduje desde el primer momento en que os vi en la oficina. Creía que no había nada entre vosotros... Podría haber despidos por eso.

Levanté los ojos hacia él y me fijé en que estaba mucho más tenso de lo que intentaba aparentar a simple vista.

—¿A él o a mí, de quién te gustaría librarte primero?

—Sabes perfectamente la respuesta —sentenció fijando sus ojos en mis labios. Yo hice lo mismo con los suyos, pero luego busqué sus ojos. Tenía que centrarme.

—Solo sé que ahora mismo estoy empezando un capítulo nuevo en mi vida —comenté sin apartar la mirada de la suya—. Igual que tú hiciste hace cosa de un año. Por cierto, me alegro mucho por ti, Nick, me encanta ver que te has vuelto a enamorar, que eres feliz, que has conseguido a la chica de la que te enamoraste nada más verla. —Mis palabras salieron con tanto veneno que le agradecí a los ángeles que Simon apareciera justo en ese instante, porque no tenía ni idea de las cosas que podían seguir saliendo de mi boca. Había perdido el filtro y eso podía resultar peligroso.

—¿Todo bien? —se interesó, colocándose a mi lado.

Nicholas se volvió hacia mi jefe.

—Genial —le contestó con un brillo extraño en la mirada—. ¿Vais a venir al local del centro cuando termine todo esto?

Simon me miró a mí, que no podía apartar los ojos de Nick. ¿Qué demonios estaba planeando?

—Noah, ¿tú quieres ir?

¿Salir con él y con Sophia? No, gracias, antes muerta.

Pero antes de que pudiera responder, Sophia apareció de la nada y enroscó su brazo al de Nick, que involuntariamente se tensó ante su contacto.

—Hola, chicos —saludó con una sonrisa evidentemente falsa.

Hice lo mismo, disfrutando ante la posibilidad de poder vengarme durante la velada.

—La verdad es que me apetece mucho —contesté pasando mi brazo por la cintura de Simon, un gesto al que él respondió pasando el suyo por mis hombros. A Nick no le pasó por alto el detalle.

—Nos vemos allí dentro de un rato —siseó.

Después de eso solo quedó despedirse de los invitados, no de todos, claro está, y ver cómo Nick subía a la tarima y daba las gracias a todos por su asistencia. Allí arriba, con su traje, su porte impecable y el triunfo en la mirada era la personificación de la perfección. Se había convertido en lo que él siempre había luchado por ser, había superado todas las expectativas y ya estaba comiéndose el mundo.

Me sentí orgullosa, por mucho que quisiera cortarlo en cachitos y freírlos uno a uno.

Seguí a Simon fuera, hasta el coche, para dirigirnos al local al que nos había invitado Nick. Era una discoteca muy moderna, y estaba a unos diez minutos de donde nos encontrábamos. Al llegar agradecí poder quitarme el abrigo y pedir otra copa.

Simon me observó divertido cuando llamé al camarero y le pedí dos chupitos de tequila. Mientras preparaba los vasitos frente a nosotros, me acerqué a él. La música y la poca luz que había allí dentro me animaron a dar un paso hacia delante y posar mis labios sobre los suyos, que automáticamente respondieron con entusiasmo. Sentí el alcohol en su aliento cuando me metió la lengua en la boca y yo dejé que la mía saliese a su encuentro.

—Dos chupitos de tequila —anunció el camarero obligándonos a separarnos.

Simon besaba... ¿bien? Sí, bien.

Me chupé el dorso de la mano sin vergüenza y me eché sal, tendiéndosela a mi compañero, que se había quedado mirándome como pasmado, un segundo después.

—¿Qué pasa? —pregunté cogiendo el vasito con una mano y la rodaja de limón con la otra, preparándome.

Simon se rio y me imitó.

—No tienes ni idea de lo que provocas en los hombres, ¿verdad? —me planteó acercándose a mí.

La verdad era que no, el único hombre al que había creído hacer sentir algo me había confesado que había acabado enamorándose de otra.

Y hablando del rey de Roma... Mi mirada se desvió justo en ese instante hacia la pareja que acababa de entrar por la puerta. Volví a mirar a Simon forzando una sonrisa en los labios, choqué mi vasito con el suyo, me lo llevé a los labios y me lo bebí de un solo trago. El tequila me quemó la garganta y antes de que me entraran arcadas me metí el limón en la boca y lo mordí hasta tragármelo.

De reojo vi que Nick nos localizó con la mirada y se dirigía hacia nosotros con Sophia pisándole los talones. Me entraron ganas de salir corriendo en la dirección opuesta, pero lo pensé mejor y me quedé junto a la barra. Simon, que estaba de espaldas a ellos, no se percató de que se acercaban, así que cuando Nick llegó a donde estábamos yo tenía a Simon prácticamente comiéndome la oreja.

Me reí como si me hubiera contado el chiste más gracioso del mundo y después le cogí el brazo para que se volviera hacia su jefe.

—Veo que habéis empezado sin nosotros —comentó Nick haciéndole una seña al camarero para que nos pusiera otra ronda.

«¡Ay, madre, otro chupito!» Mi cuerpo no iba a soportarlo.

—Perdona, no nos han presentado —le dijo Simon a Sophia.

Nick me miró un segundo y después se volvió para hacer las presentaciones.

—Simon, Sophia, Sophia, Simon, uno de los inversores de LRB, te he hablado de él... —Nick hizo las presentaciones de manera demasiado informal.

Nicholas ni siquiera la miraba; es más, estaba tan pendiente de mí que me puse hasta violenta, violenta porque Simon parecía estar tomando nota de cada una de las palabras pronunciadas. Estiré el brazo para coger el chupito, pero Nick se me adelantó, lo cogió y se lo llevó a los labios, sin sal y sin limón, a la vieja usanza.

Tal vez era buena idea que dejara lo del alcohol por ahora y agradecí que justo en ese instante una canción conocida resonara en los altavoces. Eso me daba la excusa perfecta para largarme de ahí.

—¿Bailas conmigo, Simon? —le pregunté rodeándole el brazo y pestañeando en un intento de ser provocativa.

—Claro —contestó, dejando su copa en la barra y disculpándose con los demás. Noté la mirada glaciar de Nick en mi nuca, tan fija que casi podía sentir el agujero que estaba provocándome en la piel.

En la pista la gente saltaba y yo me movía al ritmo de la música. Le di la espalda a Simon y dejé que me atrajera por la cintura. Con su mano en mi estómago, me eché a temblar cuando su boca empezó a mordisquearme el cuello, de una forma exquisita, sensual y nada pero que nada decorosa.

—Esto que haces va a conseguir matarme, pequeña —me dijo y su maldito apelativo me recordó a la forma en la que Nick solía llamarme siempre: «Pecas»... Hacía demasiado tiempo que no escuchaba esa palabra.

Mis ojos automáticamente se desviaron a la barra, buscándolo, pero no estaba. ¿Dónde demonios se había metido? Estaba montando ese numerito para él y percatarme de que no estaba allí observándome me cabreó, mucho, además. Giré sobre mí misma y, antes de que Simon volviera a besarme de ese modo tan escandaloso, me excusé y le dije que necesitaba ir al lavabo. Salí de allí pisando fuerte, echando humo, y también muy pero que muy borracha, todo hay que decirlo, pues el tequila me había subido rápido, muy rápido. Pero antes de poder entrar en el baño, antes incluso de llegar a la larga cola de chicas que esperaban para entrar, una mano tiró de mi muñeca con fuerza y me obligó a meterme en un pasillo abarrotado de gente y con pequeñas lámparas intermitentes de color rojo, verde y azul. Me mareé un tanto, pero entonces mi espalda chocó contra la pared y una boca que yo conocía demasiado bien se estampó contra la mía, mientras que un cuerpo duro, fibroso y caliente me apretujaba contra esa pared, colando una rodilla entre mis piernas y apretando con fuerza.

Al principio forcejeé, pues no quería que me tocara, no, ni muerta. Estaba enfadada, enfadada porque estaba con ella, cabreada porque había optado por no contemplar el baile que le había dedicado y enfurecida porque no hubiese hecho nada para impedir que Simon me tocara. ¿Dónde estaba el Nick que yo conocía? ¿Qué había sido de él?

Su mano cogió mis muñecas y las subió a lo alto de mi cabeza y las retuvo allí. No podía apenas moverme, ya que su pelvis me tenía prisionera contra la pared. Con su otra mano me cogió por la barbilla y me acarició el labio inferior con su pulgar. No dijo nada, absolutamente nada, sino que se limitó a bajar la cabeza e introducir en mi boca su lengua ardiente hasta casi rozarme la campanilla. En un momento dado nuestros ojos se encontraron en la penumbra y lo que capté me estremeció: él sufría por lo mismo que yo, por el espacio, el espacio inmenso que se había creado entre ambos, casi imposible de salvar, un abismo entre nuestras vidas. Él estaba con Sophia desde hacía ya mucho tiempo, más de lo que había durado nuestra relación, y yo... Bueno, yo había dado un paso gigantesco, pues había pasado de no poder siquiera entablar conversación con alguien del sexo opuesto a tener citas y besarme con mi jefe.

¿Qué sería? ¿Qué sería lo que nos ayudaría a darnos cuenta de que necesitábamos estar juntos? ¿Quedaba todavía algo que salvar? ¿Algo que recuperar? ¿Quedaba un clavo ardiente al que agarrarse con fuerza?

Al parecer no.

Nick pareció oír mis pensamientos, fue como si con ese beso nos hubiéramos conectado mentalmente. Al ver que dejaba de forcejear, me soltó las manos, que descansé sobre sus hombros. Acto seguido lo atraje hacia mi cuerpo, luego lo abracé por el cuello y me apretujé contra él deseosa de sentirlo contra mí. Necesitaba sentir que no iba a desaparecer. Nos besamos en un beso desesperado, un beso que no deberíamos darnos, un beso que ya, para nosotros, estaba prohibido.

Se separó de mí unos segundos después y me acarició la oreja con sus labios.

—Él nunca te va a hacer sentir como lo hago yo, no lo olvides —susurró contra mi piel.

No supe qué contestar a eso... ¿Qué podía decirle? ¿Que se equivocaba? Los dos sabíamos que eso no era cierto y nunca lo sería.

—Noah... —dijo al ver que me quedaba callada. La realidad de sus palabras me había golpeado, dejándome aturdida en el lugar.

¿Por qué al decir mi nombre pareció como si estuviese haciéndome una pregunta, una pregunta muy importante?

Antes de que pudiese hacer o decir nada, noté un pinchazo en el estómago, fuerte y doloroso. Lo empujé con manos débiles, me volví hacia un lado y empecé a vomitar.

Nicholas tardó un segundo de más en reaccionar, pero me cogió el pelo de la coleta para que esta no cayera sobre mi rostro y me sujetó para que no me derrumbara mientras expulsaba todo el maldito alcohol que me había metido en el cuerpo. Seguí vomitando aún durante un rato, obligándome a no pensar en cómo estaba dejando el suelo de aquel pasillo mal iluminado. Al menos no se veía nada y la música mitigaba el sonido de mis frecuentes arcadas.

Cuando por fin creí que ya había pasado, me incorporé y Nick me sacó por la puerta trasera del local.

—No, no —me negué. Quería volver, ya que Simon continuaba allí y se preocuparía.

—Te llevo a casa ahora mismo —dijo en aquel tono que no admitía réplicas.

Steve apareció en la esquina con el coche después de que Nick lo llamara. Él se metió conmigo en el asiento trasero.

—¿Te encuentras mejor? —me preguntó en un tono de voz extraño.

La verdad era que no, no me encontraba nada bien. Quería llegar a casa y beberme un vaso gigante de agua; luego, quería lavarme los dientes y taparme con una manta muy calentita, porque estaba congelada. Empecé a tiritar, casi a sufrir espasmos. Joder..., me había dado fuerte.

Nick me atrajo hacia él, se quitó su americana y me la pasó por los hombros; después me abrazó hasta que yo tuve que apoyar mi cabeza en su hombro, donde me quedé dormida, o inconsciente, casi al instante.

Abrí los ojos y me tambaleé cuando Nick tiró de mí para sacarme del coche.

—Ve a buscar a Sophia y llévala al apartamento; luego ven a recogerme —le indicó a Steve sin ni siquiera mirarlo mientras me cogía en brazos.

—Puedo andar —me quejé, débilmente.

Al llegar a la puerta me dejó en el suelo, rebuscó dentro de mi bolso hasta encontrar las llaves y entramos en mi apartamento. Justo en el momento en que Nick me dejó en mi cama me doblé sobre mí misma después de recibir una punzada dolorosa en el estómago.

—Necesito ir al baño —comenté intentando disimular lo mal que me encontraba, no quería que supiese lo muy irresponsable que había sido. Maldito tequila, maldito champán y maldita ginebra. Solo a mí se me ocurría mezclar tres tipos de alcohol diferentes.

—¿Vas a vomitar? —me preguntó y noté una punzada de irritación en su voz.

Levanté la mirada y vi que me miraba asqueado.

—Puedes irte ya, Nicholas —dije con ponzoña.

—¿Que puedo irme? Oh, gracias por tu permiso.

—Vas a despertar a mi compañera de piso —le advertí fulminándolo con la mirada.

—Me importa una mierda —soltó entonces.

Apreté la mandíbula con fuerza y me incorporé para que no tuviese que mirarme desde su maldita altura. Ese movimiento casi consiguió acabar conmigo, tenía unas ganas enormes de vomitar y encima al hacerlo, al incorporarme, noté algo... Maldita sea, aquello tenía que ser una broma.

Lo aparté de mi lado y fui directa al baño. Al entrar vi que me acababa de bajar la regla.

De ahí los malditos calambres.

Sin ni siquiera importarme que Nicholas estuviese fuera, me quité la ropa, la tiré en la cesta de la ropa sucia y me metí debajo del agua congelada. Eso ayudaría, seguro. No estuve mucho tiempo, el justo para darme una ducha rápida y ayudar a mi mente a despejarse. Al salir me puse un támpax, me envolví en la toalla y salí a mi habitación, esperando que ya se hubiese marchado; pero no, ahí estaba, sentado a los pies de mi cama.

—Puedes irte —dije dirigiéndome al armario, casi sin mirarlo.

—Me iré cuando lo crea conveniente; ahora bébete esto —me indicó tendiéndome un gran vaso de agua fría.

Aún seguía envuelta en la toalla y mi pelo chorreaba sobre la alfombra de mi cuarto.

—Voy a vestirme, así que date la vuelta —le pedí entre dientes.

Nicholas puso los ojos en blanco. ¿Qué tenía yo que no hubiese visto ya? Pero me importaba muy poco la lógica en ese instante.

Me quedé mirándolo hasta que se volvió y quedó de espaldas a mí. Con rapidez, toda la rapidez que me permitía mi estado de embriaguez, me puse unas braguitas de algodón, un pantalón corto y una camiseta de pijama.

—Ya está —anuncié y me acerqué a él para coger el vaso de agua que me tendía.

—El ibuprofeno también —dijo y comprendí que había tenido que abrir mi mesilla de noche para encontrarlo. Si no me equivocaba, en mi mesilla de noche estaba su carta, aquella que me había dado hacía tanto tiempo y que releía muchas más veces de las que admitiría en voz alta.

Se lo quité de las manos echando chispas por los ojos y, después de tomármelo, me metí en la cama, me cubrí con la colcha hasta el cuello y le di la espalda, mirando hacia la pared.

Unos segundos después noté que se sentaba a mi lado en el colchón. Sus dedos me acariciaron el pelo, apartándolo con cuidado y cerré los ojos ante ese contacto tan cálido, tan especial.

—Deberías tirarla... Esas palabras ya no significan nada.

Después de decir eso se marchó.

29

NICK

Steve me dejó en la puerta del bloque de apartamentos que tiempo atrás había cerrado con la clara idea de no regresar. Volver allí, después de más de un año, había sido duro: los recuerdos, los malditos recuerdos estaban presentes en cada esquina, en cada rincón, en cada habitación.

Ese día, verla con Simon había sido como si me rajaran el corazón con un cuchillo. ¡Maldito Simon Roger, joder, cómo me hubiese gustado partirle la cara! Le habría hecho saltar todos los dientes de una patada cuando lo vi besando su cuello, su piel..., sus labios.

Después vino el instante en que la acorralé contra la pared, el instante en que olvidé todo lo sucedido, en que pareció que estábamos dispuestos a borrarlo todo y continuar hacia delante. Tenerla entre mis brazos siempre era algo magnético, atracción pura, contra la que nada puede hacerse. Sin embargo, de sopetón algo pareció golpearme como una bola de demolición: fui consciente de que un velo invisible, un velo que no había notado antes, se había interpuesto entre los dos.

¿Qué era? ¿El tiempo? ¿Nuestras vidas ya casi completamente rehechas y separadas? ¿Un amor que empezaba a congelarse en el recuerdo?

En ese momento sentí miedo, miedo al darme cuenta de que la separación entre los dos ya era algo consumado, tangible y mucho más real de lo que nunca hubiese podido imaginar.

Entré en el ascensor pensando en su rostro recostado contra la almohada, en sus cabellos desparramados sobre las sábanas blancas, en la carta que había visto en su mesilla de noche, siempre a mano, cerca...

¿Esas palabras habían dejado de tener sentido?

Sí, claro que sí... Por mucho que perdiera el control al tenerla delante, por mucho que la deseara, por mucho que quisiera regresar a donde lo habíamos dejado, la verdad era que me había engañado con otro.

Al abrir la puerta me fijé en que las luces estaban encendidas. Sophia estaba en el sofá, sentada, mirando la pantalla del televisor apagado y con una copa de vino entre sus dedos. Me quité la chaqueta y la dejé sobre el sofá que estaba frente al suyo. Sus ojos se desviaron hacia mí y vi algo que no me gustó.

—¿Estabas con ella?

De qué me valía mentir, claro que había estado con ella, no había que ser muy inteligente para llegar a esa conclusión.

—Sí, la he llevado a casa, no se encontraba bien —contesté dándole la espalda y sirviéndome una copa.

—Está con alguien, Nicholas, él podría haberla llevado a casa...

Pensar en Simon como ese alguien me sacó de quicio.

—¿De verdad estás cuestionándome, Sophia? Ya sabes que no me gusta responder ante nadie —dije dejando la botella con un golpe seco.

Sophia se levantó del sofá y, con paso seguro, se colocó frente a mí.

—Lo nuestro ya no es un juego y, si esto sigue adelante, tendrás que tenerme en cuenta, Nicholas. Así que sí, te cuestiono. Antes no me importaba lo que hacías o dejabas de hacer, estaba claro cuál era nuestro tipo de relación, pero hace un tiempo que lo nuestro ya no va en ese sentido, así que me gustaría que cumplieras con tu palabra.

Observé sus ojos negros con atención y vi mucho más de lo que ella pretendía mostrarme.

Di un paso hacia delante, le cogí la barbilla y la observé más fijamente.

—Cumpliré con mi palabra —afirmé acariciando su piel con una leve caricia de mis dedos—. Pero tú cumple con la tuya.

Sophia cerró los ojos un instante para después volver a mirarme fijamente, esta vez ocultando muchas cosas.

—No voy a enamorarme de ti, así que deja de preocuparte.

Dicho esto, se separó de mí, me dio la espalda y se marchó a mi habitación. Me bebí lo que me quedaba de copa y fui tras ella.

Ahora era mi turno de cumplir promesas.

30

NOAH

Después de que Nick se marchara y yo durmiese durante un par de horas, el dolor de estómago y unas ganas renovadas de vomitar me despertaron. Casi me caí de la cama en mi carrera por llegar al baño.

Estaba tan agotada que ni siquiera caí en la cuenta de que tenía que ir a trabajar. Me levanté como pude y me lavé la cara. Tenía legañas negras de los restos de maquillaje del día anterior y unas grandes ojeras debajo de los ojos. Me maquillé y casi me gasté el bote entero intentando tapar mi vergüenza. Cogí mi mochila, el abrigo y las llaves del coche y salí pitando del apartamento. Lo último que quería era que Nick tuviese otra razón para despedirme; al pensar en eso, no pude evitar recordar nuestro ardiente beso de la pasada velada. Miré los mensajes del móvil mientras conducía, algo que no se debe hacer, por cierto, y vi que tenía como diez llamadas perdidas de Simon.

«¡Oh, mierda!»

Me había olvidado de que ahora ya no estaba yo sola, maldición. Y ahora, ¿qué demonios iba a decirle? ¿Que mi exnovio me había llevado a casa después de meterme la lengua hasta la garganta?

Necesitaba café, sí, un café me haría pensar con claridad, me ayudaría a enfrentarme a las consecuencias de la noche anterior, pero justo cuando entraba en el edificio y me dirigía al ascensor, lo vi. Ahí estaba Nick, con un traje de chaqueta y la mirada fija en su pantalla del móvil mientras esperaba a que el ascensor llegase. Respiré hondo maldiciendo mi suerte y fui hasta allí. Me planteé ir por las escaleras, pero subir catorce plantas y encima con resaca no era algo que me apeteciese mucho hacer. Me detuve a su lado y levantó la mirada de su móvil para posarla en mí.

Joder, ojalá fuese de las personas a las que el alcohol les borra la memoria. Ahora esa situación sería menos incómoda.

—¿Qué haces aquí?

—Trabajo aquí —contesté poniendo los ojos en blanco.

Nick ignoró mi impertinente respuesta.

—Pensé que hoy no vendrías, ayer estabas que dabas pena...

—Bueno, no quería darte motivos para que me despidieras —respondí ignorando su presencia lo mejor que pude y entrando en el ascensor vacío cuando las puertas se abrieron.

Nicholas me siguió, metiéndose el móvil en el bolsillo.

—¿Cómo te encuentras? —preguntó con algo extraño en la voz.

—Estoy bien —dije sorprendida por que se preocupara por mí.

Ayer las cosas se nos habían vuelto a ir de las manos; lo había provocado, lo sé, pero nunca pensé que caería como lo hizo.

«Deberías tirarla... Esas palabras ya no significan nada.»

Sus palabras acudieron a mi mente como rescatadas de una neblina densa. ¿Por qué me había dicho eso? ¿Para hacerme daño? Si de verdad creía que esas palabras dichas tiempo atrás no significaban nada, ¿por qué demonios me había vuelto a besar, por qué me había llevado a casa para asegurarse de que estaba bien, por qué me preguntaba cómo me encontraba ahora?

Eso tenía que acabar, no podía seguir yendo a ciegas.

Sin apenas detenerme a pensar lo que hacía, di un paso hacia delante y pulsé el botón rojo de stop. El ascensor hizo un traqueteo extraño, soltó un pitido agudo y se detuvo.

Me volví hacia Nick, que estaba tan sorprendido como confuso.

—¿Por qué? —pregunté cruzándome de brazos en un intento de sentirme protegida frente a él, mi única manera de hacer como si hubiese una barrera entre los dos.

—Por qué ¿qué? —contestó con el ceño fruncido.

—¿Por qué me besaste?

Nick se me quedó mirando como única respuesta.

—No debiste hacerlo.

Levantó las cejas con escepticismo.

—No te oí quejarte.

Sentí que me ponía colorada. Nicholas sonrió de una forma que me cortó la respiración.

—Ahora me dirás que el bailecito que te montaste en la pista no era para ponerme celoso.

Abrí los ojos fingiendo indignación.

—No eres el centro del universo, no tenía nada que ver contigo —mentí—. Además, ¿qué tiene eso que ver con nada? Ya es la segunda vez que lo haces... Eres tú quien viene a buscarme, lo hiciste en casa de tu padre y lo haces ahora, y no me gusta, me confundes y...

—Y ¿qué? —me interrumpió dando un paso en mi dirección. Esta vez no me eché hacia atrás, sino que me quedé quieta donde estaba: iba a hacer frente a esa situación, estaba harta de los altibajos emocionales que seguían a cada uno de nuestros reencuentros, cada vez que pensaba que podía olvidarlo aparecía y hacía cosas que hacían cuestionarme mi juicio.

—Que estoy harta de esto, Nicholas, ya ha pasado mucho tiempo, y estoy intentando seguir adelante.

No pareció hacerle mucha gracia mi último comentario.

—¿Seguir adelante con Simon? —En cada una de esas palabras había veneno inoculado.

—Con Simon o con quien sea... Yo también me merezco ser feliz —afirmé con determinación—. Quiero lo que tú y yo teníamos, Nicholas... Y si Simon...

No me dejó acabar la frase. Su mano se aferró a mi muñeca y tiró de mí con fuerza hasta que mi pecho chocó con el suyo, nuestros pies alineados en el suelo.

—Repite eso. Repite que quieres que Simon te dé lo mismo que yo.

Se me entrecortó la respiración al tenerlo tan cerca, su fragancia inundó mis sentidos y quise apartarme para volver a tener el control, pero él me lo impidió colocando su otra mano en mi espalda y apretándome contra su cuerpo.

—Algún día estaré con otro, Nicholas. No puedes pretender que nadie me toque y que esté a tu entera disposición cuando a ti te venga en gana. Estoy con Simon, acéptalo, igual que yo acepto que estés con Sophia —dije sintiendo un gusto amargo en la boca al siquiera mencionar su estúpido nombre—. ¿Recuerdas a Sophia? ¿Tu novia? —agregué con asco.

Nicholas cambió su expresión, me observó durante unos instantes que se me antojaron eternos y en que pude comprobar cómo la cólera que le provocaban mis palabras lo transformaban por momentos.

—Estás jugando con fuego, Noah. —Su puño se apretó junto a su costado con fuerza.

—No estoy jugando a nada, eres tú quien pretende jugar a dos bandas.

Nicholas soltó una carcajada amarga.

—Es irónico que seas tú quien suelte eso por la boca. ¿No te parece?

«¡Dios, siempre lo mismo! ¡Joder!, ¿es que nunca va a dejar de recordármelo?»

Sin apartar los ojos de él, estiré la mano y volví a darle al botón rojo de stop. El ascensor se puso de nuevo en marcha mientras ambos seguíamos librando la batalla más larga de la historia. Antes de que se abrieran las puertas solté un último comentario:

—Por mucho que nos duela... los dos sabíamos que este momento iba a terminar llegando.

Vi que iba a decir algo, pero las puertas se abrieron y me colé entre ellas huyendo de cualquier cosa hiriente que fuese a decir.

Por primera vez desde que habíamos roto, quise que se fuera.

Al bajar del ascensor me fui derechita al despacho de Simon. Le debía una explicación. Al entrar lo vi apoyado en su escritorio, con los brazos cruzados y el semblante preocupado.

—¿Qué te pasó anoche, Noah? —me preguntó cuando me vio y sentí que me ruborizaba—. Un momento dices que vas al lavabo y al siguiente me veo buscándote por todos lados, preocupado... Pensé que te había pasado algo, maldita sea, en serio, no vuelvas a hacer algo así.

—Lo siento, sé que te dejé tirado, yo...

—Estuve una hora buscándote hasta que un tipejo enchaquetado vino a decirme que te habías ido a casa... ¿Por qué te fuiste?

Maldición, me sentía tan culpable... Había sido una completa idiota y ahora había puesto en juego lo que había empezado a tener con Simon.

Di un paso vacilante, agobiada por perder lo que tenía toda la pinta de ir en la dirección correcta.

—Me puse fatal, me da vergüenza hasta contártelo. Me gustaría decirte que simplemente tuve que marcharme porque alguien me pidió que lo ayudara en alguna emergencia o que alguna amiga mía cortó con su novio y me llamó para que la consolara o que me torcí un tobillo y tuve que ir a urgencias sin titubear, pero la verdad es que me pasé con la bebida. No quiero que pienses que soy una cría que no sabe beber o algo peor, pero la verdad es esa: estaba borracha... y te aseguro que la resaca que tengo ahora mismo es castigo suficiente; por favor, perdóname.

Respiré hondo para recuperarme de mi monólogo y me fijé en que Simon comenzaba a mirarme como solía. Se separó de la mesa y se me acercó hasta quedar a un palmo de mí.

—La próxima vez avísame y seré yo quien se encargue de llevarte sana y salva a tu casa... Sé que apenas llevamos unas semanas conociéndonos, pero me gustas y quiero que confíes en mí si alguna vez estás en apuros.

Chicos y chicas, he aquí una reacción madura.

Le dediqué una sonrisa que no me llegó a los ojos. Él me pasó una mano por la cintura y me acercó más a su cuerpo.

—Lo pasé bien anoche, pero siento que no fuese ese tu caso.

—Fue genial hasta que decidí beberme el tercer chupito; ahí metí la pata, pero lo demás fue increíble, de verdad, me lo pasé increíblemente bien.

Simon subió la mano por mi blusa color azul marino y me atrajo hacia él. Después de la discusión con Nick quería, necesitaba, que lo mío con Simon funcionase. Me besó en la boca de forma tierna y cariñosa. Mis manos subieron hasta cogerlo por la nuca y obligarlo a profundizar un beso que necesitaba me hiciese olvidar como fuera al hombre que había a pocos metros de distancia.

Nos separamos con la respiración un poco acelerada y vi cómo Simon sonreía.

—¿Estoy perdonada?

—Más que eso, voy a echarte la bronca más a menudo...

Me reí y justo entonces la puerta de su despacho se abrió.

Era la secretaria de Nick.

—El señor Leister ha convocado una reunión para dentro de una hora. Nos quiere ver a todos allí.

La reunión con todos los miembros del sector fue una tortura. A mí me tocaba encargarme de la proyección y pasar las diapositivas, y eso me ponía en el centro de mira, estaba de pie mientras que los demás me observaban desde sus respectivos sitios, en especial Nick. Si no controlaba su manera de mirarme, Simon y todos los de la oficina terminarían por sospechar y eso era lo último que quería. Al terminar, Nicholas se levantó y nos pidió que nos quedásemos unos segundos más.

—Quería tratar un tema peliagudo, pero creo que es importante. —Todos lo miramos con atención, no teníamos ni idea de por qué se había puesto tan frío de repente—. No sé si algunos de vosotros no estáis al tanto de las normas de esta empresa y por eso mismo he mandado hacer copias para cada uno de los aquí presentes con el objetivo de que también las hagáis llegar a vuestros subordinados. —Todos miraron atentamente a Nicholas, que les devolvió la mirada de forma profesional y distante—. La fraternización entre empleados está estrictamente prohibida.

Abrí los ojos sorprendida. Noté los ojos de Simon fijos en Nicholas y, de improviso, un incómodo silencio invadió la estancia.

—Es una norma que siempre ha prevalecido en todas y cada una de las empresas de mi familia y que considero importante para el buen funcionamiento de las mismas. —Nos recorrió a todos con la mirada, deteniéndose en Simon y después en mí—. Si eso ha quedado claro podéis seguir trabajando, gracias.

Un rumor se extendió por la estancia mientras los que habían asistido a la reunión se afanaban por salir lo antes posible de la sala de juntas.

¡Dios, esa norma era ridícula!

Me volví hacia Simon y vi que se incorporaba, pero que no hacía ningún ademán de marcharse a su despacho.

Nicholas terminó de guardar sus cosas en su maletín y, al levantar la mirada y vernos, dejó el lápiz que tenía entre los dedos sobre la mesa de cristal y se irguió dispuesto a escuchar lo que fuera que Simon estuviese a punto de decirle.

—¿Sabes una cosa, Nicholas? —dijo rodeando la mesa y acercándose hacia él.

Los miré nerviosa sin saber muy bien qué hacer o decir. No debería haberme enrollado con él la pasada noche, no al menos delante de Nick, y mucho menos haberlo mencionado en el ascensor. ¡Maldita sea, le había puesto en bandeja la oportunidad de echarnos esto a la cara!

—Me parece muy bien que exijas a los empleados que cumplan tus estúpidas normas, pero no debes olvidar que yo soy socio de esta empresa, así que tus órdenes en cuanto a mi vida privada te las puedes meter por donde te quepan.

Nicholas no pareció sorprendido ante aquel ataque verbal; es más, se irguió cuan alto era y le hizo frente sin miramientos.

—Yo poseo el sesenta por ciento de los activos, lo que básicamente te deja a ti con un veinte, teniendo en cuenta que los cuarenta restantes los compartes con Baxwell. En el contrato de sociedad quedó establecido muy claramente que la empresa quedaba bajo la jurisdicción de Leister Enterprises, así que si quieres proponer una reunión con la junta, o sea conmigo y mis consejeros, adelante, no tengo ningún inconveniente.

«Mierda.»

—Nicholas, no estás siendo justo —le reconvine entre dientes. No me podía creer lo que estaba pasando.

—Si algún día alguno de los dos quiere dirigir una empresa, podréis hacer con ella lo que os venga en gana, pero mientras tanto las cosas están así. Si os veo juntos otra vez en algún tipo de situación comprometida o que me haga sospechar, creer o simplemente dudar de que estéis manteniendo una relación sentimental, os pondré de patitas en la calle. ¿Entendido?

Me quedé mirando a Simon y sentí pena por él, se notaba que tenía ganas de partirle la cara, pero por mucho que la situación lo mereciera no iba a pegar a su jefe; no podía hacer o decir nada, bastante mal le había hablado ya, y visto lo visto, temía que Nicholas estuviese esperando la mínima oportunidad para echarlo de la empresa.

Simon cogió sus cosas y salió de la sala dando un portazo.

Nicholas se volvió hacia mí, que seguía ahí de pie como una idiota, la sangre me hervía de la rabia que sentía, de la impotencia. En ese momento lo odié por ser tan egoísta, por no quererme para él, ni tampoco para nadie, lo odié por seguir jugando conmigo, aun sabiendo que mi corazón continuaba llorando por él.

—¿Tú también vas a salir por esa puerta como una adolescente enfadada? Porque no puede importarme menos —dijo recogiendo sus cosas como si nada.

—Pero ¿a ti qué coño te pasa? —le espeté levantando el tono de voz y apretando los puños con fuerza.

Nicholas me dirigió una mirada envenenada.

—Procuro dirigir una empresa. No pienso permitir que te acuestes con uno de mis socios.

—Pero ¡eso no es asunto tuyo! —le grité.

—Eres increíble —afirmó bajando el tono y mirándome con rabia—. A veces me cuesta la vida recordar los motivos por los que estuve enamorado de ti, pienso y todo se reduce a polvos bastante excitantes sí, pero que no compensan ni de lejos todos los momentos de mierda que me hiciste pasar.

¡¿Desde cuándo aquello se había convertido en una conversación sobre nosotros?!

—Hablas como si tú fueses un maldito santo. Te recuerdo que me acosté con otro porque me hicieron creer que tú lo habías hecho con otras dos a mis espaldas. ¡Lo mío fue un error, pero ¿y tú?! ¡¿Qué me dices de ti, Nicholas?! ¿A cuántas mujeres te has llevado a la cama desde que cortamos? Incluso a mí, Dios, dejé que hicieras conmigo lo que quisieras ¡y estabas con otra! He tocado fondo contigo, me tratas como si yo fuese de tu propiedad o como si fuese un juguete que te entretiene en tus momentos de aburrimiento. ¡No me dejas seguir adelante y eso es muy egoísta!

Nicholas dejó sus cosas en la mesa y vino hacia mí. Estaba muy cabreada, respiraba entrecortadamente y me temblaban las manos... Me había desfogado, había necesitado soltar eso, eso y mucho más, guardar las cosas dentro no servía de nada.

—¿Sabes por qué? Porque no pienso dejar que sigas adelante hasta que yo no lo haya conseguido. Las cosas están así; no quiero verte feliz, no quiero verte con nadie ¡porque aún no he terminado contigo!

Lo empujé con todas mis fuerzas y me alejé hasta llegar a la otra punta de la habitación.

—No vas a volver a tocarme —dije entre dientes. El efecto de mis palabras provocó un brillo de depredador en sus pupilas dilatadas—. Te crees que puedes hacer conmigo lo que quieres, pero eso no es así; mientras estés con otra, nuestro beso de ayer va a ser el último que nos vamos a dar.

Nicholas se detuvo delante de mí y colocó ambas manos sobre la pared, una a cada lado de mi cabeza.

—No soporto verte con ese tipo, me saca de mis casillas —confesó mirándome fijamente, la pasión y la resolución claros en sus ojos.

Solté una risa irónica.

—Bueno, a mí tampoco es que me vuelva loca verte con Sophia.

Nick ignoró mi comentario y se acercó un poco más a mí.

—Necesito estar dentro de ti —soltó entonces, sin vergüenza ninguna.

—No.

Nick me obsequió con una de esas sonrisas ladeadas que tanto me habían gustado.

—Sabes perfectamente que puedo hacerte cambiar de opinión tan rápido que ni siquiera sabrás qué ha pasado. —Al decirlo me cogió la barbilla y con el pulgar acarició mi mejilla hasta llegar a mi labio inferior.

Le cogí la mano y se la aparté.

—No voy a jugar a este juego, esta vez no —declaré separándome de él—. Esto ya no tiene solución alguna, Nicholas, solo nos haría más daño y yo ya he sufrido todo lo que mi cuerpo puede soportar, no voy a meter a más personas en esto, tú estás con Sophia y yo estoy empezando algo con Simon, y esa es la realidad.

Nicholas negó con la cabeza, poniéndose furioso otra vez.

—No vas a empezar nada con él, Noah, no aquí al menos —me amenazó sin tapujos.

Miré a mi alrededor. Si así iban a ser las cosas...

—Entonces lo dejo. Dimito —dije dejándolo de piedra. Me separé de él y salí cerrando la puerta detrás de mí.

Ya está, ya estaba hecho... No quedaba ninguna otra razón para volver a verlo.

31

NOAH

Aunque la decisión la había tomado de forma precipitada, aquella noche en mi cama comprendí que era lo mejor que podía hacer. Tenía que pasar página de una maldita vez y trabajando para él no iba a conseguirlo, era absurdo.

Simon me había dejado varias llamadas perdidas en el móvil, había intentado contactar conmigo, preguntarme si estaba bien y yo lo había ignorado, centrada como estaba en mi enfado con Nicholas. Sin embargo, decidí atender una de sus llamadas. Le pregunté a Simon si le importaba que fuera a su apartamento a verlo y, cuando se recuperó de la sorpresa, no dudó en pasarme la dirección.

No tardé mucho en llegar al complejo de apartamentos donde vivía, que estaba a tan solo una manzana de donde solía vivir Nick. Cuando llegué hasta su puerta, tenía más que claro lo que pensaba hacer.

Simon me recibió con la preocupación reflejada en su rostro. Vestía unos pantalones grises de deporte y una camiseta ancha de color rojo oscuro. Rojo, el color que veía yo en ese instante por todos los lados. No le dejé ni siquiera hablar, en cuanto me abrió me lancé a sus brazos.

«Chúpate esta, Nicholas Leister.»

Simon me rodeó la cintura con su brazo al mismo tiempo que cerraba de un portazo la puerta de entrada. Cuando tuvo sus dos manos libres me cogió por la cintura y me levantó del suelo en un gesto que me recordó demasiado a Nick. Maldita sea, ¿por qué le gustaba tanto a los tíos levantarme en volandas y llevarme por ahí?

«Noah, céntrate.»

Cuando me puso sobre la encimera de la cocina, me aparté para poder ver la reacción que había tenido mi ataque. Simon me miraba como si nunca me hubiese visto en realidad.

—Cuando me has llamado hace una hora para decirme que venías, te juro que esto es lo último que esperaba que pudiese llegar a pasar.

No quería hablar, no era lo que necesitaba en ese momento, necesitaba sacarme a Nicholas de la cabeza, de la piel, del alma. Con los ojos clavados en Simon, esos ojos verde oscuro y de rubias pestañas, me quité la camiseta por la cabeza hasta quedarme en sujetador.

—Joder —exclamó Simon tirando de mi nuca y reclamando mi boca una vez más.

Le dejé jugar con mi lengua todo lo que quiso, pero cuando su mano empezó a bajar por mi espalda desnuda, me tensé involuntariamente.

—¿Estás bien? —me preguntó separándose y deteniendo su mano en el cierre de mi sujetador.

—Solo... ¿Podemos ir a tu habitación?

Oscuridad... La necesitaba, algo que no había ocurrido en mucho mucho tiempo. Simon sonrió y volvió a levantarme llevándome hasta una puerta que había en un pasillo medio iluminado.

—Sé andar —le dije sin poder evitarlo.

—Lo sé, pero me gusta sentirte como lo estoy haciendo ahora.

Y tanto que me estaba sintiendo, su erección se clavaba en mi piel como una maldita vara de aluminio. Simon me depositó en la cama, se quitó su camiseta y se estiró encima de mí, aguantando el peso de su cuerpo y depositando pequeños besos en mi estómago. Cerré los ojos con fuerza... Joder, no, ¿por qué? ¿Por qué tenía tantas ganas de llorar?

Simon me desabrochó el primer botón de los vaqueros y de repente me invadieron los recuerdos de Michael, de esa noche, de su boca en mi piel, de sus labios en los míos. Fue como revivirlo todo otra vez, la traición, el engaño, el mayor error de mi vida. ¿Estaba cometiéndolo otra vez?

¡No! Mierda, no estaba haciendo nada malo, Simon no era uno cualquiera, Simon quería algo conmigo, le importaba, le importaba más que a Michael, más que a Nicholas...

Nicholas.

Su rostro se me apareció en la mente, sus malditos ojos celestes que me miraban como si fuese el mismísimo diablo, sus labios, su forma de besarme como si no hubiera un mañana, su forma de aplastarme contra la cama queriendo sentirme con tanta desesperación que a veces me dejaba incluso sin respiración. Las manos que ahora mismo intentaban desnudarme no eran las suyas, nunca serían las suyas y no estaba segura de saber si algún día iba a poder olvidarme de su contacto, si iba a poder disfrutar con cualquier otro hombre.

Casi sufriendo un ataque de histeria y de pánico, aparté a Simon de un empujón y me puse de pie de un salto.

—Lo siento..., no puedo hacerlo —me disculpé abrochándome el pantalón y buscando la salida como un animal enjaulado, pero así es como me sentía, enjaulada, era prisionera de mis propios sentimientos.

—Noah, espera, lo siento, si no estás lista...

—Tengo que irme —dije ignorándolo y saliendo por la puerta que había al otro lado. Salí al salón y encontré mi camiseta tirada de cualquier forma en el suelo de la cocina. Fui hasta allí, la cogí y me la metí por la cabeza casi con violencia.

Simon me cogió entonces por los brazos, obligándome a mirarlo.

—¿Me puedes decir qué está pasando? —me espetó entonces, entre preocupado y molesto—. ¿Es por Leister? Porque si es por él, ya te digo yo que me importan una mierda sus normas de empresa. ¿Me oyes?

Negué con la cabeza y me enjugué una lágrima con el dorso de la mano.

—Ahora mismo solo necesito irme a casa —comenté intentando controlar lo perdida que me sentía.

Simon se irguió, me observó durante unos instantes y luego asintió con la cabeza.

—Está bien —convino suspirando profundamente—. Cualquier cosa, llámame, ¿de acuerdo?

Asentí sintiendo lástima por él, no se merecía eso, no se merecía tener que lidiar con alguien como yo. Sintiéndome culpable me acerqué a él y le di un ligero beso en la mejilla antes de coger mi bolso y salir sin mirar atrás.

Nicholas diez, Noah menos cinco.

32

NICK

No fui detrás de ella cuando salió dando un portazo de la sala de juntas, no era el mejor momento, bien sabía yo que había sacado las cosas de quicio. Me había comportado como un auténtico cabrón, pero pensar en Noah haciendo lo que hacía conmigo con otro me enfurecía, y me enfurecía de una manera que me hacía cuestionarme mi juicio. Sabía que yo mismo la había empujado a pasar página y sabía que eso quería decir que tendría que dejarla rehacer su vida con otro, pero desde que la había visto con Simon no dejaba de preguntarme si no me estaba equivocando.

Me pasé la noche dándole vueltas a esa idea y, al día siguiente, esperé impaciente el momento para poder hablar a solas con ella. Para mi sorpresa, fue Noah quien decidió presentarse en mi despacho.

Ni siquiera llamó a la puerta, cosa que solo consiguió avivar mis ganas de besarla. La observé de arriba abajo sin disimulo. Los pantalones que llevaba se le adherían al cuerpo como una segunda piel y la camiseta, aunque elegante, se le ajustaba demasiado a esas bonitas curvas que yo tan bien conocía. Sus mejillas estaban sonrojadas y sus labios, gruesos y un poco hinchados. Solo me bastó una mirada rápida para darme cuenta de que se había pasado la noche llorando.

En la mano llevaba un papel y se acercó hasta dejarlo encima de mi mesa.

—Mi carta de dimisión. Como soy medio becaria, no hace falta que dé dos semanas para que encuentres a alguien. Simon puede arreglárselas solo hasta que decidáis poner a otra persona, si es que os interesa poner a alguien —dijo sin mirarme a los ojos.

«¡Mierda!»

Me levanté y, cuando fui hacia ella, se volvió con la clara intención de marcharse corriendo. Estiré el brazo y tiré de su muñeca en mi dirección.

—Espera, joder —le ordené entre dientes. Me apoyé en la mesa para no tener que inclinarme para mirarla a los ojos y ella apretó con fuerza los labios, se soltó de un tirón y cruzó los brazos bajo el pecho—. No dejes el trabajo, Noah, no era mi intención que lo hicieras.

—Quiero dejarlo... Necesito dejarlo —dijo mirándome fijamente.

—¿Por qué? ¿Por qué vas a querer dejar un trabajo que te da más ingresos que cualquier otro que puedas encontrar? ¿De verdad prefieres quedarte sin un buen sueldo por un idiota como Simon? Te recordaba más lista.

—Es por ti, Nicholas, no quiero volver a verte, por eso me voy.

—Espera, espera un segundo —le pedí apresurándome a cogerle la mano y que no siguiese alejándose.

Observé por unos instantes sus bonitos ojos de color miel y mi mente empezó a contar las pecas que tenía en la nariz, aunque ya sabía cuántas tenía: en total eran veintiocho, veintiocho pecas solo en la nariz... No quería dejar de ver esas pecas, no quería tener que dejar de verla.

—Creo que no hemos llevado esto demasiado bien, ¿no crees?

Noah miró al suelo un segundo para después volver a centrarse en mí.

—Solo sabemos hacernos daño... y... yo... —Sus ojos se humedecieron y observé cómo se mordía el labio con fuerza; no quería echarse a llorar ante mí, pero la conocía tan bien que era cuestión de segundos que terminase perdiendo el control—. Yo necesito superar esto.

Su voz salió en un susurro que solo yo, que estaba frente a ella, pude escuchar con claridad.

Instintivamente tiré de ella y la envolví entre mis brazos. Enterré mi rostro en su cuello y aspiré el aroma a fresa que desprendía su piel...

—Te echo tanto de menos... —confesó entonces contra mi pecho, y sus palabras fueron como puñaladas en mi alma.

Sin decir nada, le aferré el pelo con mi puño cerrado, tiré de ella hacia atrás y le robé un beso, un beso que necesitaba en ese momento, un beso que tenía que darle antes de decirle lo que tenía que decirle. No fue un beso profundo, no fue un beso que buscaba algo más que simple cariño, amor y añoranza. Mis labios apretaron los suyos y sellaron una especie de promesa.

—No hay nada que podamos hacer para cambiar lo que pasó —le dije admirando su rostro y deteniéndome en cada detalle—. Y me gustaría pensar que algún día la rabia que tengo dentro va a desaparecer, espero que lo haga, Noah, de verdad que sí, pero ahora mismo parece algo imposible.

Ella se quedó escuchando atentamente mis palabras.

—Nunca vas a perdonarme por lo que hice, ¿verdad? —pregunté con la voz temblorosa.

—De todas las cosas que podrías haber hecho..., engañarme era lo único que podía acabar con lo nuestro.

A día de hoy, después de tanto tiempo, solo pensar en ello me causaba un dolor insoportable.

—Lo sé... —convino enjugándose la mejilla con los dedos.

Nos quedamos sumidos en un silencio extraño, un silencio que no resultó incómodo, pero que parecía ser el preludio de una decisión importante. Y había algo que necesitaba, algo que me rondaba la cabeza desde hacía tiempo y que no era capaz de olvidar.

—Noah..., lo que pasó en casa de mi padre...

Noah se apresuró a interrumpirme.

—Te arrepientes, lo sé, no hace falta que me lo digas.

—No me arrepiento, todo lo contrario, creo que fue una buena forma de terminar, ¿no crees? Quise hablar contigo y preguntarte si estabas bien, pero desapareciste y tampoco cogiste mis llamadas... Al final comprendí que era mejor así.

La luz que entraba por la ventana se reflejó en sus ojos cuando levantó la mirada buscándome. Me hubiese gustado ver otra cosa en ellos y no el dolor que parecía tan profundo como el mío. ¿Cómo podíamos sufrir tanto estando juntos y también estando separados?

—Me voy esta tarde... y no estoy seguro de cuándo regresaré. Puedes estar tranquila de que no volveré a tocarte, Noah.

Noah respiró profundamente, como si intentase que el aire en sus pulmones la ayudase a evitar lo que se veía claramente en sus ojos humedecidos.

—Lo peor de todo es que, a pesar de lo que ha pasado, yo no quiero que te vayas —afirmó intentando controlarse. Mi mano volvió a actuar por sí sola y mis dedos le acariciaron la mejilla. Sus ojos se cerraron un segundo para después posarse en mi muñeca.

Antes de que pudiese hacer nada, me la sujetó entre sus dedos y la hizo girar, de modo que el tatuaje que me había hecho año y medio atrás quedase al descubierto. Me miró un segundo y juntos nos trasladamos a aquella noche en especial..., la misma en la que Noah se había entretenido escribiendo palabras de amor sobre mi piel.

«Eres mío», había escrito y yo había corrido a tatuármelo, como si esas palabras grabadas para siempre en mi piel las hubiesen convertido en una realidad. Sin previo aviso Noah posó sus labios justo encima del tatuaje y toda mi piel vibró como si me hubiesen dado una descarga eléctrica. Lo peor de todo es que lo noté, noté cómo el muro empezaba a derrumbarse y empecé a sentir miedo... Miedo de volver a caer, de volver a cometer el mismo error; miedo de estar expuesto otra vez, de volver a notarme sin el dominio que tanto tiempo me había costado conseguir.

«Vas a arrepentirte de haberlo hecho, lo sé. Te arrepentirás y me odiarás porque te recordará a mí incluso cuando no quieras...»

Las palabras que Noah me había dicho tras descubrir que me había hecho el tatuaje acudieron a mi mente como si hubiesen sido pronunciadas justo el día anterior. Incluso entonces pareció que sabía que lo que decía iba a terminar siendo cierto.

—Tengo que irme.

Iba a rodearla para marcharme, iba a salir por esa puerta y no regresar hasta que fuera estrictamente necesario, pero Noah pareció entrar en pánico y sus manos se aferraron a mis brazos con fuerza.

—No, no, no, no —empezó a repetir mientras las lágrimas le impedían ver nada, sus ojos estaban tan hinchados que el color miel se había convertido en un elixir líquido y fundido que intentaba con todas sus fuerzas impedir algo imposible—. Por favor..., por favor, volvamos a intentarlo, volvamos a intentarlo, Nicholas —me rogó clavándome las uñas en la piel.

Apreté la mandíbula con fuerza, no quería eso. ¡Maldita sea!, ¿por qué tenía que hacerlo todo más complicado?

—No es cuestión de intentar nada, Noah, lo que pasó terminó con lo nuestro.

—Sé que puedes volver a quererme... Lo sé, no quieres a Sophia, me quieres a mí, solo a mí, ¿recuerdas? Dijiste que me amarías siempre, pasara lo que pasase; no te lo he pedido porque esperaba que el tiempo nos curase, pero no lo ha hecho y eso solo puede significar una cosa. Ahora sí que lo hago, te pido que nos des otra oportunidad.

—No me pidas algo que no puedo darte —la corté cogiéndola de las muñecas y apartándola de mí. Le retuve las manos con fuerza, suspendidas entre ambos, y la miré fijamente para que entendiera lo que iba a decirle—. Yo no puedo amar a nadie... Ese barco ya zarpó, ¿entiendes? Me abrí a ti en su momento, siendo consciente de que iba en contra de todos mis instintos; lo intenté, de veras que lo intenté, pero ni estoy hecho para amar, ni soy alguien que pueda ser amado, y eso tú lo dejaste muy claro.

—Yo te amo —declaró en un susurro, mirándome a los ojos. No quise pensar lo que ambos desde fuera podíamos parecer, tan llenos de malas experiencias y malas relaciones, no sabíamos lo que era amar, ninguno de los dos, porque habíamos sido golpeados a edades muy tempranas y habíamos terminado por hacer lo mismo a quienes intentaban acercarse.

—Tú no me amas, Noah... Cogiste la única arma que podía derrotarme y apretaste el gatillo.

—Estoy aquí, ¡sigo aquí, y tú también! Apenas puedes permanecer alejado de mí, eso significa algo, ¡tiene que significar algo! Después de un año no podemos evitar buscarnos el uno al otro... ¿De verdad quieres que termine con otro? ¡Piénsalo, Nicholas, porque si te marchas, si te marchas dejándome otra vez, cuando vuelvas puede que yo ya no esté!

—¿Eso se supone que es una amenaza?

La simple mención de Noah con otro me sacaba de mis casillas.

—Te he esperado, llevo esperándote desde que rompimos, ha pasado casi un año y medio y sigo esperando que vuelvas a mí, y lo haces, pero a medias. No puedo soportarlo, ahora o nunca, Nicholas, porque si te marchas, si vuelves a dejarme atrás, tú y yo habremos acabado para siempre.

El silencio se apoderó de la habitación y vi en sus ojos la incredulidad y la decepción. Respiré hondo antes de abrir la boca para hablar.

—Adiós, Noah —dije sintiendo un dolor horrible en el pecho.

Noah se apartó de mí como si mis palabras la hubiesen quemado. Sabía a lo que renunciaba si me marchaba por esa puerta, pero no podía darle lo que ella necesitaba de mí. Dio un paso hacia atrás y la tristeza dejó paso a algo más, algo más oscuro, más difícil de descifrar.

—Adiós, Nicholas.

Se marchó sin mirar atrás, y yo seguí el mismo camino.

TERCERA PARTE

La cuenta atrás

33

NOAH

La biblioteca estaba a rebosar, pronto se cumplirían los plazos de entrega de los trabajos y se celebrarían algunos exámenes de recuperación. No tenía idea de cuánto tiempo llevaba allí metida, puesto que me había puesto en una mesa sin ventanas cerca para no distraerme ni tampoco deprimirme al ver la gente libre en las calles, disfrutando de los últimos días de invierno.

Jenna estaba allí, a mi lado, y parecía de todo menos concentrada en el libro de biología que tenía frente a sus narices.

—¿Ya? —me preguntó por octava vez.

La fulminé con la mirada, exasperada.

—Vamos, Noah, a este ritmo voy a terminar estudiando esto, y aprobaré y todo.

Me reí sin poder evitarlo mientras soltaba un profundo suspiro.

—Un café rápido, Jenna, lo digo en serio.

Mi amiga dibujó una enorme sonrisa en sus labios y juntas recogimos las cosas y salimos de aquel encierro autoimpuesto.

Al salir me di cuenta de que no tardaría en anochecer y me abracé a mí misma para protegerme del gélido viento que movía los árboles. Llevaba tantas horas dentro de la biblioteca que había perdido la noción del tiempo.

Los dos meses que trabajé en LRB me habían servido para aprender un montón de cosas del mundo real, pero ahora que los exámenes se acercaban, me alegraba de poder dedicar todo mi tiempo a los estudios; había ahorrado y me las arreglaría durante al menos unos meses. Simon se ofreció a buscarme algo parecido en otra empresa y por ello le iba a estar eternamente agradecida, pero de momento era mejor así. Además, lo nuestro... Bueno, en esos momentos estaba en suspense. Fui sincera con él y le expliqué que aún no había superado lo de Nick, que necesitaba algún tiempo sola. Nos veíamos de vez en cuando, pero como amigos: me recogía e íbamos a comer algo, o quedábamos en grupo para ir a cenar con amigos y pasar el rato.

Jenna se apretujó contra mí a la salida de la biblioteca, entrecruzó su brazo con el mío y juntas fuimos caminando hasta el puesto de café más cercano. Me pedí un café triple con un *bretzel* y Jenna un chocolate caliente. Nos sentamos en uno de los bancos del parque y procuramos disfrutar de nuestro pequeño descanso.

—Quería invitarte al cumpleaños de Lion, voy a organizarle una fiesta en nuestra casa. Va a ser genial, porque no se lo espera para nada. Le dije que solo podía ir a cenar porque al día siguiente tenía un examen muy importante... Mentira, teniendo en cuenta que acabo pasado mañana, así que cuando llegue a casa se va a llevar un susto de muerte.

Sonreí imaginando la escena.

—¿Cuándo es? —pregunté dándole un trago a mi café.

—Dentro de un par de semanas; te estoy avisando con tiempo, así que ¡tienes que venir!

Me hice la dura durante un rato, me hacía gracia ver cómo sacaba todas sus armas de persuasión, pero finalmente le dije que sí, que iría, y pareció volver a respirar tranquila. No es que me hiciera especial ilusión, estaba agotada, más que nunca, ni el café conseguía mantenerme en pie, pero en el fondo salir y distraerme me iba a venir bien. Charlamos durante un rato sobre cosas sin importancia. Jenna me contó que Lion se había enfadado muchísimo con ella hacía unos días porque la había visto con un martillo en la mano con la clara intención de arreglar algo; en cualquier otra persona eso podía resultar insignificante, pero Jenna se había roto un dedo hacía poco tiempo justo con aquel mismo martillo y su marido le había prohibido terminantemente volver a acercarse a sus herramientas.

Me divertía ver cómo Jenna acataba sus normas o, más bien, pasaba de ellas.

—Tendrías que haberlo visto: «¡Mis herramientas, mis reglas!». Y mientras yo ponía los ojos en blanco, él empezó a arreglarme la banqueta de mi tocador casi sin tener que pedírselo. Es una buena táctica, ¿no crees? Cuando se lo pido directamente me dice que lo hará en cuanto pueda, pero cuando me ve con un martillo en la mano sale disparado a terminar con lo que sea que yo finja haber empezado.

—Eres mala —le dije poniéndome de pie con la clara intención de regresar y Jenna hizo lo mismo. Al doblar una calle que nos llevaba directamente a la biblioteca, a punto estuvimos de chocar con alguien. Alguien que había jurado no volver jamás: Michael.

—¡¿Qué demonios haces tú aquí?! —le gritó Jenna fulminándolo con la mirada.

Michael se me quedó mirando fijamente, sus ojos me recorrieron todo el cuerpo y se detuvieron en mi rostro unos segundos de más antes de volverse hacia a mi amiga.

—He vuelto —contestó y, acto seguido, volvió a fijarse en mí.

Lo mío con Michael no había sido algo fácil de olvidar. No solo arruinó mi relación con Nick, sino que traicionó mi confianza aprovechándose de mí en un momento de plena vulnerabilidad.

—Dijiste que no volverías —le reproché pegándome a Jenna con nerviosismo—. Ese fue el trato.

Michael se encogió de hombros con indiferencia.

—La gente cambia de opinión.

Me quedé callada sin poderme creer lo que oía. Verlo otra vez me causó una sensación desagradable; recordé cosas que había enterrado en el fondo de mi alma y había jurado no volver a revivir.

Michael creyó que, tras mi ruptura con Nick, él y yo empezaríamos algo. Durante unos días se obsesionó con que tenía que estar con él, que debía darle una oportunidad. El favor que me hizo al retirar los cargos contra Nick lo hizo únicamente para chantajearme después. Después de que saliera del hospital vino a verme todos y cada uno de los días siguientes a que Nicholas se marchara a Nueva York y, cuando le dije que no íbamos a tener nada, me llamó de todo, me acusó de haber jugado con él, se inventó cosas que yo nunca había dicho, incluso intentó forzarme. Ese día lo amenacé con pedir una orden de alejamiento.

Su hermano Charlie vino a verme, me confesó que Michael ya había tenido ese tipo de problema con anterioridad y que por poco una chica acabó con su carrera. Ese día me enteré de que Charlie y Michael habían sufrido mucho después de la muerte de la madre de ambos. Les afectó hasta tal punto que Michael se convirtió en alguien inestable y Charlie se dio a la bebida... No les había resultado fácil superar esa etapa y menos después de quedarse huérfanos, ya que su padre los había abandonado cuando eran pequeños. Michael se ocupó de Charlie, pero sufría trastornos de personalidad y había caído en una depresión. Finalmente Charlie convenció a su hermano para que aceptara un puesto de trabajo en Arizona y me juró que no iba a volver a molestarme.

Jenna sacó su móvil del bolsillo.

—Voy a llamar a la policía —lo amenazó, furiosa como no la había visto en mi vida.

Yo seguía con los ojos puestos en Michael, el causante de que mi relación se fuese a pique y de que mi vida se fuese a la mierda. Después de haber descubierto todo lo que me ocultaba, comprendí que se había aprovechado de mí... Por mucho que yo lo hubiese dejado, se aprovechó de mi situación y se sirvió de todas mis confesiones en terapia para llevarme a donde él quiso.

—¿Y qué vas a decirles? —preguntó Michael con despreocupación—. No he hecho nada malo, he regresado después de un año a visitar a mi hermano y a buscar un empleo. ¿Vas a decirle eso a la poli?

Jenna dio un paso adelante.

—Voy a decirle cómo acorralaste a mi amiga y la acosaste durante semanas, ¡pedazo de capullo!

Michael apenas miraba a Jenna; sus ojos estaban escalofriantemente fijos en mí.

—Eso podría haber funcionado si Noah me hubiese denunciado justo después de lo que pasó... No lo hizo, así que no tenéis ninguna prueba contra mí.

Creí que había hecho lo correcto al no presentar cargos, pero ahora al verlo delante de mí, observándome como lo hacía con esa actitud de superioridad y oculto rencor..., ya no estaba tan segura.

—Vámonos, Jenna —le dije a mi amiga, deseando desaparecer de allí cuanto antes.

—Mantente alejado de Noah, ¿me has oído? —le advirtió Jenna sin hacerme el más mínimo caso.

Michael sonrió como un idiota, nos miró con condescendencia y volvió a dirigirse a mí.

—Estás preciosa.

—¡Que te den! —contesté notando la rabia burbujear en mi interior.

No esperé a escuchar ni ver su respuesta. Cogí a Jenna para asegurarme de que no se le echaba al cuello. Daba igual que él le sacara al menos una cabeza y la doblara en tamaño. Desaparecimos tras la puerta del edificio principal. Al hacerlo, y saber que ya no podía vernos, me derrumbé, me senté en el primer banco que vi y empecé a hiperventilar.

Jenna se sentó a mi lado y comenzó a despotricar mientras procuraba que me calmara.

¿Por qué había regresado? ¿Por qué?

Me había autoconvencido de que Michael solo era un chico con problemas como tantos otros, pero que sería incapaz de hacerme daño. Cuando se marchó supe que lo había hecho por mí, porque le importaba y no quería que le tuviese miedo, pero ahora, después de volver a verlo algo en mí me decía que corriera en dirección contraria, algo me decía que su regreso no iba a traerme nada bueno; es más, sentía que debía hacer algo, decírselo a alguien.

—Voy a llamar a Lion.

—¡Ni se te ocurra! —le dije recuperándome milagrosamente y arrancándole el teléfono de las manos.

—¡Hay que hacer algo! —protestó Jenna totalmente fuera de sí.

—No, no vamos a hacer nada. Ha dicho que ha venido a visitar a Charlie; con suerte volverá a marcharse. Ha pasado mucho tiempo, no creo que esté aquí por mí, Jenna.

Ella abrió los ojos con incredulidad y me devolvió la mirada como si me hubiese vuelto loca.

—¿Has oído cómo te ha hablado?

Asentí poniéndome de pie; de repente, tenía unas ganas terribles de vomitar: remover antiguos recuerdos no era bueno en absoluto, y menos ahora, joder.

—No quiero problemas, Jenna. No quiero remover lo que pasó y lo último que deseo es que Lion se entere y se lo cuente a quien tú sabes... No vamos a hacer nada. No hay más que hablar.

Mi amiga fue a decir algo, pero me adelanté y tomé de nuevo la palabra:

—Tendré cuidado, ¿vale? Y si veo algo que no me gusta o vuelve a acercarse a mí iremos juntas a la policía y podrás contárselo a quien te dé la gana; mientras tanto, vamos a seguir estudiando.

Jenna estaba enfadada por mi actitud y, antes de regresar a la biblioteca, me dijo:

—La última vez me hiciste ocultarle lo sucedido a todo el mundo, pero, a la mínima, a la mínima que me entere que ese hijo de puta se te ha acercado, llamaré directamente a Nicholas. ¿Me has oído?

Me tragué mis opiniones respecto a aquella amenaza y simplemente lo dejé correr.

Los siguientes días al encontronazo con Michael, los nervios y la ansiedad me dominaron por completo. Intenté mantener a raya esos sentimientos, sobre todo porque estaba muy ocupada embalando todas mis cosas para mudarme al nuevo apartamento. El último examen lo había terminado el día anterior, así que por fin tenía tiempo para ocuparme de mi traslado.

El piso era un loft que estaba fuera del campus. En un único espacio, se distribuían una pequeña cocina, un salón y un dormitorio. También contaba con un baño que disponía de bañera. No era nada del otro mundo, pero era lo único que me podía permitir.

El problema era que había habido un contratiempo con el suministro de agua en el nuevo apartamento y no iba a poder mudarme hasta al cabo de una semana. Ya le había informado a mi casera de que me marchaba, así que le pedí a Jenna si podía pasar con ellos algunos días hasta que pudiese terminar de instalarme. Mi amiga me dio cobijo de inmediato y, en unas horas, iba a pasarme a buscar para ayudarme a llevar todas las cajas al nuevo apartamento. Lo que no sabía era que iba a venir acompañada por Lion.

Cuando abrí la puerta me sorprendió verlo allí, hacía tiempo que no coincidíamos y me agradó volver a verlo.

—¡¿Qué hay, Noah?! —me saludó envolviéndome con su brazo gigantesco.

—Gracias por ayudarnos, Lion, no tenías por qué.

—Oh, sí que tenía por qué —repuso Jenna enseñándome sus nuevas uñas de gel, pintadas de un excéntrico color rojo.

Puse los ojos en blanco y empecé a coger las cajas que podía levantar con facilidad para llevarlas a la camioneta de Lion. Él se encargaba de las más pesadas, mientras Jenna y yo cargábamos las más frágiles en el coche. Lo malo era que había más frágiles que pesadas, así que nos tocaba pringar.

En un momento dado, cuando me agaché para recoger una de las cajas que estaban llenas de libros, un dolor punzante como una daga me recorrió la espalda. Me quedé clavada.

—¿Estás bien? —dijo Lion acudiendo a donde yo estaba doblada por la mitad.

Jenna nos observó intrigada hasta que se fijó en mi cara, que debía de estar blanca.

—¡Noah!

Respiré hondo a ver si el dolor remitía y me senté en el suelo como pude.

—Creo que acabo de joderme la espalda, pero bien —anuncié con voz temblorosa.

—¿¡Para qué coges esas cajas!? Eso es trabajo de Lion, tonta.

Ignoré la bronca que empezó a echarme mientras el dolor remitía con exasperante lentitud.

Lion se acuclilló a mi lado y me miró a los ojos. Los suyos eran increíblemente verdes, y quedé prendada del contraste claro con su piel oscura.

Normal que Jenna hubiese dedicado la mitad de sus votos de boda para hablar de esos ojos, eran hipnotizantes.

—¿Puedes levantarte? —me preguntó y esa idea me pareció de lo más complicada.

—Hum... —dudé unos segundos—. No estoy muy segura.

Jenna negó con la cabeza mientras Lion me pasaba una mano por la espalda. Intenté levantarme solita, pero el dolor se había extendido al estómago y me encogí maldiciendo cuando sentí como si me estuviesen clavando cuchillos afilados.

—Te ha dado un ataque de lumbago, amiga —dijo Jenna mientras Lion se inclinaba y me levantaba en brazos.

—Te llevaré al coche y en casa podrás echarte y descansar. Se te pasará, has hecho un mal movimiento, eso es todo.

Asentí con la cabeza porque apenas podía emitir sonido.

El dolor... Joder, el dolor era horrible.

Lion me dejó en el asiento delantero y terminó de subir las cajas a la parte trasera de la camioneta. Cuando por fin pudimos marcharnos solo recé para llegar y tumbarme en una superficie blanda y caliente.

—Si quieres puedo llamar a mi masajista, es la mejor, ella sabrá qué hacer contigo —me propuso Jenna sentada en el asiento trasero a la vez que se llevaba M&M's a sus labios pintados de morado.

No pude ni contestarle, solo deseaba poder echarme. Igual que antes, al llegar al apartamento de Jenna apenas pude moverme. Lion, preocupado, volvió a cargar conmigo y me llevó hasta la pequeña habitación de invitados que habían preparado amablemente para mí. Cuando me colocó sobre la cama, el dolor me atravesó obligándome a cerrar los ojos con fuerza.

—Noah..., ¿seguro que estás bien?

Jenna apareció entonces con un vaso de agua y un relajante muscular. Me lo metí en la boca en menos de lo que canta un gallo.

—Tranquilo, se me pasará —dije un poco mareada por el dolor.

Lion no parecía muy convencido, pero tenía que marcharse en menos de tres horas al aeropuerto. Tenía una reunión en Filadelfia y no regresaría hasta dentro de cuatro días.

—Yo cuidaré de ella —afirmó Jenna recostándose a mi lado en la cama. Lion se inclinó para darle un tierno beso en los labios.

—Entonces me marcho ya. Si necesitáis ayuda para la mudanza, ya os he dicho que Luca está dispuesto a echaros una mano. Adiós, Noah, ponte buena —se despidió revolviéndome el pelo.

Cuando por fin se marchó me dejé caer sobre las almohadas y empecé a contar lentamente en mi cabeza.

—¿Seguro que no quieres que te lleve al hospital? —me preguntó Jenna por octava vez.

Antes había dicho que no porque me parecía una idiotez ir hasta allí solo por un tirón en la espalda, pero como el dolor parecía aumentar en vez de remitir y me sentía al borde del desmayo, la idea no me pareció tan mala después de todo.

—Esperemos a que me haga efecto el calmante —dije aún reticente, dado que solo pensar en levantarme y dirigirme a la puerta ya hacía que viera las estrellas.

Dos horas después supe que algo no iba bien.

—Noah, me estás asustando… —comentó Jenna al ver cómo me retorcía de dolor.

—Llévame al hospital —le pedí con voz temblorosa.

Andar hasta el coche ya fue una agonía, pero el trayecto hasta el hospital de urgencias más cercano lo fue aún más. Al llegar caminé como pude hasta la sala de espera mientras Jenna iba rellenando los formularios que nos dieron en recepción.

Entonces, mientras esperábamos y yo me ponía más y más nerviosa, noté una sensación extraña en la entrepierna. Al bajar la mirada vi que una mancha roja se extendía por mis pantalones de pijama. Jenna emitió una exclamación ahogada y lo siguiente que sé es que, de repente, me vi sentada en una silla de ruedas con la que me llevaron a una sala para atenderme de inmediato. A Jenna la dejaron fuera.

—Cariño, ¿me has oído? —me decía una enfermera que me ayudaba a quitarme la ropa y a ponerme un anodino camisón de hospital—. El médico vendrá enseguida, pero necesito que me respondas a algunas preguntas…

Me fijé en la enfermera, tenía el pelo pelirrojo y sobrepeso; era como uno de los gorditos de *Alicia en el País de las Maravillas*, solo que ella era mujer y no dejaba de hablarme.

—¿De cuántas semanas estás? —me preguntó entonces.

—No..., esto solo me ha pasado hoy...

La enfermera me observó con el ceño fruncido y entonces la pregunta... esa dichosa pregunta me trajo a la realidad como si me hubiesen soltado desde un décimo piso y me hubiese estrellado de cabeza contra el suelo.

—¿De... de qué está hablando? —inquirí con voz temblorosa.

La enfermera me observó primero sorprendida y después con lástima.

—Cielo..., lo más seguro es que estés sufriendo un aborto.

¿Qué demonios estaba diciendo esa mujer? ¡Por Dios! Pero justo entonces todo pareció congelarse y la palabra «aborto» cayó sobre mí como si de un martillo gigante se tratara.

«Aborto», «aborto», «aborto»... Daba igual cuántas veces lo dijera en mi cabeza, era imposible, imposible, porque para sufrir un aborto primero hay que estar embarazada y yo no lo estaba.

—El médico vendrá enseguida... Tranquila, seguro que todo saldrá bien.

¿Que todo iba a salir bien? ¿Qué cosa que contuviese la palabra «aborto» podía salir bien?

Mi mente empezó a dar vueltas y vueltas, a contar con los dedos, a memorizar fechas y números, y llegué a la misma conclusión: era imposible, imposible. Eso me tranquilizó un poco porque era obvio que esa enfermera no tenía ni idea. No le había explicado lo de la caja, lo más seguro es que me hubiese hecho algún desgarro o algo al levantar tanto peso y eso había dado lugar a unos síntomas parecidos a los de...

Porque era imposible, ¿verdad? Había pasado demasiado tiempo desde la última vez que...

La puerta se abrió interrumpiendo mis atormentados pensamientos y un médico de mediana edad me saludó con formalidad.

—¿Cómo se encuentra, señorita Morgan? —preguntó acercándose hasta donde estaba.

No le contesté, y él me indicó que me tumbara.

—Voy a hacerle una ecografía, ¿le parece? —me informó después de levantarme el camisón y tocarme el vientre de forma meticulosa.

—No estoy embarazada —declaré y seguí repitiéndomelo en la cabeza como un mantra.

«No estoy embarazada, no estoy embarazada, no estoy embarazada...»

El médico, sorprendido, me observó unos instantes.

—Bueno, eso lo veremos en unos segundos —dijo sentándose a mi lado y acercando una mesita que sostenía el ecógrafo—. Este gel está un poco frío, pero es normal.

Sentí un escalofrío cuando esparció el gel en mi vientre. Con la respiración entrecortada volví la cabeza para ver lo que hacía. Me recorrió la barriga con una sonda manual y acto seguido le dio a un botón y giró la pantalla para que pudiera ver lo que él veía.

—Creo que esto confirma que usted estaba equivocada, ¿no cree?

En la pantalla, en blanco y negro y con puntitos intermitentes se veía la imagen de un bebé... y no un minúsculo bebé, no, ese bebé tenía cabeza, pies y manos y ocupaba gran parte de la pantalla del ecógrafo.

—¡Dios mío! —exclamé al tiempo que me llevaba la mano a la boca, de miedo, de terror puro y duro.

—Está de dieciséis semanas aproximadamente —me informó el médico, que, después de soltar la bomba como si nada, giró el aparato de nuevo, comenzó a deslizar otra vez la sonda sobre la zona y pulsó diferentes botones. Me fijé en que fruncía el ceño con preocupación. Unos segundos después, unos segundos que se me hicieron eternos, un ruido constante y fuerte resonó por toda la habitación. El hombre suspiró aliviado y se volvió hacia mí—. Tiene pulso, señorita Morgan.

De repente la palabra «aborto» pasó a tener un significado totalmente nuevo y sentí que volvía a caer, pero esta vez en un agujero oscuro y profundo.

—¿Lo estoy perdiendo? —pregunté con voz temblorosa. El médico volvió a girar la pantalla y me señaló una mancha negra que rodeaba al bebé; solo con verla supe que eso no debería estar ahí.

—Eso es un hematoma intrauterino bastante grande, la posición en la que está es peligrosa y, teniendo en cuenta que acaba de enterarse de que está embarazada, me da a entender que ha creído que el período seguía viniéndole con regularidad, ¿me equivoco?

Observé al médico intentando comprender lo que me estaba diciendo.

—No suelo ser muy regular, pero sí... He tenido la regla los últimos meses, a lo mejor no me duraba lo que debería, pero pensé...

—¿Toma pastillas anticonceptivas? —me preguntó entonces.

—Sí, las tomo para regularme el período.

—¿Suele saltarse alguna toma?

«¡Mierda!»

—Algunas veces se me olvida tomarme alguna, pero la tomo al día siguiente con la que me toca aquel día...

—Seguramente eso acabó con el efecto anticonceptivo, pero eso no es lo importante, lo que importa es que ha estado teniendo continuas amenazas de aborto.

Mis ojos volvieron a desviarse a la pantalla del ecógrafo. Madre mía, eso era un bebé... Un bebé que ni siquiera sabía que estaba creciendo en mi interior... No había tenido cuidado con nada... ¡Dios mío! Había bebido alcohol...

—Doctor..., yo no lo sabía, yo no tenía ni idea... ¡Ni siquiera se me nota!

Él me observó manteniendo la calma.

—Ahora tranquilícese, ¿de acuerdo? Vamos a hacerle todas las pruebas necesarias para cerciorarnos de que el bebé y usted están bien. Se sorprendería la de casos que existen como el suyo. Los cambios suelen empezar a notarse durante el tercer o cuarto mes, ya que hasta las doce semanas el útero se encuentra aún en la pelvis y solo cuando crece fuera de esta área se empieza a evidenciar el embarazo. Como está sangrando vamos a ingresarla en el hospital hasta que todo vuelva a la normalidad, no quiero que se estrese demasiado. Sé que acaba de enterarse de que está embarazada, pero es fundamental que ahora mismo haga reposo absoluto. En cuanto el sangrado cese le haré un examen pélvico para medir el cuello uterino; si todo está bien, se descartaría un parto prematuro en el futuro.

«Parto prematuro...»

Dios, me sentía como si de repente me hubiesen metido en una burbuja en donde las palabras «bebé», «parto prematuro», «hematoma intrauterino» y «aborto» carecían totalmente de significado.

Ni siquiera me había hecho a la idea de lo que me acababa de decir, aún estaba asimilando lo que había en esa pantalla y me bombardeaban con palabras que no entendía y que no había oído hasta ahora.

—La enfermera vendrá a hacerle unas cuantas preguntas, vamos a sacarle sangre para descartar cualquier tipo de complicación adicional, aunque ahora mismo lo más importante es que el hematoma desaparezca. Lo más seguro es que tenga los niveles de progesterona bajos; en ese caso, le suministraremos la necesaria para mantener al bebé ahí dentro. ¿Le parece? —me informó en un tono que supuse intentaba tranquilizarme.

Sentí pánico, un ataque de pánico en toda regla, quería salir corriendo, desaparecer del hospital y regresar a lo que había sido mi vida apenas unas horas antes.

—Doctor..., solo tengo diecinueve años, yo no estoy lista para ser madre.

Él asintió y se acercó con amabilidad.

—No estaba en sus planes..., lo entiendo —me contestó con tacto—. Pero el bebé existe, y también existe el riesgo de que pueda llegar a perderlo. Es joven y le quedan unos meses complicados, va a necesitar el apoyo de quienes la rodean. ¿Sabe quién es el padre?

«El padre.»

Nicholas Leister era el padre de ese bebé... y estaba en la otra punta del país, con otra mujer, después de haber dejado totalmente claro que no quería volver a formar parte de mi vida.

—Yo... sé quién es, pero... no puedo decírselo.

Justo entonces entró la enfermera y el médico se volvió hacia ella para decirle todas las cosas que tenían que hacerme. Me sonrió para darme ánimos antes de marcharse. Una vez se hubo ido, la enfermera se me acercó para darme unas palmaditas en la mano.

—Tienes que tranquilizarte, cariño —dijo mientras otra enfermera entraba en la habitación y juntas se ponían a trabajar sobre mi cuerpo—. Vamos a ponerte una vía para suministrarte vitaminas y un calmante para que descanses. Cuando despiertes seguro que todo serán mejores noticias.

—No, no, no quiero un calmante. ¡Usted no lo entiende! Esto no debería haber pasado, yo no estoy lista para ser madre, yo no debería ser madre, ¿le queda claro? Me dijeron que era muy improbable que me quedara embarazada, casi imposible, y ahora...

—Estás embarazada de cuatro meses, cielo, y según tu historial y como se está desarrollando el embarazo, eso es un milagro.

«Un milagro.»

Cerré los ojos intentando tranquilizarme, intentando asimilarlo todo. Cuatro meses... ¡Joder, maldito Nicholas Leister!

34

NOAH

No sé en qué momento me quedé dormida, pero cuando abrí los ojos vi que Jenna estaba sentada en un sillón al lado de mi cama observándome con la cara pálida y llena de preocupación. Al ver que abría los ojos se puso de pie y se acercó a mí, que estaba tumbada, arropada y con una vía en la mano izquierda.

—Noah, ¿cómo te encuentras? —dijo con el miedo en la voz.

Al verla allí y recordarlo todo, me sentí como si ambas estuviéramos en una dimensión distinta, como si de repente mi vida no fuese mi vida y lo que acababa de descubrir me hubiese cerrado todas las puertas que habían estado abiertas, como si ahora solo hubiese abierta una y me obligasen a pasar por ella.

—Creo que bien —contesté.

Un bebé... Para empezar, lo de tener un bebé siempre había sido algo hipotético. Siempre que me había imaginado con un bebé me había visto adoptando uno en un futuro, tal vez. Me habían dicho que las lesiones que sufrí de niña podían llegar a darme problemas. Me dijeron que cuando llegase el momento de querer concebir iba a tener que ir a una clínica de fertilidad y que ellos me dirían cómo proceder. En ningún momento creí posible que pudiese quedarme embarazada de forma natural... Por Dios, ¡si hasta había tomado anticonceptivos! Nada, absolutamente nada, había apuntado a que esto pudiese llegar a pasar.

Me incorporé en la cama y me destapé. Con excesiva precaución me levanté el camisón del hospital y clavé la vista en mi vientre.

—Así que es verdad... No puedo creerlo. —Y no lo dije yo, lo dijo Jenna.

Desvié mi mirada hacia ella y vi que palidecía a mi lado.

—¿Qué voy a hacer? —pregunté colocando las manos en mi estómago y tanteando a ver si sentía algo que me indicara que tenía en mi seno un feto de cuatro meses.

Jenna negó con la cabeza y se sentó a mi lado en la cama.

—Noah, ¿quién es el padre?

Me fijé en ella otra vez. Creí que era algo obvio, aunque pensándolo bien, nadie sabía lo que había pasado el día de Acción de Gracias; bueno, nadie excepto Nick y yo.

—Nicholas —contesté en susurros. Solo decir su nombre me causó un sentimiento doloroso en el pecho.

Jenna abrió los ojos con sorpresa y después una sonrisa enorme apareció en su rostro.

—¿Nicholas? ¿Nuestro Nicholas? Pero ¿cuándo?, ¿cómo?

¿Por qué demonios estaba tan contenta?

—Pasó en Acción de Gracias, después de que Nick se enterara de la enfermedad de su madre, estaba triste y dijo cosas que...

—Oh, Dios mío, Noah, pero ¡eso es fabuloso! Espera, ¿has dicho Acción de Gracias?

Sus ojos regresaron a mi vientre, después a mí. Segundos después pareció abstraerse para hacer cuentas, supongo.

—Cuatro meses, Jenna —dije sin un atisbo de felicidad en la voz—. ¿No te lo han dicho los médicos?

—¿Estás de broma? Ni siquiera sabía que mis sospechas eran ciertas hasta hace menos de cinco segundos, cuando te has levantado la camiseta y te has quedado mirándote la barriga como si vieses a un extraterrestre.

—¿Acabas de enterarte?

Jenna asintió.

—No soy familiar tuyo, no han querido decirme nada; es más, me he peleado con las enfermeras para que me dejaran entrar en tu habitación.

Suspiré profundamente sintiéndome más perdida que en toda mi vida.

Jenna me cogió la mano y la colocó sobre mi vientre apenas abultado. Nadie que no lo supiera podía decir que estaba embarazada.

—Noah, estaba asustada porque pensé que el bebé era de cualquier tipejo que te hubieses encontrado en una discoteca, pero ¡es de Nick! ¡Tu Nick! Eso es maravilloso.

Me solté de su mano y la fulminé con los ojos.

—¿Qué es maravilloso, Jenna? —repliqué y noté cómo me alteraba porque las máquinas a las que estaba enchufada comenzaron a pitar con insistencia—. ¿Que esté embarazada a los diecinueve años de un hombre que ya no me quiere y que está con otra? ¡¿Qué tiene eso de maravilloso?!

—Noah, tranquila, solo decía...

—¡No! —le grité—. No digas nada, no te alegres, porque esto no es una buena noticia, es una mierda de noticia, yo no quiero un bebé, yo no quiero criar a un bebé sola y mucho menos el bebé de Nicholas. —Sentí que las lágrimas empezaban a rodar por mis mejillas y me las enjugué impaciente—. ¡Ni siquiera sabía que estaba embarazada! ¿Qué madre no sabe que tiene un bebé en su interior? ¿Qué tipo de madre voy a ser yo cuando no tengo nada que ofrecer?

Jenna parecía tan perdida como yo y sin saber qué decir; parecía tener miedo de abrir la boca.

—Noah, en cuanto Nick sepa...

—¡Ni se te ocurra! —la corté llena de pánico—. Ni se te ocurra decirle nada, Jenna, ¡a nadie!

Me miró con los ojos como platos, sorprendida y totalmente en desacuerdo.

—Noah, tienes que decírselo —afirmó ignorando mis palabras de antes.

Joder, quería levantarme de allí y marcharme, quería estar sola y pensar, pero cada vez que planeaba algún tipo de fuga en mi mente, la imagen de la ecografía regresaba a mi cabeza.

Antes de que pudiera volver a negarme, la puerta se abrió y el médico entró en la habitación.

—Traigo mejores noticias, señorita Morgan —anunció con una carpeta en la mano. Se quedó mirando lo que fuera que tenía delante, se quitó las gafas y volvió a centrarse en mí—. No tiene ningún tipo de enfermedad provocada por el embarazo, los latidos del bebé son fuertes y normales

—prosiguió mientras yo empezaba a notar una sensación cálida en el estómago—. Ya ha entrado en el segundo trimestre y, aunque es ahora cuando los médicos recomiendan contarlo a la familia, usted tiene un embarazo de riesgo, aunque eso no significa que las cosas vayan a ir mal. Dentro de dos o tres semanas podrá saber el sexo y, si nota algún movimiento en el vientre, es porque el bebé ya puede hacerlo.

Jenna miraba al facultativo como si le estuviese contando que llevaba a Hello Kitty dentro de la barriga, pero yo también noté esa sensación de vértigo... Era algo que simplemente me dejaba sin palabras.

Al ver que no abríamos la boca se movió hacia una mesa y siguió hablado como si nada, como si ambas no estuviésemos flipando en colores delante de él.

—La hemorragia con la que ingresó a medianoche ha remitido, eso es bueno, pero es conveniente tomar medidas del cuello del útero en las próximas semanas. Le voy a mandar progesterona, pues en las pruebas ha salido que la tiene muy baja. Es muy importante que siga con todas las indicaciones marcadas en la hoja que le van a dar.

Asentí, un poco aturdida por tanta información.

—Reposo absoluto, señorita Morgan, «absoluto» significa que solo quiero que se levante para ir al baño, ¿lo ha entendido?

Asentí, pensando en cómo demonios iba a explicar en la facultad que no podía levantarme de la cama sin revelar que estaba gestando a un ser vivo en mi útero.

—Nos veremos dentro de dos semanas. En el caso de que vuelva a sangrar, debe regresar de inmediato al hospital; si el sangrado es marrón, eso es bueno: significa que el hematoma está remitiendo, ¿de acuerdo?

Volví a asentir, aunque en el fondo sabía que había mil cosas que debía preguntarle.

—¿Ha hablado con el padre? —me preguntó.

Jenna apretó los labios con fuerza mientras yo decía que no.

¿Por qué demonios preguntaba eso el médico? ¡No era asunto suyo!

—Estaría bien que contase con su apoyo, al menos durante estas semanas que apenas va a poder moverse.

Fui a decir algo, pero mi amiga me interrumpió:

—Mi marido y yo cuidaremos de ella, doctor, no se preocupe.

Sentí una gratitud infinita hacia Jenna en aquel instante y lamenté haberle hablado tan mal unos momentos antes. Jenna iba a ser la única que iba a poder ayudarme con esto si quería mantenerlo en secreto.

Porque esto iba a ser mi secreto... y de nadie más.

Al llegar a casa no me quedó más remedio que ir andando hasta la habitación de invitados. Di cada uno de los pasos con miedo, no fuera a perjudicar al feto; finalmente llegué a la cama, me metí en ella y pude respirar tranquila.

Lion no llegaría hasta al cabo de tres días, así que mientras tanto Jenna y yo íbamos a tener que arreglárnoslas solas. Mi amiga parecía estar mordiéndose la lengua cada vez que venía a verme o me preguntaba si necesitaba algo.

Los primeros días apenas mencionamos el tema, yo no volví a hablar del motivo que me mantenía postrada en la cama y Jenna respetó mi silencio, aunque supiese que le estaba costando la vida no hablar sobre ello.

Aunque los primeros días fueron de negación absoluta, estaba haciendo todo lo que el médico me había indicado, tomaba los medicamentos y procuraba no estresarme; también dormía mucho y bebía gran cantidad de líquido. Los ratos en los que Jenna me dejaba sola eran los únicos en que me dedicaba a dejar que mi mente intentase buscar una solución. Mentiría si dijese que no pensé en abortar, mentiría si dijese que no pensé en la opción más fácil, en la opción que me dejaría seguir con mi vida como hasta ahora, la opción que me ahorraría tener que volver a ver a Nick y confesarle lo que habíamos hecho, pero el solo hecho de imaginármelo, de imaginar dañar a mi hijo...

Fui incapaz de elegir ese camino. Todos mis ideales se desplomaron, todo lo que creía saber, creer o apoyar dejó de tener sentido en el mismísimo momento en que vi la imagen del feto en esa pantalla. Que aún no lo llamara «mi bebé» era un pequeño detalle, pero ya iríamos progresando.

Al principio me dediqué a ir atrás en el tiempo, al momento de la concepción, y al instante en que cometí el mayor error de mi vida. Culpaba a Nick de mi tristeza, mi rencor, mi rabia... y ahora también podía echarle la culpa de esto. Él no me había perdonado lo que yo había hecho, pero iba a recordar el instante en el que decidió prescindir del condón todos los días de su maldita vida. Eso si al final decidía contárselo, algo que por el momento no planeaba hacer.

Después de esa fase siguió la fase de «todas las cosas que no voy a poder hacer a partir de ese momento». Por ejemplo, ¿qué iba a hacer con la facultad? ¿Cómo iba a decírselo a mi madre? La misma madre que se quedó embarazada de mí a los dieciocho y me había dado charlas incesantes sobre los anticonceptivos; la misma madre que consideraba que quedarse embarazada tan joven había sido el mayor error de su vida, había sido un error fruto de su irresponsabilidad e insensatez... Eso sí, siempre insistía en que me quería con locura, pues una cosa no tenía que ver con la otra. Me había «prohibido» incluso quedarme embarazada hasta después de los veinticinco.

«Estudia, Noah, sé la mejor en lo que escojas, busca trabajo y sé independiente; después, si te apetece, plantéate lo de los hijos y, si lo haces después de tener una cuenta bancaria en Suiza, mejor.»

Obviamente no tenía una cuenta bancaria en Suiza... Ni muchísimo menos: mi capital se reducía, con suerte, a dos mil quinientos dólares.

Luego pensé en el lugar en donde iba a vivir. El loft que acababa de alquilar por un año no era el espacio ideal para criar a un niño. ¡Dios mío, criar a un niño! ¡Iba a criar a un ser vivo! ¡Yo! Iba a tener que trabajar como una loca si pretendía pagar las cosas del bebé. Un día que navegaba por internet, llegué a ver que un carrito costaba prácticamente eso... Apenas me alcanzaba para un carrito... ¡Oh, qué tristeza! Iba a tener que acudir a mi madre, con lo que me gustaba a mí pedir dinero.

Al cuarto día, Jenna entró en mi habitación después de que Lion aceptara nuestra versión del lumbago y me miró como quien ha estado pensando demasiado sobre algo hasta llegar a una conclusión.

—Tienes que decírselo —soltó sin más.

Si me hubiese podido levantar, me habría ido a otra habitación, pero como no podía, simplemente la ignoré y seguí leyendo el libro que tenía entre las manos.

—Noah, ¿vamos a hablar de esto o vamos a seguir ignorando que llevas un bebé en tu vientre?

Puse el libro a un lado y la miré fijamente.

—No hay nada de que hablar. Me las arreglaré.

Jenna soltó una carcajada amarga.

—¿Ah, sí? ¿Cómo? —preguntó señalándome con un ademán de la mano—. Ni siquiera puedes ir al baño sola.

La observé echando chispas por los ojos.

—Eso es solo por unos días... Dentro de una semana iré al médico y me dirá que todo está bien; entonces, toda esta locura habrá terminado y yo podré seguir con mi vida.

Había varios puntos flacos en ese plan, pero no iba a pensar en eso.

—¿Te estás escuchando? —repuso Jenna levantando el tono de voz—. Esto irá a peor, bueno no a peor, pero Noah, ¡se te va a empezar a notar! Ya se nota si te fijas.

Ambas bajamos la mirada a mi barriga... que sobresalía de forma apenas perceptible.

—He leído que ha habido madres que han ocultado el embarazo hasta casi el octavo mes... Voy a tener que comprarme algunas prendas holgadas y anchas, pero puede hacerse...

Jenna negaba con la cabeza y miraba al techo como buscando allí arriba las palabras divinas que me iban a hacer entrar en razón.

—No lo entiendo. ¡Es de tu hijo de quien estamos hablando! ¡¿Por qué no quieres contárselo a Nick, por qué?!

Sentí un calor dentro de mí que no presagiaba nada bueno, era una bomba de relojería andante, en todos los sentidos de la palabra, y no quería pagarla con Jenna. Sin embargo, no pude evitar que las siguientes palabras salieran de mi boca.

—¡Porque le rogué que volviera conmigo y me dijo que no! —le grité mientras intentaba contener las lágrimas—. Dijo que no iba a ser capaz de perdonarme, dijo que lo que había hecho había terminado con lo nuestro de forma definitiva, le di un ultimátum y no le importó. ¡Se marchó!

Jenna abrió los ojos con sorpresa, que en cuestión de segundos dejó paso a la indignación:

—Le dije que lo amaba, Jenn, y no le importó, le pedí que se quedara y no lo hizo —proseguí con la voz entrecortada por las lágrimas—. ¿Quieres que ahora vaya y le diga que estoy esperando un hijo suyo? ¿Para qué? ¿Para atarlo a mí aunque él haya dejado bastante claro que no quiere volver a verme?

—Pero yo estoy segura de que en cuanto sepa lo del bebé...

—¿Va a querer ocuparse de él? ¿Va a querer ocuparse de mí, llevarme a su casa, darme todo lo que tiene y más? ¿Te crees que no lo sé? Pero yo no quiero a nadie a mi lado por compromiso, yo no quiero obligarlo a que me perdone y, si le digo lo del embarazo, eso es justo lo que voy a estar haciendo.

Jenna suspiró negando con la cabeza pero sin saber qué decir.

—Nicholas te quiere —afirmó después de un minuto de silencio—. Lo sé, está locamente enamorado de ti, y sé que cuando sepa lo del niño va a ser el hombre más feliz de la Tierra, Noah. Lo que pasó entre vosotros fue una mierda, pero ¿no te has parado a pensar que a lo mejor este bebé es lo que hacía falta para que ambos dejéis a un lado vuestras diferencias y decidáis volver a intentarlo? No veo un motivo mejor.

Vi la imagen que ella quería crear en mi cabeza: Nick y yo, juntos otra vez, y con un bebé precioso al que cuidar, ambos viviendo juntos la vida que yo había querido, aunque lo del bebé se había adelantado unos ocho años. Eso era lo que yo quería: una vida con Nick.

Solté el aire que estaba conteniendo y negué con la cabeza.

—No quiero seguir hablando de esto, ni de Nick ni del bebé; por favor, deja al menos que lo termine de asimilar antes de obligarme a enfrentarme a todo eso, a él, a lo nuestro...

Jenna me miró con cariño y se me acercó para darme un abrazo.

—Vas a ser una madre estupenda, Noah, y ese bebé va ser el bebé más guapo del mundo.

Pestañeé varias veces, resistiéndome a llorar otra vez, pero no pude evitar que la imagen de un bebé diminuto con los rasgos de Nick acudiera a mi cabeza.

Jenna se separó y, por primera vez, colocó su mano en mi barriga.

—Yo seré su tita favorita. —Esa frase provocó que estalláramos en risas.

Jenna se marchó para ver qué hacía Lion y yo aproveché para cubrirme con las mantas e intentar dormir, aunque el miedo de tener que decirle a Nicholas la que se nos venía encima apenas me permitió pegar ojo.

Esas dos semanas fueron las más largas de mi vida, aunque me permitieron darle vueltas a muchas cosas: la primera, ya era capaz de llamar al bebé «mi bebé», lo que supuso un gran paso; la segunda, ya me había permitido leer información en la red sobre el desarrollo del feto y sabía que mi bebé —al que había apodado como Mini Yo (mini + yo), con independencia de que fuera niño o niña, me daba igual, era mío y sería como yo, así que el sobrenombre de Mini Yo le venía como anillo al dedo— ya podía mover las piernas y las manos, era sensible a la luz, era receptivo a estímulos, lo que significaba que me oía cuando le hablaba, algo que había empezado a hacer cuando no había nadie en la casa. También era capaz de mantener erguida la cabeza, y las uñas ya habían empezado a crecerle. Su tamaño, según internet, era el de un aguacate y, por supuesto, ya tenía sexo.

Tuvimos que volver a mentirle a Lion, que nos miraba como si estuviésemos tramando algo, cuando Jenna se encargó de llevarme otra vez al médico. Al vestirme aquella mañana me inquieté porque al haber estado en pijama las últimas semanas no había caído en que el bebé seguía creciendo y yo con él.

Había pasado de los pantalones y me había puesto una falda con vuelo y elástico y una camiseta de los Ramones... Sí, sin duda estaba hecha una madraza.

Esta vez fuimos al ala de maternidad del hospital, no a urgencias, y sentí pánico de que alguien nos viera allí; siendo sincera, parecíamos dos crías que se hubiesen perdido y no supiesen cómo encontrar la salida. Las mujeres que había allí parecían adultas, de esas a las que alguien llamaría «mamá»; yo, en cambio, me vi reflejada en el espejo y parecía recién salida del instituto.

Cuando dijeron mi nombre noté que me ruborizaba y hubiese deseado que me tragara la tierra. Varias mujeres nos observaron con curiosidad y muchas se fijaron en mi barriga.

Entramos en la consulta del doctor Hubber y una enfermera me pidió que me recostara en la camilla y me indicó que este no tardaría en llegar. Jenna empezó a inspeccionar la sala y cogió un bebé de plástico que había allí metido en un útero de mentira y me lo enseñó.

—Y por ahí tiene que salir esto —dijo señalando el minúsculo agujero de la vagina.

La fulminé con la mirada mientras me ponía más y más nerviosa. Jenna dejó aquella reproducción donde estaba y se sentó en la silla que había frente al escritorio. Unos minutos después el especialista hizo acto de presencia y me sonrió de forma amigable.

—¿Cómo se encuentra, señorita Morgan? —preguntó acercándose a donde estaba ligeramente recostada.

—Creo que bien, ya sabe..., asimilándolo, y puede llamarme Noah.

El doctor Hubber asintió divertido y repitió lo que había hecho la última vez. Se sentó a mi lado en una silla y colocó el ecógrafo para poder verlo y manipularlo bien.

—Veamos cómo está el feto y si el hematoma sigue igual que antes.

Entonces procedió a untarme aquel gel frío y pasó la sonda por mi barriga. Unos instantes después, el latido del bebé resonó con fuerza en la habitación y pudimos verlo en pantalla.

—¡Oh, mira, Noah! —exclamó Jenna inclinándose para ver mejor.

Allí, un poco más grande desde la última vez que lo vi, estaba Mini Yo, en una posición bastante extraña, eso sí, y sus manitas estaban apretujando lo que supuse era el cordón umbilical.

—Está jugando..., eso es buena señal —me informó el médico con una sonrisa ladeada. Después de eso pasó a medir el feto: sus medidas eran perfectas, el tamaño de la cabeza también, incluso tenía un poquito de pelo sobre la coronilla.

Sentí que mis ojos se llenaban de lágrimas... Verlo otra vez, después de haberlo asimilado y saber que estaba sano me causó una felicidad que no había sentido en años... Una felicidad que me hubiese gustado haber compartido con alguien en especial.

—¿Quieren que les diga el sexo del bebé? —preguntó el doctor Hubber mientras movía la sonda intentando ver mejor.

—¡Sí! —contestó Jenna.

—¡No! —contesté yo. Mi negación hizo que el médico se detuviera y me observara. Jenna también lo hizo y las lágrimas empezaron a rodar por mis mejillas; empecé a llorar como una magdalena, porque no podía saber el sexo de Mini Yo si Nick no estaba ahí. ¿Cómo iba a negarle ese momento? Mini Yo también le pertenecía, no tanto como a mí, pero era mitad de Nick... Ese bebé precioso que jugaba con el cordón umbilical tenía un padre que estaba segura de que iba a adorarlo sobre todas las cosas. ¿Iba yo a arrebatarle eso a mi bebé?

Jenna pareció comprender por qué lloraba y me apretó la mano con fuerza.

—Prefiere esperar, doctor —dijo ella por mí.

El doctor Hubber asintió, pero volvió a fijarse en la pantalla.

—La mala noticia es que el hematoma sigue casi igual de grande, ha remitido, pero ni de lejos lo que esperaba después de haber estado dos semanas en reposo.

—¿Eso qué significa?

—Significa que sigue habiendo grandes probabilidades de que sufras un aborto, y un aborto con dieciséis semanas no solo comprometería la vida del feto, sino que también sería peligroso para ti.

Miré al médico con miedo en los ojos.

—Seguirás haciendo reposo y voy a recetarte más vitaminas. Sé que estás asustada, Noah, pero no es algo tan raro: suele pasarle a muchas mujeres y más si es el primer embarazo —me explicó él con una sonrisa alentadora—. Tienes que ser paciente, solo eso, y no moverte de la cama.

Todo sonaba tan mal... ¡Dos semanas más de reposo absoluto! ¿¡Qué iba a hacer!? Jenna no podía cuidar de mí todo el tiempo y Lion terminaría por darse cuenta de que algo no iba bien, eso sin contar que dentro de muy poco tiempo no iba a poder ocultarlo bajo una camiseta de los Ramones.

¡Joder..., me quedaba sin tiempo!

—Hay que contárselo a alguien, deja que se lo diga a Lion, puedo hacerle jurar que no dirá nada —me dijo Jenna de camino de vuelta a casa.

La había hecho detenerse junto a una heladería, porque de repente me habían entrado unas ganas terribles de comer helado de chocolate y nueces. Supongo que acababa de tener mi primer antojo oficial y estaba relamiéndome mientras mi amiga miraba hacia delante con preocupación.

—No podemos decírselo a Lion, no aguantará mucho sin llamar a su mejor amigo para contárselo.

—Pues a tu madre —me propuso Jenna golpeando el volante desesperada.

A mi madre... Maldita sea, si algo me daba más miedo que perder al bebé, era contárselo a ella.

—Mira, puedes dejarme algo de comida en una fiambrera al lado de la cama, no tendré que moverme y así tampoco tendrás que estar pendiente de mí.

Jenna se volvió para mirarme con cara de cabreo.

—No pienso dejarte sola, eso está fuera de discusión —afirmó volviendo la vista a la carretera—. Mira, Noah, ha llegado la hora, lo siento, cielo, no cuentas con tres meses para ir asimilándolo, estás de cuatro y pronto empezará a ser más que evidente... ¿Quieres que Nicholas llegue y te vea con una barriga enorme? Él también tendrá que asimilarlo, hacerse a la idea y esas cosas, su vida también va a cambiar...

—No me hables de Nicholas, no me importa los cambios que quiera hacer, bastantes cambios estoy sufriendo yo con esto, gracias.

Jenna volvió a suspirar y poco después llegamos a casa.

Por suerte para mí, o no, Lion estaba justo en ese momento aparcando su coche en la entrada. Al vernos bajó y se acercó hasta nosotras.

—¿Qué tal la espalda? —preguntó mirándome divertido. Al parecer le hacía gracia que me hubiera jodido tanto la espalda como para tener que estar dos semanas en cama por solo haber levantado una caja con libros. Ya me había dejado caer numerosas indirectas sobre la bondad de hacer más ejercicio.

Si él supiera...

Jenna se bajó, lo besó en los labios y me miró con cara de circunstancias.

—Le han mandado dos semanas más de reposo —informó ella, y supe que odiaba mentirle a su marido.

Lion abrió los ojos sorprendido.

—¡Joder, Noah, estás empezando a preocuparme!

Hice un ademán con la mano restándole importancia mientras bajaba del coche. Jenna me miró asustada, aunque no había motivo, pues estaba bien.

—Súbela en brazos, Lion —le pidió con demasiada urgencia.

—Estoy bien, Jenna —dije abriendo los ojos cuando Lion no miraba.

Lion se acercó a mí en menos de un segundo.

—No me importa llevarte. Vamos, blandengue, sujétate a mi cuello —me indicó agachándose y levantándome en menos de un segundo. Me aferré fuertemente a su cuello y la imagen de Lion tropezando con el escalón y dejándome caer sobre mi barriga me mantuvo alerta y asustada durante todo el trayecto—. Eso de no moverte tiene sus consecuencias..., estás más gorda —observó entonces soltando una carcajada.

Jenna le dio un manotazo y yo, después de entrar en pánico al creer que me había descubierto, lo miré mal, haciéndome la ofendida.

—¡Qué gracia! —exclamé mientras entrábamos en la habitación. Me colocó sobre la cama y me recosté suspirando profundamente.

Lion se me quedó mirando unos instantes que se me hicieron eternos y, por mucho que me hubiese gustado leerle la mente, algo me decía que era mejor no conocer sus pensamientos.

—Cualquier cosa, pega un grito —dijo marchándose de la habitación.

No puse la tele ni nada. Me quedé recostada en la cama pensando en la mejor forma de decirle a Nicholas todo esto... Madre mía, poder imaginarme su cara, la sorpresa... Seguro que se enfadaba o me echaba algo en cara. ¡Maldición, iba a odiarme! Iba a odiarme porque acababa de hacer lo que cualquier mujer ruin hubiese hecho con un hombre como él: cazarlo. Eso había hecho y de la forma más antigua y patética posible.

Unos minutos después escuché unos murmullos detrás de la puerta. Minutos después Jenna entró para venir a mi encuentro.

—Lion quiere decírselo a Nick.

—¡¿Se lo has contado!? —casi grité, incorporándome en la cama.

Jenna negó rápidamente con la cabeza.

—Quiere contarle la versión del dolor de espalda, me he peleado con él diciéndole que no le dijera nada, pero quién sabe si va a hacerme caso.

«Espera... ¿Qué?»

—¿Por qué iba Lion a contarle algo tan insignificante a Nicholas?

Jenna se mordió el labio un poco nerviosa y supe que acababa de pillarla en algo sucio.

—Verás... —dijo retorciéndose en la cama—. Maldita sea, eso de tener a tus dos mejores amigos enamorados y que se separen es una mierda —confesó con fastidio—. Mira, Noah, después de que rompierais, Nick nos pidió que lo mantuviésemos informado... Ya sabes, con las cosas que te pasaban y cómo te iba y tal.

—¿Que Nicholas os pidió qué?

Asimilé sus palabras completamente pillada por sorpresa.

—Quería saberlo todo, cómo te iba en el trabajo, cómo te iban las clases, qué tal ibas llevando lo de vuestra separación... Sé que no tenía derecho a contarle cosas sobre ti, pero me pareció que eso era una buena señal... Ya sabes, él era el que había roto, así que si mostraba interés en ti eso podía llevar a...

Me pasé la mano por la cara sin poderme creer lo que oía.

—¿A que me perdonara? —terminé con incredulidad—. Jenna, Nicholas solo pretendía controlarme. Es lo que hace, joder, incluso habiéndome dejado seguía haciéndolo a través de vosotros... —De repente caí en la cuenta de una cosa—. No te conté nada acerca de mi caída en moto, ¿verdad? —le pregunté de sopetón comprendiendo por qué se había puesto así en casa de nuestros padres: porque nadie le había informado sobre ello. Básicamente porque se lo oculté a todo el mundo, había sido algo estúpido y no quería que nadie me echase la bronca.

—¿Te caíste de una moto? —me preguntó mi amiga.

Solté un bufido a la vez que me tapaba la cara con las manos.

—Jenna, dile a Lion que no abra la maldita boca, maldición, es mi vida, no tenéis derecho a contarle nada.

Jenna parecía avergonzada y yo empezaba a estar harta de toda aquella situación.

—Dile que venga —le indiqué un minuto después sin ni siquiera mirarla.

—¿Qué? —preguntó con sorpresa.

—La fiesta de Lion es la semana que viene, ¿verdad? —dije observando cómo las hojas de los árboles caían acumulándose en el alféizar de la ventana de la habitación—. Invítalo a que venga... Cuando esté aquí podré decírselo.

35

NICK

Jenna no había parado de acosarme después de que le dijera que me iba a ser imposible ir a la fiesta de Lion. Estaba hasta arriba de trabajo y para poder ir tenía no solo que cancelar como cinco reuniones esa semana, sino que también había quedado con una agente inmobiliaria para poner a la venta el apartamento.

Estaba llevando a cabo todas las acciones necesarias para trasladarme definitivamente a Los Ángeles de nuevo; era lo mejor, no solo para mí, que tenía a toda mi familia en California, sino también para la empresa. Ya había cumplido con mi estancia en Nueva York, las cosas estaban en orden y marchaban bien, había llegado la hora de poner fin a mi retiro.

La causa primordial de haber trasladado mi vida a la Gran Manzana había sido alejarme todo lo posible de Noah, pero estaba cansado de permanecer a la sombra. Mi hermana estaba allí, mi padre, mis amigos..., además de la familia de Sophia, aunque este detalle tampoco es que me importase demasiado.

El teléfono volvió a sonar en mi mano y con un bufido atendí a la trastocada de mi amiga. El tráfico era insoportable y tuve que mirar varias veces a ambos lados de la carretera para cruzar y que nadie se me llevara por delante; esa era otra: la vida en Nueva York me chupaba la energía vital, necesitaba la playa... con urgencia.

—Estás siendo de lo más pesada, Jenna —dije y hasta yo noté el tono cabreado de mi voz.

—Mira, Nicholas Capullo Leister —replicó y no pude evitar soltar una carcajada de sorpresa—. Es el cumpleaños de tu mejor amigo, la persona que te ha apoyado siempre y ha estado a tu lado cada vez que metías la pata.

¡Te dio refugio cuando te escapaste de tu casa! ¿Lo has olvidado? Y eres el padrino de nuestra boda, así que mueve el culo hacia aquí si no quieres que vaya hasta allí y te traiga a patadas.

Antes de poder contestar escuché un ruido al otro lado de la línea y el siguiente que habló fue Lion.

—Hola, tío —me saludó y escuché con atención lo que pasaba a miles de kilómetros de distancia—. Jenna, que te largues, déjame hablar con él. ¡Dios, estás irreconocible, nena! —le recriminó; finalmente escuché cómo una puerta se cerraba—. Nick, tienes que venir.

Puse los ojos en blanco.

—Mira, sé que es tu cumpleaños, de verdad que me da pena perdérmelo, pero estoy hasta arriba, me va a ser imposible, lo siento.

—Es por Noah —me soltó entonces y eso consiguió que me detuviera en medio de la calle, provocando que algunos casi chocasen conmigo; el tono de voz de mi amigo, sin embargo, merecía aquella reacción.

—¿Qué le pasa a Noah? —inquirí mientras doblaba una esquina y me metía en una calle secundaria menos transitada.

—No lo sé, bueno sí, se hizo daño en la espalda hace tres semanas, ha estado en casa. Ha tenido que hacer reposo, apenas puede moverse.

—¿En la espalda? ¿Qué demonios se ha hecho para que la dejen tanto tiempo en reposo? ¿Está bien? ¿Es grave? —En mi mente ya estaba cancelando todas y cada una de las reuniones de los próximos días.

Lion se quedó callado unos segundos.

—Hay algo que no me cuadra, tío. Jenna está rarísima, no la había visto tan estresada en mi vida, y luego está lo de Noah... No sé, dice que le duele la espalda, pero el otro día la vi moviéndose sin problema, creo que traman algo y que es mejor que estés aquí.

Todo eso era ridículo, pero si Noah estaba enferma...

—¿Cómo demonios se hizo daño? ¿Qué estaba haciendo?

Lion soltó un hondo suspiro.

—Estaba cargando cajas, se muda de apartamento. Sé que debería habértelo dicho, pero Jenna me ha insistido en que no podemos seguir contándote las cosas sin el consentimiento de Noah.

—¿Por qué coño se va del apartamento? ¡Si está pagado hasta junio! —grité mientras cruzaba otra calle y levantaba la mano para pedir un taxi.

—Ya, pero Noah no sabe nada de eso, ¿recuerdas? Ella cree que el piso quedó pagado un año después de que Briar se marchara. Eso fue lo que le dijiste a la casera que le contase, ¿no?

Subí al taxi y le ladré la dirección al conductor.

—Maldita mujer —exclamé entre dientes—. ¿Dónde está viviendo ahora?

—Ahora con nosotros, pero ha alquilado un loft fuera del campus.

No me lo podía creer. Me había asegurado de que Noah iba a vivir en el apartamento que había compartido con Briar durante al menos un año más. ¡Un loft! La zona de fuera del campus era una mierda y peligrosa si iba a vivir sola.

—Mira, Nick, yo ya te he dicho lo que creo que deberías hacer, yo no entiendo a las mujeres, y menos a esas dos, pero sé que algo no va bien y que está relacionado contigo. ¿Cuándo has visto a Jenna insistir tanto por algo que no implicara salir de compras?

En otra ocasión me habría reído, pero en ese momento me había quedado un poco preocupado. Sí que era rara la insistencia de Jenna y más después de que la última vez que había visto a Noah las cosas hubiesen acabado tan mal.

A lo mejor entre las dos planeaban vengarse y darme una paliza.

Diez minutos después llegué al bloque donde estaba mi apartamento y empecé a hacer llamadas. Iba a dejar a mucha gente plantada esa semana y una parte de mí no dejaba de preguntarse por qué demonios lo hacía.

Llegué el mismo día del cumpleaños de Lion y con retraso. Era el único vuelo que había encontrado y no estaba de muy buen humor que digamos. No es que me apeteciera mucho estar ahí y menos tener que ir a casa de Lion para celebrarlo cuando lo que quería era echarme a dormir durante horas.

Steve había mandado a que me dejaran mi coche en el aeropuerto, así que fui directo a mi plaza y me metí en el tráfico casi superando los límites de velocidad. Le había dicho a Sophia que la vería allí, aunque no estaba seguro de que le fuera a dar tiempo de ir, estaba casi tan ocupada como yo.

El apartamento de Jenna y Lion se hallaba en una bonita zona residencial, cerca del campus universitario, pero sin universitarios, lo que lo convertía en el sitio perfecto. Muchas parejas recién casadas se mudaban a esa zona. Desde mi punto de vista, lo único que tenía de malo era que no estaba cerca del mar.

Poco después de llegar conseguí un aparcamiento cerca del apartamento. Antes de bajarme me quité la corbata, la tiré sobre el asiento trasero, me desabroché algunos botones de la camisa e intenté peinarme un poco con los dedos, pero fue en vano: parecía recién salido de un avión y completamente exhausto.

Sabía que Noah iba a estar en esa celebración y me puse incluso un poco nervioso. No tenía ni idea de cuál iba a ser su actitud al verme entrar por la puerta, solo esperaba que tuviese las armas bajo recaudo: ese día no estaba para pelearme con nadie.

Entré en el portal y subí en el ascensor. Bajé en la planta cuarta y, al abrirse las puertas, escuché el barullo que tenían allí montado. La puerta del piso estaba abierta y había gente bebiendo en la entrada. Conocía a la mayoría y todos me saludaron con entusiasmo al verme llegar. Cuando entré, a la primera persona que vi fue a Jenna, que iba ataviada con un vestido muy bonito y tacones. Llevaba dos bebidas en la mano y pareció percibir mi presencia porque frenó en el acto y vino derechita hacia mí.

—¡Dios mío, estás aquí! —exclamó en un tono bastante histérico.

—¡Estoy aquí! —chillé imitando su voz de pito.

No se rio de mi gracia; es más, miró alrededor con nerviosismo. Sí que estaba rara.

—Como no confirmaste ni nada, pensé...

—Le dije a Lion que lo intentaría, pero no conseguí un vuelo seguro hasta esta mañana..., pero bueno, aquí me tienes —dije arrebatándole uno de los vasos rojos que sujetaba en la mano y llevándomelo a la boca.

Hice una mueca de asco.

—¿Qué demonios es esto? —exclamé devolviéndole el vaso.

—Zumo de piña —contestó Jenna enarcando las cejas.

Observé a la gente que había a mi alrededor hasta volver a posar mis ojos sobre ella.

—Zumo de piña... ¿Tenemos doce años y no me había enterado...?

Jenna soltó algo ininteligible y me dio el otro vaso que sostenía.

Whisky... Hum, eso estaba mejor.

—Bueno, Jenn... ¿Dónde está Lion?

—En la cocina, ahora te veo —respondió escabulléndose en dirección al salón.

No sé por qué, pero me dio por seguirla. El salón estaba hasta arriba de gente y tuve que adentrarme casi a codazos, hasta ver por encima de la cabeza de los allí presentes cómo Jenna se inclinaba sobre alguien que estaba sentado en el sofá.

Fui hasta allí y vi que se trataba de Noah. Justo cuando Jenna volvía a incorporarse, Noah se volvió hacia donde estaba yo e incluso con la distancia que nos separaba vi que palidecía.

Lion apareció frente a mí y me dio un abrazo que casi me rompe todos los huesos de la espalda.

—¡Gracias por venir, tío! —exclamó y le devolví la sonrisa, aunque sin apartar del todo los ojos de Noah, que ya no miraba en mi dirección y parecía haberse tensado como la cuerda de un violín sobre los cojines del sofá.

Lion siguió mi mirada y asintió.

—La pobre... Lleva ahí desde que empezó todo esto, le dije que no hacía falta que bajara, pero insistió.

—Ya —convine en un tono seco.

Solo a Noah se le ocurría bajar a una fiesta estando lisiada.

Me acabé lo que me quedaba de bebida y dejé el vaso sobre el piano de cola. Había ido ahí por una sola razón..., ¿no?

Supe que estaba mal en cuanto vi que me acercaba y no salió corriendo en dirección opuesta. Estaba muy graciosa allí en el sofá, con un jersey de color negro y una manta de punto cubriéndole las piernas. De cara estaba radiante, tanto que sentí un pinchazo en el corazón cuando me acerqué y me senté justo frente a ella, sobre la mesa que había delante del sofá. Miré con una sonrisa las veintiocho pecas de su nariz que tanto había echado de menos, y mis ojos se detuvieron en sus labios unos segundos de más.

—Mírate..., pareces un pajarito herido que ya no puede volar —comenté con una sonrisa en los labios.

No quería volver a revivir lo último que habíamos compartido: Noah destrozada en mis brazos diciéndome que me amaba y pidiéndome por favor que no la dejara me había torturado todas las noches desde que había regresado a Nueva York.

—Pensaba que no venías —comentó aferrándose a la manta como si le fuera la vida en ello.

Ladeé la cabeza y asentí unos segundos después.

—Hice unas llamadas y me dieron un asiento en un vuelo comercial. Estoy reventado, nunca había viajado en clase turista.

Noah asintió mirándome distraída.

—¿Por qué? ¿Estarías ahí sentada si hubieses sabido que venía? —continué al ver que no decía nada.

Sus mejillas se tiñeron de un rosa demasiado atractivo para mi salud mental, pero al menos había dado en el clavo.

—¿Todo bien? —pregunté sin poder evitar hablarle con la dulzura de antaño. Algo no me cuadraba y empecé a ponerme un poco nervioso.

Noah miró a todos los lados, como buscando algo o a alguien. La música no estaba demasiado fuerte, pero me embotaba los oídos y me dio la sensación de que a ella también.

—Estoy bien, solo un poco cansada.

—¿A quién buscas? —le dije en un tono que consiguió que sus ojos volvieran a fijarse en mí. Vi en su mirada un miedo que nunca antes había visto... y me tensé mirando a todas partes, esperando ver qué había conseguido provocar ese temor en ella...

Tardé un poco más de la cuenta en comprender que era a mí a quien temía. De repente, y antes de poder preguntarle directamente qué le ocurría, Jenna apareció a nuestro lado y se sentó en el sofá junto a Noah, le cogió la mano y se la apretó con fuerza, lo que provocó que una sonrisa enorme se dibujara en su rostro.

—¿Todo bien por aquí?

Fui a contestar, pero entonces Noah abrió la boca.

—¡Lion! —gritó. Mi amigo apareció en un santiamén—. ¿Puedes llevarme arriba? Creo que por hoy he tenido suficiente.

Jenna puso mala cara y fulminó a Noah con sus ojos color café y, cuando vi que Lion se inclinaba para cogerla en brazos, mi cuerpo se movió de forma instintiva. Le puse una mano en el pecho para que se quedara quieto.

Me sentía acorralado de repente, notaba un ambiente extraño, y que Noah prefiriese a Lion antes que a mí incluso teniéndome delante me había dolido igual que una patada en el estómago.

—Yo la llevaré arriba —propuse relajando mi postura. Me agaché junto a Noah y la pillé desprevenida; reaccionó aferrándose a mi cuello con fuerza. La noté temblar bajo mis brazos y me apresuré a salir de aquella habitación abarrotada en dirección a las escaleras.

—No te he pedido que me subieras —me recriminó y supe que estaba apretando los dientes con fuerza.

Genial, ya había conseguido que se cabreara.

Fui derechito a la habitación de invitados de la casa. Sabía cuál era porque me había quedado algunas veces en ella después de pasar con mis amigos animadas veladas y ser incapaz de conducir después de innumerables cervezas.

La apreté contra mí, quizá de una forma poco adecuada teniendo en cuenta que no estábamos saliendo, y aspiré el aroma de su cuello cuando me incliné sobre la cama para dejarla sobre las almohadas.

Con demasiada prisa, sobre todo si estaba jodida de la espalda, tiró de las mantas hacia abajo con los pies, se metió dentro y después se cubrió con ellas casi por completo. La observé con incredulidad intentando no echarme a reír.

Entonces estiró la mano y cogió la mía tirando de mí hasta hacerme sentar junto a ella en el colchón. Se incorporó hasta que su espalda quedó recostada sobre el cabecero y me miró directamente a los ojos.

—Hay algo que tengo que decirte —anunció con voz temblorosa y apretándome la mano que tenía sujeta con fuerza.

Fruncí el ceño a la espera de que continuara y, justo cuando se disponía a hablar, la puerta de la habitación se abrió y en el umbral apareció Sophia.

Noah palideció hasta quedarse prácticamente sin color.

—Me dijeron que te habían visto subir —dijo Sophia mirándome con fingida calma.

Me puse de pie y miré alternativamente a una y a otra.

Mirando a Noah, supe que nada bueno podía salir de aquella reunión, pero lo peor de todo era que no era a Sophia a la que quería seguir escaleras abajo, sino todo lo contrario: quería cerrarle la puerta en las narices y escuchar aquello que Noah había estado a punto de decirme.

36

NOAH

«Díselo, Noah, díselo, díselo, díselo, díselo.»

Me había repetido eso en la cabeza desde el instante en que lo vi en el salón de Jenna. Había creído que con todo lo ocurrido y lo enfadada que estaba con toda esa situación, la atracción que sentía por él habría desaparecido, no sé, ahora iba a ser madre, ¿no se suponía que mis prioridades cambiaban? Pues al parecer no, porque cuando lo vi cruzando la sala para acercarse hacia donde estaba yo, todo mi cuerpo empezó a temblar y no solo de nervios.

Se había mostrado amable, demasiado amable para lo que me tenía acostumbrada, y yo prácticamente me había quedado sin palabras. Al levantarme como lo había hecho, temí que notase algo, no sé, tal vez que había ganado unos kilos... Lion lo había notado y Nick nunca había podido aguantarse las ganas de picarme, así que o no se había dado cuenta o es que sabía que el ambiente estaba tenso y prefirió callarse la boca.

A pesar de los nervios, había logrado reunir el coraje suficiente para decirle que teníamos que hablar, pero todo me había explotado en la cara cuando la puerta de mi habitación se abrió y apareció Sophia, justo a tiempo para interrumpir uno de los momentos más importantes de nuestra vida.

No sé si fue por la rabia que sentí en mi interior, el odio hacia Nicholas por haberla traído o incluso por la desesperación que me entró al confirmar que seguían juntos, de que eran una pareja, de que él le pertenecía..., pero sentí que los celos me desgarraban por dentro. Nunca en toda mi vida había sentido mi corazón latir tan deprisa ante la presencia de alguien, todos mis instintos me hacían querer salir de ese cuarto y no volver a verlos jamás. Mi estado debió de afectar a Mini Yo, porque sentí como un burbujeo en el vientre, un leve movimiento, casi imperceptible, pero que hizo salir a relucir todo mi instinto maternal a borbotones y sin filtros.

—¡Fuera de mi habitación! —grité desquiciada.

Ambos abrieron los ojos como platos mientras yo cogía lo primero que tenía a mi alcance, que resultó ser una almohada y se la tiraba a Sophia con fuerza. El almohadón apenas llegó a rozarla, por lo que me dispuse a coger otra cosa con la que dar en el blanco, pero entonces Jenna apareció en la puerta, miró sorprendida a Sophia y luego miró rápidamente en mi dirección.

Mis manos aferraron algo más duro esta vez, creo que una lámpara.

—¡Sácala de aquí! —ordené a voces enarbolando ese pesado objeto.

En ese preciso instante una mano me cogió la muñeca: era Nick. Me miraba furioso.

—¡¿Qué cojones te pasa?! —bramó. Sentí la repentina necesidad de hacerle daño. Maldito idiota... ¿No se daba cuenta? ¿No lo veía en mis ojos? Con la mano que tenía libre empecé a darle puñetazos, hasta que me fue imposible proseguir porque también me la inmovilizó.

—¡Nicholas, déjala! —chilló Jenna tan histérica como yo.

Intenté zafarme de su agarre, me retorcí e hice presión con mi cuerpo para que me dejara en paz; fue en ese momento, al hacer fuerza, cuando noté una leve humedad entre las piernas.

Me quedé paralizada.

«No.»

«No, no, no, no, no, no, no.»

Sentí que el pánico me embargaba, que un miedo intensísimo se apoderaba de cada célula de mi cuerpo. Me eché a llorar, y Nicholas me soltó y se apartó mirándome perplejo.

—Nicholas, sal de aquí —ordenó Jenna en un tono que nunca le había visto usar con nadie.

No vi cuándo se fue, ni escuché lo que le dijo, solo me abracé a mí misma debajo de la ropa de cama.

—Siento que la haya traído, Noah, no lo sabía —se disculpó Jenna junto a mi oído.

Negué con la cabeza intentando calmarme, necesitaba que la adrenalina desapareciera de mi cuerpo, necesitaba estar relajada, por Mini Yo, por el bebé, por mi bebé, que estaba inquieto por mi culpa, podía notarlo.

Jenna se quedó a mi lado, sonriéndome sin mucho entusiasmo al tiempo que me enjugaba las lágrimas que recorrían mis mejillas.

—Todo se arreglará —afirmó con calma—. Te lo prometo, todo va a salir bien.

Asentí queriendo creerla.

—Antes... —dije en un susurro entrecortado— he notado algo raro... Creo que he estresado al bebé y eso ha provocado...

Jenna abrió los ojos asustada y yo me incorporé con cuidado. Me bajé de la cama y fui hasta el baño. Jenna esperó y salí unos minutos después.

—Falsa alarma —anuncié con voz temblorosa.

Jenna suspiró cerrando los ojos y yo volví a sentir algo de paz.

Estar metida en una habitación, sin mucho que hacer, te deja demasiado tiempo para darle vueltas a la cabeza. En breve tenía que volver al médico y, pasara lo que pasase, iba a tener que comenzar a tomar decisiones y a hacerme cargo de la situación yo sola. Para empezar iba a tener que irme a mi apartamento, no podía seguir volviendo locos a mis amigos.

Estaba claro que lo que había pasado el día anterior no podía volver a ocurrir, y la presión de decírselo a Nicholas estaba acabando con mi fuerza vital, tenía que decírselo, y ya, no había vuelta, era el padre de Mini Yo y Mini Yo iba a salir de mí en unos cuatro meses, lo que significaba que muy pronto iba a tener que anteponer las necesidades del bebé a las mías. Por muy poco que quisiera compartir esto con él y por muy cabreada que estuviese, no me quedaba otra.

Había pensado decírselo de una forma sutil, ya sabéis, tanteando el terreno, y quedarme con su reacción grabada en la memoria hasta que me muriera, pero el haber visto a Sophia había acabado con cualquier vestigio de amabilidad y tacto. Así que al día siguiente, durante esos momentos de soledad e inactividad, tomé una decisión.

Teléfono.

Contactos.

Nicholas Leister.

Estoy embarazada.

Enviar.

Fin del problema.

¿Si os digo que me arrepentí casi al instante de pulsar el botón os parecería muy cobarde por mi parte?

Me quedé en silencio mirando la pantalla casi sin poder respirar.

A los cinco minutos empezó a sonar.

Una y otra y otra vez.

Cogí el teléfono con dos dedos, casi sin querer tocarlo, y lo tiré a los pies de la cama.

Ay, mierda... ¿Por qué de repente estaba aterrorizada?

—¡Jenna! —grité casi sin aliento.

Al minuto subió mi amiga a ver cómo estaba.

—¿Podemos ir a alguna parte? —dije levantándome de la cama y abriendo el armario.

—Pero ¿qué haces? —preguntó ella alarmada—. ¡Vuelve a la cama!

Cogí unos leggins y me los puse en menos de lo que canta un gallo. Luego hice lo mismo con un jersey.

—Tengo unas ganas terribles de ir a la heladería esa del otro día.

Me puse los zapatos sin que Jenna pudiera evitarlo y me detuve frente a ella mirándola a los ojos.

—Estoy teniendo un superantojo, el más grande que he tenido hasta ahora. Llévame, por favor, me quedaré sentada en el coche, lo prometo, pero necesito salir de aquí.

Jenna pareció dudar, pero después de seguir insistiendo durante varios minutos, terminó por aceptar. Nos montamos en el coche y solo cuando perdimos de vista la casa pude respirar profundamente.

Me acaricié el vientre nerviosa, una y otra vez...

«Ay, Mini Yo..., tu padre me va a matar.»

El teléfono de Jenna empezó a sonar justo cuando ella bajó a comprarme el helado. Lo cogí con manos temblorosas y lo puse en silencio, a pesar de saber que estaba obrando mal.

Dios, había soltado la bomba y ahora me daba a la fuga.

Cuando Jenna me trajo el helado, apenas pude tomarme un par de cucharadas antes de decirle que el antojo había pasado y que ahora tenía ganas de vomitar. Yo sabía que no era por el bebé, sino más bien por pánico.

—Entonces voy a llevarte a casa —dijo poniendo las llaves otra vez en el contacto.

—¡No! —grité sobresaltándola—. ¿Por qué no vamos al cine? Eso es algo que sí puedo hacer, ¿no? Estaré sentada todo el rato y descansando...

—Si quieres ver una peli, alquilaremos una, Noah, pero no puedes estar por ahí, necesitas estar en la cama, así que no.

—¡Jenna! —grité exasperada—. Como siga metida una hora más en esa habitación voy a terminar por volverme loca. ¡Hazme este favor, joder!

Los labios de mi amiga se fruncieron en un gesto de disgusto.

—Desde que estás embarazada te has vuelto insoportable. ¿Te lo había dicho?

—Un par de veces, pero, vamos, muévete, muévete —la alenté.

Cuando llegamos al cine aún quedaba media hora para que empezara la sesión, así que esperamos sentadas en el coche.

—Voy a avisar a Lion de que no llegaremos hasta más tarde, seguro que está preguntándose dónde nos hemos metido.

Le arrebaté el teléfono de las manos antes de que pudiera ver las llamadas perdidas.

—Pero ¿qué demonios te pasa? —me espetó ya sin poder contenerse—. ¡Dame el teléfono!

«Ay, mierda.»

—Lo haré, pero si prometes no enfadarte conmigo. Ahora mismo estoy de los nervios y te necesito de mi parte.

Jenna pareció tener una especie de revelación.

—¿Qué has hecho? —me preguntó intentando mantener la calma—. ¿Por qué estamos huyendo, Noah?

—No huimos..., solo... nos escondemos —puntualicé con la boca pequeña.

Me arrebató el teléfono de las manos y fijó los ojos en la pantalla.

—¡Quince llamadas perdidas de Nicholas! —chilló mirándome perpleja—. ¡Y otras diez de Lion! ¿Qué demonios has hecho?

Escondí la cabeza entre las manos y Jenna tiró de ellas hacia abajo para poder verme la cara.

—¿Se lo has dicho?

—Puede decirse que sí...

Jenna me fulminó con sus ojos almendrados y esperó a que me explicara.

—Puede que le haya mandado un mensaje.

—¿Diciéndole que tienes que hablar con él?

La miré en silencio unos instantes.

—Diciéndole que estoy embarazada.

Sus ojos se abrieron como platos por el espanto.

—¡Noah! —gritó sin dar crédito a lo que oía—. ¿Te has vuelto loca? ¿Cómo se te ocurre?

—Tiene lo que se merece, no quería decírselo en persona, Jenna, temo su reacción. Hacerlo por teléfono me permite mantener una distancia de kilómetros de seguridad.

—¡Debe de estar subiéndose por las paredes! ¿Le dijiste algo más en el mensaje? ¿Qué pusiste exactamente?

—¿«Estoy embarazada»? —respondí encogiéndome de hombros—. ¡Oye, no me mires así, yo también recibí la noticia de una forma bastante fea, ¿recuerdas?!

Jenna hizo caso omiso a mis palabras.

—Pero ¿le has dicho que es suyo?

Me detuve en mis pensamientos un instante.

—Creo que es bastante obvio que sí —contesté, aunque dudé al final de la frase.

—¡Es de Nicholas de quien estamos hablando!

«Oh, maldita sea. ¿Pensaba que Mini Yo era de otro?»

A mí me chocó enterarme de que estaba de cuatro meses porque no se me notaba. Si Nicholas había hecho cálculos habría llegado a la conclusión de que no era suyo al notárseme tan poco, creería que estaba de menos. ¡Joder, creería que era de otro!

—Dame tu móvil —le pedí a Jenna. Me lo tendió al instante.

—Sí, habla con él... —dijo respirando hondo.

Por cierto, es tuyo.

Enviar.

—Ya está —anuncié recostándome sobre el asiento.

Jenna se volvió hacia mí y me arrancó el móvil de las manos.

—*¡«Por cierto, es tuyo»!* —gritó ahora perdiendo los papeles—. Pero ¿¡a ti qué te pasa!?

—¡No me grites! —le grité a mi vez—. ¡Es la única forma que se me ocurre de hablar con él sin que arrase conmigo!

—Vamos ahora mismo a casa —dispuso poniendo el coche en marcha.

—¡No, Jenna! ¡No lo hagas! —le rogué—. Por favor, por favor, dale tiempo a que lo asimile..., a que lo asimile yo. ¡Dios, Dios, para, para!

—Estás loca —me soltó. Como tenía el teléfono en la mano, vio la llamada entrante y atendió sin ni siquiera dudarlo.

—¡Jenna! —pronuncié su nombre histérica.

Me ignoró.

—Sí, está conmigo —dijo a quienquiera que estuviera hablándole—. Pues dile que se calme, no, Lion, luego hablaremos tú y yo, pero no quiero que se ponga más nerviosa de lo que está, eso es malo para el bebé... ¡Pues díselo!

Oh, mierda, eso sí que me ponía más nerviosa.

—Llegamos en cinco minutos.

Miré hacia fuera y me sentí como si me estuvieran llevando al mismísimo Guantánamo.

Cuando Jenna aparcó fuera del bloque de apartamentos fue como si toda mi sangre se concentrara en un solo lugar de mi cuerpo. Me noté temblar porque no tenía ni idea de cuál iba a ser su reacción, no sabía qué iba a decirme y, lo peor de todo: tenía miedo de que las cosas no salieran bien y él terminase quedándose con Sophia y yo sin mi bebé y sin la persona de la que estaba enamorada.

Abrí la puerta para bajarme del coche y vi que la puerta de entrada a los apartamentos se abría en el instante en el que ponía los pies en el suelo. Nicholas emergió de ella y clavó sus ojos en mí de una forma que me quiso hacer desaparecer y que la tierra se me tragase. Instintivamente, volví a meterme en el coche y, sin ni siquiera pensarlo, accioné el seguro y me quedé encerrada dentro. ¡Dios, estaba actuando como una auténtica cobarde! Me sentí idiota cuando Jenna se cruzó de brazos al lado de mi ventanilla y me miró negando con la cabeza.

Nicholas apareció entonces delante de mí y me observó a través del cristal. Parecía fuera de sí, aunque intentaba aparentar tranquilidad. Sus ojos me observaron con preocupación y luego me indicó algo con el dedo.

—Abre —ordenó con calma.

Negué con la cabeza mirándolo como si fuese un cordero degollado.

Nick apoyó las manos en la ventanilla y se inclinó sobre ella ocultando casi todo mi campo de visión.

—¿Puedo entrar al menos? —dijo después de deliberar en silencio, supuse.

Vi cómo Jenna sacó la llave del coche de su bolsillo, se la mostró a Nick y finalmente se la tiró. Él la cogió al vuelo y rodeó el coche para subirse al asiento del conductor. Miré a Jenna con cara de odio. Ella simplemente se disculpó con una sonrisa minúscula a la vez que cogía a Lion —que había salido también acompañando a Nick— de la mano y tiraba de él para entrar en casa.

Nick abrió la puerta, se sentó y sin decir nada puso el coche en marcha.

—Ponte el cinturón —me mandó mientras sacaba el coche de la plaza de aparcamiento y se incorporaba a la carretera.

Dios... ¿Por qué no explotaba? ¿O hablaba? ¿O decía algo al menos? El silencio me estaba matando.

Después de varios minutos de un silencio insoportable, se decidió a hablar.

—Solo a ti se te ocurre soltar algo como esto en un mensaje de texto —me recriminó respirando hondo, como si intentase no explotar conmigo en el coche dentro, no fuera a salpicarme.

—Ya, bueno... Quería hacer algo original —repuse.

Nicholas volvió la cara hacia mí con la vena del cuello palpitándole bajo la piel.

—Casi consigues que me dé un infarto, por poco no tuve un accidente. ¿En qué estabas pensando? —me preguntó elevando el tono.

Mini Yo reaccionó a su voz de esa forma burbujeante, igual que la noche anterior. Me pareció curioso que solo hiciera eso cuando Nick estaba conmigo... Supongo que las mariposas que siempre había sentido estando con él ahora se habían convertido en un bebé. Mi mano se posó instintivamente en mi vientre y el gesto no le pasó desapercibido al volcán en erupción que tenía a mi lado. Sus ojos se clavaron en esa zona de mi cuerpo, luego en mí y después se desviaron automáticamente a la carretera.

No contesté a su última pregunta, algo me decía que era mejor quedarme calladita. Nicholas siguió conduciendo, parecía que aún estaba asimilándolo y que necesitaba tener las manos ocupadas hasta por fin poder enfrentarse a mí.

Media hora más tarde comprendí que estaba yendo a la playa. Cuando llegamos, una paz interior me recorrió por entero, sentí que empezaba a relajarme. Nick pareció sentir lo mismo, porque respiró hondo después de contemplar el oleaje durante unos minutos y se volvió hacia mí para mirarme directamente a los ojos.

—¿Voy a ser padre? —inquirió, y vi miedo en sus ojos azules.

Me estremecí de pies a cabeza ante esa pregunta. ¡Dios, ese hombre espectacular era el padre de mi bebé!

—Si todo sale como tiene que salir..., los dos vamos a serlo —respondí con nerviosismo.

—Aún no puedo creerlo... ¿Cómo es posible? —dijo todavía sin quitarme los ojos de encima.

Levanté las cejas casi hasta el nacimiento del pelo.

—No quieras ir por ahí, Nick, créeme —le advertí con fastidio. Aún no lo había perdonado por esto.

—¿Puedo? —me pidió permiso, ignorando mi contestación.

Su mano se acercó en dirección a mi barriga, pero se detuvo a medio camino, esperando mi respuesta.

Extendí el brazo y llevé su mano hasta mi vientre, con la mía encima de la suya. Fue un momento increíble... Un momento que, a pesar de todo lo malo y de todo lo que todavía llevaba bien guardado dentro de mí, recordaría para siempre. Acto seguido, Nick me levantó el jersey y colocó su mano sobre mi piel desnuda. Todo mi cuerpo ardió ante su contacto.

—¿De cuánto...? —dijo con duda mientras seguía acariciándome asombrado, como embobado ante lo que había debajo de mi piel enfebrecida, porque sí, ¿he comentado ya que su mano sobre mi ombligo me estaba calentando y mucho?

—De cinco meses —contesté soltando un suspiro entrecortado cuando sus dedos bajaron demasiado sobre la pequeña redondez. Detuve su mano antes de que me produjera un paro cardíaco. Con la otra me bajé el jersey casi con prisa.

—Basta ya de tocamientos —ordené nerviosa.

Nick me miró de una forma intensa y divertida a la vez.

—¿Lo has notado moverse? —preguntó centrado únicamente en mí.

—No, pero empezará a hacerlo pronto... Solo he sentido como un burbujeo, como si explotaran palomitas dentro de mí, no sé si me explico.

Nick se rio ante mi ocurrencia y le devolví la mirada inquieta. Había demasiada tensión contenida en ese coche, más de la que podía soportar.

—¿Hace cuánto que lo sabes, Noah? —dijo repentinamente serio.

Supuse que era mejor ser sincera esta vez.

—Hace más de tres semanas.

—Más de tres semanas es mucho tiempo... De sobra para llamarme y decírmelo, ¿no crees? —me reprochó con fastidio, mirando airado hacia delante.

Lo observé frunciendo el ceño.

—Estaba enfadada contigo... Para ser sincera, lo sigo estando.

Nick se volvió hacia mí con sorpresa.

—Enfadada ¿por qué?

Lo miré con incredulidad.

—Esto es culpa tuya —dije señalándome la tripa. Aún seguía reviviendo el momento en el que dejé que me hiciera el amor sin protección..., pero ¡qué idiota!

Nicholas soltó una risotada incrédula.

—Creo que sería más acertado decir que es *culpa nuestra*, Pecas.

—Tecnicismos —repliqué mirando el mar.

A Nick pareció divertirle mi contestación.

Ante nuestros ojos estaba teniendo lugar una de las puestas de sol más bonitas que había visto jamás, supuse que la naturaleza quería darme ese regalo, pintar con colores bonitos un cuadro que aún se mostraba demasiado gris para poder ponerle nombre.

Por mucho que ahora ambos estuviésemos al tanto de lo que estaba por llegar, yo no podía quitarme de la cabeza la última conversación que había tenido con Nicholas antes de que se marchara a Nueva York.

No sabía cómo íbamos a proceder, y yo tampoco estaba segura aún de qué papel quería que Nick jugara en todo esto.

—Estoy cansada, deberías llevarme a casa —le pedí sintiéndome muy triste de repente.

Nick se volvió hacia mí y estiró el brazo hasta ponerlo detrás de mi nuca. Sus dedos me acariciaron levemente antes de obligarme a mirarlo a la cara.

—Quiero que te vengas conmigo —anunció entonces, pillándome con la guardia baja—. Quiero que cojas tus cosas y te mudes hoy mismo a mi apartamento.

—No, Nicholas, estoy en casa de Jenna y dentro de cuatro días...

—No voy a discutir sobre esto —me interrumpió. Acto seguido, puso en marcha el coche.

—¿Qué haces? —pregunté sorprendida.

—Llevarte conmigo.

«¡Joder, ya empezamos!»

—Yo no quiero ir.

—Es mi hijo el que llevas dentro de ti, así que voy a asegurarme de que está bien.

—Es mi hijo el que está dentro de mí, y ya me estoy ocupando de que esté bien en cada momento, gracias por tu interés —repliqué indignada.

—Tienes que hacer reposo, ¿no? —me preguntó entonces mirando alternativamente a mí y a la carretera.

—Sí, pero...

—Hasta que el médico te diga lo contrario, te quedas conmigo. No hay más que hablar.

Fui a replicar, pero sabía que tenía todas las de perder, sobre todo porque no podía hacer movimientos bruscos como pegarle una patada, por ejemplo. Me limité a cruzarme de brazos y a clavar la vista en la carretera.

Habían pasado apenas unas horas desde que se había enterado de la existencia de Mini Yo, y ya se creía con derecho a disponer.

«Sí, Mini Yo, así es el idiota de tu padre.»

37

NOAH

Tardamos más de una hora en llegar al antiguo apartamento de Nicholas. El camino de vuelta de la playa y la parada en casa de Jenna para recoger algunas de mis cosas lo habíamos pasado en silencio. Y no porque yo hubiese querido quedarme callada, no, al revés, fue él quien puso la música del coche y se sumió en un estado de silencio casi total.

Como estaba tan enfadada, iba con la vista clavada en la carretera, aunque he de confesar que a veces miraba de reojo a Nick sin que él se percatara, no fuera a pillarme mirándolo como una desesperada que ansía que el padre de su hijo diga algo alentador como «Me alegro muchísimo» o «Todo va a salir bien».

No hubo nada de eso, el momento mágico del coche se había desvanecido, quedándose en la playa; el atardecer había llegado a su fin y la oscuridad de la noche parecía haberse filtrado en el ambiente. ¿Qué demonios le pasaba? Vale, sí, era una noticia que no dejaba indiferente a nadie, pero joder, una charla insustancial habría bastado.

Cuando estacionó en el aparcamiento me bajé sin ni siquiera detenerme a esperarlo. Fui derechita al ascensor. En teoría no debería estar caminando, pero no pensaba decírselo; es más, ahora caía en la cuenta de que Nick no tenía ni idea de los problemas que presentaba mi embarazo y una parte de mí temía tener que contárselo. Jenna podría llamarlo en cualquier momento y ponerlo al día, pero ahora que nos habíamos ido juntos, mi amiga parecía mucho más relajada y contenta, parecía estar en una nube, en realidad. Pobre ingenua, se creía que por el simple hecho de habérselo contado los dos íbamos a convertirnos de repente en la parejita feliz de antaño...

Ridículo sí, pero no voy a decir que no lo hubiese esperado, al menos un poco.

Nicholas me alcanzó y juntos subimos a la cuarta planta. Él llevaba mi pequeña maleta.

Solo al entrar comprendí que ese sitio ya no era mi lugar... y mucho menos el de Mini Yo. El apartamento estaba diferente, nuestras fotos, los cuadros que habíamos elegido juntos, los cojines de colores... todo había desaparecido; más aún, los muebles incluso habían sido sustituidos por unos carísimos y elegantes sin personalidad ninguna y con pinta de ser muy incómodos.

Lo peor de todo era que sabía que nada de lo que había allí había sido elegido por Nick... Otra persona había realizado esos cambios, y no tardé más de un segundo en que su nombre me viniera a la cabeza.

Joder, la realidad me golpeó como un mazazo en el estómago. Sophia había estado allí, Nicholas había convivido con ella en ese apartamento igual que lo había hecho conmigo... Fui en silencio hasta la habitación, la habitación donde habíamos pasado los mejores momentos íntimos de nuestra relación, todo lo que sabía, todo lo que él me había enseñado había sido en esa cama, en sábanas como esas, en ese espacio. Me enjugué la lágrima que rodó por mi mejilla casi de un manotazo. La habitación también estaba cambiada, todo era diferente.

Imágenes de Nick con ella, de él besándola, acariciándola, tocándola, haciéndole lo mismo que a mí se sucedieron en mi mente como si de una proyección de diapositivas imaginarias se tratase.

Nicholas colocó mi maleta encima de un banco y entonces se volvió hacia mí.

—Deberías meterte en la cama.

Sus palabras parecieron hacerme despertar y salir de aquel infierno en el que me había metido.

—¿Ya me hablas? —dije intentando ocultar mi tristeza con rabia.

Se mostró sorprendido y me observó con cautela.

—Perdona si he estado callado antes... Necesitaba pensar en todo esto... Comprende que no haya sido algo que hubiese estado esperando.

—¿Y yo sí lo estaba esperando? —le repliqué con incredulidad.

—Tú has tenido más de tres semanas para asimilarlo —repuso recriminándome el no habérselo dicho en cuanto lo supe.

—Lo siento si no corrí en tu busca en cuanto me enteré de que tenía un bebé en mi interior, ¡un bebé que yo no he buscado ni quiero!

En cuanto solté esas palabras me sentí culpable y supe que mentía. Claro que lo quería, ahora más que nunca, ya no había vuelta atrás, Mini Yo y yo estábamos conectados: aquello de que el vínculo maternal comenzaba incluso antes de nacer era algo totalmente cierto.

—¿¡Y te crees que yo sí?! —me gritó entonces, llevándose la mano al rostro en un ataque de nerviosismo. Respiró hondo para calmarse, aunque en apariencia sin mucho éxito, y volvió a hablarme en un tono más calmado—: No deberíamos estar discutiendo por esto, por favor, métete en la cama, Noah.

Sus palabras aún seguían resonando en mi cabeza, como amplificadas por algún tipo de sistema cerebral que era incapaz de dejar de escuchar.

Nick no quería al bebé...

—¿En esa cama? ¿Quieres que me meta en esa cama donde te has tirado a sabe Dios cuántas mujeres? —dije en un arrebato de rabia y celos. No, ni de coña iba a meternos a Mini Yo y a mí entre esas sábanas, antes muerta.

Nick no se esperaba esa respuesta, estaba claro y se quedó descolocado sin saber muy bien qué decirme. Ese silencio solo confirmaba mis sospechas.

Cogí una almohada y salí pisando fuerte hasta sentarme en el sofá que había en el salón, un sofá horroroso, y tan incómodo como había sospechado en cuanto lo vi. Me senté con las piernas cruzadas estilo indio y miré hacia delante, hacia la enorme tele, lo único que parecía haber elegido Nick.

Observé con el rabillo del ojo cómo entraba en el salón, iba hacia el minibar y se servía una copa. Se quedó mirando el líquido ambarino durante unos segundos, hasta que finalmente dejó la copa en la mesa y vino hacia mí. Me tendió la mano.

—Vamos —dijo con calma—. Reservaré habitación en un hotel.

Eso me pilló completamente desprevenida. Abrí los ojos con sorpresa y, al ver que lo decía en serio, una parte de mi enfado remitió.

—¿De verdad?

—No quiero que te sientas incómoda.

Asentí levantándome del sofá y quedándome frente a él. Moría por un abrazo suyo, por muy dolida que estuviese, toda esta situación estaba siendo de lo más extraña... ¿Desde cuándo Nick cedía ante mis arrebatos? Lo normal hubiese sido que nos matáramos a gritos, pero ahí estábamos, rondándonos con precaución, intentando ocultar todas las cosas que aún estaban por decir.

Cuando íbamos en el coche Nick llamó al hotel Mondrian de West Hollywood y, para mi sorpresa, alquiló una suite, para los dos.

—No tienes por qué gastarte un dineral en esto, Nicholas, podríamos ir a mi apartamento, o podrías dejarme allí, esto no ha sido buena idea en absoluto.

Él ni siquiera apartó la vista de la carretera.

—Necesito un lugar donde pueda trabajar y quiero tenerte cerca. La habitación no es un problema, no te preocupes por eso.

Suspiré notando el cansancio en el cuerpo, deseaba meterme en la cama, todo lo que había pasado ese día me había dejado exhausta.

Me quedé dormida en el camino y Nick me despertó con suavidad. Al abrir los ojos vi que ya habíamos llegado y que un botones esperaba pacientemente a que bajáramos del coche.

Lo hicimos y no pude evitar fijarme en mi atuendo —leggins, jersey y zapatillas—, y compararlo con el aspecto elegante de Nicholas, que iba con una camisa, vaqueros y unos náuticos relucientes.

Me senté en uno de los sofás de la recepción mientras él se encargaba de hacer el registro. Estaba un poco preocupada, porque había estado haciendo de todo menos reposo; en casa de Jenna había sido Lion quien me había estado llevando de aquí para allá y ahora... Si se lo pedía a Nick iba a tener que explicarle con pelos y señales todo lo que estaba ocurriendo con el embarazo, y una parte de mí no quería tener que contarle lo increíblemente deficiente que era mi útero, ni tampoco todas las cosas que había estado haciendo mal durante los primeros meses... Había actuado como una irresponsable... Solo de recordar todo el alcohol que le había metido a mi cuerpo me entraban náuseas, y no por el embarazo, sino por mí, porque era incompetente hasta para eso, maldita sea, aún seguía sin creerme que no lo hubiese intuido...

Por suerte para mí y para Mini Yo, los ascensores no estaban lejos y, cuando Nick me cogió de la mano para llevarme hasta allí, lo agradecí en el alma. El botones nos acompañó hasta la habitación que estaba en la última planta y dejó en ella nuestras maletas. Cuando entramos abrí los ojos como platos por la sorpresa. Nick le dio una propina al botones y este se fue, por lo que nos quedamos solos. ¡Madre mía! Aquello no era una habitación, era un auténtico apartamento. Di unos pasos hacia delante admirando el parquet reluciente, la cama enorme de color blanco con el cabecero en negro, la gran mesa cuadrada con sillas transparentes, el inmenso sofá, el escritorio y las increíbles vistas a la ciudad.

Intenté no sentirme abrumada ni tampoco detenerme a pensar en el dineral que debía de costar esa suite y simplemente me acerqué hasta la cama, sobre la cual Nick había abierto mi maleta, de donde cogí mi pijama. A continuación me metí en el baño. La ducha me ayudó, sobre todo a relajarme... No sabía qué iba a pasar entre los dos, había una tensión extraña en el ambiente.

Cuando salí del baño —ya con mi pijama de pantalón corto y camiseta ancha puesto— Nick me esperaba apoyado contra la mesa. Parecía perdido en sus pensamientos. Ignoré lo nerviosa que me ponía estar con él a solas en una habitación después de tanto tiempo y me senté en la cama, con la espalda apoyada contra el respaldo, aguardando a que alguno de los dos rompiera el silencio o dijese algo sobre el elefante enorme que parecía haber aparecido en la habitación.

Recordé la última vez que habíamos estado a solas, en una cama... Me acaricié la tripa con cuidado y contuve el aliento. Sí, Mini Yo..., tú estabas a punto de entrar en escena.

—¿En qué piensas? —dijo mirándome tan fijamente que mi corazón se aceleró.

—Nada... Solo pensaba en la última vez... ya sabes, cuando tú y yo...

Nick apretó la mandíbula con fuerza, supongo que lo que para mí fue un buen recuerdo a él lo enfurecía.

—Fui un idiota... y un irresponsable.

Miré su semblante lleno de amargura y deseé no haber abierto la boca.

—Lo que ocurrió aquella noche nunca debió pasar —sentencié para disimular lo mucho que me entristecía su actitud—. Y no fue solo culpa tuya.

Nicholas frunció el ceño con la vista fija en mi rostro.

—¿Qué pasó, Noah? —preguntó y al captar su tono de voz levanté la mirada y la posé en sus ojos fríos—. ¿Me mentiste?

—¿Qué?

—Te pregunté si seguías tomándote las pastillas anticonceptivas y me dijiste que sí, así que explícame cómo coño ha podido pasar esto.

¿Me había preguntado sobre las pastillas? Aquella noche había estado tan absorta en lo que estábamos haciendo que no recordaba la mitad de lo que nos habíamos dicho.

Fue como si me volviese a partir el corazón.

—¿Crees que lo hice a propósito?

Nicholas se pasó la mano por la cara, se puso de pie y se alejó de mí.

—Ya no sé ni qué pensar... Cuando me dijiste que estabas embarazada ni se me pasó por la cabeza que pudiese ser mío hasta que no decidiste aclarármelo con tu dichoso mensajito —expuso abriendo el minibar y sacando una botella. Yo contuve el aliento, sin decir nada, quería escuchar lo que tuviese que decir—. ¡Nos hemos acostado una vez, joder! ¡Una vez en ¿cuánto?! ¡¿Un puto año y medio y pasa esto?!

—¿Hubieses preferido que fuese de otro? —Ni siquiera reconocí mi propia voz, de repente quería largarme de allí.

—Sabes perfectamente que no.

Solté el aire que había estado conteniendo.

—Eres un completo cabrón por siquiera insinuar que yo pude haberte engañado. ¡Como si yo pudiese tener algún tipo de interés en quedarme embarazada a los diecinueve años! ¿Sabes qué? No tienes por qué formar parte de esto. Soy perfectamente capaz de seguir adelante yo sola. —Eso último no era cierto, pero no pensaba decírselo.

Nick me devolvió la mirada como si lo hubiese insultado.

—¿Eso es lo que quieres? —dijo entonces y noté cómo la vena de su cuello empezaba a latir con más fuerza de lo acostumbrado. Su mandíbula se puso rígida y la mirada que me lanzó me dejó quieta en el lugar.

—No tiene por qué ser tu responsabilidad. Muchas madres son capaces de criar a sus hijos solas, tú tienes demasiadas cosas en tu vida ahora mismo y dejaste muy claro que no querías volver a verme.

Nick sacudió la cabeza y soltó una risa amarga que no me gustó en absoluto. Claro que no sentía lo que decía, pero ya había dejado claro que no quería al bebé y que se arrepentía de lo ocurrido, y yo no iba a ser la que lo cazara como miles de mujeres hacen solo porque van a tener un hijo; no, ni hablar, sería duro, me ahogaba solo de pensarlo, pero nunca lo pondría entre la espada y la pared, nunca.

—Siempre has ido por la vida queriendo solucionar tú sola todas las cosas, nunca dejas que nadie te ayude ni te diga que estás equivocada. ¿Y sabes una cosa, amor? Se te da de pena —«amor» sonó como el peor insulto dicho en voz alta—. Pero te diré algo, el niño que llevas dentro es tan mío como tuyo, así que ten mucho cuidado con lo que dices.

Tardé unos segundos de más en contestar.

—¿Estás amenazándome?

—Voy a formar parte de la vida de ese niño y va a llevar mi apellido.

¿Por qué lo que llevaba queriendo escuchar desde el minuto uno ahora solo conseguía hacerme sentir acorralada?

—El niño tendrá lo que mejor le convenga, y seré yo quien tome esa decisión.

—Bueno, creo que ningún juez negaría que el que está más preparado para ocuparse de nuestro hijo soy yo, ¿no te parece? Tú no tienes nada a no ser que se lo pidas a mi padre.

La emoción de escucharlo decir «nuestro hijo» se esfumó en un santiamén. Abrí los ojos sin poderme creer que la palabra «juez» hubiese salido en la conversación.

—¿Qué estas queriéndome decir? —inquirí con un nudo en la garganta.

Nicholas parecía fuera de sí, a cada segundo que pasaba, más se transformaba en el Nick al que no quería enfrentarme.

—Estoy diciendo que no voy a dejar ningún cabo suelto. Tú y yo no vamos a volver juntos, así que vamos a tener que dejar todo bien atado antes de que des a luz. La custodia compartida sería lo mejor... Ahora, si me disculpas, tengo cosas importantes que hacer.

Sin ni siquiera mirarme cogió su abrigo y las llaves y salió de la suite dando un portazo.

El miedo y las lágrimas vinieron después, acompañados de una gran impotencia. Él tenía razón, no tenía nada, a no ser que lo pidiera, pero que Dios no quisiera que Nicholas Leister volviese a soltar algo parecido por su boca. Si su intención era enfrentarse a mí, iba a estar esperándolo más preparada que nunca.

38

NICK

Cogí el coche y me largué pisando el acelerador a fondo. Necesitaba estar solo y pensar. La frase «Estoy embarazada» todavía resonaba en mi cabeza; había intentado llevarlo con calma, de verdad, pero no solo todo esto aún me parecía una broma de mal gusto, sino que encima acababa de comprobar que Noah ni siquiera quería que formara parte de la vida de ella y el bebé. Por eso había tardado más de tres jodidas semanas en contármelo, y estaba seguro, ponía la mano en el fuego, de que había terminado contándomelo porque Jenna había insistido hasta finalmente convencerla.

«Estoy embarazada.»

Creo que en toda mi vida nunca me habían afectado tanto dos palabras. Dos simples palabras, y yo casi me estrello contra el coche que iba delante de mí. ¡Suerte que pisé el freno justo a tiempo...! El móvil se me escurrió de las manos y tuve que salirme de la carretera para recuperarlo y volver a leerlas.

El mundo se me vino encima, fue como si de repente me quitaran el aire de los pulmones, la sangre de las venas y los pensamientos coherentes del cerebro; solo pude hilar uno en concreto: «Lo mato». Menos mal que el segundo mensaje llegó con tiempo de sobra para evitar que cometiera un asesinato... Solo Noah era capaz de escribir mensajes como «Estoy embarazada» y «Por cierto, es tuyo» y quedarse tan a gusto.

Entré en un bar de la ciudad, uno que muchos de los estudiantes del campus con edad suficiente para beber solían escoger para divertirse. Era consciente de que beber no iba a ayudarme a aclararme las ideas, pero, ¡joder!, o me bebía algo fuerte o terminaría por volver a esa habitación y dejarle claro a esa insensata que tanto el bebé como ella eran míos, y que iba a ser yo el que iba a hacerme cargo de ambos.

El odio que había sentido hacia Noah en un principio se había mitigado en cuanto coloqué una mano sobre su barriga y me di cuenta de que dentro de ella se estaba formando mi propio hijo, el hijo de ambos. Nunca pensé que eso pudiese llegar a pasar... Además, por mucho que hubiese intentado no pensar en ello, las dificultades que Noah iba a tener para poder concebir habían sido un manto oscuro sobre nuestras cabezas desde el instante en el que supimos que estábamos enamorados.

Me bebí el whisky escocés de un trago y pedí otro.

¿Había dicho algo sobre un juez?

Me pasé las manos por la cara, la música era bastante insoportable y había demasiada gente bailando a mi alrededor. La barra estaba en medio del local y estar ahí era una tortura. Me llevé la copa a los labios y apreté la mandíbula con fuerza para soportar la quemazón.

Noah iba a ser madre... a los diecinueve años.

Me odié a mí mismo en ese instante, odié haberme equivocado tanto, haberla forzado a hacer algo que, por mucho que ambos hubiésemos deseado, ella dejó claro que no quería llevar a cabo.

¿La había forzado?

No, maldita sea, no lo había hecho, le había hecho el amor, la traté bien, la abracé durante toda la noche y quise despertarme a su lado. Me había dolido en el alma ver que no estaba cuando abrí los ojos aquella mañana; pasara lo que pasase, siempre terminaba huyendo.

Mi mente enfermiza empezó a dibujarme la clase de vida que habríamos llevado si la maldita noche de la gala de mi padre hubiese cogido el coche y hubiese llevado a Noah a Nueva York, como había querido hacer, como le había dicho que haríamos. Nadie habría cometido esos errores, nadie habría tocado a mi chica y yo ahora estaría con ella y no en un bar cutre intentando hacerme a la idea de que iba a ser padre, padre, joder, padre de un bebé. Mi vida iba a dar un giro de ciento ochenta grados y contaba con unos cuatro meses para hacerme a la idea y prepararme.

¿Qué demonios iba a hacer con la empresa? ¿Qué iba a hacer con Noah?

Cuando iba por la quinta copa y mi mente empezaba a estar nublada, mi mirada se fijó en algo, mejor dicho, en alguien que estaba sentado en la barra a pocos metros de distancia. Supe quién era por cómo mi cuerpo reaccionó casi al instante: todos mis músculos se pusieron en tensión. Me levanté de mi banqueta con cuidado y fui hacia la esquina de la discoteca. Lo cogí por la camiseta y lo levanté pillándolo totalmente desprevenido.

—¿Qué cojones haces aquí, pedazo de mierda? —pregunté pegando mi frente a la suya y entrando en un estado en el que solo me había encontrado una vez, hacía año y medio, la peor noche de mi vida.

Michael O'Neill me empujó con fuerza para después mirarme con una determinación férrea.

—¡Te pagué para que te largaras de mi puta ciudad! —bramé abalanzándome sobre él.

Ambos caímos al suelo, provocando que la gente se apartara y que alguien llamara a seguridad. ¡Maldición!, esa noche iba a tener que soltar mucha pasta para no terminar metido en problemas de verdad. Apartando ese pensamiento, le asesté otro golpe en las costillas y él aprovechó para pegarme en la mandíbula. Sentí la sangre en la boca y escupí en el suelo con renovadas ganas de matarlo y terminar con todo de una vez.

—He decidido que me importa una mierda el trato al que llegamos —dijo haciendo palanca con los pies y haciéndose él con el control por unos instantes; su puño chocó contra mi pómulo izquierdo y noté cómo la piel se me abría—. Por cierto..., Noah está más guapa que nunca.

La sangre se acumuló en mi cabeza, lo vi todo rojo, vi incluso manchas a mi alrededor y lo último que sé es que había tres tipos intentando quitarme de encima de ese mal nacido. Nos echaron por diferentes puertas, a mí, por ser quien era, me permitieron recuperarme en una de las salas privadas y me dejaron incluso un teléfono para llamar a alguien que pudiera venir a recogerme. Cuando Steve apareció en la puerta trasera vi que pasaba algo.

—Hay varios periodistas fuera, alguien debe de haber dado el chivatazo —anunció mientras maldecía para mis adentros. Lo que me faltaba.

En efecto, al salir, por mucho que intenté aparentar que nada ocurría y ocultar las heridas de mi rostro, me hicieron numerosas fotos, hasta que me escondí en la parte trasera del Mercedes de mi padre. Steve mantuvo la boca cerrada, aunque pareció sorprendido cuando le dije que me llevara al Mondrian. No quería ni pensar en cómo iba a reaccionar la prensa cuando saliera a la luz lo del embarazo de Noah, y mucho menos cómo iba a reaccionar nuestra familia... Iba a ser un escándalo, sobre todo porque casi todos los medios pensaban que Noah y yo éramos hermanos. Sophia iba a matarme, el escándalo salpicaría también a su familia y quizá perjudicara la carrera política de su padre.

Me bajé tambaleante del coche y le pedí a Steve que recogiera el mío en el local. Cuando entré en la suite un silencio sepulcral me puso todos los pelos de punta. La habitación estaba en penumbra y eso solo podía significar una cosa... Encendí la luz de la habitación y vi que estaba completamente vacía. Me acerqué a la cama y cogí la nota que había sobre la almohada.

«Mierda.»

39

NOAH

Pedí un taxi en cuanto Nick salió por la puerta y, dos horas más tarde, estaba rodeada de cajas sin abrir y metida en la cama comiéndome un tazón de cereales que había podido encontrar después de mucho buscar. No tenía leche ni nada en la nevera, pero al menos estaba sola, por fin, después de tantas semanas viviendo con Jenna.

No sabía en qué había estado pensando para irme con Nicholas, como si las cosas fuesen a ir como antes. Lo que había ocurrido entre los dos no podía desaparecer así sin más, daba igual que estuviese embarazada, daba igual que él fuese el padre, lo que había insinuado en esa habitación de hotel iba a perdurar en mis recuerdos mucho más tiempo que cualquier cosa que pudiese haberme dicho en el pasado.

¿Cómo podía siquiera creer que podía ser tan rastrera como para tenderle una trampa con lo del bebé? ¿Cómo se había atrevido a insinuar que me lo quitaría cuando naciera?

No quería ni verlo, si ya de por sí las cosas estaban mal, ahora todo había pasado a un nuevo nivel. Intenté tranquilizarme, no quería estresar a Mini Yo y, aunque me costó mucho, al final conseguí dormirme, al menos hasta que a eso de las cinco de la madrugada mi teléfono empezó a vibrar enfurecido.

No pensaba hablar con él. ¡Joder!, ¿ahora se había enterado de que me había marchado? ¿Qué demonios había estado haciendo toda la noche?

Mejor ni preguntaba.

Le mandé un simple mensaje.

Déjame en paz.

Y lo hizo..., al menos por un rato.

A la mañana siguiente se presentó en el apartamento. Supongo que Jenna no había querido darle mi dirección hasta que no fuese una hora razonable, pero me hubiese gustado que lo hubiese consultado primero conmigo. Estaba harta de que ella y Lion se metiesen donde nadie los llamaba.

Cuando abrí la puerta me lo encontré con dos vasos de cartón y una bolsa del Starbucks. Iba vestido de traje y tenía el ojo morado, una herida en el pómulo izquierdo y el labio partido. La combinación era ridícula. Parecía un macarra haciéndose pasar por empresario.

—¿Puedo pasar?

Me crucé de brazos. No, no quería que pasase, pero teníamos que hablar.

Le di la espalda y me fui hasta la cama. Odiaba tener que jugar en desventaja, odiaba tener que meterme en la cama mientras estaba ahí, imponente como si él fuese un adulto y yo una niña.

—Con que vuelves a meterte en peleas... Eso será un punto a mi favor cuando nos peleemos por la custodia del niño en los juzgados.

—Basta, Noah —me cortó dejando las bebidas y la bolsa sobre la encimera de mi pequeña cocina—. Sabes que no lo decía en serio.

—Me pareciste muy decidido cuando dejaste claro que yo no voy a ser capaz de cuidar a este bebé.

Nicholas se pasó la mano por la cara y pasó a fijarse en la casa. Sentí vergüenza por el desorden en que estaba todo. Mi loft era lo menos apropiado para criar a un niño y estaba segura de que eso era justamente lo que Nicholas estaba pensando en ese momento.

—Tú podrías cuidar de ese bebé aunque te faltasen dos manos, Noah —afirmó cogiendo el vaso de cartón y acercándose hasta mi cama—. Es chocolate caliente.

Acepté la bebida a regañadientes, ya que me moría de hambre.

—No quiero volver a escuchar de tu boca que vas a quitarme al bebé, ¿me has oído? —dije más seria que en toda mi vida.

—Yo nunca haría eso... Joder, ¿por quién me tomas?

Negué con la cabeza, no podía ni mirarlo, no quería ni tenerlo enfrente. Me había vuelto a hacer daño, había metido el dedo en la llaga y me había dado donde más me dolía, donde más miedo sentía, y era el no poder sacar a Mini Yo adelante.

Se sentó a mi lado en la cama.

—Noah, mírame —me pidió con voz firme.

Me negué a hacerlo, sobre todo porque sentía que si lo hacía me echaría a llorar como una magdalena y lo último que quería parecer en ese momento era débil.

Me cogió la barbilla entre sus dedos y me obligó a clavar mi mirada en la suya.

—Siento todo lo que dije ayer —me dijo mientras su dedo me acariciaba la barbilla—. Voy a estar aquí por ti.

—No es lo que quieres —repuse con la voz temblorosa.

Yo había querido con toda mi alma volver a estar con él, formar una familia y empezar de cero, pero él me había dejado muy claro que eso era imposible. Ahora estaba embarazada, y sí, las cosas cambiaban. Ahora tenía que mirar por Mini Yo, no por mí, y eso implicaba volver a meterme en la vida de Nicholas Leister, por mucho que él hubiese intentado echarme.

Iba a tener que tragarme mis sentimientos, iba a tener que fingir que todo podía volver a ser como antes... Eso es lo que quedaba. Protagonizar la mejor película de la historia. Y Nick también lo sabía.

—Vuelve al hotel conmigo —me pidió limpiándome una lágrima de mi mejilla.

Hubiese dado lo que fuera por no tener que hacer reposo, por poder ser independiente y no tener que necesitar a nadie, pero no era el caso, lo necesitaba, al menos hasta que el médico me dijera que el bebé no corría peligro.

Así que acepté, me fui otra vez con él al hotel. Cuando llegamos, Nicholas me ayudó a instalarme de nuevo y se excusó diciendo que tenía que hacer algunas cosas en las oficinas de LRB. Lo notaba extraño, ambos lo estábamos, no parecíamos nosotros mismos, por lo que agradecí que se marchara. El resto del día hasta entrada la noche lo pasé metida en la cama leyendo *Cumbres borrascosas*. Nunca me había gustado mucho esa novela —los personajes estaban demasiado atormentados y el argumento era en exceso dramático para mi gusto—, pero algo me había hecho querer volver a leerla. Al final la dejé sobre la mesilla e intenté dormir. No tenía noticias de Nicholas y, aunque me dolió que no me hubiese llamado en todo el día para saber cómo estaba, también comprendí que él todavía no tenía ni idea de lo que ocurría con Mini Yo. Todo había pasado tan rápido que ni siquiera me había preguntado el motivo por el cual necesitaba estar en reposo. Solo hacía día y medio desde que se había enterado, pero el hecho de que no nos hubiésemos sentado a hablar de verdad indicaba lo muy afectado que en realidad debía de estar. Cerré los ojos y dejé que el sueño se apoderase de mí.

40

NICK

Tuve que ir a ver a Sophia. No había dejado de llamarme desde la noche después de la fiesta en casa de Lion; estaba furiosa porque, para una vez que estaba en Los Ángeles, no habíamos pasado ni tres horas juntos.

El tema de Sophia era algo que tenía que solucionar, en realidad al comprobar lo poco que me importaba cortar esa relación me di cuenta de que nunca hubiese funcionado, nunca hubiese podido ser lo que ella necesitaba. Solo Noah era capaz de seguir poniendo mi mundo patas arriba, pero ¡joder!... ¿Cómo no iba a hacerlo si me volvía completamente loco solo con respirar?

Se me hacía tan raro tenerla otra vez conmigo, se me hacía tan extraño no estar matándome a gritos con ella, no teniendo que odiarla. El último año y medio había gastado todas mis energías en odiarla con todas mis fuerzas para ocultar la parte que la amaba, para aplacar las terribles ganas de regresar corriendo a su lado y rogarle que volviese a estar conmigo. Había necesitado mucho autocontrol para dejarla, para marcharme y convencerme a mí mismo de rehacer mi vida con otra persona, pero todo había sido una mentira tan grande como una casa. Todos esos sentimientos de repente estaban en pausa. El odio parecía ya no tener sentido y el amor pugnaba por salir a escena. Una parte cada vez más grande de mí moría por ir con ella, estrecharla entre mis brazos y no moverme jamás. Sentí alivio..., un alivio infinito. Odiar a la mujer que amaba había sido lo más difícil que había tenido que hacer en mi vida. Y ahora algo me decía que dejase de luchar, que dejase de nadar a contracorriente, mi camino siempre estuvo claro, mi destino era esa chica.

Sophia estaba también en un hotel, después de decirle que mi apartamento se había inundado. Tuve que inventarme algo para hacer tiempo y poner las cosas en orden. Aparqué y me preparé para enfrentarme a alguien a quien no quería hacer daño. Me abrió la puerta de su habitación ataviada con un bonito vestido color ciruela. Su semblante mostraba claramente que sabía que algo no iba bien. Un «tenemos que hablar» nunca presagiaba nada bueno.

Entré y no me quité la chaqueta ni le di un beso en los labios como ya casi me había acostumbrado a hacer. Sophia frunció el ceño y me invitó a ir al salón de su suite. Una vez allí, me acerqué al minibar y me serví una copa. Sophia se sentó en el sofá de piel de color blanco y me observó mientras evitaba su mirada y le daba un gran trago al whisky.

—Vas a dejarme, ¿verdad? —dijo ella rompiendo el repentino silencio.

Levanté la mirada y la posé en su rostro.

—Creo que nunca llegué a tenerte, Soph.

Negó con la cabeza y desvió la mirada a la mesa que tenía delante.

—Creía... creía que lo nuestro avanzaba, Nicholas. ¿Qué te ha dicho? ¿Qué te ha hecho para que ahora cambies de opinión? Porque hace una semana me estabas diciendo que querías vivir conmigo.

Joder, sí, se lo había pedido, estaba harto de sentirme mal por Noah, estaba cansado de despertarme solo por las noches, pensando, preguntándome si había hecho lo correcto al dejarla marchar...

—Lo sé... y lo siento, maldita sea, de verdad. Sophia, no estoy haciendo esto para hacerte daño, pero no puedo seguir negando lo que siento por Noah. Si no estoy con ella prefiero no estar con nadie. Te dije que lo nuestro era un rollo y lo aceptaste, luego las cosas fueron cambiando y no digo que sea culpa tuya, yo también me dejé llevar porque era...

—¿Fácil? —me interrumpió.

Me quedé callado mirándola. Sí, había dado en el clavo, estar con Sophia había sido fácil, agradable, correcto, pero no había habido pasión ni magia ni ese deseo irracional de estar con ella, de querer poseerla, de querer hacerla mía... Eso solo lo había sentido por una persona.

—Prefiero dejar esto ahora y no romperte el corazón más adelante.

Sophia sonrió sin una pizca de alegría en los ojos.

—¿Qué te hace pensar que no lo has hecho ya?

No esperó a que le contestara, se levantó del sofá, me dio la espalda y se metió en su habitación. Pensé en ir tras ella, en disculparme, en darle más razones por las que lo nuestro no iba a funcionar, pero así era Sophia. No iba a insistirme, no iba a rogarme... Si me quería, su forma de hacerlo no era la adecuada y algún día lo descubriría.

Yo no era el hombre de su vida.

Cuando entré en la suite la fragancia del champú de Noah me invadió los sentidos. Todo estaba prácticamente a oscuras, solo iluminado por una lámpara de pie encendida en un rincón. Noah estaba acostada, con la cabeza sobre la almohada y sus cabellos desperdigados sobre esta. Sentí cómo el bulto en mis pantalones se ponía duro solo con mirarla... ¡Joder, qué hermosa era!

Sabía perfectamente que lo mejor sería marcharme o, al menos, esperar a que el alcohol que corría por mis venas a causa de las copas que me había tomado en un bar al que fui después de haber dejado a Sophia desapareciera de mi cuerpo, pero de repente solo podía pensar en una cosa. Me quité la camiseta mientras caminaba hasta llegar a los pies de la cama. Mis ojos se detuvieron en la curva de su trasero, en sus largas piernas que se aferraban a una de las almohadas, en sus mejillas sonrosadas. Me senté en la cama y la observé detenidamente. Hacía tanto tiempo que no hacía eso que sentí una paz interior en el centro de mi alma. Ver dormir a Noah siempre había sido un espectáculo, pero justo en ese momento lo que quería era que abriera los ojos... Maldita sea, quería que se diera cuenta de que era el centro de su mundo, quería que volviese a mirarme como antaño.

Me fijé en el libro que estaba apoyado boca abajo sobre su mesilla. Lo abrí y empecé a leer la página donde se había quedado.

Un párrafo llamó mi atención y seguí leyendo:

> … ni la miseria, ni el envilecimiento, ni la muerte, ni nada de lo que Dios o Satanás nos hubieran reservado habría podido separarnos; y tú, por tu gusto lo hiciste. Yo no te he destrozado el corazón; tú eres quien te lo has destrozado, y al destrozarlo has hecho lo mismo con el mío. Peor para mí si soy fuerte. ¿Qué necesidad tengo de vivir? ¿Qué vida será la mía cuando...? ¡Ay! ¡Dios! ¿Querrías vivir tú teniendo el alma en la tumba?

Apreté la mandíbula con fuerza. La siguiente frase estaba subrayada con lápiz.

> También me abandonaste tú, pero no te lo reprocho. Te perdono. ¡Perdóname a mí!

Cerré el libro y conté hasta diez.

41

NOAH

Mi sueño era inquieto, en él yo estaba de parto y un montón de médicos me gritaban que había complicaciones y que el bebé corría peligro. Empujaba y empujaba porque se suponía que eso era lo que debía hacer. Mis ojos miraban a mi alrededor, buscando a la única persona que podría hacer desaparecer mis más horribles temores.

—No puedo hacerlo sola... Por favor... Nick... Lo necesito, por favor...

—El señor Leister ha dicho que no vendrá... Insistió en que él no quería a este bebé, ni a usted tampoco.

Noté cómo lloraba, no solo por el dolor, sino por lo sola que estaba. Mini Yo estaba a punto de salir, pero cuando lo hizo, en el paritorio no resonó el fuerte llanto de un bebé recién nacido, sino el más absoluto de los silencios. Alguien sin rostro se acercó hacia mí y me tendió un bulto envuelto en mantas.

El bebé no se movía.

—Lo siento..., ha nacido muerto.

Abrí los ojos incorporándome sobre la cama.

Había sido una pesadilla... Noté las lágrimas humedeciéndome las mejillas y mi corazón latiendo a mil por hora. Entonces, mis ojos se fijaron en la persona que tenía delante. Nicholas se había quedado dormido en el sofá, sentado. Ni siquiera lo dudé. Me quité las sábanas de encima, me bajé de la cama y fui hacia él. Cuando me senté sobre su regazo, levantándole el brazo para que pudiera abrazarme, abrió los ojos, sobresaltado.

—Noah... —dijo aturdido al principio, pero estrechándome con fuerza un segundo después casi de forma automática.

Enterré mi cara en su cuello y empecé a temblar como una hoja.

—¿Qué ha pasado? ¿Estás bien? ¿Está bien el...?

Negué con la cabeza sintiendo un nudo en la garganta que me impedía emitir sonido alguno.

Nick me cogió la barbilla entre sus dedos y buscó mis ojos con los suyos.

—¿Por qué lloras? —me preguntó asustado.

Cerré los ojos cuando sus dedos me acariciaron la mejilla, llevándose mis lágrimas.

—He tenido una pesadilla...

Nick pareció relajarse un poco y sus brazos me rodearon con fuerza, estrechándome contra él.

—¿Quieres contármela? Eso a veces ayuda...

Se me hacía extraña aquella situación. Durante casi todo nuestro noviazgo yo le había ocultado que cuando no estaba con él me costaba mucho conciliar el sueño; él siempre me había protegido de mis malos sueños sin ni siquiera saberlo, con él cerca dormía sin ningún problema.

—Estaba de parto... —le expliqué en voz muy baja—, y tú no estabas allí.

Nick apretó la mandíbula con fuerza, pero aguardó a que continuara.

—Yo empujaba y hacía lo que los médicos me pedían..., pero al final Mini Yo nacía muerto y yo... yo...

Nick me abrazó y yo me dejé engullir por sus grandes brazos, la imagen de mi bebé muerto no se me iba de la cabeza.

—Eso no va a pasar, Noah —me aseguró acariciándome el pelo con sus largos dedos.

—¿Cómo lo sabes? —inquirí apoyando mi cabeza sobre su hombro y cerrando los ojos.

Nick tiró de mí para que lo mirara.

—Para empezar porque nada ni nadie puede hacer que yo no esté contigo cuando tú estés de parto.

Lo miré fijamente durante unos segundos.

—¿Lo prometes? —pregunté sin poder evitarlo.

—Te cogeré la mano desde el instante en que empiece hasta el instante en que se acabe, tienes mi palabra.

A pesar de que nunca hubiese esperado algo diferente, sentí un alivio inmenso recorrer todo mi cuerpo. Su mano se separó entonces de mi pelo y se colocó sobre mi vientre.

—¿No debería notarse? —dijo frunciendo el ceño.

—Crecerá... —contesté conteniendo la respiración cuando su mano se coló por debajo de mi camiseta—. A veces creo que estaba esperando a que tú lo supieses para dejarse ver...

—Aún me cuesta creerlo, ¿sabes? —confesó todavía sin apartar los ojos de los míos.

Todo era demasiado abrumador, Mini Yo, él, nosotros... Aún no me hacía a la idea de todo esto, eran demasiados cambios y todos sucediendo casi a la vez.

—Estoy asustada —declaré queriendo que el tiempo se detuviera, queriendo regresar al principio, a cuando solo estábamos él y yo, y los problemas aún no habían acudido a hacernos daño.

—Es normal que lo estés... Yo estoy acojonado —afirmó mirando hacia el frente—. Pero todo saldrá bien, ya lo verás.

—¿Y si no es así? —le planteé entre susurros, temiendo expresar mis miedos en voz alta—. Esto no debería haber pasado, yo no debería ser madre... Mi cuerpo...

—Tu cuerpo es perfecto —zanjó sin dejar lugar a dudas.

—Nick..., el bebé... He estado a punto de perderlo —admití temiendo mirarlo directamente a los ojos.

—¿De qué estás hablando?

Intenté calmarme para poder explicárselo.

—¿Recuerdas la noche de la fiesta de inauguración...? ¿Cuando tuviste que llevarme a casa...?

Nick no tardó más de dos segundos en recordarlo y todo él se puso en guardia. Estábamos tan cerca que fui plenamente consciente de cómo la vena de su cuello empezaba a latir de manera amenazante. Era obvio que se acordaba de lo borracha que había estado.

—Creo que ahí tuve la primera amenaza de aborto... Yo pensé que simplemente me había venido la regla..., pero no.

—No te sientas culpable por algo que no sabías —me aconsejó.

—Le hice daño... y ahora he tenido que estar en cama durante semanas y ni siquiera sé qué va a decirme el médico pasado mañana, cuando vaya a la consulta.

—¿Por eso tienes que hacer reposo...?

—Tengo un hematoma y hasta que no desaparezca no voy a poder hacer prácticamente nada, el médico me ha dicho que es normal en embarazadas primerizas, aunque con lo avanzado de la gestación empieza a ser más peligroso y no solo para el bebé, sino también para mí.

Nick se tensó bajo mi cuerpo.

—Repite eso de que tú estás en peligro —me pidió mirándome fijamente, con el miedo tan presente en sus pupilas que hasta yo me puse nerviosa.

—En el caso de que lo perdiera, pero eso no va a pasar —dije con firmeza.

Nick parecía haberse quedado sin palabras, como si de repente la realidad de la posibilidad de perderme a mí y al bebé lo hubiese aterrorizado. Se levantó del sofá conmigo en brazos y me dejó sobre la cama. Empezó a caminar por la habitación, con la mente muy lejos de allí. Cuando se acercó a mí de nuevo, tenía el rostro desencajado por el miedo.

—Lo siento tanto, Noah... —se disculpó cogiéndome la cara entre sus manos—. Esto no debería estar pasando... Si te ocurriese algo...

Fui a decirle que lo importante ahora mismo era el bebé y no yo, yo estaba bien..., pero sus labios se estamparon contra los míos y mi mundo se detuvo. Su boca parecía querer buscar consuelo en la mía. Tardé un par de segundos en dejarlo entrar, de tan aturdida que estaba al ver que me estaba besando apasionadamente después de tanto tiempo. Sentí su lengua rozar mis labios y, cuando los abrí, su aliento embriagador me provocó escalofríos. Mis manos fueron al encuentro de su pelo y lo atraje hacia mí, pero no dejó que el beso se alargara. Se apartó mirándome a los ojos.

—Vuelve a dormir —dijo entonces con la respiración acelerada—. Necesitas descansar y yo...

Se dispuso a marcharse, pero mi mano cogió la suya, reteniéndolo a mi lado.

—Quédate conmigo hasta que me duerma, por favor.

Nick parecía estar librando una gran batalla interior. Finalmente se quitó los zapatos y se recostó a mi lado en la cama. Me atrajo hacia sus brazos y apoyé la cabeza sobre su pecho. No quería darle vueltas a lo que acababa de pasar, no sabía en qué punto estábamos ni cómo íbamos a proceder. Un beso no significaba nada, ¿no? ¿O sí? Finalmente me dormí con su mano acariciándome el pelo y el latir de su corazón acompañándome como una dulce nana.

Cuando abrí los ojos la mañana siguiente solo se oían el ruido de las teclas del ordenador. Frente a la cama había una cortina transparente que dividía el dormitorio del resto de la suite y, al incorporarme, pude ver a un borroso Nick sentado en el sofá con el ceño fruncido y mirando la pantalla del ordenador que sostenía en su regazo con cara de pocos amigos.

Me acordé del momento que habíamos compartido la noche anterior. Hacía más de un año y medio que yo no acudía a Nicholas para sentirme mejor, hacía un año y medio que él no me estrechaba entre sus brazos hasta quedarme dormida... Sí, se había portado muy bien conmigo, pero no tenía ni la menor idea de en qué situación estábamos ahora y me daba miedo preguntar.

Nick se percató de que estaba despierta porque levantó los ojos del ordenador y los clavó en mí. Ambos nos sostuvimos la mirada aguantando la respiración, yo al menos, hasta que Nick cerró el portátil, lo colocó sobre la mesa y vino hasta la cama.

No dije nada, simplemente esperé para actuar en consecuencia. Cuando se colocó junto a mí, mirándome desde arriba, sentí que se me entrecortaba la respiración.

—¿Cómo te encuentras? —me preguntó, y su mano me acarició la mejilla, colocando un mechón detrás de mi oreja.

—Muy bien —contesté casi de forma automática. Mi cerebro estaba concentrado en la caricia leve de sus dedos.

Asintió y me dio la espalda, alejándose de nuevo.

—¿Te vas? —no pude evitar preguntar.

—Tengo muchas cosas que hacer, entre ellas encontrar al mejor ginecólogo —respondió sacando el teléfono de su bolsillo y fijando la mirada en la pantalla—. Vístete. Voy a pedir que nos suban el desayuno.

Me quedé contemplándolo embobada y Nick me lanzó una mirada apremiante.

Me puse rápidamente la primera sudadera que encontré y me quedé con los pantaloncitos de pijama puestos. Unos diez minutos más tarde nos subieron el desayuno, dos bandejas inmensamente grandes con comida para un regimiento. Nick apenas se había despegado del teléfono y no lo hizo hasta que prácticamente ya me había quedado sin más ganas de comer. Cuando se acercó por fin a la cama miró con disgusto mi plato medio lleno.

—Come —me ordenó simplemente.

—No me apetece nada más —respondí removiendo los huevos de mi plato de forma distraída.

No habíamos hablado sobre nosotros, y eso me ponía nerviosa. No podía quitarme de la cabeza las palabras que me dijo la última vez y lo seguro que parecía al afirmar que nunca iba a poder perdonarme.

—Deja de jugar con la comida, apenas has comido nada —me acusó exasperado.

Le puse mala cara.

—¿Así va a ser esto ahora? —repuse molesta—. ¿Tú dándome órdenes sin parar? Si lo sé, me quedo en casa de Jenna.

Nick puso cara de pocos amigos, pero antes de que pudiese replicarme llamaron a la puerta. Unos segundos después Steve entró con mala cara y un par de revistas en la mano.

—Está por todos lados, Nicholas —comentó y no pareció asombrado de verme allí sentada, y con una bandeja a rebosar de huevos, fruta, cereales y café.

—Lo sé —dijo el aludido, dándome la espalda y cruzando la habitación hasta llegar al escritorio que había en la estancia. Steve lo siguió... y yo también.

—¿Qué es lo que está por todos lados? —pregunté, y antes de que nadie pudiese impedírmelo le arrebaté la revista de las manos a Steve y vi uno de los enunciados de la revista *People*.

«Nicholas Leister vuelve a las andadas» era el titular. Debajo de este aparecía una foto de él con cara de pocos amigos y un corte en la mandíbula, saliendo de un pub. Fui a buscar la página para seguir leyendo, pero me quitó la revista y me encontré con un Nick furioso que me miraba con oscura advertencia.

—Vuelve a la cama, Noah. Ya —agregó al ver que le hacía frente y me cruzaba de brazos.

—No hasta que me digas qué está pasando.

Se puso tenso y me observó con nerviosismo.

—Te diré lo que quieras, pero, por favor, métete en la cama.

Su mirada cruzó la mía y noté su miedo, aún reciente en el fondo de aquellos iris espectaculares. Hice lo que me pedía, sintiéndome bastante extraña al tener a Steve siguiendo todos y cada uno de mis movimientos. Solo cuando Nick me vio bajo las sábanas pareció volver a respirar tranquilo.

—Habla con Margot, ella se encargará de esto —ordenó Nick y, a continuación, tiró la revista a la basura.

Steve no me quitaba los ojos de encima.

—¿Qué está pasando aquí? —preguntó dirigiéndose a mí.

Nunca había visto a Steve observarme de aquella forma; es más, la mirada que le dirigió a Nicholas fue claramente de censura; por primera vez desde que lo conocía, vi que Steve se dirigía a él de forma amenazante.

—Te lo explicaré en cuanto pueda; ahora, por favor, haz lo que te he pedido, habla con Margot e intenta que nada de lo que pasa aquí salga a la luz. Lo último que quiero es que la prensa se entere de que Noah está conmigo.

Eso me dolió, para qué mentir, pero estaba más concentrada en intentar descifrar qué demonios podía haber pasado para que la prensa hubiese sacado ese titular y que Steve le hiciese frente por primera vez a un Nick al que había protegido y cuidado desde que apenas era un niño.

Steve ignoró a quien en realidad era su jefe y se acercó a la cama donde estaba tumbada.

—¿Todo bien? —se interesó observándome con preocupación.

Tras él, vi cómo Nick se cruzaba de brazos y lo miraba de forma penetrante; claramente no le hacía gracia que estuviese ignorándolo y aún más, conociéndolo, que estuviese frente a la cama en donde estaba recostada bajo las sábanas.

—No debes preocuparte por mí, Steve —contesté intentando transmitir tranquilidad con el tono relajado de mi voz.

No pareció muy convencido con mi respuesta pero, al menos, asintió y sin ni siquiera mirar a Nick, salió por la puerta sin volver a abrir la boca.

—¿A qué ha venido eso? —pregunté ahora fijándome en su reacción.

Nicholas seguía con la mirada fija en el lugar por donde Steve se había marchado.

—Está claro que sus prioridades han cambiado —sentenció molesto, aunque yo noté un deje de aprobación en su voz.

—¿Vas a contarme de una vez por todas con quién te has peleado y por qué? —dije ya con voz cansina.

Se pasó la mano por la cara, donde ya tenía una barba incipiente que le daba un aire de chico malo que conseguía que me vibrase todo el cuerpo.

—Me encontré con Michael en uno de los bares del campus —explicó con mirada desafiante, sin apartar sus ojos de los míos en ningún momento, pues parecía estar midiendo mi reacción con suma atención. Yo, por mucho que me esforcé por disimular mi asombro, no pude hacerlo. Me tensé bajo las sábanas y el miedo se me instaló en el cuerpo—. Nos peleamos y nos echaron a ambos, la prensa se enteró y ahora lo usan para intentar desacreditarme.

Michael y Nick... Joder, la última vez la cosa había acabado muy pero que muy mal. Esa preocupación había desaparecido en cuanto Michael se fue de la ciudad y Nick hizo lo propio. Lo último que hubiese esperado es que volviesen a coincidir y, mucho menos, que llegaran a las manos.

—No deberías haberte pegado con él —le dije. Aunque sonó de forma recriminatoria, estaba asustada, asustada por él porque sabía que no podía meterse en problemas, si Michael lo denunciaba no estaba segura de qué podía llegar a pasarle, pero lo pasado aquella noche de hacía ya tanto tiempo no podía volver a repetirse.

Se acercó a los pies de la cama con todos los músculos marcándosele bajo la ropa.

—¿Lo has vuelto a ver?

¿Michael le había dicho algo sobre el pequeño encuentro que tuvimos hacía cosa de un mes?

—Lo vi en el campus de la facultad, apenas intercambiamos tres palabras, Nicholas, yo quiero verlo tanto como tú; pensaba que no iba a regresar, pero por lo visto es esa su intención.

—No quiero que te acerques a él, Noah. —Sus palabras sonaron claramente como una amenaza.

—No pienso hacerlo.

El asombro cruzó sus facciones, estaba claro que no había esperado esa respuesta por mi parte. La explicación de su estupor era que Nicholas no tenía ni idea del acoso que había sufrido por parte de Michael pocas semanas después de que Nick se marchara a Nueva York. No pensaba contárselo, sobre todo porque estaba casi segura de que las intenciones de Michael no iban más allá del interés inmaduro de joder a Nick, al que nunca había visto con buenos ojos.

—No quiero que ese hijo de puta esté cerca de ti —sentenció ahora acercándose hasta sentarse junto a mí en la cama. Asentí intentando no sentirme cohibida por la intensidad con la que hablaba—. Prométemelo.

Parpadeé cuando vi que mi respuesta era tan importante para él como para mí el hecho de que él también se mantuviese alejado.

—Lo prometo.

—Bien —dijo volviéndose a levantar—. Ahora tengo que irme a la oficina.

Lo miré con desilusión, pero tampoco podía pretender que se quedara encerrado conmigo en aquella habitación durante lo que podía alargarse meses.

—Si necesitas algo, cualquier cosa, llámame al móvil y, por favor, no te levantes de esa cama, Noah —me pidió con firmeza.

Asentí y poco después Nick se marchó; prometió no llegar tarde y me dejó sola en aquella habitación desconocida a la espera de que él regresase.

42

NOAH

Las dos noches siguientes se sucedieron de forma extraña. Nicholas se pasaba casi todo el día en la oficina y, cuando llegaba a altas horas de la madrugada, yo ya estaba sumida en un sueño casi profundo. Cuando abría los ojos, las sábanas de su parte de la cama estaban sin una arruga y simplemente me encontraba con una nota en donde me deseaba un buen día y me advertía sobre no hacer nada que pudiese perjudicarnos a mí o al bebé.

La noche antes de abandonar mi reclusión e ir al hospital me obligué a mí misma a permanecer despierta en el sofá, muy enfadada ya que apenas podía mantenerme quieta en el lugar. Las cosas estaban aún tan en el aire que la ansiedad y el hecho de llevar casi cuarenta y ocho horas sin apenas entablar una conversación decente con nadie estaban terminando por afectarme de forma peligrosa. Me notaba ansiosa, nerviosa, y en ocasiones el miedo a que las cosas saliesen mal o a lo que pudiesen decirme en la consulta conseguían que los días, las horas y los minutos pasasen en una desesperante cámara lenta.

Eran casi las dos de la madrugada cuando la puerta de nuestra habitación se abrió sin apenas hacer ruido. El sofá se encontraba alineado a la izquierda, pero veía perfectamente a cualquiera que entrase en el dormitorio. Nick se detuvo sorprendido al verme allí y algo en su mirada consiguió hacerme sentir lo mismo que uno siente cuando cae en picado por una montaña rusa de más de treinta metros de altura.

—¿Qué haces despierta? —dijo dominando su expresión y dejando su chaqueta de cuero sobre el taquillón de entrada. Al fijarme en él comprobé que no venía de la empresa, su atuendo era informal aunque elegante, pero no había rastro ni de corbata ni de ninguno de los trajes que había mandado recoger de su apartamento.

—Esperarte —contesté notando el cabreo en mi voz. Él tenía libertad para salir por ahí, para verse con gente y comportarse como alguien adulto y social; yo, en cambio, tenía que estar metida en esa habitación sin nadie con quien poder compartir mi miedo y mi ansiedad.

—Deberías estar en la cama —comentó y, para mi asombro, cuando se acercó a donde yo estaba, se inclinó para levantarme en brazos y llevarme él mismo. Me sujeté a su cuello, sorprendida de que volviese a tocarme después de dos largos días sin apenas habernos rozado.

Mi cuerpo vibró como nunca y deseé volver a compartir aquella intimidad que habíamos tenido cuando estuvimos juntos. ¿Se había arrepentido? ¿Volvía a odiarme como antes pero lo disimulaba por el bebé?

Ahora ni siquiera me miraba a los ojos, no desde que le prometí mantenerme alejada de Michael. Tenía miedo de que el regreso de este hubiese despertado todos aquellos recuerdos que sabía aún estaban presentes en su cabeza, recuerdos y heridas que no parecían querer desaparecer. Tenía miedo de que finalmente, después de todo, Nick siguiese pensando que lo mejor era estar separados y que nada, ni siquiera un hijo suyo, iba a hacerlo cambiar de opinión respecto a eso.

Cuando me depositó sobre la cama, no me solté de su nuca. Tiré de él con la intención de que no me soltara, le pedí un beso, y cuando se detuvo justo encima de mis labios, tan quieto que mi corazón casi se paralizó, todos mis miedos se vieron justificados.

—No puedo, Noah —confesó en un susurro, cogiendo mis brazos y apartándome de él. Sin ni siquiera dirigirme una breve mirada, se apartó de mí y se metió en el baño. Yo, en cambio, me quedé quieta donde estaba, asimilando su rechazo.

Mi corazón pareció sangrar bajo mi pecho, comprendiendo que habíamos vuelto al principio. Me arrebujé bajo las sábanas e intenté que no se percatara de las lágrimas que incesantes rodaban por mis mejillas. Me hice la dormida cuando escuché que la puerta del baño se abría y comprendí entonces que Nick no había estado durmiendo conmigo y había hecho la cama después, sino que había estado descansando en el sofá, tan lejos de mí como le había sido posible.

La cita con el médico era a las doce del mediodía, y me sorprendió ver que Nick se había quedado trabajando en la habitación del hotel. Me metí en la ducha sin apenas dirigirle la mirada y, al verme en el espejo, vi que mis ojos estaban hinchados y enrojecidos. No quería que viera lo mucho que me había afectado su rechazo de la noche anterior, así que dediqué un buen rato a tapar aquellas ojeras y presentar un aspecto medianamente aceptable. Es increíble los milagros que puede hacer el buen maquillaje.

Lo que no me hizo mucha gracia fue que cuando fui a escoger qué ropa ponerme caí en la cuenta de que no todo me cabía. Era algo novedoso para mí: nunca había tenido problemas de peso, nunca había tenido que echarme en la cama y meter barriga para abrocharme los vaqueros. Aunque mi barriga de embarazada era aún apenas imperceptible, yo ya me sentía como una auténtica vaca. Mi mal humor era tan evidente que, cuando salí del cuarto de baño, cerré la puerta de un portazo. Nick levantó la vista de su ordenador y se me quedó mirando con curiosidad.

—Necesito que me dejes las llaves de tu coche —dije enfurruñada y deseando salir de aquellas cuatro paredes cuanto antes.

Nick frunció el ceño.

—¿Para qué, si puede saberse?

Lo miré con incredulidad. ¿Se había olvidado?

—Para ir a ver al médico que está a cargo de la salud de tu hijo: para eso necesito las llaves.

Nick intentó ocultar una sonrisa que amenazaba con dibujarse sobre sus labios y se levantó de la silla. Cerró el portátil, cogió las llaves del coche y las hizo girar en sus dedos.

—Soy consciente de que hoy tienes que ver al ginecólogo, lo que no entiendo es qué te hace pensar que vas a ir conduciendo tú.

Apreté la mandíbula con fuerza.

—Soy perfectamente capaz de conducir un coche; es más, puedo afirmar que incluso lo hago mejor que tú.

Nick se me acercó, sonriendo ya sin ocultarlo, y por unos momentos sus ojos viajaron por todo mi cuerpo. Me hubiese gustado ponerme un burka, en aquel instante lo último que me sentía era atractiva y que él estuviese tan espectacular solo consiguió enfadarme todavía más.

—Ya me demostrarás tus capacidades de conducción más adelante, Pecas, ahora mismo lo último que quiero hacer es ponerte delante de un volante —dijo cogiendo su chaqueta y la mía y abriéndome la puerta—. Vamos, tengo ganas de conocer a mi hijo.

Tardé unos segundos de más en reaccionar, pero finalmente obligué a mis piernas a moverse. No salimos por la puerta principal del hotel, sino que bajamos al aparcamiento directamente. Cuando nos metimos en la autovía, sentí que había algo que debía comunicarle, por muy enfadada que estuviese.

—Hoy puede que nos digan el sexo del bebé —comenté como si nada, quitándole hierro al asunto, aunque por dentro me moría por descubrir si lo que llevaba en mi interior era una mini-Noah o un mini-Nick.

Nicholas se volvió hacia mí abriendo los ojos con sorpresa.

—¿Hoy? —preguntó centrándose otra vez en la carretera; noté por el movimiento de sus manos sobre el volante que se había puesto más nervioso de lo que intentaba aparentar.

—Podría haberlo sabido hace semanas, pero... preferí esperar —admití mirando hacia otro lado.

No quería confesarle que la idea de recibir aquella noticia sin él a mi lado me había resultado insoportable, no quería que supiese lo mucho que lo necesitaba en esos momentos, más que nunca diría yo.

Nick me cogió la mano de improviso y se la llevó a los labios, donde me rozó con un beso fugaz. Lo miré sorprendida de que hubiese derrumbado aquella barrera que tan bien había construido a nuestro alrededor.

—Gracias por esperarme —dijo con emoción, mirándome a los ojos con ternura infinita. No había hecho falta decirlo en voz alta, me conocía casi mejor que yo misma.

Después de eso un silencio no tan incómodo se instaló entre nosotros, y la curiosidad por saber qué estaba pensando con tanta concentración me obligó a romperlo a pesar de mis reticencias.

—¿Tú qué prefieres?

Nick sonrió sin devolverme la mirada esta vez.

—¿Y tú?

—Yo he preguntado primero.

Nicholas se rio y me miró fugazmente antes de volver a centrarse en los coches que había frente a él.

—Supongo que las niñas se me dan bien —reconoció tras deliberar durante unos segundos.

—Y tanto. —No pude evitar contestarle.

Mi acusación no pasó inadvertida, pero decidió ignorar mi comentario.

—Si no recuerdo mal, hace un par de noches te escuché llamar al bebé Mini Yo, ¿o me equivoco?

Sentí que me ruborizaba; vale sí, así es como lo llamaba en mi mente, pero eso no significaba que lo viese como una niña.

—No sé si sería capaz de aguantar a un Nicholas en miniatura —solté a la defensiva, aunque una calidez infinita se apoderó de mi cuerpo cuando imaginé a un bebé como Nick entre mis brazos.

—Una Noah en miniatura acabaría también con mi paciencia, Pecas. A veces compadezco a tu pobre madre, lo que tuvo que aguantar...

Lo fulminé con la mirada aún a pesar de que sabía que estaba bromeando.

—No te preocupes, yo cuidaré de nuestra hija tanto si es insoportable como yo o pedante como su padre.

Nick siguió mirando hacia delante con una sonrisa enorme en su rostro, ya ni siquiera se molestaba en disimularlo.

—Si tenemos una hija, será la niña más querida del mundo. Noah, no habrá padre en este planeta que la vaya a cuidar tan bien como yo, eso tenlo por seguro.

Las bromas desaparecieron en cuanto soltó aquel comentario y yo tuve que mirar por la ventanilla para ocultar mi rostro y las emociones que acababan de despertar en mí sus palabras.

Yo no había sabido lo que era tener un padre que me quisiese y me protegiese sobre todas las cosas y el simple hecho de imaginármelo, de ver a Nick con nuestra hija o hijo, me hizo comprender que, pasara lo que pasase entre los dos, nuestro bebé sería el más querido, de eso estaba completamente segura.

Llegamos al hospital poco tiempo después y no pude quitarme de la cabeza la sensación de que entrar allí con él y ver juntos al bebé en la ecografía iba a hacerlo todo muchísimo más real. En la sala de espera había muchas mujeres acompañadas de sus parejas. Nick y yo éramos los más jóvenes de todos. Se me hizo muy extraño vernos a ambos en aquella situación. Cuando dijeron mi nombre no pude evitar buscar la mano de Nick para entrar en la consulta.

De repente volví a tener mucho miedo por lo que fueran a decirnos del bebé, y más ahora que las cosas empezaban a convertirse en algo ya más real y tangible. No había nada que deseara más que traer al mundo un bebé sano y feliz, y odiaba pensar que mi cuerpo quizá impidiera que ese anhelo se hiciera realidad.

El doctor Hubber me saludó con afecto cuando entramos juntos en la consulta y miró con curiosidad a Nick, que le tendió la mano y lo observó con fingida educación. Lo conocía lo suficiente para saber que ya iba a empezar a sacarle defectos.

—Doctor, él es Nicholas Leister, mi... Bueno, el padre —aclaré ruborizándome y sintiéndome bastante estúpida.

Nicholas no agregó ningún tipo de aclaración y, aunque me hubiese gustado ver cómo marcaba el territorio como solía hacer antes cuando estábamos juntos, en aquel momento solo podía pensar en que todo estuviese bien con respecto a Mini Yo.

El doctor Hubber me indicó que me recostara en la camilla mientras me hacía algunas preguntas rutinarias.

Nicholas parecía estar poniendo toda su concentración en mis respuestas y al escuchar algunas su ceño fue haciéndose más y más pronunciado. Cuando el doctor acercó la sonda y me pidió que me levantara la camiseta, Nick dio un paso hacia delante y se colocó junto a mí, sus ojos fijos en cada uno de los movimientos del médico. Me puso el gel frío y empezó a deslizar la sonda sobre mi piel desnuda; unos segundos después Mini Yo apareció en pantalla. Aunque hubiesen pasado apenas dos semanas, las diferencias eran muy evidentes. El bebé estaba mucho más grande que la última vez y sus rasgos se iban alejando ya de los de una especie de renacuajo con piernas y brazos.

Siempre había sido increíble verlo, pero en esa ocasión fue mucho más especial. Me fijé en la expresión de Nick, que parecía totalmente aturdido y comprendí esa sensación: una cosa era que te lo dijeran y otra muy distinta verlo por ti mismo.

El ginecólogo siguió moviendo la sonda y empezó a hacer sus cálculos y medidas.

—Tengo buenas noticias —anunció mirándonos a ambos—: el hematoma ha desaparecido casi por completo; aún hay una sombrita, pero eso terminara yéndose en los próximos días casi con total seguridad.

—¿Eso significa que el bebé ya no corre ningún peligro? —pregunté emocionada y sintiendo un alivio tan inmenso que fui consciente del peso que había estado cargando todas aquellas semanas sin ni siquiera darme cuenta.

—Seguiremos controlándote cada mes, pero sí, por ahora todo está como debe estar —me contestó el médico con una sonrisa amable—. Has hecho un buen trabajo, Noah.

Dejé caer la cabeza hacia atrás y suspiré con alivio.

—Entonces, ¿ya puedo hacer vida normal, doctor?

Fue a contestarme, pero Nick lo interrumpió, mirándolo con desconfianza.

—Ha dicho que el hematoma no ha desaparecido del todo. ¿No es aconsejable que siga haciendo reposo, al menos durante un par de semanas más?

«¡¿Qué?! ¡No!»

Fulminé a Nick con la mirada, pero este me ignoró por completo.

—Puede hacer vida normal, señor Leister, pero nada de estrés ni de esfuerzos físicos; como le dije la primera vez que la vi, este es un embarazo complicado por su historial y por cómo se ha estado desarrollando el embarazo. No tiene que preocuparse, pero sí tomarse la vida con calma. Ya está en el segundo trimestre, y las cosas a partir de ahora empezarán a ir mucho más rápido. El bebé ha crecido bastante desde la última vez que la vi, pero no lo suficiente, lo que me indica que ese estirón lo pegará en las próximas semanas.

Genial, lo que significaba que iba a ponerme como un tonel.

—Me gustaría pedir una segunda opinión, si le parece bien —comentó Nick aún con desconfianza.

—Nicholas —lo reprendí, llena de vergüenza.

El facultativo no pareció ofendido por ese último comentario.

—No tengo ningún inconveniente en recomendarle a alguno de mis colegas, señor Leister.

—No será necesario.

Ambos se sostuvieron la mirada unos segundos de más y yo quise que la tierra se me tragase. Maldito Nicholas, no pensaba ir a ningún otro médico: el doctor Hubber me gustaba y era muy bueno, lo había buscado en internet para asegurarme y había sido de los mejores de su promoción. Nicholas, como siempre, exageraba.

—¿Les gustaría saber el sexo del bebé? —nos preguntó entonces con una amable sonrisa que destensó el ambiente de inmediato.

Miré a Nicholas con nerviosismo y él me sonrió inspirándome una tranquilidad que solo consiguió afectarme aún más.

—Nos encantaría, doctor —dijo él cogiéndome de la mano.

El médico volvió a deslizar la sonda sobre mi piel y, después de lo que me pareció una eternidad, nos miró con una sonrisa jovial.

—Es un niño.

El mundo se paró y también mi corazón.

Un niño... Sentí tanta emoción que los ojos se me llenaron de lágrimas. Nuestras miradas se encontraron y ambos sonreímos divertidos, recordando la conversación del coche. Ver la reacción de Nick fue algo que aún atesoro como los mejores recuerdos de mi vida. Su emoción era tal que permaneció con los ojos clavados en la pantalla durante varios segundos. Lo que hizo a continuación me pilló por sorpresa: se inclinó hacia mí y me estampó un beso en los labios, un beso que recibí con gusto y vergüenza, ya que el doctor Hubber estaba a menos de medio metro de distancia. Sus ojos buscaron los míos cuando se separó de mi boca y sentí que me derretía por completo.

—Mini Tú ha terminado por ser Mini Yo —comentó sonriéndome.

—Que no se te suba a la cabeza —le advertí feliz.

De camino de vuelta al hotel, y ahora que sabíamos que el bebé estaba bien y que yo podía hacer vida normal, empecé a hacer planes en mi cabeza, planes en los que por fin podía retomar las riendas de mi vida. Necesitaba volver a sentirme útil. Para alguien como yo, acostumbrada a estar siempre para arriba y para abajo, haber pasado casi un mes en cama había sido una horrible pesadilla.

—Necesito estirar las piernas, Dios, quiero salir a correr, quiero ir a la facultad, volver a trabajar... —solté de forma soñadora, mirando por la ventanilla.

—¿No has oído al médico? —me soltó Nicholas de mala manera—. El hematoma no ha desaparecido por completo, no puedes volver a hacer esas cosas como si nada.

Volví el rostro en su dirección.

—¿No lo has oído tú? Ha dicho que ya puedo hacer vida normal. Es fácil opinar cuando no has tenido que estar un mes postrado en una cama.

Nicholas soltó el aire por la nariz y apretó el volante con fuerza.

—Tenemos que hablar sobre mi apartamento en el centro... Sé que no quieres ir allí y lo respeto, pero necesitamos poner las cosas en orden. El hotel está bien, pero ahí llamo demasiado la atención y ahora mismo es lo último que deseo.

«¿Tenemos?»

—Yo tengo mi apartamento pagado y esperando a que me instale, Nick —dije deseando poder regresar allí y pasar un tiempo sola y prepararme para lo que se me venía encima—. Tú puedes regresar al tuyo.

—¿Eso es lo que quieres? ¿Que vivamos separados? —El tono de su voz transmitía dolor, un dolor que se mezclaba con el enfado que sentía por mis palabras.

—No podemos vivir juntos básicamente porque no estamos juntos.

Y, por mucho que lo odiase, esa era la realidad.

—Por Dios, Noah, las cosas han cambiado, ¿no te parece?

Negué con la cabeza, eso era justamente lo que no quería que pasara.

—Lo que ha cambiado es que voy a tener un bebé, pero nadie dice que tú y yo tengamos que volver por eso. Yo he terminado por aceptarlo, así que...

—Así que ¿qué? —dijo girando bruscamente a la derecha y entrando en el aparcamiento del hotel—. La he cagado, y ahora voy a hacerme cargo de vosotros.

—¿Que te vas a hacer cargo? —le repuse indignada—. Yo no soy tu responsabilidad, y no pienso estar con alguien que dejó más que claro que no iba a volver a quererme y mucho menos a confiar en mí, así que, volvemos al principio. Podrás encargarte del niño conmigo, pero eso es todo: no voy a vivir contigo, no voy a hacer lo que tú me digas ni voy a cambiarme de médico. Hasta que no dé a luz las decisiones las tomaré yo y, cuando el bebé nazca, pondremos las cosas en regla para poder criarlo juntos, pero cada uno en su casa.

Me bajé del coche dando un portazo. Esto era justamente lo que había temido desde el principio, que Nicholas viera el embarazo como una manera retorcida de volver conmigo. Así, sin embargo, no se hacían las cosas, no buscaba compasión en Nicholas ni estar a su cargo... ¡Por Dios santo!, por mucho que me doliese aún su rechazo, nunca le haría algo así, nunca lo obligaría a volver conmigo.

Nicholas se mantuvo en silencio hasta llegar a la habitación.

—Entonces, tu plan es que cada uno siga con su vida y después, ¿qué? ¿Tener la custodia compartida? ¿Eso es lo que quieres? —me planteó sentándose en el borde de la cama y observándome mientras yo empezaba a descolgar mi ropa de las perchas y las doblaba de cualquier manera sobre la mesita que había frente a la cama. Mis ojos se desviaron de la ropa un segundo y se fijaron en él. Parecía tranquilo, pero por mucho que ahora lograra mantener la calma, yo sabía muy bien lo que se escondía bajo esos ojos. No le hacía ni pizca de gracia lo que había dicho en el coche y, ahora que yo lo escuchaba de sus labios, no pude evitar sentir lo mismo—. Tendremos que dividirnos los días, los fines de semana, las vacaciones... ¿Eso es lo que quieres? ¿Quieres que nuestro hijo se críe con padres separados?

Mis ojos se humedecieron ante la horrible realidad que estaba planteándome. Yo sabía lo que era criarse de esa manera: la mitad de mi vida no había tenido padre y la otra me la había pasado escondiéndome por temor a que me hiciera daño. Nick también había tenido que ver cómo sus padres se separaban y su madre lo abandonaba.

Por un momento me imaginé a mi dulce bebé, de grandes ojos azules y pelo rubio como yo pasando por lo que ambos tuvimos que pasar, y mi corazón se me encogió de una manera que no había sentido hasta entonces. Me mordí el labio intentando controlar el temblor, y Nicholas se levantó y vino hacia mí.

—Deja que cuide de ti —me pidió entonces a la vez que su mano me acariciaba la cara y sus ojos se sumergían en los míos con férrea determinación—. Sé lo que te dije, sé que te dije que no iba a ser capaz de perdonarte y no he podido quitármelo de la cabeza desde que me fui: tu reacción, tu tristeza... me han perseguido cada día que hemos estado separados, Noah. Las cosas han cambiado, ahora mi forma de ver todo esto no es la misma, lo veo todo de un color diferente. Cuando he visto a nuestro hijo en esa pantalla, Noah... Joder, he sido el hombre más feliz de la Tierra y no solo porque vaya a tener un bebé precioso, sino porque lo voy a tener con la mujer que ha puesto mi mundo patas arriba.

Cerré los ojos con fuerza y noté cómo una lágrima boicoteaba mi autocontrol. Nick apoyó su frente contra la mía y suspiró embargándome con su tibio aliento.

—Nos hemos hecho mucho daño, Pecas, no creas ni por un instante que no soy consciente de cada palabra hiriente que ha salido de mi boca. No dudes al pensar que he querido verte sufrir como yo sufrí después de lo de Michael, pero nunca, Noah, nunca he dejado de pensar que eras la mujer de mi vida.

Abrí los ojos.

—He dejado a Sophia, Noah.

Noté cómo mi corazón se aceleraba al pensar en ellos dos juntos, en las noches que pasé llorando en mi cama después de verlos en las revistas o en la televisión. Las cosas que Nick había dicho respecto a ella, que era mejor mujer para él, más madura, más lista, más todo... seguían estando presentes en mis recuerdos y supe que siempre sería una espinita clavada en mi corazón.

—No deberías haberlo hecho. —No lo estaba mirando al hablar, pero su mano me cogió la barbilla para obligarme a hacerlo. No comprendió mis palabras y seguí hablando de forma casi atropellada—. Nicholas, tú no vas a ser capaz de olvidar que te engañé con otro y yo no sería capaz de soportar perderte otra vez... Tengo miedo, estoy tan asustada que lo último que puedo hacer ahora mismo es ponerme a probar si lo nuestro puede o no volver a funcionar.

—Déjame demostrarte que lo que digo es totalmente cierto, Noah.

Negué con la cabeza y entonces me cogió el rostro entre sus manos y me besó como había deseado desde que nos habíamos separado. Sus labios se posaron en los míos, primero una y luego dos veces y ejercieron la presión suficiente para hacerme suspirar. Su lengua se adentró en mi boca y me derretí ante su sabor, me derretí al sentirlo contra mi cuerpo, su brazo me levantó por la cintura y mis piernas rodearon sus caderas. Me mordió el labio, lo chupó después y luego me besó esperando una respuesta en mí que no volvió a aparecer. Sus palabras me habían paralizado, fue un momento en el que pude ver la luz al final del túnel, la vi claramente, pero también vi que para llegar hasta allí iba a tener que sortear todo tipo de obstáculos, obstáculos que no estaba segura de si iba a ser capaz de superar.

Nicholas se separó entonces de mi boca y me depositó en el suelo.

—Estos últimos días ni siquiera me habías tocado... Pensé...

—No te he tocado porque si empezaba no iba a poder parar —se justificó, apoyando su frente contra la mía—. Quería darte espacio, no quería empujarte a hacer nada que no quisieras...

Me quedé sin palabras.

—Voy a tener un hijo contigo, Noah —dijo mirándome a los ojos—, y va a ser *contigo*, por mucho que tarde en demostrarte que no pienso irme a ningún lado.

Dios mío..., ¿hablaba en serio? ¿Eran ciertas sus palabras? Quería a ese hombre con toda mi alma y solo deseaba que volviera a amarme como yo lo amaba a él.

—Vayamos despacio, Nick —le pedí y él se incorporó para, con una sonrisa, mirar fijamente mis ojos color miel.

—Mejor: empecemos de cero —decidió.

43

NICK

La ayudé a recoger y juntos hicimos las maletas. Mientras Noah iba y venía por la habitación, yo la observaba disimuladamente embelesado. Era consciente de que demostrar que mis palabras e intenciones eran ciertas no iba a ser cosa de coser y cantar, y menos después de cómo prácticamente le juré que no íbamos a volver a estar juntos. Pero todo eso me daba igual, siempre en el fondo de mi corazón había deseado que algo ocurriera, que algo pasara y que el motivo que me obligase a regresar con ella fuese lo suficientemente justificable como para no sentir que me engañaba a mí mismo.

Mi mayor miedo siempre había sido perderla, perderla del todo. Al engañarme y separarnos durante más de un año creí que había hecho lo correcto. Yo no perdonaba con facilidad, Noah tenía razón en eso: mi propia madre enferma de cáncer aún luchaba por conseguir mi perdón y yo aún peleaba conmigo mismo para poder dárselo.

«Perdón», una sola palabra... y vaya si era importante. Noah era la persona a la que había abierto mi corazón casi al completo, y ahora, después de saber lo que era perder eso, saber que había una excusa que me iba a unir a esa mujer de por vida me había supuesto toda esa seguridad que desde el comienzo de nuestra relación me había faltado.

Habían sido ciertas mis palabras antes de despedirnos la última vez, o por lo menos las creí ciertas cuando se las dije en su momento. De verdad creí que no había nada que Noah pudiese hacer para hacerme cambiar de opinión y ahora me daba cuenta de que sí había algo que podía invalidar completamente aquella afirmación. Siempre me había sentido la segunda opción de muchas personas. Mi padre siempre prefirió su negocio antes que a mí, incluso ahora, después de conocer toda la historia sabía que amaba más a su actual mujer de lo que nunca amaría a su primer hijo; mi madre, bueno, mi madre me había dejado para largarse con un hombre, antepuso su propia venganza contra mi padre al amor que supuestamente había sentido por mí... y Noah... Noah lidiaba con problemas mucho más graves que los míos y, por mucho que hubiese intentado hacerme creer que me amaba con locura, siempre se me hizo más fácil esperar lo peor, no creérmelo del todo y simplemente rezar para que todo saliera bien. Era muy consciente de que nuestros problemas e inseguridades nos habían terminado llevando al punto en el que estábamos ahora y, después de casi veinticinco años, por fin encontraba ese algo que me había hecho falta para poder relajarme y creer que el amor sí era posible y que sí había alguien que iba a anteponerme a cualquier cosa.

Ese niño que estaba en camino era mi esperanza de un amor incondicional y la persona que me lo daba era nada más y nada menos que la que quería que me amara con todo su corazón. ¿Cómo no iba a perdonarla? ¿Cómo no iba a dejar el pasado atrás cuando acababa de darme lo que siempre, aunque no lo supiera, había necesitado desde que la vi?

Sentí paz por fin, paz en mi alma y paz en mi mente. Fue como si de repente la tormenta que se había adueñado de mi mundo se disipara dejando en su lugar un sol radiante que incluso me cegaba. Supongo que eso era lo que se sentía al perdonar de verdad. Una calma infinita..., un amor incondicional.

En su apartamento cargué con su maleta y observé nervioso cómo se movía de un lado para otro, sacando cosas de cajas e insistiendo en empezar a colocarlas en las estanterías. Cuando la vi subiéndose a una silla para llegar a un estante casi me da un infarto. Fui hacia allí y la cogí en brazos para bajarla antes de que se me saliera el corazón por la boca.

—¡Joder, Noah! —exclamé depositándola en el suelo y arrancándole lo que había estado intentando colocar allí arriba—. Hoy es el primer día después de semanas en cama, ¿puedes tomártelo con calma?

—Es que estoy nerviosa y no puedo estarme quieta, lo siento —se excusó y se separó de mí como si mi cercanía la quemara. La observé de reojo mientras cruzaba la habitación hasta quedar lo más lejos de mí.

—¿Estás segura de que no quieres que pase aquí la noche? —le planteé odiando tener que dejarla.

Ahora me iba a ser muy difícil separarme de ella, maldita sea, quería llevarla a vivir conmigo, cuidarla y darle lo que necesitaba.

Antes de que pudiera contestar a mi pregunta, la puerta del apartamento se abrió y entraron Lion y Jenna, ambos con una sonrisa radiante en el rostro y sosteniendo un montón de globos azules.

—¡Es un niño!

Miré sorprendido en dirección a Noah y esta se encogió de hombros sonriendo un segundo después. Jenna se abalanzó sobre ella para darle un abrazo y los globos salieron volando hasta chocar contra el techo. Lion vino hacia mí con un pequeño oso de color azul claro y me lo tendió con una sonrisa de auténtico capullo.

—Papá, ¿eh? —dijo y sentí un nudo en la garganta al escuchar esa palabra.

Dios... Iba a ser padre, más me valía empezar a hacerme a la idea.

—¡Esto hay que celebrarlo! —propuso Jenna, dando palmas y tirándoseme a los brazos un segundo después—. Como no me elijáis como madrina le contaré a tu hijo todas tus miserias. —Me susurró al oído, circunstancia que yo aproveché para tirarle del pelo—. ¿Dónde queréis ir? Podemos ir a cenar, o a algún pub, o incluso podemos largarnos el fin de semana. ¡Esto se merece una celebración por todo lo alto!

Solo me bastó una mirada para saber que eso no era lo que Noah quería en aquel momento. Lo del bebé no había sido algo que hubiésemos esperado y, por mucho que yo estuviese feliz por tenerlo, sabía que Noah quería sentir que todo seguía como siempre. Por fin podía hacer vida normal y lo primero que había dicho había sido que quería regresar a clase, trabajar y salir por ahí. Ni una mención al niño.

No quería agobiarla mucho con el tema, la conocía lo suficiente como para saber que tarde o temprano iba a terminar haciéndose a la idea, pero temía que antes de eso se derrumbara. Solo esperaba estar a su lado cuando ocurriese.

—Podemos ir a bailar —sugerí tragándome todos mis deseos de meter a Noah en la cama y obligarla a quedarse bajo las sábanas. Noah me miró con sorpresa—. Siempre que te lo tomes con calma. ¿Te apetece?

Una sonrisa franca apareció en sus labios y sentí que mi corazón dejaba de latir unos instantes.

—Sería divertido, sí —dijo, contenta por primera vez desde que habíamos salido de la consulta del médico.

Jenna estuvo de acuerdo con la proposición y, mientras Lion y yo salíamos a la calle a esperar que Noah se cambiara de ropa, saqué un cigarrillo y fumé por primera vez desde que me había enterado de que iba a tener un hijo.

—¿Cómo lo llevas? —inquirió Lion observándome con disimulo. Él también se encendió un cigarrillo.

—Intento hacerme a la idea de que dentro de unos cuatro meses mi vida va a cambiar para no volver a ser la misma.

—¿Y qué pasa con Noah? ¿Volvéis a estar juntos? —me preguntó con tacto.

Miré fijamente la puerta del apartamento.

—Estoy en ello —contesté y justo entonces aparecieron las chicas. Noah había cambiado los vaqueros por un vestido que parecía una camiseta, medias trasparentes y botas altas. También se había dejado el pelo suelto y maquillado los labios y los ojos. Juro por Dios que nunca la había visto más hermosa en mi vida.

Mis ansias por meterla en casa y llevármela a la cama crecieron casi tanto como mis ansias por hacer que esa noche se lo pasase en grande. Vino hacia mí con la duda reflejada en su rostro.

—¿Todo bien? —le pregunté conteniendo las ganas terribles de atraerla hacia mí y besarla hasta dejarla sin aliento.

Asintió sin mirarme directamente a los ojos. Era consciente de que estar bien juntos iba a llevarnos nuestro tiempo, pero ahora más que nunca necesitaba reclamarla como mía.

Cuando puse el coche en marcha noté que Noah se movía inquieta sobre el asiento.

—¿Qué ocurre? —le pregunté observándola de reojo sin apartar mi atención de la carretera.

Noah negó con la cabeza en silencio, pero pude ver claramente que algo la inquietaba.

—Noah, puedes contármelo.

—Solo... ¿Qué vamos a decirle a nuestros padres?

«¿Eso es lo que la tiene tan preocupada?»

—Noah, no te agobies pensando en qué dirá la gente, ¿vale? Nuestros padres conocen nuestra historia, les diremos que volvemos a estar juntos y, cuando estés preparada, les contaremos lo del bebé.

—A mi madre le va a dar un infarto —afirmó en voz baja mirando por la ventana—; además, lo de que estamos juntos aún no lo sabemos... Tenemos que ver si va a salir bien. Lo mejor será no contarles nada, al menos por ahora, apenas se nota, ¿no?

Ambos desviamos la mirada a su barriga y en verdad era casi imperceptible, pero eso no iba a tardar en cambiar, ya era bastante inusual que no se le notara a no ser que te fijaras: Noah estaba de cinco meses. Nuestros padres iban a tener que enterarse y la gente tampoco tardaría en saberlo. De repente me sentí ansioso por querer proteger a Noah de cualquier tipo de habladuría que surgiese a raíz de ese embarazo. De cara a la galería yo aún salía con Sophia Aiken, por lo que cuando se supiese lo de Noah se iba a montar un escándalo. Iba a tener que prepararla para hacerle frente.

—No creo que podamos alargarlo mucho más, pero solo lo diremos cuando estés lista, ¿de acuerdo?

Noah asintió y poco después llegamos a la discoteca. El ambiente era ensordecedor y pedí que nos abrieran un reservado. Jenna no dejaba de hablar del bebé, de cómo lo llamaríamos, de donde íbamos a vivir, de qué color íbamos a pintar su habitación..., incluso yo empecé a agobiarme. Noah intentaba seguirle el rollo a su amiga, pero hasta Lion pareció captar que ya se estaba pasando de la raya.

Lion y Jenna se fueron a bailar y Noah se quedó observando a la multitud desde la distancia. En un momento dado, Jenna tiró de ella, se la llevó a la pista y bailaron un rato. Yo observé cada uno de los movimientos de Noah, aguantando la respiración, pero supe que algo le pasaba cuando a los diez minutos regresó para sentarse a mi lado.

No se lo estaba pasando bien.

—¿Quieres irte? ¿Estás cansada? —le pregunté con todas las alarmas resonando en mi cabeza.

Noah forzó una sonrisa y negó con la cabeza.

Aguantamos una hora más y finalmente fui yo el que insistió en marcharnos. Sabía que algo le pasaba y, por mucho que intentara disimular con nuestros amigos, creía seguir conociéndola lo bastante bien como para darme cuenta de su estado de ánimo. Nos despedimos de Jenna y Lion, y fuimos a buscar el coche. El trayecto de vuelta al apartamento lo hicimos en silencio. Ya dentro no pude aguantarme más. La atraje hacia mí y la estreché entre mis brazos.

—Dime qué te preocupa.

Ella apretó sus brazos alrededor de mi espalda y apoyó su mejilla en mi pecho.

—Creo que no ha sido buena idea salir esta noche —comentó sin mirarme—. Ese ya no es mi lugar, ¿verdad? Las fiestas, trasnochar, la universidad... Voy a dejar de ser yo misma para convertirme...

Tiré de ella para poder mirarla a los ojos.

—No vas a convertirte en nada, Noah; que vayas a ser madre no significa que tú vayas a cambiar.

Negó con la cabeza con el ceño fruncido. Parecía estar teniendo una trifulca mental sin solución.

—No, eso no es verdad. Ya has oído a Jenna, no paraba de hablar del bebé... La gente ahora solo va a verme como eso, como una madre. Ya no voy a ser la misma chica de antes y me da miedo porque ni siquiera he descubierto quién soy.

No quería que fuese por ahí, no quería que pensara que iba a tener que renunciar a nada.

—Juro que vas a seguir siendo la misma persona que conocí hace tres años, Noah... La misma persona que me volvió loco solo con entrar a mi cocina y me lanzó una mirada envenenada, la misma persona que me hizo perder un Ferrari, la misma que jugó conmigo al juego de las veinte preguntas, la misma que quería ser escritora, viajar, abrir una protectora de animales, aprender a hacer surf, la misma persona que juró besarme todos los días hasta que ya no pudiésemos hacerlo, la misma persona que me dijo una vez que no podía tener hijos... Vas a ser todo eso y más, Noah.

Ella negó con la cabeza y se separó de mis brazos.

—Sé que es horrible pensar así, quiero a este bebé, de verdad que sí —confesó con los ojos llenos de lágrimas—, pero no lo quería ahora, ¿entiendes? Ni siquiera sé qué voy a hacer mañana o a qué me voy a dedicar... Ahora dependo de ti, Nick, y por mucho que insistas en querer volver conmigo, yo no puedo hacer como si los últimos meses nunca hubiesen existido...

—Noah... —empecé a decir, pero me interrumpió.

—No era esto lo que había planeado para mi vida, no era esto lo que quería. Sé que suena muy tradicional, pero yo quería estar casada, tener una casa, seguridad económica, un trabajo, una vida antes de decidir formar una familia. No tengo nada de eso, todo es incierto, y me da miedo traer a este bebé al mundo y no poder darle lo mejor.

—Tendrá lo mejor, Noah, y tú también. Estoy aquí, mírame, no voy a ir a ninguna parte.

¿Cómo podía hacerle entender que mi objetivo en la vida iba a ser hacerla feliz?

—Pero lo hiciste..., te fuiste —replicó separándose de mí cuando me acerqué con la intención de tocarla. Quería que se calmara, quería que viera el lado bueno de las cosas.

—Tenía que irme —repuse poniéndome serio—. Este año y medio que llevamos separados nos ha cambiado a los dos, Noah, no podíamos seguir en el punto en el que todo terminó, no éramos buenos el uno para el otro en ese momento. Yo no te hacía feliz y tú conseguiste hacerme más daño que nadie que haya conocido jamás.

Noah pareció dejar de respirar.

—No es mi intención echarte nada en cara, simplemente quiero que veas las cosas desde otra perspectiva. El destino ha decidido que volvamos a juntarnos, ese bebé te ha devuelto a mí y yo soy feliz por eso. Y tú también vas a serlo, Noah, ese será mi cometido.

—¿Y si esta vez soy yo la que no consigue hacerte feliz?

Negué con la cabeza y le cogí el rostro entre mis manos.

—Eso es imposible...

La besé en los labios, la necesitaba más que nunca, quería hacerle el amor lentamente, volver a empezar donde lo habíamos dejado, necesitaba volver a sentir su piel contra la mía, oír los gemidos salir de entre sus labios, oírla decir mi nombre una y otra vez... Pero le prometí ir despacio.

—Debería irme —comenté separando mi boca de la suya. Las mejillas de Noah se habían ruborizado y estaba tan jodidamente adorable que tuve que hacer acopio de todas mis fuerzas para apartarme de ella—. Te llamo mañana, ¿de acuerdo?

Me afectó lo que vi en sus ojos y volví a besarla. Cuando me aparté, le susurré al oído.

—Si quieres que me quede, solo tienes que pedirlo.

Noah dio un paso hacia atrás.

—Estoy bien.

Sentí un pinchazo de dolor, pero forcé una sonrisa.

—Adiós, Pecas.

44

NOAH

A pesar de la intensa charla que había tenido con Nick la noche anterior y después de tantas emociones juntas, como descubrir que iba a tener un niño y que estaba bien, pude dormir como no lo había hecho en meses. Dormí como un tronco, o como un bebé, nunca mejor dicho, pero mi despertar no fue tan agradable como esas horas que había permanecido casi inconsciente.

Un calambre me recorrió todo el cuerpo y un sudor frío me humedeció la nuca y la espalda. Abrí los ojos un segundo y, de sopetón, sentí unas arcadas horribles que me hicieron salir corriendo hacia el baño para vomitar lo poco que me había llevado al estómago la noche anterior.

Dios.

Estuve un buen rato arrodillada delante del váter, la frente pegajosa y las piernas temblorosas. Cuando ya no tuve nada más que echar por la boca, me sentí con fuerzas para meterme en la ducha y procurar recuperarme de lo que acababan de ser mis primeras náuseas matutinas.

¿Eso no se suponía que ocurría al principio del embarazo?

Todo lo concerniente a mi bebé estaba resultando ser diferente a las cosas que había leído o había supuesto desde siempre. Cada mujer es un mundo, sí, vale, pero, joder..., creía que me había librado de eso.

Ese día iba a tener que ir a clase, ya no podía seguir faltando, y también iba a tener que volver a trabajar. Los exámenes ya habían pasado y ahora más que nunca necesitaba el dinero. Cuando me fui de LRB, Simon me había ofrecido un empleo en su antigua empresa y le dije que lo pensaría. Ahora que ya volvía a estar en condiciones para hacerlo, lo había llamado y me había dicho que podía empezar el lunes, o sea ese mismo día. Tenía terror de admitir que estaba embarazada, pero no iba a poder seguir ocultándolo.

Me vestí con una falda de vuelo y un jersey de color negro, ya que no quise pasar por el mal trago de ver cómo los vaqueros no me cabían. Salí a la calle con un hambre feroz, las náuseas habían desaparecido y lo único que quería hacer era llevarme al estómago todo lo que contuviese la letra T: tortitas, tofu, té, tarta, tiramisú, tacos, tallarines... Estaba tan concentrada en esos pensamientos que por poco no vi a quien me esperaba apoyado contra un Mercedes negro.

—Buenos días, Pecas —me saludó separándose del coche y viniendo a mi encuentro. Antes de que pudiera asimilar su presencia ya me había dado un casto beso en los labios—. ¿Desayunas conmigo? —preguntó un segundo después.

Asentí casi por inercia y diez minutos después estábamos sentados en una elegante cafetería del centro.

—¿Cómo te encuentras? —me preguntó mientras me comía gustosa un plato de tortitas con sirope de arce y un zumo de naranja recién exprimido.

—¿Después de casi echar hasta el último higadillo? Bastante bien.

Nick se me quedó mirando perplejo.

—¿Has vomitado? ¿Por qué no me llamaste, Noah? —me recriminó entre enfadado y preocupado.

Puse los ojos en blanco.

—Créeme..., no habrías querido estar allí; además, estoy casi segura de que se va a repetir mucho de ahora en adelante y no te puedo llamar cada vez que pase algo normal como tener náuseas matutinas, Nick. Relájate.

No pareció muy convencido por mi explicación, pero me miró divertido mientras comía como una foca hambrienta.

—¿Vas a ir a trabajar después de clase?

Asentí mientras terminaba mi plato y pasaba a prestarle un poquito de atención. ¡Joder, qué guapo iba! ¿Cómo no me había dado cuenta hasta entonces? Supongo que otro tipo de hambre distinta había escalado en mi lista de prioridades hasta alcanzar el primer lugar. Cambiar a Nick por tortitas... ¡Dios, debería horrorizarme!

—No hay nada que pueda hacer para convencerte de que vuelvas a trabajar para mí, ¿verdad?

Dejé el tenedor sobre la mesa y lo miré muy seria.

—Me juré a mí misma que no volvería a mezclarte con el trabajo, Nicholas.

Asintió sumido en sus pensamientos y me sorprendió comprobar que no se enfadaba, sino que más bien aceptaba lo que le decía.

—¿Te parece si te recojo a la salida?

Dudé por unos instantes.

—No tienes que ser mi niñero, Nick, puedo coger el coche y esas cosas.

Ignoró mis quejas.

—Quiero hacerlo —afirmó serio.

No iba a discutir por eso, así que le pedí que me recogiera a las siete. Cuando me dejó en el campus fue a darme un beso en los labios, pero como por un acto reflejo volví la cara y sus labios se posaron suavemente sobre mi mejilla. Me bajé antes de que pudiese decirme nada. Aún me costaba hacer como si no hubiera ocurrido nada en el pasado, y quería ir despacio. Si algo sabía de los besos de Nicholas Leister era que podían ser adictivos... y yo no estaba para adicciones de ese tipo.

Fue extraño volver a la rutina. Nadie pareció darse cuenta de nada, y pronto pude hacer como si de verdad todo siguiese igual. Fue como vivir en una mentirijilla piadosa. Charlé con mis compañeros de clase, les expliqué a los profesores que había estado enferma y, cuando llegué a trabajar, casi ni recordaba que estuviese embarazada. La empresa era pequeña y comprobé que mi función allí iba a ser casi idéntica a la que desempeñaba en LRB; además, la gente resultó ser encantadora.

Me encantó volver a sentirme yo, simplemente Noah y no un huevo Kinder en proceso de fabricar la sorpresa.

A la salida me encontraba bastante cansada, una sensación que había notado ahora que ya no estaba todo el día en cama; mis energías parecían haberse reducido a la mitad, de modo que cuando vi a Nick esperándome agradecí no tener que coger el coche yo misma y conducir hasta casa.

—¿Qué tal tu regreso? —me preguntó ya en el coche.

—Muy estimulante. Nadie se ha percatado de nada. —Vale, había sonado demasiado feliz por ese hecho, pero ignoré el funcimiento de cejas de Nick.

Se hizo el silencio y, unos minutos después, Nick lo rompió para decirme algo que me puso al instante en tensión.

—Voy a dejar Nueva York, voy a vender el piso y mudarme aquí contigo.

—¿Qué? —dije mirándolo con incredulidad. Nicholas tenía su vida allí, su trabajo, su futuro, todo...

—¿No te parece bien? —me preguntó completamente perdido mientras extendía la mano para cogerme la barbilla y poder mirarme.

Volví la cara para que me soltara.

—No deberías tomar esa decisión tan rápido. Crees que todo está resuelto, que podemos volver a estar juntos como si nada, pero la realidad es que la última vez nos destrozamos el uno al otro. ¿Qué te hace pensar que ahora estamos listos para empezar de cero?

—Vamos a tener un hijo, Noah —respondió imitando mi tono.

—Eso no es una razón suficiente para que abandones tu vida. Estás forzando las cosas, y no es así como quiero solucionar lo nuestro.

Nicholas negó con la cabeza y maldijo entre dientes.

—Yo estoy dispuesto a intentarlo de nuevo, sé que va a funcionar... No sé qué demonios quieres de mí, pensé que te alegrarías, estoy haciendo todo lo que se *supone* que debo hacer.

—Exacto, tú lo has dicho: estás haciendo todo lo que se supone que debes hacer, no lo que *quieres* hacer.

—Quiero estar contigo —replicó furioso.

Negué con la cabeza. Ya habíamos llegado a mi apartamento.

—Pues yo creo que eso no es cierto, creo que lo haces porque es lo correcto.

Me bajé del coche con la intención de entrar en mi apartamento, pero Nicholas me detuvo.

—¿Por qué tienes que complicar las cosas? Vamos a tener un niño, por fin tenemos una razón para volver, y en vez de aceptarlo tú...

—Te supliqué que volvieras conmigo y dijiste que no —lo corté—. Me alegra saber que nuestro bebé nos va a tener a ambos y estoy segura de que vas a ser el mejor padre del mundo, pero ahora mismo eso es todo lo que vas a ser, Nicholas.

—Sabes perfectamente que no voy a aceptar lo que estás diciendo.

Lo miré a los ojos y supe que sus palabras eran ciertas. Pero lo hacía por él, nunca fue plenamente feliz a mi lado, nos hicimos mucho daño. No quería empezar una relación tóxica de nuevo solo fundamentada en que íbamos a ser padres.

—Te pedí tiempo, te he dicho que quiero ir despacio, quiero centrarme en este bebé... Lo nuestro puede esperar, no quiero que te precipites tomando decisiones de las que puedes llegar a arrepentirte durante toda la vida.

—¡Joder, Noah! ¿Por qué no me crees cuando te digo que quiero volver contigo?

—¡Porque aún no me has dicho «Te quiero»! —grité soltándolo por fin.

Se hizo el silencio entre los dos. Nick me miró a los ojos, y vi rabia y dolor en los suyos. No me había perdonado, aún no. Y él lo sabía.

—La última vez que te dije que te quería me rompiste el corazón. Me juré no volver a decir esas palabras nunca más, pero eso no significa que no quiera pasar el resto de mi vida contigo y ese bebé.

Contuve las lágrimas lo mejor que pude y volví a hablar.

—Esto no funciona así, Nick —dije—. Vuelve al trabajo, vuelve a Nueva York porque la burbuja en la que hemos vivido estos últimos días se acaba de romper.

No esperé a que me respondiera. Me metí en mi apartamento y él no vino detrás de mí.

Por mucho que me hubiese dolido apartar a Nick de mi lado supe que era lo correcto. Él tenía que aclarar qué sentía por mí y yo tenía que plantearme si volver con él era lo mejor para ambos.

No quería terminar mal, de verdad que no, no quería crearle problemas, pero para Nicholas era todo o nada, y yo ahora mismo no podía hacer borrón y cuenta nueva, no me sentía segura y menos si él no estaba listo para quererme. La atracción era una cosa, el sexo era lo fácil, nunca habíamos tenido problema en ese aspecto, lo difícil era que no sabíamos querernos, no sabíamos respetarnos el uno al otro y no podíamos empezar de nuevo si Nicholas temía volver a abrirme su corazón.

A pesar de la discusión de aquel día, a la mañana siguiente volvía a estar delante de mi apartamento, esperándome. Llevaba dos vasos de cartón en la mano, pero me miró serio cuando bajé los escalones y me acerqué a él.

—Hola —me saludó parcamente.

—Hola —contesté cogiendo el vaso que me tendía.

Chocolate caliente... Mi hijo iba a ser adicto al azúcar.

—Me voy dentro de tres horas, he venido a despedirme.

Por mucho que le hubiese dicho que se marchara, sus palabras me dolieron igual que puñaladas. Bajé la vista intentando ocultar la tristeza de mis ojos, pero me cogió la barbilla y me obligó a mirarlo.

—Hago esto por ti —dijo acariciándome el pómulo con su pulgar—. Si algo he aprendido de todo este tiempo separados y lo que nos terminó destruyendo es que no puedo obligarte a hacer nada que no quieras ni nada para lo que no estés preparada.

Me mordí el labio con fuerza.

—Así que voy a irme y voy a llamarte todos los días. Empezaremos hablando, haremos planes, me contarás tus inquietudes y yo las mías, charlaremos sobre cómo vamos a criar a ese bebé, pensaremos en nombres, hablaremos del futuro porque, Noah, yo te quiero, *te quiero,* y te voy a querer toda la vida.

Mi corazón se detuvo unos instantes sin dar crédito a lo que oía.

—Si no te lo había dicho antes es porque creo que el amor no se debe expresar con palabras, creía que con todo lo que estaba dispuesto a hacer sería suficiente y, en realidad, en el fondo de tu corazón sabes que es así, pero estás muerta de miedo por volver a dejarme entrar. Lo entiendo. Por eso me marcho. Estaré aquí para las revisiones del médico y volveré siempre que tú lo necesites. Tomémonos con calma los próximos meses, pero, Noah, yo voy a formar parte de la vida de ese bebé. Vuelvo a Nueva York para poner todo en orden y el siguiente paso será mudarme a Los Ángeles otra vez. ¿Me has entendido?

Me había quedado sin palabras.

Nick me quitó el vaso de cartón de la mano y lo colocó junto al suyo encima del coche. Luego tiró de mí y me envolvió entre sus brazos. Sentí sus labios en la coronilla y el latir alocado de su corazón.

—Voy a pedirte algo antes de irme... —me anunció—. Dos cosas en realidad —agregó con calma.

Aguardé a que se explicara. Me dio la espalda y fue a buscar algo de su maletín. Cuando vino hacia mí llevaba una tarjeta en su mano derecha, tarjeta que me tendió un segundo después: era una American Express negra.

—Quiero que la uses —dijo simplemente.

Ni siquiera la toqué.

—No.

Nicholas suspiró frustrado.

—Es una extensión de la mía, quiero que la utilices para comprar lo que necesites. Y no te lo estoy sugiriendo, Noah, en esto no voy a ceder.

Me crucé de brazos, repentinamente mareada.

—Te dije que no quiero que me mantengas, Nicholas.

Nick me fulminó con sus ojos claros.

—¿Por qué demonios eres tan cabezota? ¿Y si fuese al revés? Si fueses tú la que tuvieses más dinero que yo y yo tuviese que encargarme de traer a nuestro bebé al mundo, ¿no me lo darías todo, Noah?

Me mordí el labio. Sí, claro que sí.

—Hagamos una cosa —propuso pegando su frente a la mía—. Como sé que no vas a usar la tarjeta para ti, al menos utilízala en nuestro bebé, ¿de acuerdo? Todo lo que necesites comprar..., por favor, págalo con la tarjeta.

Bueno..., eso sí podía hacerlo, ¿no? Al fin y al cabo, Nick era su padre, no iba a privar a mi bebé de las comodidades de nacer con un padre que tiene una American Express negra con tan solo veinticinco años. Terminé aceptando a regañadientes y él pareció mucho más tranquilo.

—¿Qué era lo segundo que querías pedirme? —le pregunté.

—Quiero que Steve se quede contigo mientras yo no esté aquí.

Abrí los ojos como platos.

—¡¿Qué?! ¡No! ¡No necesito una niñera, Nicholas! No quiero que Steve esté detrás de mí todo el día. ¡Eso es ridículo!

—Bueno, su trabajo justamente es guardarte las espaldas, amor.

Lo miré echando chispas por los ojos.

—¿Por qué? ¿Por qué demonios quieres ponerme un guardaespaldas?

Nick me miró con seriedad.

—Porque, primero: eso va a hacer que yo no me vuelva loco estando en Nueva York. Segundo: estás embarazada y sola, lo que significa que puede pasarte cualquier cosa y, si eso sucediese, no podría perdonármelo en la vida.

Negué con la cabeza, pero sabía que nada de lo que dijese iba a hacerle cambiar de opinión.

—Está bien —acepté rindiéndome.

Nick me miró con una emoción que no supe descifrar.

—Dejarte aquí es lo más duro que voy a hacer en mi vida, Noah.

No quería que se fuera, pero necesitábamos hacer esto bien, no podíamos volver a fastidiarlo, ya no, no con lo que había en juego.

Me abrazó con fuerza. Me besó la punta de la nariz y luego me acarició el vientre con delicadeza.

—Cuida de este bebé.

Asentí y me aparté para que se subiera al coche.

Me entró pánico al ver que de verdad se marchaba, pero en el fondo de mi corazón sabía que era lo que teníamos que hacer.

Esa semana todo pareció volver a la normalidad. Volví a la facultad y seguí manteniendo oculto mi embarazo; eso sí, no faltó ni un solo día en que Nick no me mandase un ramo de flores y una bandeja con el desayuno al completo. Me hice amiga hasta del repartidor. En la bandeja venía comida para un regimiento: café, té, magdalenas, cruasanes, tortitas, chocolate, huevos, tostadas... y todo llegaba siempre calentito y listo para comer.

—Estás loco, ¿lo sabías? —dije al séptimo día de su marcha. Hablábamos todos los días, unas dos veces al día, incluso más. Siempre que tenía un hueco me llamaba y siempre que yo tenía un descanso lo intentaba con él. Comprendí que era más fácil esperar a que él llamara, porque seamos sinceros, él lo tenía más complicado a la hora de escaquearse que yo.

Mientras sostenía el teléfono entre mi hombro y mi oreja, rellenaba uno de los pocos jarrones de cristal vacíos que aún me quedaban para poder poner el ramo gigante de rosas azules que me había enviado.

—Es una buena forma de asegurarme de que te alimentas —se justificó mientras escuchaba cómo tecleaba al otro lado de la línea.

Puse los ojos en blanco... El tema de la comida no había supuesto ningún problema. Tenía hambre a todas horas, y no era un hambre normal, no, sino que me apetecían cosas como plátano con pan y mantequilla o crema de cacahuete con los espaguetis. Os lo juro, estaba perdiendo la cabeza o el sentido del gusto... Yo qué sé, pero a mí esas cosas se me antojaban manjares.

—¿Qué tal fue la mezcla de naranjas con chile? —me preguntó en un tono divertido.

—Bastante interesante, te lo prepararé algún día —contesté sentándome en la silla y colocando las piernas sobre la mesa. Suspiré cansada y me acaricié la barriga de forma distraída.

Me contó que estaba dejando todo atado para poder trasladarse a Los Ángeles lo antes posible y que le estaba llevando más tiempo de lo que había pensado en un principio. Iba a tener que contratar a alguien que lo sustituyera y no se fiaba de nadie para ocupar su lugar.

Yo le conté cómo iban las clases; dentro de poco serían las vacaciones de verano y ahora estábamos todos centrados en los trabajos y en empezar a preparar los exámenes finales, aunque aún quedaban un par de meses. Yo salía de cuentas en agosto, por lo que iba a contar con semanas extras para poder encargarme de Mini Yo antes de plantearme qué hacer con el trabajo y la universidad.

Me ponía un poco triste pensar en dejar la carrera, pero después de darle vueltas comprendí que era lo más acertado.

—No tienes por qué dejarla, Noah —me comentó Nick cuando le planteé mi decisión—. Es ridículo, muchas mujeres que estudian tienen hijos, existen guarderías y yo voy a estar ahí para ayudarte...

—No quiero que a mi hijo lo críe una niñera, no quiero hacer las cosas mal, temo que si sigo estudiando y cuidando del bebé, al final no haga ninguna de las dos cosas bien; además, tú apenas tienes tiempo para llamarme por teléfono, no vas a poder quedarte en casa cuidando de un bebé.

—*Mi* bebé —corrigió y una sonrisa apareció en mis labios—. Te olvidas de un pequeño detalle: soy el jefe, puedo hacer lo que quiera.

—¿Sí? —le pregunté irónicamente—. Dime entonces, ¿puedes estar aquí para la siguiente visita al ginecólogo?

Se hizo el silencio al otro lado de la línea.

—No te juzgo, lo entiendo, tú vas a tener que trabajar y yo voy a tener que cuidarlo... Ya veremos cómo lo hago para seguir con la carrera, podría estudiar a distancia...

No es algo que me entusiasmara, me gustaba la facultad, me gustaba salir con mis amigos e ir a las clases, pero no podía tenerlo todo y no me veía dejando a mi bebé con alguien que no fuese yo.

—Noah, lo mío es provisional —afirmó interrumpiendo mis cavilaciones—. Ahora todo está patas arriba, pero en cuanto solucione todo aquí, seré todo tuyo.

No habíamos hablado sobre nosotros, aunque en las conversaciones que teníamos siempre nos incluíamos en los planes del otro. Eso me gustaba, pero a la vez me aterrorizaba estropear lo que estábamos construyendo. Por eso mismo no le insistí cuando me dijo que no iba a poder volver de momento.

Lo que sí que no me esperaba fue verlo antes de tiempo y en las noticias de las cuatro. Cuando escuché su nombre en la televisión subí el volumen y me quedé escuchando preocupada.

«Los antiguos empleados de Leister Enterprises se plantan frente al nuevo edificio de LRB exigiendo que se les restituya su empleo.»

Quien daba la noticia era una reportera que yo había visto contadas veces en la BBC. Las imágenes mostraban la entrada del edificio donde antes trabajaba lleno de personas con pancartas. La policía había acordonado la zona y, aun así, los exempleados no tenían intención de marcharse.

«Hace poco más de un año el primogénito del prestigioso abogado William Leister heredaba el imperio que Andrew James Leister había levantado con años y años de esfuerzo, convirtiendo a Leister Enterprises en una de las empresas más prósperas y reconocidas del país. No fueron pocos los que tacharon de locura ceder semejante responsabilidad a un joven que apenas ha alcanzado la edad suficiente como para saber qué es una empresa.»

Subí el volumen y miré indignada a la pantalla del televisor.

«La primera acción de Leister fue cerrar dos grandes empresas, empresas que su abuelo levantó prácticamente de la nada, y despedir a más de quinientos empleados, dejándolos en paro con el ambicioso plan de abrir una nueva compañía que aún está por ver si será rentable o se convertirá en el primer fracaso en la historia de la familia Leister. Hoy, esas personas que fueron despedidas injustamente se han apostado a las puertas de LRB para exigir que se les devuelva su empleo...»

Eso era ridículo. Sabía que Nicholas estaría trabajando a esa hora, pero necesitaba hablar con él. Atendió al tercer timbrazo.

—¿Estás bien? —dijo a modo de saludo, preocupado.

—Sí, estoy perfectamente, pero tú no, al parecer. Sales en las noticias... ¿Qué ha pasado? ¿Cuándo pensabas contarme esto, Nicholas?

No podía creer que estuviese teniendo problemas y no me hubiese dicho nada.

—No es algo de lo que tengas que preocuparte.

Solté una carcajada amarga.

—¿Que no tengo que preocuparme? ¡Te están destripando!

—Eso es lo que hace la prensa, coger un puñado de mentiras y convertirlas en noticia.

—Pero... ¿y los empleados y lo que dicen de LRB...?

Sentía una sensación amarga en el pecho. No quería escuchar esas horribles cosas de Nick, me dolían más que si me las estuviesen diciendo a mí.

Nick suspiró al otro lado de la línea.

—Tuve que despedir a esa gente porque en un plazo de aquí a cuatro años esas dos empresas hubiesen quebrado. No estaban bien gestionadas, apenas generaban beneficios. Si las cerraba ahora, con el dinero de su liquidación podía empezar un nuevo negocio y volver a contratar a la gente que despedí, pero eso lleva tiempo.

—No tienes que darme explicaciones. Sé que no lo has hecho por gusto.

—Este negocio supone tomar decisiones difíciles, decisiones que son una mierda.

—Lo estás haciendo genial, Nicholas, esa gente no tiene ni idea.

Se quedó en silencio unos instantes.

—Leister Enterprises nunca había tenido tantos beneficios como ahora, mi intención es abrir otra sucursal de LRB dentro de un año. Eso supondría volver a contratar casi al setenta por ciento de los antiguos empleados.

Sabía que Nicholas nunca despediría a tanta gente sin tener un as en la manga. Odiaba pensar que esa gente lo criticaba cuando él tenía un plan en marcha para mejorar las cosas.

—¿Y qué vas a hacer ahora? —pregunté temiendo que eso prolongase su estancia allí mucho más de lo que tenía previsto.

—Dejar que mis abogados sigan haciendo su trabajo. Te lo he dicho, no te preocupes por esto.

—Está bien...

Las conversaciones se alargaron durante tres semanas más y las cosas empezaron a complicarse. En primer lugar las llamadas habían empezado a subir de tono a medida que nos dábamos cuenta de que estar separados y hablar todos los días estaba siendo más duro que no habernos hablado en prácticamente un año. Comprendí que lo necesitaba conmigo y que a medida que el bebé crecía más grandes eran mis ganas de rogarle que regresara.

—Necesito tocarte, Noah —me confesó una noche—. Ha pasado tanto tiempo que ya no recuerdo lo que es estar dentro de ti.

—Nicholas...

—No debería haberme marchado, debería haber sido un egoísta, un egoísta que te habría hecho el amor todas las malditas mañanas en ese apartamento miniatura del que tan orgullosa estás.

Sonreí ante su arrebato y noté que el calor provocado por sus palabras me recorría de pies a cabeza.

—Espero que nadie te esté escuchando decir eso —comenté nerviosa.

—Estoy en mi piso, en mi habitación, en la misma cama donde te desnudaste para volverme completamente loco, ¿lo recuerdas?

Cerré los ojos con fuerza, sí, claro que lo recordaba, Nicholas entre mis piernas, besándome, lamiéndome, haciéndome suya de una forma muy sucia y muy poco sana. Habíamos estado emocionalmente destrozados por aquel entonces, pero no cambiaría ese momento por nada...

—Vuelve, Nick —dije entonces provocando un silencio al otro lado de la línea.

—¿Qué?

Le sonreí al techo, nerviosa con el teléfono bien pegado a mi oreja.

—Vuelve conmigo.

—¿Hablas en serio?

—Quiero intentarlo de verdad, te quiero conmigo todos los días, quiero besarte y que me abraces, Nicholas, quiero que vuelvas y Mini Yo también lo desea.

Se rio al otro lado de la línea.

—Cogeré un vuelo en cuanto pueda y te haré todo lo que se te esté pasando por esa cabecita tuya.

Me tapé la cara con una mano mientras intentaba ocultar mi alegría y vergüenza. Sí que se me pasaban cosas por la cabeza, sí.

—Y hablando de Mini Yo... He pensado un nombre.

—¿Qué? ¿En serio? —Eso me pilló totalmente por sorpresa. ¿Ya había pensado en un nombre? ¿Mini Yo, quiero decir mini-Nick, ya iba a tener nombre y apellido?

Me toqué la barriga inconscientemente.

—Sí, te lo diré en cuanto te vea, aunque si no te gusta pensaremos en otro juntos. Seguro que tú ya tienes varios en la cabeza...

Me ruboricé al darme cuenta de que no había pensado en ello ni una vez.

Al final nos despedimos con un «te quiero» y con la promesa de volver a vernos de nuevo. El reencuentro sería especial, porque por fin íbamos a estar en la misma onda... Me moría por besarlo, por aceptar todo eso que quería hacer conmigo, todas las cosas que quería darme, ese futuro que pintaba tan bien ante mis ojos.

Por fin estaba lista para empezar de cero.

45

NICK

Estaba teniendo muchos problemas en la empresa. Nos habían llegado denuncias por los despidos, las manifestaciones también habían empezado a tener lugar en la sede de Nueva York y lo último que yo podía hacer ahora era decir que me marchaba. No había querido decirle a Noah lo que estaba ocurriendo porque no quería que se preocupara, pero temía que mi regreso a Los Ángeles se postergara más tiempo de lo que ninguno de los dos deseaba.

Estar lejos de ella en estos momentos me estaba costando más que nada. Volvía loco a Steve, a quien llamaba varias veces para preguntarle si Noah había comido, cómo la había visto por la mañana, qué aspecto tenía... Estaba obsesionado con que algo le ocurriera. Tenía terror de que la prensa descubriera que estaba embarazada y me despertaba todas las malditas noches con una pesadilla recurrente en donde Noah perdía al bebé y moría en el parto.

Necesitaba verla, tocarla, sentir a mi hijo y asegurarme de que todo estaba bien. Sabía que Noah no iba a tardar en pedirme que volviera, sabía que solo necesitaba darle tiempo y ahora que me había pedido que lo hiciera tenía reuniones que no podía cancelar todos los malditos días.

Noah ya estaba de seis meses, no me había pasado fotos, pero Steve me había contado que ya se le notaba. Me había dicho que la había notado nerviosa y sabía que temía la reacción de la gente y la de nuestros padres. Cuando se lo dijésemos iba a estallar la tercera guerra mundial, pero no podía importarme menos. Estaba feliz por fin después de mucho tiempo. Quería a esa chica más que a nada en el mundo y querría a ese bebé con todo mi corazón.

46

NOAH

Necesitaba que Nick regresase, el bebé estaba cada vez más grande y se notaba. No le insistía porque sabía que, si no estaba aquí ya, era porque de verdad no podía viajar. No dudaba en absoluto de que Nick quisiese estar aquí conmigo más incluso que yo, y eso me ponía muy nerviosa. Mi madre ya me había llamado dos veces pidiéndome que fuera a visitarla o incluso me dijo que se pasaría ella para recogerme e ir a almorzar. Le dije que estaba en plenos exámenes, que iría yo a verla en cuanto pudiese, pero me conocía lo suficiente como para notarme rara al teléfono.

—Hay algo que me ocultas, Noah, pero está bien, ya hablaremos cuando nos veamos —me dijo el miércoles siguiente.

Steve era el único, aparte de Lion y Jenna, que sabía lo que ocurría. Yo no se lo dije, pero solo hizo falta ver cómo me trataba para comprobar que estaba al tanto de todo. Supongo que conocía todo el percal: Nick debía de haberlo informado.

Tres semanas y media después de que Nick se fuera tuve un grave problema cuando abrí mi armario y vi que ya prácticamente nada me iba bien. Ya no había forma de ocultarlo, me entró tal pánico que llamé a Nicholas sin importarme que estuviese reunido u ocupado. Lo cogió al primer timbrazo.

—Tienes que volver, Nicholas —le pedí intentando contener las lágrimas—. Ya no puedo ocultarlo... ¡Estoy gorda! La ropa no me entra, la gente ya ha empezado a mirarme raro... ¡Tienes que volver! ¡Tenemos que pensar cómo vamos a decírselo a nuestros padres!

Estaba teniendo un ataque de ansiedad en toda regla, de esos ataques demenciales que me entraban de vez en cuando.

—Disculpen un momento —dijo a alguien que no era yo—. Tranquilízate, Pecas —agregó un segundo después.

—¡No puedo tranquilizarme! —grité horrorizada. Tenía la habitación hecha un desastre, la ropa tirada por todos lados. Ya ni la ropa interior me quedaba bien, me veía horrible y, encima, temía que Nicholas al verme se quedara espantado por cómo había cambiado mi cuerpo en apenas unas semanas...—. No puedo hacer esto... Necesito verte, necesito que me des un abrazo y me digas que todo va a salir bien, necesito...

—Te acabo de mandar un billete de avión a tu correo —me informó entonces en un tono calmado y sereno, todo lo contrario que el mío.

—¿Qué?

—Yo también necesito verte, no puedo viajar este fin de semana y por eso te he comprado un billete para que vengas tú a verme. Pensaba llamarte esta noche y decírtelo, pero como estás teniendo un ataque de ansiedad en toda regla, mejor darte la sorpresa ahora.

Solté todo el aire que estaba conteniendo y me dejé caer sobre el sofá que había en una esquina de la habitación.

—¿Voy a verte este fin de semana? —pregunté repentinamente emocionada. Los últimos ramalazos de ansiedad acabaron desapareciendo como las olas en la orilla del mar.

—Sí, amor. ¿Crees que aguantarás sin volverte loca dos días más?

Puse los ojos en blanco y gruñí enfadada.

—Si tú estuvieses convirtiéndote en un planeta propio, también estarías de mal humor, listo —repuse intentando sonar enfadada, pero sin conseguirlo ni de lejos.

¡Por fin iba a sentir sus brazos a mi alrededor y sus labios sobre los míos!

«¿Has oído, pequeñín? —pensé acariciándome la barriga—. ¡Vamos a ver a papá!»

Como no podía viajar a Nueva York con una sudadera extragrande de los Ramones como único atuendo, tuve que ceder ante las insistencias de Jenna e ir a comprarme algunas prendas de ropa premamá.

Odiaba esa palabra: «premamá»... Sonaba fatal, me sentía como un plato «precocinado» o algo así.

—Ya verás como encontramos algo juvenil y que te quede bien. Por suerte eres de esas chicas que solo engordan de la barriga; si te miro por detrás, no pensaría que estas preñada ni de lejos.

—Genial, Jenna, eso le diré a la gente a partir de ahora: que le hablen a mi nuca.

Estaba un poco gruñona, pero Jenn lo soportaba con paciencia y alegría, cosa que me estresaba aún más.

Intentó arrastrarme a una tienda de alta costura y me negué en redondo. Terminé en GAP, donde si me desviaba un poco hacia la derecha me topaba con la ropa de mujer normal y corriente, cosa que me suponía un gran alivio mental.

Por alguna razón inexplicable la ropa de embarazadas era el triple de cara que la ropa normal y me agobié al darme cuenta de que iba a tener que usar la tarjeta de Nick. Aún no la había estrenado y odié tener que hacerlo para comprarme trapitos estúpidos.

Me fui directamente a la zona de deporte: cogí un par de leggins y tres sudaderas con capucha. Jenna, por su parte, se dedicó a formar conjuntos con tres pantalones y sendas camisas y también eligió para mí un vestido de color gris ajustado al cuerpo.

—¿Adónde vas con eso? —dije horrorizada—. La idea es ocultarlo, no enseñárselo al mundo.

Jenna me miró enfadada.

—Deja de ocultar a mi ahijado, ¿quieres?

Sus palabras me chocaron por algún motivo que tardé en comprender. El bebé se removió inquieto dentro de mí. Ahora podía notar cuándo estaba dormido y cuándo no. También había aprendido que si comía azúcar sus piernecitas empezaban a bailotear dentro de mí, como si se pusiese loco de contento... Había odiado no estar con Nick para que sintiera sus primeras patadas, había sido algo increíble y por eso necesitaba que volviese. Se lo estaba perdiendo todo.

No quería ocultarlo... ya no, al menos.

El viernes por la tarde cogí el vuelo directo Los Ángeles-Nueva York. Nick me había reservado asiento en primera clase, lo que agradecí como nunca creí que haría. Si me entraban náuseas, prefería vomitar en un baño al que solo podían acceder unos pocos pasajeros. Porque sí, yo no tenía náuseas matutinas, no, yo tenía náuseas a cualquier hora del día. Otra cosa que sumar a la lista de un embarazo totalmente fuera de lo común.

Se tardaba unas cinco horas y media en llegar a Nueva York, y estuve dormida prácticamente durante todo el trayecto. Llegué a eso de las nueve de la noche. Haciéndole caso a Jenna, me había puesto un poco más mona, ya que me decidí por un vestido gris ajustado al cuerpo, un abrigo negro y mis Adidas preferidas. Iba cómoda y mi pequeña barriga se marcaba como diciéndole al mundo: «¡Aquí estoy!».

La gente me miraba diferente, hay una energía extraña cuando una está embarazada, es como si fueses una pequeña bomba de relojería a la que la gente mira con ilusión, nerviosismo y admiración. Era la primera vez que iba por la calle como una embarazada oficial, no sé si me explico, y me gustó la sensación. Steve había ido sentado a mi lado, un hombre de pocas palabras al que pillé leyendo la biografía de Pablo Escobar. No hice ningún tipo de comentario, pero me reí sin que me viera.

Nick me esperaría en el aeropuerto y nos iríamos a cenar directamente a su apartamento.

Dios, estaba tan nerviosa, tenía tantas ganas de verlo... Nos habíamos dicho muchas cosas, entre ellas muchas de las que no me atrevía ni a decir en voz alta y moría por sentirme otra vez parte de él, parte de su vida.

Como no había facturado equipaje, al bajar del avión pudimos irnos directamente a la puerta de salida. Steve llevaba mi pequeña maleta. No es que no pudiera con ella ni nada de eso, pero se puso tan pesado que al final cedí y dejé que me ayudara. Mis pasos se fueron haciendo cada vez más grandes... Quería verlo, quería llegar de una vez, volver a sentirme entera.

Llegar hasta la salida se me hizo eterno. Cuando por fin atravesamos la puerta, lo vi: allí estaba, con un ramo de rosas rojas en las manos, esperándome.

Iba vestido con unos vaqueros y un jersey de pico azul marino. Destacaba entre la multitud, además de por las flores, por su pelo revoltoso y sus ojos celestes, que brillaban como dos faroles al atardecer de un hermoso día de verano.

Nos sonreímos como si nos acabasen de inyectar felicidad líquida en las venas. Mi corazón se hinchó tanto que creí que no me iba a caber en el pecho.

Y entonces... como si de una película de terror se tratase: ocurrió.

No sé si habéis vivido algo traumático alguna vez, un suceso que te marca para siempre. Algo que pasa totalmente a cámara lenta delante de tus ojos y en donde tu cerebro registra todos y cada uno de los detalles que pagarías por poder olvidar.

Yo lo vi todo... y aún recuerdo cada maldito detalle de aquellos quince segundos en donde creí que me moría.

Recuerdo que el grito se me quedó atascado en la garganta. También recuerdo que mis piernas se paralizaron y que no pude hacer nada para echar a correr.

El estruendo del primer disparo reventó la burbuja de felicidad en la que estábamos. A mí me dejó clavada en el sitio; Nick, en cambio, se desplomó: había recibido el impacto de bala en la espalda, a traición.

Aún puedo ver la cara de sorpresa de Nick cuando bajó la mirada y observó cómo la mancha de sangre se extendía en su ropa y el suelo bajo sus pies. El segundo disparo vino tan rápido como el primero. Vi el dolor en su rostro, y mi corazón se detuvo... Literalmente, se paró.

Y entonces todo ocurrió muy rápido. Alguien me golpeó por detrás, caí al suelo y volví en mí. Todo había estado en silencio hasta el momento, el alboroto del aeropuerto, de la gente caminando a mi alrededor se habían apagado para dejarme escuchar solo el ruido de la pistola al dispararse.

—¡No te muevas, Noah! —me gritó Steve al oído, despertándome de mi letargo, de mi maldito estado de shock.

Vi, esta vez a velocidad normal, cómo cuatro policías derribaban a aquel hombre y cómo la gente corría de aquí para allá, completamente horrorizada. Mis ojos solo pudieron clavarse en la persona que estaba igual que yo, contra el suelo, sus ojos abiertos, la vida escurriéndosele entre los dedos.

—¡Nicholas!

47

NICK

Supongo que eso que dicen que cuando estás a punto de morir toda tu vida pasa delante de tus ojos como una proyección de diapositivas es verdad..., aunque no técnicamente. Yo solo vi una cosa: Noah.

Que Noah era mi vida no era algo que tuviera que plantearme, lo era, tan simple como eso. Las imágenes que desfilaron ante mis ojos no fueron los mejores momentos de mi vida, sino los de nuestra vida, y no la vida que habíamos compartido hasta entonces, no. No vi esos momentos llenos de altibajos, ni la ruptura, ni los engaños, ni las peleas..., sino todo lo contrario: vi mi vida con ella.

Nos vi juntos caminando por la playa, nos vi celebrando los cumpleaños de nuestro hijo, la vi a ella, preciosa y radiante, esperándome cada noche en la cama para colmarme de besos y atenciones. La vi quedándose embarazada otra vez, y en esa ocasión estando más preparados que nunca, sin sorpresas, sin miedos ni inseguridades. La vi conmigo en la cocina, discutiendo para luego comernos a besos allí mismo, sobre la encimera. La vi llorando, riendo, sufriendo y creciendo. Vi su vida ante mis ojos, su vida conmigo... y me encantó.

Y entonces me pregunté: «¿Por qué estoy viendo esto? ¿Por qué siento que me están dejando ver eso que nunca voy a llegar a tener?». Sentí un agujero en el pecho, un vacío recorrerme por entero...

No.

Ni de coña.

Aún no era mi momento.

48

NOAH

No sé cómo explicar los minutos que precedieron a los disparos, pero puedo afirmar fehacientemente que fueron los peores de mi vida. Los guardo en mi mente emborronados, pero a la vez tan claros como si los viera en la pantalla de una tele de última generación.

La ambulancia, según me dijeron más tarde, no tardó en llegar al aeropuerto. A mí me parecieron horas, horas eternas en que mis manos presionaron la herida que Nick tenía justo a la altura de las costillas. Steve, por su parte, también estaba presionando el orificio de la bala que le había dado en el brazo izquierdo, destrozándoselo. Había un charco de sangre a su alrededor y yo solo podía preguntarme a qué velocidad nuestro cuerpo crea sangre, y si esa velocidad sería suficiente para suplir las pérdidas que estaba sufriendo Nick.

No me desmayé. Yo creo que Dios me ayudó a mantenerme entera, al menos hasta que el personal sanitario pudiese hacerse cargo de la situación. Cuando la ambulancia llegó yo me quedé de pie, observando, las manos separadas del cuerpo y mi mente totalmente en blanco. No fui capaz ni de pedir que me dejaran acompañarlo. Nick se fue solo, al borde de la muerte, y yo me quedé parada viéndolo marchar.

Recuerdo que, cuando dejé de escuchar el ruido de la ambulancia, miré hacia abajo, hacia mis manos manchadas de sangre, y entonces flaqueé. Los sollozos casi me dejaron sin respiración y empecé a hipar sin control. Unas manos me sujetaron antes de que mis rodillas flaquearan y me desplomara.

—Respira hondo, Noah, por favor —dijo Steve cargando conmigo, sacándome de allí, alejándome de las personas que, horrorizadas, miraban la escena, como si formara parte de un horrible episodio de *CSI*.

Me metió en un taxi y salimos en dirección al hospital. A medida que pasaban los minutos, peor me encontraba.

—¿Por qué se ha ido solo? ¿Por qué no has ido con él? ¿Por qué no hemos ido los dos?

—No nos dejaron, Noah —me contestó Steve a la vez que sacaba su teléfono y empezaba a marcar números a la velocidad de la luz.

El trayecto del aeropuerto al hospital de urgencias más cercano estaba a trece minutos en coche, veinticinco si había tráfico. Nosotros tardamos veinte contados. Cuando llegamos fui a bajarme del coche, quería salir corriendo y que me dijeran que Nicholas estaba bien, solo quería verlo, necesitaba verlo, la imagen que tenía de él en la cabeza me estaba matando, pero supongo que todo fue demasiado. Fue poner un pie en el suelo y todo comenzó a darme vueltas, empecé a ver manchas negras por todas partes. Steve me llevó hasta una zona donde me sentaron y me trajeron agua.

Una médica se acercó a mí y empezó a tomarme el pulso.

—Señorita Morgan, necesito que se tranquilice —dijo mirando fijamente su reloj—. Ross, llama a urgencias y pregunta por ese chico.

Miré a ese tal Ross como si me fuera la vida en ello.

Mientras este hablaba con alguien preguntando por Nick, un dolor horrible me obligó a agarrarme la tripa con fuerza.

—¿Qué está pasando?

La médica se volvió hacia mí, preocupada.

—Está teniendo contracciones —respondió—. Tiene que calmarse, son debido al estrés.

Antes de que pudiese decir nada, el tal Ross se acercó a nosotras.

—Nicholas Leister está en el quirófano por dos heridas de bala. Está estable dentro de la gravedad, van a operarle del pulmón y el brazo izquierdo.

—¡Santo Dios! —exclamé tapándome la boca con la mano—. ¿Qué van a hacerle? ¿Qué significa que está estable dentro de la gravedad? ¡Llame otra vez y que le expliquen lo que ocurre!

La médica volvió a fijarse en mi historial.

—¿Está casada con el señor Leister?

—¿Qué? No. ¿Eso qué tiene que ver?

Ross contestó por ella:

—No podemos darle más información, señorita Morgan. Solo un familiar directo puede...

—¡Es el padre de mi hijo! —grité desesperada.

No sirvió de nada, no me dijeron nada más. Steve llamó a William y a mi madre, y los dos se fueron directamente al aeropuerto a esperar el primer avión que pudiesen coger.

Yo tuve que quedarme allí, sin noticias. Solo pude hacer una cosa: rezar.

Una hora después, la hora más larga de mi vida, las contracciones cesaron y todo pareció volver a la normalidad en cuanto al bebé.

Mi madre me llamó por teléfono, estaban histéricos. William había conseguido hablar con uno de sus médicos. Me enteré gracias a él de que Nick tenía un neumotórax traumático y un desgarro en el brazo izquierdo. Estaba grave y temían que entrara en shock por toda la sangre que había perdido hasta que llegó la ambulancia.

Recibí la información, colgué y me quedé allí sentada, sin moverme.

Nick no podía morir..., no podía hacerlo. Teníamos que comenzar una vida juntos, teníamos que terminar lo que habíamos empezado. Después de todo lo que habíamos superado no podían arrebatármelo.

Lo ocurrido no tardó en salir en las noticias. Steve fue a apagar el televisor, pero le dije que no lo hiciera. El que intentó matarlo se llamaba Dawson J. Lincoln, tenía cuarenta y cinco años y era un extrabajador de Leister Enterprises. Lo habían echado, no pudo conseguir otro empleo y eso lo llevó a intentar asesinar a Nick.

«Nicholas Leister está siendo intervenido de urgencia por dos heridas de bala, mientras que su agresor es interrogado en la comisaría de policía de Nueva York. Todo indica que fue un acto premeditado, ya que el agresor parecía saber dónde y a qué hora exacta estaría Leister en el momento de atentar contra su vida.

»Los últimos meses, el joven abogado, heredero de una de las corporaciones más reconocidas del país, había sido duramente apaleado por la prensa y sus extrabajadores debido a los cientos de despidos que tuvo que realizar en el último año. Si bien las dos empresas que cerró estaban al borde de la bancarrota...»

Dejé de escuchar en cuanto el tema se desvió del agresor. Otra vez esa basura sobre Nicholas. No quería escuchar nada de eso. ¡Habían intentado matarlo! ¡A Nick! Me pasé las manos por la cara, necesitaba saber que estaba bien, necesitaba hablar con el médico.

No me moví de la sala de espera durante las siguientes tres horas, solo me levanté para ir al baño y beber agua. Ese lugar era horrible, había gente llorando, esperando saber noticias de sus seres queridos al igual que nosotros. El olor a hospital siempre me había puesto enferma y ahora más que nunca.

Lo único que sucedió diferente a lo largo de esas tres horas fue la aparición de dos hombres trajeados, altos y fuertes como Steve, que hablaron unos minutos con él para luego cruzar la habitación, serios, y colocarse junto a las puertas de la sala de espera. No les presté mucha atención, pero sí me incorporé casi de un salto cuando dos cirujanos cruzaron esas mismas puertas y se me acercaron.

—¿Es usted familiar de Nicholas Leister?

—Soy su novia —contesté controlando el temblor de mi voz.

El cirujano que tenía el pelo rizado y corto fue quien decidió hablar.

—Solo puedo decirle que está estable, pero que las siguientes horas serán cruciales. Ha perdido mucha sangre y hemos tenido que reparar muchos daños internos causados por la bala que le perforó el pulmón.

Asentí mordiéndome el labio con fuerza, intentando permanecer entera.

—¿Se pondrá bien? —pregunté con voz temblorosa.

—Es joven y fuerte, lo tendremos vigilado en todo momento.

Eso no era una respuesta a mi pregunta.

—¿Puedo verlo? —dije suplicándole con la mirada.

Ambos negaron con la cabeza, aunque me miraron apenados.

—Solo familiares directos, lo siento.

Steve me pasó entonces el brazo por los hombros, atrayéndome hacia él.

—Se va a poner bien, Noah —me susurró al oído mientras yo me aferraba a su camisa con fuerza sin poder evitar llorar en silencio.

El teléfono empezó a sonar, me limpie las lágrimas y atendí. Era mi madre, habían conseguido un vuelo, un amigo de William les dejaba un avión privado y estarían en Nueva York al cabo de cinco horas. Sentí un alivio inmenso en el pecho al saber que iba a tener a mi familia allí conmigo, que William podría averiguar más sobre el estado de Nick..., pero entonces comprendí que si venían aquí, si me veían...

Era hora de sacar todo a la luz... y, como temí, iba a tener que hacerlo sola.

Como no quise moverme de allí en toda la noche, Steve se encargó de que me trajeran mi maleta y algo para cenar. No tenía hambre, pero me tomé una sopa de fideos simplemente para no tener que escucharlo insistirme ni una sola vez más. Con mis cosas a mi disposición, me fui al cuarto de baño y me cambié la ropa. Otra vez vuelta a la ropa ancha y grande, ropa que ocultase mi barriga al menos para que a mi madre no le diera un infarto nada más verme. Iba a contárselo, era obvio que iba a hacerlo, pero tenía que buscar el momento adecuado. No quería desviar la atención de lo que verdaderamente importaba en aquel momento: Nick.

Así que seis horas más tarde, seis horas en las que apenas pude pegar ojo y en las que mi espalda, mi cuello y mi vientre me dolían como si me hubiesen apaleado, mi madre y William entraron por las puertas de la sala de espera.

No pude evitarlo, corrí a los brazos de mi madre, la necesitaba tanto o más que en cualquier momento de mi vida. Ella me estrechó con fuerza y me acarició el cabello con sus largos dedos. Mi incipiente barriga estaba entre nosotras, pero ella no pareció percatarse de nada. El susto que debía de tener en el cuerpo, al igual que todos, no la dejó ver más allá de lo imprescindible.

Les expliqué lo ocurrido, y Will fue directo a hablar con los médicos. No lo dejaron pasar, pero le dijeron que por la mañana iba a haber un turno de visitas. No había habido cambios en su estado, ni para bien ni para mal; por ahora se mantenía estable y, según los médicos, eso era buena señal.

No tuvimos mucho tiempo para hablar, dos policías aparecieron poco después de que ellos llegaran y nos tomaron declaración a mí y a Steve. Les conté todo lo que vi con los pelos de punta y el miedo en el cuerpo. Nunca iba a olvidar el estruendo de esos dos disparos. Jamás.

Cuando llegó el horario de visita, solo pudo pasar William. Quise romper las puertas y salir corriendo en dirección a la uci, quise gritar porque no me dejaban pasar, pero todo eso lo guardé para mí. Ahora debía permanecer tranquila, tranquila si quería superar lo que estaba viviendo, tranquila si no quería perjudicar al bebé... El bebé...

Miré a mi madre, preocupada, sentada a mi lado y con sus dedos entrelazados con los míos.

Mi madre... No habíamos pasado una buena racha, todo se había torcido demasiado entre las dos. ¿Dónde había quedado aquella relación que tuvimos en Canadá? ¿Cuándo había dejado de confiar en ella, de contarle las cosas?

Respiré hondo y me volví en su dirección.

—Mamá... —dije tragando saliva—, hay algo que tengo que contarte...

Mi madre me prestó toda su atención, me miró preocupada, pero creí ver cierta indulgencia en su expresión.

—Sé lo que vas a decirme, Noah —dijo apretándome los dedos con fuerza—. Y me parece bien, hija, me parece bien que hayas vuelto con Nicholas; es más, me hace feliz saber que estáis juntos otra vez.

Abrí los ojos sorprendida por sus palabras y también aliviada al comprobar que no tenía ni idea del embarazo.

—Nunca debí ponerme en contra de vuestra relación... Veros separados, ver lo destrozados que habéis estado este último año... —prosiguió al tiempo que clavaba sus ojos en los míos— me ha matado por dentro. Si Nick es la persona que sabe hacerte feliz, no me voy a entrometer. Eso es lo único que yo quiero, Noah, verte feliz.

Asentí en silencio con los ojos húmedos e intentando formular las palabras para confesarle a mi madre que estaba embarazada de seis meses.

Embarazada de ese chico que ella nunca hasta ahora había querido para mí, de ese chico que era su hijastro.

¿Cómo se lo decía? ¿Cómo le dice una a su madre que en tres meses va a ser abuela? Noté la mirada de Steve clavada en mí y, cuando lo miré, me hizo señas para que fuera valiente y se lo contara.

Joder...

—Mamá... —empecé aprovechando que Will había salido a por un café—. Hay algo que tengo que contarte... Algo que no estaba en los planes de nadie, pero que ha pasado sin más...

Bueno..., sin más tampoco, pero no iba a entrar en detalles.

Mi madre me miró preocupada, sin entender nada. Como no me atrevía a abrir la boca, cogí su mano y la coloqué sobre mi barriga. Sus ojos se abrieron como platos al instante para apartar la mano un segundo después, asustada.

—Noah..., dime que no... Dime que no estás...

Era hora de contar la verdad.

—¿Embarazada? —acabé la frase por ella casi en un susurro.

Mi madre negó con la cabeza al principio, luego me recorrió el cuerpo con la mirada hasta centrarse en mi barriga, bueno o en la barriga que había debajo de esa sudadera gigante de Nick.

—¿De cuánto...?

Tragué intentando aclararme la garganta.

—De seis meses, pero me enteré hace dos meses y medio... No quería ocultártelo, mamá, pero yo me quedé de piedra, igual que tú, necesité tiempo para asimilarlo, tiempo para contárselo a Nick, tiempo para averiguar qué iba a hacer con mi vida...

—¿Nicholas lo sabe?

El tono en el que hablaba era nuevo, un tono nuevo recién creado en su registro, supongo que es el tono que todas las madres ponen cuando sus hijas les sueltan aquella bomba salida de la nada.

—Sí, sí que lo sabe.

Mi madre negó con la cabeza y fijó sus ojos en mi tripa. Por mucho miedo que me diera confesarle aquello, ya me sentía preparada para afrontar su reacción. Ahora que Nicholas estaba luchando por vivir, el bebé que llevaba dentro era lo único que me mantenía entera. Era lo único que tenía de él, era una parte suya, una parte nuestra, en aquel momento y hasta que me tocase dejar de existir, ese bebé sería lo más importante para ambos, nuestra ancla en la tormenta, nuestra conexión infinita.

Cogí la mano de mi madre y la llevé hasta mi barriga.

A mi madre se le llenaron los ojos de lágrimas, pero la conocía lo suficiente como para saber todas esas cosas que estaban pasando por su cabeza: lo joven que era..., lo difícil que sería todo..., la de veces que me habló sobre esperar a tener hijos, sobre estudiar, prepararme, formarme, crecer...

Pero la vida es así de imprevisible. Uno no controla lo que está por venir, no controla con quién chocará a la vuelta de la esquina. Uno no sabe qué camino es el correcto aun habiéndolo recorrido. El destino me había llevado a esa tesitura y solo podía afrontarla lo mejor que podía... y mi madre iba a tener que hacer lo mismo.

—Es un niño —anuncié un momento después.

La imagen del bebé en mis brazos se dibujó en mi cabeza, mi bebé, con sus mofletes gorditos y sus preciosos ojos... Mi bebé, cuyo padre a lo mejor no iba a llegar a conocer.

Mi madre negó con la cabeza, sin dar crédito.

—Si Nick no sale de esta, no sé qué voy a hacer —confesé muerta de miedo. Mi madre me abrazó con fuerza, lloramos las dos, no sé durante cuánto tiempo, solo sé que nos dijimos cosas bonitas. También me reprendió por ser tan irresponsable y por no habérselo dicho antes. Hablamos durante el tiempo que seguimos allí sentadas, hablamos hasta que pudimos contarle todo a William.

Will también casi se cae al suelo del susto. Nunca lo había visto tan devastado, tan preocupado, tan tremendamente destrozado.

Cada uno quiere a sus hijos de una forma diferente y para Will, Nick siempre sería ese niño moreno de ojos azules que le metía ranas en los bolsillos de los pantalones.

Nick tenía que ponerse bien... No solo por mí y nuestro bebé, sino por todos. Nadie superaría perderlo. Nadie.

49

NOAH

Gracias a Dios, dos días después Nick empezó a responder al tratamiento y lo sacaron de la uci. Al no estar ya en cuidados intensivos, los del hospital fueron más indulgentes con respecto a las visitas y, por fin, después de cuatro días sin poder verlo, me dejaron pasar. Estaba sedado y tenía el torso completamente vendado. El brazo izquierdo reposaba sobre un cabestrillo para que no lo moviera. Una sombra oscura de vello le recorría el rostro sin afeitar, dándole un aspecto desaliñado que nunca le había visto hasta entonces.

Me habían dejado entrar sola y lo agradecí porque verlo ahí tumbado, tan débil y frágil me partió el corazón. Sentí un odio profundo hacia aquel hombre que le había hecho daño. Me acerqué a él y le pasé la mano por su pelo negro, apartándoselo en un gesto que ansiaba obtener una respuesta, una respuesta que no llegó.

No me salieron las lágrimas, no sé por qué, simplemente me quedé mirándolo, memorizando sus rasgos, queriendo abrazarlo con fuerza y sabiendo que no podía hacerlo porque le haría daño.

Mi abrazo iba a hacerle daño... Era irónico cómo las cosas habían acabado.

Me senté en una silla a su lado y le cogí la mano.

—Nick... —dije con un nudo en la garganta—, necesito que te pongas bien... Tenía que decirte muchas cosas y ahora...

Me mordí el labio con fuerza y observé a ver si había algún tipo de reacción, algún tipo de milagro como ocurría a veces en las películas. Sus ojos permanecieron cerrados y yo seguí hablando para no volverme loca ante el silencio sepulcral solo interrumpido por los pitidos de las máquinas.

—Nuestros padres ya saben lo de Mini Yo... A mi madre casi le da un infarto, pero supongo que el que estés aquí tumbado ha hecho que se piense lo de matarme por haberme quedado embarazada...

Le conté la reacción de su padre al enterarse, le hablé sobre cómo los teléfonos no dejaban de sonar preguntando por cómo estaba, le informé sobre su agresor y también lo tranquilicé diciéndole que Steve había colocado dos guardias de seguridad en el hospital para que lo que había ocurrido no volviese a repetirse jamás. Le hablé de mí, de que se iba sorprender cuando abriese los ojos y me viera, le conté que nuestro bebé seguía dando patadas como si estuviese en un partido de fútbol... Da igual cuántas cosas le dije, Nick siguió con los ojos cerrados y yo, mientras tanto, me fui apagando poco a poco, me apagué hasta convertirme en una sombra de lo que fui, alguien irreconocible.

—Noah, tienes que descansar, hija —me advirtió mi madre mientras me pasaba la mano por el pelo. Me había recostado en uno de los sofás de la habitación de Nick y había apoyado la cabeza en su regazo—. Todos hemos salido del hospital para dormir y ducharnos, tienes que dormir en una cama, cariño, no es bueno ni para ti ni para el bebé.

—No quiero dejarlo solo —dije con la vista fija en Nick.

«Despierta, por favor, necesito ver tus ojos azules, necesito volver a escuchar tu voz.»

Los médicos temían que la pérdida de sangre y la falta de oxígeno que había sufrido tras el disparo pudiesen haberle causado secuelas neurológicas que no dejaban que se despertase. Decían que ahora dependía de él y que solo podíamos esperar y tenerlo vigilado.

—No va a estar solo, Noah: Will y yo no nos separaremos de su lado. Lion ha dicho que llegará dentro de media hora y Jenna se ha ofrecido a llevarte al apartamento para acompañarte. Por favor, ve y descansa un par de horas...

Lion y Jenna habían llegado un día después del accidente y no se habían separado de nosotros.

Mi madre tenía razón, estaba agotada, llevaba cuatro días sin apenas dormir, me daba miedo cerrar los ojos, despertarme y ver que Nick ya no estaba.

—¿Y si se despierta y no estoy aquí...?

—Noah, si abre los ojos, serás la primera a la que llamaré. Por favor, si Nick pudiese hablar ahora mismo estaría furioso al ver lo poco que estás cuidándote...

Finalmente y a regañadientes, terminé por aceptar. Me despedí de Nick con un beso en la mejilla y salí de la habitación en busca de Jenna.

Steve nos llevó al inmenso apartamento. La última vez que había estado allí había sido después de la boda de Jenna. Al entrar no pude evitar recordar lo que habíamos hecho, las cosas que nos habíamos dicho... No eran buenos recuerdos los que atesoraban esas impresionantes paredes y, de repente, quise regresar a cuando no podíamos quitarnos las manos de encima, a ese instante en que Nick me dio todo lo que necesitaba y más. No quise estar allí y mucho menos sin él.

—Dúchate mientras yo preparo algo de cenar —me indicó Jenna con una sonrisa que no le llegó a los ojos.

Nick era para ella como un hermano mayor. La había visto llorar abrazada a Lion cuando llegaron al hospital y supe que ellos también lo estaban pasando terriblemente mal. Asentí y fui hacia la habitación. En el cuarto de baño empecé a quitarme la ropa lentamente. Mis ojos fijos en el espejo que tenía delante. Ya no había duda alguna de que estaba embarazada. Me metí en la ducha, me lavé el pelo y también los dientes. Cuando salí me puse mis leggins negros y cogí una sudadera de Nick de su armario. Olía a él y eso me tranquilizó un poco, me dio esperanzas. Cenamos en silencio, sentadas en el sofá, con la tele puesta de fondo. Apenas tenía hambre, pero me obligué a comerme todo lo que había en el plato. Después de eso me metí en la habitación de Nick abrazada a su almohada y a su fragancia y cerré los ojos procurando descansar.

Horas más tarde Jenna vino a despertarme con una sonrisa en el rostro.

—¡Está despierto, Noah!

Casi me caigo de la cama de lo rápido que me incorporé.

«¡Dios mío, Dios mío! ¡Nick está despierto!»

50

NICK

Abrí los ojos sin ni siquiera darme cuenta. Había estado sumido en una oscuridad profunda, una oscuridad a la que me llegaban sonidos atenuados y frases inconexas que me moría por ordenar y comprender, y de repente estaba mirando con total claridad la habitación de hospital. Los pitidos de las máquinas que me rodeaban se habían convertido en la banda sonora de los últimos días, los ruidos de las máquinas y la dulce voz de una chica cuyas palabras me habían acunado como si se tratase de una nana para hacerme dormir.

Abrí los ojos buscando esa voz, necesitando esa voz, pero lo que me encontré fue a alguien totalmente diferente.

—¡Oh, Dios mío, Nick! —gritó Sophia a mi lado, y no pude evitar hacer una mueca de dolor. Sentía como si la cabeza me fuese a estallar—. Llamaré a un médico —dijo y salió corriendo de la habitación.

Parpadeé varias veces intentando habituarme a la luz vespertina que entraba por la ventana. La habitación en la que estaba era pequeña, con apenas espacio para un sofá minúsculo, la cama y un televisor. Intenté incorporarme, pero noté un pinchazo de dolor en el brazo que me hizo replantearme cualquier movimiento.

Un segundo después Sophia regresó acompañada del médico. Dejé que me examinara, que me informaran sobre mi estado y, mientras intentaba prestar atención a lo que me decían, solo pude formular una pregunta, una pregunta que de súbito me puso tenso, inquieto, nervioso...

—¿Dónde está Noah? —dije haciendo el amago de levantarme de la cama y arrepintiéndome al instante. Un dolor insoportable me recorrió las costillas, fue como si me estuviesen quemando vivo por dentro.

Joder.

Sophia me empujó con cuidado hasta hacerme recostar sobre las almohadas.

¿Qué hacía Sophia allí?

—Noah está en tu apartamento, descansando, creo.

Respiré hondo intentando calmar mi ansiedad. Miré hacia abajo, hacia mis costillas vendadas y luego me di cuenta de cómo mi brazo entero estaba vendado e inmovilizado contra mi pecho, impidiéndome hacer ningún tipo de movimiento.

—Hijo de puta —solté pensando en quienquiera que me hubiera disparado—. ¿Dónde está Steve? Joder, necesito levantarme, necesito...

—No puedes, Nicholas —dijo Sophia y esta vez al fijarme mejor en ella vi que sus ojos estaban hinchados y rojos. Llevaba el pelo recogido en un moño alto y vestía unos vaqueros y una simple camiseta blanca—. Tienes que hacer reposo; por favor, quédate quieto.

Me recliné procurando mantener la calma. Si Noah estaba descansando significaba que estaba bien, ¿no? Steve seguro que estaba con ella...

Mis ojos volvieron a fijarse en la chica que me observaba con una mezcla de alivio, alegría y añoranza. Recordé el momento en que le dije que lo nuestro había terminado. De todas las chicas con las que había estado, Sophia había sido la única a la que de verdad no quise hacer daño. A su manera, me había ayudado este último año, y aunque habíamos compartido mucho más que una amistad, siempre supe que ambos no podíamos ser otra cosa más que eso: amigos.

Nada ni nadie podía causarme lo que Noah conseguía hacerle a mi cuerpo y corazón con una simple mirada, y eso Sophia siempre lo supo.

—¿Qué haces aquí, Soph? —pregunté mirándola a los ojos.

Ella se encogió de hombros y se limpió una lágrima que se deslizaba por su mejilla izquierda.

—Necesitaba verte y saber que estabas bien... Cuando por las noticias me enteré de lo que te había pasado... —contestó acercándose hasta poder cogerme de la mano con cuidado—. ¿Sabes cuándo te das cuenta que la relación que tenías con un chico no ha sido ni siquiera una relación?

Me quedé callado observándola.

—Cuando absolutamente nadie de su familia coge el teléfono para informarte de que ha tenido un accidente.

—Sophia, tú y yo...

—Lo sé, cortamos hace un mes, Nicholas, no lo he olvidado, pero simplemente pensé...

Necesitaba acabar bien con Sophia, de veras, pero veía en sus ojos la esperanza de algo, y debía desengañarla. Sophia seguía esperando que lo que ocurrió con Noah volviese a afectarme tanto como para volver a dejarla, pero eso se había terminado, ya no estábamos allí, habíamos avanzado, habíamos madurado...

—Sophia, Noah está esperando un hijo mío —la informé con todo el tacto que pude.

Sentí cómo la mano con la que sostenía la mía se congelaba y la soltó un instante después. Supongo que tardó unos segundos en asimilarlo, segundos en los que cualquier atisbo de esperanza terminó por desaparecer.

—¿Por eso has vuelto con ella?

—He vuelto con ella porque la quiero —respondí con calma. No solo la quería, la amaba más que a nada ni nadie, pero no se lo dije para no hacerle daño.

Sophia asintió, la noté perdida como si lo que acababa de decirle fuese lo último que había esperado escuchar salir de mi boca.

—¿Sabes? Por un momento pensé... que habías abierto los ojos porque habías oído mi voz, por un instante creí ver...

Había abierto los ojos justamente porque la voz que necesitaba oír ya no estaba. Los abrí desesperado por buscarla a ella, a Noah.

—Nunca fue mi intención hacerte daño, Sophia. Este último año contigo... has sido la poca luz que alumbraba mis noches.

Sophia asintió, tomó aire y, cuando volvió a mirarme, supe que el mensaje estaba claro. Sophia no era una niña a la que hubiese que explicarle las cosas, era una mujer hecha y derecha, la única mujer de la que podría haberme enamorado si no hubiese sido porque Noah entró en mi vida arrasando a su paso con todo lo que había.

No me tensé cuando se inclinó para darme un casto beso en la comisura de los labios.

—Me alegra saber que estás bien.

Asentí y observé cómo cogía sus cosas y se marchaba de la habitación. Otra ventana se cerraba para dejarme abrir la puerta principal de la vida que quería empezar con Noah.

51

NOAH

Las puertas del hospital estaban llenas de periodistas y Steve se negaba en rotundo a dejarme bajar del coche y exponerme a esa multitud. No tenía ni idea de qué información tenía la prensa sobre mí, pero exponerme ante ellos y mostrarles mi estado era lo último que queríamos hacer en esos momentos.

Steve tuvo que hablar con el director del hospital para que nos dejasen entrar por la parte trasera, solo permitida para el paso de ambulancias del ala de urgencias. Para cuando pude subir hasta la habitación de Nick, ya había pasado más de una hora desde que supuestamente se había despertado.

Entré en su habitación con el corazón en un puño y, cuando vi que abría los ojos para mí, que me sonreía desde su cama, herido pero con la felicidad rebosando en sus ojos celestes, sentí que por fin podía respirar.

—¿Dónde te habías metido, Pecas? —preguntó abriéndome su brazo, invitándome a ir hacia allí, abrazarle y no soltarle jamás.

Eso fue exactamente lo que hice.

Me enterré en el hueco de su cuello y dejé que me acunara con cuidado. Me subí a su cama cuando tiró de mí y me quedé en silencio simplemente escuchando el latir fuerte de su corazón.

No podía hablar, las palabras se me habían quedado atascadas en la garganta.

Nick tampoco dijo nada, sabíamos que lo que había pasado nos había dejado a ambos totalmente horrorizados, yo por experimentar de primera mano lo que podía llegar a sentir si lo perdía de verdad y Nick porque había sufrido la peor parte, viéndose privado de su libertad, de su fuerza, de sus ganas indiscutibles de vivir.

Temía abrir la boca, temía poner en palabras lo que podría haber llegado a pasar.

No me dejaron quedarme mucho más tiempo con él y, aunque parezca algo sin sentido, me sentí aliviada cuando salí de aquella habitación. La presión que había sentido en el pecho al verlo se esfumó cuando ya no lo tuve delante. Sabía que me estaba comportando como una loca demente, sabía que Nick estaba sufriendo más que yo, más que cualquiera por mucho que intentase aparentar que el dolor que sentía en el cuerpo era algo perfectamente llevadero.

Los siguientes tres días pasé con él el mínimo tiempo posible. Encontraba mil y una excusas para mantenerme ocupada. Empecé a organizar su regreso a Los Ángeles, los médicos nos habían dicho que podíamos trasladarlo en el avión privado que Will compartía con sus socios. Me encargué de que una enfermera viajase con nosotros en el avión, también dejé su apartamento cerrado, con todo en orden, limpio y listo para que, cuando Nick tuviese que venderlo o utilizarlo de nuevo, todo estuviese perfecto.

Entraba a verlo cuando sabía que estaba dormido y, cuando abría los ojos y me abrazaba contra su pecho sin decir nada, sabía que lo estaba haciendo por mí. No me entendía, pero si eso era lo que yo necesitaba él me lo daba sin dudar.

Y yo... yo simplemente volví a ser la chica cuya cabeza funcionaba totalmente al contrario que la de todo el mundo. Era bien sabido que las experiencias traumáticas causaban en mí un desajuste mental del que me costaba salir, pero, joder, ¿no podía simplemente dejarlo estar? ¿No podía simplemente ser yo misma, ser la persona que Nick necesitaba en esos momentos?

Pero no lo fui y Nick no se quejó. Ni siquiera hablamos del bebé; es más, solo sacó el tema a colación una sola vez.

—Me han dicho que el día del accidente tuviste contracciones... —comentó en uno de esos pocos instantes en que le permití enterrar su boca en mi cuello y besarme lentamente mientras su mano me acariciaba la barriga con tanta ternura que se me hizo un nudo en la garganta.

No le contesté porque me quedé pensando en las palabras que había utilizado..., «accidente». ¿Había sido un accidente? «Accidente» es una palabra que se utiliza para expresar un hecho que nadie puede controlar, un hecho no premeditado, un instante en donde las cosas se alinean de forma «accidental» dando lugar a efectos no deseados. ¿Por qué usaba la palabra «accidente» para expresar que habían intentado matarlo?

—Noah, ¿dónde estás? —me susurró al oído—. Vuelve de donde sea que estés, amor, porque me está matando verte así.

No entendí su pregunta, pero agradecí que las enfermeras nos interrumpiesen entonces y me obligasen a marcharme.

No quería estar con él, no podía y tampoco lo entendía, solo sabía que, cuando entraba en esa habitación, un nudo horrible se me formaba en mi pecho, me sentía encerrada, acorralada y solo se aflojaba cuando me marchaba.

El día del traslado lo tenía todo completamente organizado. Nuestros padres ya habían vuelto a Los Ángeles, Nick estaba un poco mejor, iba a tener que ir al hospital a que le cambiasen los vendajes cada tres días y ver a un fisioterapeuta que lo ayudase a recuperar la movilidad del brazo poco a poco. Le habían dicho que iba a ser un proceso largo, pero que tenía que dar gracias por estar vivo, no todo el mundo sufría algo así y vivía para contarlo.

Nunca había subido a un avión privado y tampoco es que me hiciese especial ilusión. Si ya de por sí volar no me hacía mucha gracia, hacerlo en un avión pequeño me acojonaba el triple.

Subieron a Nick en una silla de ruedas hasta dejarlo en su asiento de cuero beige, frente a mí y junto a una gran ventanilla que nada tenía que ver con la de los aviones convencionales. Viajábamos nosotros solos y la enfermera que había contratado, Judith.

Durante el vuelo, Nick parecía más cansado de lo habitual. Supongo que viajar y trasladarse del hospital había acabado con sus pocas energías ya de por sí limitadas.

Agradecí que se durmiera, así no iba a tener que hablar con él ni explicarle qué demonios me ocurría, pero cuando me levanté para ir al lavabo, al regresar me lo encontré con los ojos abiertos, fijos en mí.

Me detuve junto a la puerta del baño, devolviéndole la mirada y fijándome en que Judith parecía haber desaparecido de la cabina.

—Le he dicho que puede dormir un par de horas en la habitación del fondo —dijo Nick claramente consciente de lo que pasaba por mi cabeza.

Me fijé en él. En su mentón afeitado, su pelo limpio y revuelto, su camiseta oscura y sus vaqueros claros. Tenía ojeras bajo sus ojos y el cansancio reflejado en cada uno de sus hermosos rasgos.

Este viaje podría haber sido totalmente diferente, podría haber estado llevando un ataúd en ese avión... Habría estado organizando un funeral esta semana y no un traslado...

Me mordí el labio con fuerza hasta casi hacerme daño.

—Noah, ven aquí —me pidió Nick extendiendo su mano y mirándome preocupado, nervioso y angustiado.

—Casi te pierdo, Nick —comenté mirándolo fijamente.

—Lo sé..., pero estoy aquí, Noah... —dijo moviéndose en el asiento, queriendo llegar hasta mí, pero sin poder levantarse.

Empecé a llorar en silencio, clavada en el lugar. Llevaba dos semanas conteniendo las lágrimas, intentando ser fuerte por él, por mí, por el bebé..., pero yo no era fuerte, todo lo contrario, era débil, más que eso...

—Noah... —pronunció mi nombre con la voz estrangulada por la pena, su brazo aún extendido en mi dirección mientras yo seguía llorando allí clavada, observándolo como paralizada.

—No puedes morirte —dije entonces, limpiándome las lágrimas de un manotazo—. ¿¡Me has oído!? —le grité, de repente furiosa con él, conmigo, con el mundo..., no tenía ni idea.

Nick respiró hondo y asintió. Pero yo no había acabado todavía.

—¡Me prometiste que no te separarías de mi lado, me juraste que ya nada iba a poder separarnos! ¡Y casi vuelves a dejarme!

Nick me observó sin decir nada..., pero sus ojos se humedecieron.

—¡Íbamos a arreglar lo nuestro, íbamos a criar a este bebé juntos!

Los sollozos se me quedaron atascados en la garganta.

—Noah...

—¡¿Qué habría hecho si te hubieses muerto, Nicholas?! —chillé llorando desconsolada. Me tapé la cara con la mano, no podía soportarlo...

Levantarme por las mañanas sabiendo que Nicholas ya no estaba... No poder volver a besarlo, ni abrazarlo, no poder sentir su piel contra la mía, ni perderme en su mirada, no volver a saber lo que era sentirse segura...

Abrí los ojos un momento después, enjugándome las lágrimas de la cara y levantando la mirada hacia él.

Cuando una lágrima cayó por su mejilla sentí como si me diera un calambre en el cuerpo, una maldita descarga que me hizo reaccionar. Fui hacia él y dejé que me envolviera entre sus brazos. Me senté en su regazo con mucho cuidado y enterré mi cara en el hueco de su cuello, llorando desconsoladamente y sin saber cómo parar.

—No he tenido tanto miedo en mi vida —le confesé manchándole la camisa con mis lágrimas y sintiéndolo temblar bajo mi cuerpo.

—Lo sé —convino acariciándome el pelo y apretándome con fuerza—. Lo sé porque yo sentí el mismo miedo que tú... Pero no voy a irme, Noah, no me voy a ninguna parte...

Dejé que siguiera diciéndome cosas bonitas al oído. Mientras tanto, me empapé de su olor, de su calor, de su cercanía, del sonido de su corazón latiendo alocado contra el mío.

—Siento haberte dicho que te fueras... Si no te lo hubiese pedido, esto no habría pasado, es todo por mi culpa, Nick, otra vez vuelvo a tener la culpa de haber estado a punto de perderte...

Nicholas me cogió la barbilla con fuerza.

—Tú no tienes la culpa de nada, ¿me has oído? —replicó furioso.

—Si hubiese sabido aceptar lo que querías darme... Si no hubiese estado muerta de miedo por volver a estar juntos...

—Noah... Cállate, ¿quieres? —me cortó para luego darme un beso que me estremeció. Me besó como solo él sabía besar, me besó como había deseado desde que se había marchado... como deseé hacerlo la noche en que cortamos, como quise que me besara el día que me dijo que no iba a poder volver a quererme...

—Te quiero, Nick —le declaré cuando se separó para dejarme respirar. Sus ojos recorrieron mi rostro como queriendo memorizar cada una de mis facciones. Coloqué mi mano en su mejilla ya afeitada y lo acaricié no queriéndome alejar de él nunca más. Me besó las mejillas, la mandíbula y la nariz. Me levantó la camiseta y colocó su mano en mi vientre ya abultado.

—Nada nos va a volver a separar, Noah, te lo juro por nuestro hijo.

Lo abracé con fuerza y enterré mi cabeza en su cuello. No quería moverme, no quería separarme de él. Lo abracé hasta que los dos nos quedamos dormidos.

Abrí los ojos no sé cuánto tiempo después, pero no pudo haber sido mucho porque aún seguíamos volando. Fuera se había hecho de noche y solo nos iluminaban las lucecitas que había a los lados de la cabina.

Nick estaba mirándome, despierto, con sus dedos jugaba distraídamente con uno de mis mechones de pelo.

—Creo que nunca te he dicho lo mucho que me gustan tus pecas —comentó entonces acariciándome la mejilla, la oreja y el cuello con sus largos dedos.

—Sí que lo has hecho —lo contradije sin apartar mi mirada de la suya.

—Lo he dado a entender..., pero no lo he expresado claramente en palabras. Sé dónde está cada una de ellas, y también me doy cuenta de cuándo te salen nuevas... Me vuelven loco.

Sonreí divertida por la intensidad que ponía para hablar de esas marquitas que siempre había odiado hasta conocerlo a él.

—¿Crees que el bebé tendrá pecas como las tuyas? —me planteó entonces divertido.

—Creo que los bebés no tienen pecas, Nick —afirmé con una sonrisa.

Sus dedos siguieron jugando con la piel abultada de mi estómago.

—Está mucho más grande desde la última vez que te vi —dijo haciendo círculos con el pulgar justo por encima de mi ombligo.

Me estremecí de la cabeza a los pies.

—Una forma sutil de decirme que estoy gorda —repuse haciendo una mueca.

—Estás perfecta. Nunca te había visto tan preciosa como lo estás ahora, amor.

Sentí vértigo ante su forma de mirarme y me perdí en sus increíbles ojos azules.

Entonces, de repente, recordé algo.

—Me dijiste que ya habías pensado un nombre... —comenté sintiendo curiosidad por su elección.

Nick me colocó un mechón de pelo tras la oreja y me acarició el pómulo con su dedo pulgar, despacio.

—Sí que he pensado en uno... —anunció repentinamente nervioso.

—Prometo no reírme de ti si el nombre es muy feo —lo corté sonriendo.

Nick me devolvió la sonrisa.

—Me gustaría llamarlo Andrew —me soltó mirándome a los ojos. Estaba emocionado, aguardando mi reacción.

—¿Andrew?, ¿por tu abuelo? —pregunté.

Nick pareció relajarse al ver cómo me lo tomaba.

—Sí. Por mi abuelo —dijo sin apartar sus ojos de los míos—. Para mí fue una persona con la que siempre pude contar. Me quería y me ha dado la oportunidad más importante de mi vida. Confió en mí ciegamente dejándome su legado y sé que, si estuviese vivo, le haría muy feliz que lo llamásemos así.

—Andrew Leister —pronuncié en voz alta—. Me gusta.

Nick me besó en los labios con una sonrisa contenida. Estaba feliz.

—Andrew Morgan Leister —me corrigió apartándose y dándome un beso en la nariz—. Se merece tener el nombre de su abuelo también, ¿no crees?

Sentí que mi corazón se paraba.

El recuerdo de mi padre me vino a la cabeza y sentí que se me llenaban los ojos de lágrimas. Nick nunca había llegado a entender cómo me sentí respecto a él ni cómo, a pesar de lo que había hecho, una parte de mí seguía queriéndolo. Ni yo misma lo entendía, pero simplemente era así. Uno no maneja los sentimientos ni los controla. Yo quería a mi padre al margen de todo lo que hizo, la niña que había en mí aún lloraba su muerte.

—No tenemos por qué hacerlo —repliqué mordiéndome el labio.

Nick volvió a besarme, esta vez en el cuello.

—Era tu padre. Sin él no estarías justo aquí, ante mí, llevando a mi primer hijo en tu interior. Sí que tenemos que hacerlo.

Tiré de él para alcanzar sus labios y él me abrazó, apretujándome fuerte contra él.

—Pensé que querrías llamarlo Nicholas —dije contra su pecho.

Él se separó para mirarme a la cara, divertido.

—Solo va a haber un Nick en tu vida, Noah, y ese voy a ser yo.

Me reí ante su forma posesiva de pensar. Pero así era Nick, y era cierto: solo habría un Nicholas Leister en mi vida.

Me separé de él y bajé la mirada a mi barriga.

—Andrew... —pronuncié el nombre en voz baja y justo entonces sentí una fuerte patada desde el interior.

Abrí los ojos sorprendida. Era como si me estuviese dando su aprobación.

La siguiente patada llegó un segundo después.

—¡Dame tu mano! —le pedí emocionada. El bebé pareció contagiarse de mi entusiasmo, ya que volvió a darme con fuerza.

Nick estiró la mano hasta posarla justo donde yo sentí la patada.

—¿Lo notas? —le pregunté contenta de que por fin él pudiese sentir lo que yo había estado sintiendo las últimas semanas.

Nick asintió totalmente embobado.

—Joder... —exclamó cuando la siguiente fue aún más fuerte que la anterior. Era una sensación increíble, la mejor de todas. Mi bebé estaba bien y daba patadas.

Nick levantó los ojos y los fijó en mí.

—Gracias, Noah..., gracias por esto.

Me quedé sin palabras, simplemente dejé que me abrazara mientras una sensación increíble me recorría por entero: felicidad.

52

NICK

Estaba hecho una mierda. Sentía tanta rabia en mi interior por lo que había pasado que me costaba muchísimo disimularlo y callármelo delante de Noah. No quería que se preocupara, no quería ni que tuviese que pensar en lo que había ocurrido, pero mi mente no dejaba de maquinar las veinticuatro horas del día.

Habían intentado matarme.

Estaba obsesionado con que algo así pudiese volver a ocurrir, pero no contra mí esta vez, sino contra la preciosa mujer que salía y entraba de casa como si nada hubiese ocurrido. Noah había retomado su rutina como siempre: iba a clase, a trabajar y luego venía a verme a mí. Aún no vivíamos juntos y perderla de vista me estaba volviendo completamente loco.

Steve se encargaba de llevarla y recogerla y de esperarla fuera de la facultad para que nada le ocurriese, pero si por mí fuese, la hubiese metido en la habitación conmigo y no la habría dejado irse. Yo apenas podía moverme de la cama, la recuperación estaba siendo muy lenta, y solo salía del apartamento para ir al hospital. La enfermera que Noah había contratado se encargaba de ayudarme en casa, pero odiaba sentirme así, como un inválido, necesitaba estar con Noah, asegurarme de que estaba bien en todo momento.

Cuando venía a verme era una completa tortura. Llegaba sonriente y me contaba cómo le había ido el día. Su sonrisa llenaba toda la habitación de alegría y yo me moría por cogerla, quitarle la ropa y hacerla mía de una maldita vez.

La última vez que habíamos hecho el amor había sido cuando habíamos concebido a Andrew. Seis meses sin sentirla de la mejor manera imaginable, seis meses sin hundirme en su interior y hacerla gritar. Lo peor era que mi cuerpo estaba hecho una mierda, sí, pero mi mente estaba capacitada hasta para escalar el Everest.

Un día, dos semanas después de haberme trasladado a Los Ángeles, apareció ataviada con un vestido pegado al cuerpo, de color gris, un vestido que marcaba absolutamente todo, incluso su barriga, cada vez más redondeada y bonita. Se había dejado el pelo suelto y sus ojos brillaban como nunca.

Ya estaba haciendo calor y su piel ya había empezado a adquirir ese color tostado que tanto la favorecía. Noté cómo se me ponía dura y tuve que controlarme para no mandar a la mierda las indicaciones del médico y hacerle el amor sin demora, sin pausa, clavarme en ella hasta el fondo y recordar lo que nos habíamos estado perdiendo.

—Nick, ¿estás escuchándome?

Apagué mis pensamientos lujuriosos y le presté atención.

—Lo siento... ¿Qué me has preguntado?

Noah puso los ojos en blanco.

—No te he preguntado nada, te estaba diciendo que ya que dentro de nada termino las clases y que a ti te queda poco para recuperarte del todo, me gustaría que fuésemos juntos a comprar las cosas del bebé. Ni siquiera tenemos idea de qué hay que comprar, ni cuánto espacio necesita un bebé. He estado pensando que, si movemos mi cama y la pegamos contra la pared del baño, habrá mucho espacio para poner la cuna y la cosa esa donde se cambian los pañales...

«Pañales... Joder, y yo pensando en desnudarla y regalarle orgasmos.»

—¿Me has metido a mí en esa ecuación? —le pregunté observándola con incredulidad. ¿De verdad creía que iba a vivir en ese loft con nuestro bebé recién nacido?

—Claro que sí... —respondió ruborizándose por algún motivo que no alcancé a comprender—. No hemos vuelto a hablar sobre eso, pero... ¿vas a vivir conmigo?

¿Me lo estaba preguntando?

No pude evitar reírme.

—Creo que ya es muy difícil que algo me impida meterme en la cama contigo todas las noches, Pecas. Claro que voy a vivir contigo, pero lo siento mucho, pero no vamos a hacerlo en eso que tú llamas apartamento —contesté sin ninguna intención de ceder.

—Pero...

—Pero nada, Noah —la corté tirando de ella y dándole un pico en los labios—. No voy a criar a mi hijo en una caja de cerillas.

Noah se calló y se me quedó mirando unos instantes.

—Yo no quiero vivir aquí —declaró refiriéndose a mi apartamento, ese apartamento adonde había traído a Sophia y Noah toleraba porque estaba recuperándome.

—Pensaremos en algo —dije, aunque ya había pensado en ello.

Los días pasaron y yo cada vez empecé a sentirme mejor. Un mes después ya pude volver a trabajar. Noah entró en su tercer trimestre de embarazo y ya fue imposible seguir ocultándolo. De pie en mi cocina, con una taza de café en los labios, pude escuchar de primera mano cómo éramos por primera vez noticia.

Maldije entre dientes al ver una foto de Noah caminando por la calle, su barriga ya más que evidente, dejando claro que la noticia era certera.

Las dos primeras semanas después de que me dispararan, las noticias habían dedicado al menos diez minutos a hablar sobre mí, sobre mi empresa y sobre los despidos de Leister Enterprises. Sin embargo, con el transcurrir de los días había dejado de ser importante y yo me había relajado al ver que ya apenas hablaban de mí. Pero, ahora que había salido a la luz que Noah estaba esperando un hijo mío, con seguridad nuestra presencia en las noticias cobraría de nuevo fuerza.

Casi me atraganté al ver la puerta del loft de Noah y ella intentando entrar, sorteando a los periodistas sin contestar a ningún tipo de pregunta. Vi a Steve con cara de cabreo ayudando a mi novia embarazada a entrar en su propia casa y la rabia me recorrió por entero.

«Maldita sea.»

53

NOAH

Sabía que aquello iba a terminar pasando, pero nunca creí que fuesen a venir a acosarme a mí. Era de Nick de quien querían hablar, pero en cuanto se supo que estaba esperando un bebé, los periodistas me acosaron sin descanso.

Nicholas estaba furioso, tanto que me insistió hasta la saciedad para que dejase mi apartamento y me llevó con él al suyo, por seguridad. Ya todo el mundo sabía que estaba embarazada, no había sido tan traumático el hecho de contárselo a mis amigos y profesores, pero no me sentía cómoda saliendo en las noticias.

Al principio todo se centró en Nick, en que éramos hermanastros, en la historia de nuestros padres... Nuestras vidas se convirtieron en un circo con multitud de espectadores y, ahora que ya lo habían contado todo sobre Nick, se dedicaban a sacarme a mí y hablar sobre mi aspecto, sobre la ropa que vestía... Era una completa locura. Casi me caigo de culo cuando nos vi a los dos juntos en la portada de una revista del corazón. El titular decía lo siguiente: «El soltero de oro, Nicholas Leister, por fin sienta la cabeza y será padre a la pronta edad de veinticinco años. ¿Son campanas de boda lo que vemos que se acercan?»

No daba crédito.

Llegué al apartamento más enfadada que nunca. No quería convertirme en un personaje público y menos que vendiesen mi vida como si se tratase de un maldito culebrón.

Cuando salí del ascensor, busqué a Nick hasta que lo encontré metido en su pequeño gimnasio. Todo mi enfado se esfumó cuando lo vi sentado, sin camiseta, sudando y levantando una pesa con su brazo izquierdo, haciendo los ejercicios de recuperación que le había mandado el médico.

Joder... ¿Cómo no íbamos a ser noticia cuando ese hombre parecía recién salido de una maldita película de Hollywood?

Lo observé embobada hasta que se percató de mi presencia. Sus labios sonrieron al verme, y dejó la pesa en el suelo, entre sus piernas.

—Hola, Pecas —me saludó cogiendo una toalla que había a su lado y limpiándose la cara y los brazos.

Le hubiese dicho que no lo hiciera, que el sudor resbalando por sus abdominales marcados era una visión espectacular, pero me quedé quieta donde estaba hasta que él se levantó y vino a mi encuentro.

—¿Todo bien? —me preguntó dándome un ligero beso en la mejilla.

Eso era otra, algo que me ponía también de muy mal humor: ninguno de los dos nos tocábamos más allá de unos cuantos besos tiernos. Yo temía que él no quisiese hacer nada porque aún le dolían sus heridas, aunque si ya estaba capacitado para levantar pesas, ¿qué le impedía hacerme todo eso que a mí se me pasaba por la cabeza cada noche que me acostaba a su lado?

A lo mejor es que ya no le gustaba como antes: estaba gorda, la barriga ya se interponía entre los dos... Quizá ya no le resultaba atractiva, algo que solo de pensarlo me horrorizaba.

Nick me colocó un mechón de pelo detrás de la oreja y me observó con el ceño fruncido.

—¿Qué te preocupa? —me preguntó mirándome con esos ojos que me volvían loca.

Me entraron ganas de besarlo por todas partes, de tocarle ese estómago duro y fibroso, de que me empotrara contra esa pared y me hiciese el amor de una maldita vez. Pero me decanté por cerrar la boca. No iba a pedir algo que claramente él no quería darme.

—Nada... Estoy cansada, me voy a la ducha. —Me volví para salir de la habitación, pero Nick me retuvo por el brazo, escrutando mi rostro en busca de algún tipo de señal, de algún tipo de pista que le explicara qué demonios me pasaba.

—¿Es por los periodistas? —me preguntó besándome suavemente debajo de la oreja.

Cerré los ojos y me apoyé en la pared que había detrás.

—No..., solo quiero ducharme y meterme en la cama.

Su boca ahora pasó a besar mi frente. Con suavidad, con ternura.

—Se cansarán de nosotros, Noah... Es cuestión de tiempo que acosen a otra pareja, esto es Hollywood, es solo cuestión de tiempo.

Su mano me acarició el brazo de arriba abajo.

Sentí rabia y detuve su caricia cogiéndolo por la muñeca.

—Deja de tocarme como si fuese una maldita muñeca, Nicholas.

Vi sus ojos abrirse por la sorpresa antes de zafarme de su agarre y salir al pasillo en dirección a la habitación.

Miré la cama... Esa maldita cama donde seguramente le había hecho de todo a la maldita de Sophia Aiken y me cabreé aún más.

Vale que ya no fuese atractiva para él, pero al menos podría disimularlo.

Mientras cogía mi pijama del cajón, Nick se paró en la puerta de la habitación y se apoyó en el marco, observándome con el ceño fruncido.

—¿A qué ha venido ese último comentario?

—A nada —contesté queriendo desnudarme, pero sentía vergüenza de que me viese desnuda en mi estado. Noté cómo las lágrimas afloraban a mis ojos y me hice con todo mi autocontrol para evitar que cayesen, delatándome y haciéndome sentir aún más patética.

—Noah... —empezó a decir separándose del marco, con la intención de acercarse a mí.

—Mira, entiendo que ya no te resulte atractiva, ¿vale? Pero, si no quieres hacer nada conmigo, tampoco te dediques a tratarme como si fuese tu maldita hermana pequeña, Nicholas.

Fui a meterme en el baño, pero me cogió y me empujó contra la pared de la habitación. Sus manos se apoyaron a cada lado de mi cabeza y se inclinó para mirarme a los ojos.

—¿De qué demonios estás hablando? —Me fijé en que mi último comentario le había afectado igual que a mí decírselo.

Respiré hondo, intentando mantener mis hormonas controladas al tenerlo tan cerca, semidesnudo y tan increíblemente guapo. Volví a hablar.

—Hablo de que no me has tocado ni una sola vez desde hace meses. Sé perfectamente que estoy enorme y que ya no te resulto atractiva, pero yo no soy de piedra, ¿sabes? ¡Te pones ahí a hacer pesas, esperándome semidesnudo como si yo ya no tuviese ojos, como si ya me hubiese convertido simplemente en una embarazada que solo piensa en pañales, cunas y bebés llorando! ¡Yo también tengo mis necesidades! ¿Lo habías pensado? ¡Mis hormonas están descontroladas y tú no qui...!

Su boca me calló con un beso profundo. Cerré los ojos y todo lo que estaba diciendo se me evaporó de la cabeza. Su cuerpo me apretó contra la pared mientras su lengua salía al encuentro de la mía. Lo sentí duro contra mí y casi me derrito entre sus brazos. Se apartó un minuto después con la respiración agitada y echando chispas por los ojos.

—Aún sigo sorprendiéndome por cómo funciona esa cabecita tuya, Pecas, pero que insinúes siquiera que ya no me pones es un insulto que no te voy a permitir —afirmó separándose de mí—. Si no te he tocado desde que hemos vuelto es porque pensé que eras tú quien no querías y no al revés.

Mi corazón se aceleró bajo mi pecho.

—¿Por qué no iba a querer? —repuse temblando aún contra la pared—. He esperado a que te recuperaras, pero no has hecho nada que demostrase que tuvieses ganas, y eso nunca había pasado, Nicholas.

—Joder, Noah... No te enteras de nada.

Y así, sin esperar respuesta, metió sus manos por mi vestido y me lo sacó por la cabeza. Temblé nerviosa por la anticipación y por el miedo que sentía de que no le gustasen los cambios que había sufrido mi cuerpo.

Me miró de arriba abajo, recorriendo mis nuevas curvas con sus ojos.

—Dime..., ¿qué quieres que te haga?

—¡¿Qué?! —exclamé con voz ahogada.

—Al parecer, he descuidado las necesidades de mi novia... Dime qué quieres que te haga y te lo haré.

Si no me hubiese estado comiendo con los ojos y su pantalón no estuviese tan claramente abultado, habría parecido que lo decía por obligación, pero, joder, conocía esa mirada mejor que nadie.

—Tócame —le pedí temblando, anticipando sus caricias.

—¿Dónde, Pecas?... Hay muchos lugares donde puedo tocarte y no me gustaría volver a tratarte como si fueses mi hermana pequeña.

Sus dedos me acariciaron la mejilla con cuidado. No quería caricias ñoñas, así que le cogí la mano y la dirigí hacia abajo, hasta colarla por mi ropa interior. Sentí sus dedos acariciar esa parte de mí que tanto lo había echado de menos.

Sonrió.

—¿Aquí? ¿Te gusta? —me preguntó entre susurros para a continuación morderme el lóbulo, apretando con fuerza.

Cerré los ojos, disfrutando del placer que me provocaban sus dedos.

—Sí... —contesté echando la cabeza hacia atrás.

Nick me cogió la barbilla con fuerza y me metió la lengua en la boca otra vez, saboreándome, acariciándome, mordiéndome como si nunca hubiese necesitado tanto de mi contacto como en ese instante.

Me aparté y lo besé en la mandíbula, recorriendo con la punta de mi lengua su mentón hasta enterrar mi boca en su cuello y besar la zona donde su vena latía enloquecida, enloquecida por mí. Su mano volvió a colocarse en la pared, y él gruñó mientras me deleitaba con su cuello, dibujando un reguero de besos que desembocaba en su hombro desnudo. Sus dedos me penetraron con fuerza y lo mordí en respuesta...

Nicholas gruñó y me levantó con su otro brazo, de manera que nuestras caras quedaron a la misma altura.

—Quiero hacerte el amor, Noah... ¿Puedo? Dime si puedo, no quiero hacer nada que pueda...

Negué con la cabeza.

—Al bebé no va a pasarle nada... —respondí respirando aceleradamente y haciendo un ruido lastimero cuando sacó sus dedos de mi interior—. No pares ahora... —le ordené bajando mi mano y acariciándole por encima de la tela de su pantalón de deporte.

Nicholas siseó ante mi contacto y me llevó hasta la cama. Conmigo tumbada, pasó a quitarse los pantalones. Pues sí que había estado equivocada...

—Tú eres la única que me pone así, Noah.

Se inclinó sobre mí, metiendo sus dedos por el elástico de mis braguitas y sacándomelas sin demora.

—Ponte boca abajo —me pidió observándome embelesado—. Quiero que estés cómoda y no quiero aplastarte, date la vuelta.

Hice lo que me pedía y él se colocó a mi espalda. Me desabrochó el sujetador y pasó a besarme la espalda de arriba abajo. En esa postura mi barriga no se interponía entre los dos. Fue entrando en mi interior poco a poco y casi enloquecí con la sensación de notarlo entrar. Cerré los ojos con fuerza, controlando las ganas de gritar.

Nick cogió una almohada y la colocó debajo de mi barriga para que estuviese más cómoda y entonces empezó a moverse... A moverse de verdad...

—No pares —le exigí sintiendo un placer diez veces más intenso que el que había sentido en cualquiera de las veces que nos habíamos acostado.

Grité sin poder aguantarme cuando nuestros cuerpos empezaron a moverse al unísono, cada vez más rápido hasta que terminé gritando de placer contenido, liberando la presión de los últimos meses, deseando seguir haciendo eso hasta que ya no tuviese fuerzas ni para moverme. Y eso hizo Nick, no se detuvo, siguió moviéndose y besándome la espalda.

Finalmente llegamos a la vez, yo gimiendo contra la almohada, él mordiéndome con fuerza el hombro izquierdo.

Me quedé dormida casi al instante.

No sé cuánto tiempo pasó hasta que volví a abrir los ojos, pero estaba tapada y acurrucada contra Nick, que subía y bajaba su mano por mi espalda desnuda, acariciándome con ternura.

Al notar que estaba despierta, bajó la mirada hasta encontrarse con mis ojos. Una sonrisa apareció en sus bonitos labios.

—Te he perdido durante un buen rato, Pecas...

Me reí.

—Creo que me quedé inconsciente de puro placer.

—¿Ah, sí? —dijo dándome la vuelta y colocándose encima de mí con cuidado de no aplastarme.

—Te había echado de menos, Nick —confesé subiendo la mano para apartarle un mechón rebelde de pelo.

—Lo he notado —afirmó besándome en los labios—, pero no tanto como te he echado de menos yo, Pecas...

Andrew me dio una patada entonces, como recordándome que seguía allí. Hice una mueca y Nick me miró preocupado.

—Solo ha sido una patada —le informé para que no se preocupara.

Nick apoyó la cabeza en uno de sus brazos y me observó embelesado.

—¿Qué sientes? —me preguntó acariciándome de arriba abajo el vientre abultado.

Me quedé mirando el movimiento de su mano mientras reflexionaba sobre su pregunta.

—Es una sensación muy extraña..., sobre todo cuando lo hace con tanta fuerza.

Nick me escuchó con atención sin dejar de acariciarme. Sus labios no tardaron en posarse sobre mi tersa piel, lo que me hizo sentir una gran calidez en mi interior.

—Tengo ganas de conocerlo por fin —declaró tirando de mí para abrazarme contra su pecho.

«Yo también», pensé en mi fuero interno.

Un día, después de salir de un examen, Nick vino a recogerme en su coche. Parecía emocionado, contento por algo que yo ignoraba. Yo también estaba feliz por haberme quitado un examen de encima.

Quince minutos después nos encontrábamos en una zona de la ciudad que no había visitado hasta entonces. Los edificios eran altos, pero no tanto como para ser considerados rascacielos. La zona era bonita, con palmeras adornando las calles y jardines bien cuidados. Nick detuvo el coche frente a una casita de color blanco. Tenía un porche que la rodeaba entera y unos escalones de madera que conducían a la puerta. Constaba de dos plantas y parecía recién salida de un cuento de hadas.

—¿Te gusta?

Miré alrededor y luego clavé la vista en él.

—No es muy de tu estilo —contesté un poco aturdida. Nicholas era de grandes apartamentos urbanos con cristaleras del suelo al techo y de mansiones a los pies de la playa.

—No, no lo es. La he comprado pensando en ti.

Abrí los ojos y me quedé mirándolo sin dar crédito.

—¿Que has hecho qué?

Nick se bajó del coche y vino hasta a mi puerta para ayudarme a bajar.

Cuando me tuvo delante, sacó unas llaves del bolsillo trasero y las sostuvo delante de mi cara.

—Te quedan dos años para terminar la carrera, Noah. No quiero que tengas que abandonar nada y, si tengo que mudarme aquí contigo, dejar Nueva York y esperar a que tú descubras quién quieres ser en la vida, lo haré. Yo ya sé lo que quiero, mi futuro está encaminado y es porque he tenido el tiempo necesario para poder hacer las cosas bien. Tú eres lo que me falta en la vida y voy a adaptarme a ti hasta que estés lista para hacer más cambios. No quiero llevarte a un piso de lujo, ni a una mansión en la playa, porque esa no eres tú. Siempre creí que iba a querer vivir de la forma en la que me crie, pero no quiero metros cuadrados entre nosotros, amor, quiero levantar la vista y verte siempre que quiera. Esta casa es tuya, es mi regalo para ti.

Me mordí el labio y negué con la cabeza, aturdida. No sabía qué decir. La casa era preciosa, pequeña, perfecta, la casa que yo hubiese elegido para empezar una familia.

Nick se acercó y me cogió el rostro entre las manos.

—Queda poco para que tengas a Andrew y sé que no quieres seguir viviendo en mi apartamento. Acepta este regalo, Noah, por favor.

No me dejó tiempo para contestar, tiró de mi mano y nos acercamos hasta la puerta. Abrió sin demorarse ni un segundo y entramos a lo que de ahora en adelante iba a convertirse en nuestro hogar.

El atardecer dejaba entrar una estela de luz anaranjada que iluminó de forma cálida el salón, amueblado con sofás blancos sobre un parquet que brillaba a nuestro paso. La casa, un espacio diáfano sin paredes, estaba amueblada y disponía de grandes ventanas con vistas a la montaña. Nick me lo mostró todo y, cuanto más veía, más me enamoraba del lugar. Subimos a la planta de arriba y me mostró la que sería nuestra habitación. Era grande y una inmensa cama ocupaba el centro de la estancia. Las ventanas tenían visillos blancos preciosos que dejaban entrar la luz y el techo estaba compuesto por grandes vigas de madera. El baño era precioso, todo de mármol negro con una gran bañera y una ducha funcional. La casa podía no ser una mansión, pero tenía absolutamente de todo, no le faltaba de nada.

Tiró de mí hasta que salimos al pequeño pasillo. Lo cruzamos hasta alcanzar una zona que aún no había visto. Había dos puertas enfrentadas en un pequeño vestíbulo con una ventana que daba al jardín trasero. Nick abrió la puerta de la derecha y me invitó a entrar.

—Esta será la habitación del bebé... Pensé que te gustaría.

Era preciosa. Estaba toda pintada de blanco, no había muebles, pero el parquet relucía como en el resto de la casa. Justo frente a la puerta había una gran ventana con un banquito debajo, de esos que se abren y puedes guardar cosas dentro.

Sonreí. Lo vi. Nos vi. Vi a nuestro bebé en esa habitación, durmiendo plácidamente, jugando, llorando, riendo. Nos vi a los tres juntos compartiendo momentos increíbles. Esa iba a ser nuestra casa, nuestro pequeño rincón, nuestro lugar.

—¡Me encanta! —exclamé volviéndome hacia él con una gran sonrisa.

Nick se separó del marco de la puerta y vino a darme un beso. Me miró a los ojos con algún tipo de emoción contenida.

—Quiero dártelo todo, Noah... Quiero que seas feliz conmigo y que criemos a ese niño precioso como ninguno de nuestros padres supo hacerlo con nosotros.

Entrelacé mis dedos detrás de su nuca y sonreí completamente feliz.

—Buena forma de librarte del loft —dije riéndome.

—La casa está a tu nombre —agregó pegándome a él y besando mis labios—. No quiero que te preocupes por nada que no sea el bebé y las cosas que querías hacer antes de quedarte embarazada. He estado informándome y hay un trato especial para las estudiantes universitarias que tienen hijos durante el curso, el programa está muy bien, y serán más indulgentes contigo, te dejarán organizarte como tú puedas y...

Lo besé acallando lo que fuese a decirme.

—Gracias, Nick —dije emocionada por todo lo que estaba haciendo—. Me haces muy feliz, te quiero.

Nos volvimos a besar y pasamos el resto de la tarde planificando cómo queríamos amueblar la casa y cuándo nos mudaríamos definitivamente.

Mi nueva vida estaba en marcha y me encantaba.

La primera semana de mi octavo mes la pasé prácticamente metida en la facultad. Ya había superado que la gente me mirara cada vez que entraba o salía de la biblioteca y comprendí que lo mejor que se podía hacer cuando eras la comidilla de algún lugar era pasar absolutamente de todo.

Al final, mis compañeros e incluso los profesores se terminaron por acostumbrar y la gente se volcó en ayudarme siempre que podían: me llevaban la mochila, el portátil, incluso me compraban la comida. Mi barriga se convirtió en la atracción principal de la facultad; de repente, todos querían saber del bebé, todos querían tocarme la barriga... Y, mientras tanto, yo cada vez estaba más incómoda: Andrew había casi triplicado su tamaño y yo me sentía como un dúplex andante.

A Nick no le hacía gracia que estuviese tanto tiempo fuera de casa, pero esa sería mi última semana en el campus antes de las vacaciones de verano. Necesitaba dejar todo arreglado. A mi vuelta iba a tener a un recién nacido en casa y entonces sí que las cosas iban a complicarse.

En una de mis salidas de la biblioteca, que hacía sobre todo para ir al baño, ocurrió algo que ya había pasado hacía meses. Volví a encontrarme con Michael.

Nos quedamos mirándonos unos segundos y yo seguí caminando, con intención de rodearlo y marcharme de allí. Michael me bloqueó el paso y me miró con una expresión que no había visto hasta entonces en él: con asco.

—Así que has dejado que te haga un bombo... Qué manera tan patética de hacerlo volver a tu lado, ¿no te parece?

Sus palabras me dolieron.

—Déjame en paz —le espeté furiosa.

Me cogió del brazo cuando fui a volverme para marcharme.

—¿Te ha contado tu novio que volvimos a encontrarnos hace poco? —me preguntó mirándome fijamente a los ojos.

Quise zafarme de su agarre, pero no lo conseguí.

—No le hizo gracia ver que había regresado después de que me pagara una fortuna por jurar que no volvería a llevarte a la cama.

Me quedé de piedra al escucharlo decir eso.

—Pero creo que me he arrepentido...

Justo entonces, y cuando estuve a punto de sacar mi teléfono y llamar a Steve para que me recogiera, apareció Charlie, el hermano de Michael, y se acercó hasta nosotros.

—¡Noah! —exclamó ajeno a la tensión que había entre su hermano y yo.

Forcé una sonrisa y no me aparté cuando me dio un fuerte abrazo.

—¡Caray, estás enorme! —observó riéndose.

Quería largarme de allí, no soportaba ver cómo Michael no me quitaba los ojos de encima, y por mucho que me alegrara volver a ver a Charlie, le había jurado algo a Nicholas y no quería faltar a mi palabra.

—Charlie, me alegro de verte, pero tengo que irme... —declaré obligándome a sonreír.

Él miró a su hermano, que se había separado un par de pasos de nosotros, y después a mí. Asintió suspirando.

—Llámame cuando quieras, este es mi nuevo número —dijo tendiéndome una tarjetita—. Tenemos mucho de que hablar —agregó junto a mi oído con complicidad.

Asentí intentando mantener la calma y después me marché.

Algo me decía que no iba a ser la última vez que Michael se acercaba para fastidiarme.

54

NICK

Noah estaba enorme. A veces me preocupaba que la barriga la descompensase y terminase cayendo hacia delante. La pobre era de complexión pequeña, siempre fue una chica delgada y parecía que lo único que se le engordaba era esa barriga.

Aún quedaba un mes para que saliese de cuentas y temía que el bebé siguiese creciendo. También su estado de ánimo se había convertido en una montaña rusa. En un momento, estaba feliz y contenta y, al siguiente, se ponía a llorar como una magdalena por cosas insignificantes.

Ese día era su cumpleaños y nos habíamos reunido en casa de nuestros padres. Jenna había invitado a todo el mundo. Noah estaba en el jardín sentada en un sillón que habían sacado para ella y abría regalos con una sonrisa de felicidad en la cara.

Mi hermana no dejaba de gritar emocionada al ver tantos regalos juntos, y se había convertido en la ayudante especial de Noah; de hecho, no se había separado de ella desde que habíamos llegado.

Jenna había organizado una fiesta preciosa, con globos azules por todas partes, una gran tarta con un bebé en el centro y muchos juegos y regalos.

Muchos de mis amigos también habían venido y agradecí poder escaquearme un rato para jugar a la Xbox con ellos. Tantas mujeres juntas hablando de bebés había terminado por agobiarme.

Un par de horas después fui hasta la cocina para preguntarle a Prett si la tarta de chocolate de Noah ya estaba lista. Agradecía que Jenna hubiese centrado toda la celebración en el bebé, pero Noah se merecía una tarta que tuviese un 20 bien grande en el centro. Cuando salí al jardín sosteniéndola, todos se sorprendieron y empezaron a cantar «Cumpleaños feliz». Noah me miró emocionada y sopló las velas como tenía que ser.

Un rato más tarde y aprovechando que la gente estaba distraída, la cogí de la mano y me la llevé hasta la casa de la piscina.

Me sonrió divertida recordando viejos tiempos.

—¿Me has traído aquí para hacerme algo sucio, Nick?

Me reí.

—No sería tu cumpleaños si yo no intentase hacerte algo sucio, Pecas —expliqué besándola en la boca y disfrutando de sus carnosos labios, de la calidez de sentirla contra mis brazos. Me aparté después de un rato largo y saqué una cajita de mi bolsillo.

—Tu regalo —le anuncié tendiéndosela.

Noah me miró emocionada y, al abrirla, sus ojos se agrandaron, sorprendidos, para después humedecerse casi al borde de las lágrimas.

—Aún lo tienes... Pensé... pensé que lo habías tirado, pensé...

La callé con un beso y enjugué sus lágrimas con mis dedos.

—Nunca podría haber tirado ese colgante, Noah. Te di mi corazón hace dos años y ahora vuelvo a entregártelo...

Noah acarició el corazón de plata que le regalé cuando cumplió los dieciocho.

—Lo mandé a una joyería para que le incrustaran un pequeño diamante azul... Ya sabes, Andrew también va a formar parte de esto, ¿no te parece?

Noah sonrió de oreja a oreja, feliz y todavía emocionada.

—Es el mejor regalo que podrías haberme hecho. He echado de menos este colgante, he echado de menos todo lo que significaba para mí y para ti.

—Lo sé... Nunca debió dejar tu cuello, Noah, estuvo mal quitártelo.

Ella negó con la cabeza.

—Hiciste lo que sentiste en ese momento, Nick... Te hice daño, no merecía llevarlo.

Cogí el colgante y lo saqué de la cajita.

—Ahora no habrá nada ni nadie que lo vuelva a mover de su lugar —sentencié mientras se lo abrochaba con todo mi cariño.

Le besé el hombro desnudo.

—Si estás cansada y quieres volver a casa, solo tienes que decírmelo y nos iremos enseguida.

Noah negó con la cabeza, se la veía feliz.

—Quiero disfrutar de este día. Está siendo perfecto en todos los sentidos.

55

NOAH

Después de la fiesta nos pusimos las pilas para dejar el cuarto de Andrew terminado. Nick me acompañó y juntos compramos todo lo que nos faltaba: el cambiador, un carrito precioso que parecía más un robot mutante que un carrito... y miles de cosas más que no había sabido que existían hasta entonces y que mi madre nos ayudó a elegir.

En la fiesta nos habían regalado de todo, cosas muy caras además, ventajas de que todos nuestros amigos fuesen millonarios... Aún quedaba para que naciese el bebé, pero sentía que necesitaba dejarlo todo bien atado, solo así iba a poder relajarme como tanto me pedían que hiciese.

Yo no me reconocía a mí misma. Pasaba por baches emocionales que tenían como loco a Nick, pero él aguantaba con bastante paciencia.

Había terminado por llamar a Charlie. Tenía que decirle que, aunque me doliese, no podíamos seguir siendo amigos: mi relación con Nick era más importante y no iba a echarla a perder. Como consideraba que no eran conversaciones para tener por teléfono, cuando lo llamé le propuse que quedáramos una tarde para tomarnos un café y él ofreció su casa. Me juró que Michael no iba a estar presente y decidí pasarme.

Cuando Charlie me abrió la puerta sentí una alegría infinita y en un segundo nos fundimos en un fuerte abrazo, un abrazo un poco complicado teniendo en cuenta mi estado.

—Estás más atractiva que nunca —comentó tomándome el pelo. Puse los ojos en blanco y entré en su casa. Los recuerdos de aquella noche me asaltaron de repente y tuve que respirar hondo varias veces para tranquilizarme y disfrutar de lo que había ido a hacer.

Charlie no se merecía lo que le había hecho, nunca debí dejar de hablarle, pero las cosas tampoco estaban como para seguir como siempre. Después de romper con Nicholas, yo cambié, para mal, y me encerré en mí misma. No hubiese sido una buena amiga para él.

Me contó que había dejado la carrera y que había pasado cinco meses en un centro de rehabilitación. Charlie era alcohólico, y me sentí mal al no haberme enterado hasta esos momentos de que había recaído. Me dijo que nunca había estado mejor y que esos meses lo habían convertido en una persona nueva.

Todo fue genial hasta que no pudimos evitar tocar un tema en cuestión.

—Ya sé que no quieres ni oír hablar de mi hermano, pero te juro que se ha arrepentido de todo lo que te hizo, Noah —expuso suplicándome con la mirada. Parecía que era más importante para él que lo perdonara y lo olvidara todo que para el mismísimo Michael—. Lo han vuelto a contratar en la facultad y trabaja con varios alumnos con trastornos mentales... Los ayuda mucho, ¿sabes?

—Sé que es tu hermano, Charlie, pero es alguien a quien quiero dejar atrás..., ¿entiendes? Lamento mucho que esto te incluya a ti, pero no puedo arriesgarme a estar cerca de Michael. Espero que lo entiendas.

Charlie asintió un poco apenado.

—Me alegro de que estés con Nicholas otra vez, se te ve feliz.

—Gracias —dije dándole un abrazo fuerte—. Gracias por haber sido un buen amigo.

Salí de su casa con el corazón en un puño. Odiaba las despedidas, pero ahora iba a empezar una nueva vida, y si Nick había podido comenzar de cero, yo tenía que hacer lo mismo.

Cuando llegué a casa me encontraba un poco mareada, así que me fui directa a la cama. Nick llegó del trabajo un par de horas más tarde y lo noté bastante más callado de la cuenta.

—¿Te importa apagar el aire acondicionado? —le pedí recostada en nuestra cama mientras observaba cómo se quitaba la corbata y la chaqueta.

Nick frunció el ceño e hizo lo que le pedí. Luego pareció titubear antes de dirigirse hacia mí.

—Sé que has ido a verlo, Noah —dijo entonces, descolocándome por completo.

Sentí un sudor frío resbalarme por la espalda.

—¿Cómo...?

—Steve.

«Claro... Steve, mierda.»

—He ido a ver a Charlie, nada más.

Nick apretó la mandíbula con fuerza.

—Has ido a ver a Charlie y, al llegar a casa, te encuentro indispuesta... ¿No tendrá que ver con que cierta persona estaba allí para ponerte en este estado?

—¿Qué? ¡No! —negué vehemente incorporándome en la cama. En ese preciso instante un dolor punzante me atravesó la espalda, dejándome sin respiración.

—¿Noah? —preguntó Nicholas alarmado, acercándose a la cama de inmediato.

Respiré hondo y el dolor pasó tan rápido como había llegado.

—Tranquilo, estoy bien —afirmé recostándome otra vez sobre las almohadas.

—Tienes mala cara —observó—. Estás pálida, joder.

Sus dedos me apartaron un mechón húmedo de la frente.

—Tienes fiebre, Noah —anunció alarmado.

—No... Estoy bien, de verdad... Solo un poco cansada.

Lo vi debatirse entre su enfado por haber ido a ver a Charlie y su preocupación por mi estado. No quería verlo disgustado, no quería que creyese que había faltado a mi palabra.

—Nick..., no vi a Michael, de verdad.

—Lo que me cabrea no es que lo hayas visto o no, sino que hayas ido a su casa y ni siquiera me lo hayas dicho. Podría haberte acompañado a ver a tu amigo, no es a él a quien quiero partirle la cara, ¿sabes?

Forcé una sonrisa deseando que se calmara.

—Ese tema ya está zanjado... Por eso fui a verlo, se merecía una explicación.

Nicholas observó mis ojos un instante y luego se inclinó para darme un beso en la frente. Un beso que duró unos segundos de más porque estaba tomándome la temperatura.

—Estoy bieeen...

Y entonces, como dándole la razón, sentí otro pinchazo de dolor muy intenso que me atravesó. Cerré los ojos con fuerza.

—Nick... —dije asustada cogiéndole la mano.

—Estoy aquí —afirmó en un tono que nunca antes le había oído.

Cuando pasó me dejé caer contra el respaldo.

—Vamos al hospital.

—¡No! No hace falta, son contracciones de Braxton Hicks, de verdad, es norm... —Antes de poder terminar la frase, el dolor volvió a flagelarme y me obligó a doblarme casi en dos.

Apreté los dientes con fuerza conteniendo las lágrimas que, traicioneras, contradecían mis palabras.

—No sé qué está pasando...

—Creo que te estás poniendo de parto, Noah —me dijo levantándose de la cama. Tiré de su mano con fuerza.

—No, eso es imposible... —lo contradije reteniéndolo junto a mí—, aún falta mucho para eso...

Y en ese momento, como si de una maldita broma de mal gusto se tratara, noté cómo mis muslos se humedecían y también las sábanas sobre las que estaba.

Abrí los ojos asustada.

—¡Noah, joder, ¿qué te pasa?! Me estás asustando.

Contuve el aliento.

—Creo que he roto aguas.

Al levantar la sábana y ver que estaba empapada, mi respiración empezó a acelerarse hasta llegar a hiperventilar.

Aún no estaba preparada... No estaba preparada para aquello.

Nick me levantó en volandas y me llevó hasta el baño. Estaba tan asustada que agradecí ver que él conservaba, aunque fuera un poco, la calma. Me sentó sobre el lavabo y me cogió la cara entre sus manos.

—Respira, Noah —me aconsejó quitándome el vestido que acababa de poner perdido.

—Estoy hecha un asco —me quejé temblorosa.

Nick me observó sin comprender.

—¿Quieres darte una ducha?

Asentí mientras él abría el agua y se aseguraba de que no salía muy caliente.

—Quédate aquí —me indicó saliendo del baño y entrando un segundo después con ropa limpia.

Nick me ayudó a quitarme el resto de la ropa y me dejó bajo el agua tibia de la ducha. Tardé apenas unos minutos en ducharme. Cuando salí, Nick me envolvió con una toalla y me secó de arriba abajo.

Cuando ya estaba completamente vestida una nueva contracción me obligó a doblarme en dos: era una sensación horrible y dolorosa y quería que desapareciera.

—Vamos al hospital, Pecas —dijo besándome en la frente cuando volví a respirar con normalidad.

Asentí sintiendo miedo.

El bebé aún no estaba listo...

56

NOAH

Las horas que precedieron a la llegada al hospital fueron las más dolorosas y las más angustiosas de mi vida.

Como yo había supuesto era pronto para que el bebé naciera, pero al haber roto aguas Andrew se había encajado en el canal de parto y ya no había vuelta atrás. Dilaté muy rápido y, en cuanto llegué, me llevaron directamente a la sala de partos. ¡Ingenua de mí!, pensé que en cuanto ya fuese hora de empujar las cosas irían igual de rápido que con la dilatación, pero nada más lejos de la realidad: estuve ocho horas empujando. Ocho horas durante las que todas mis fuerzas se evaporaron y creí que no iba a ser capaz de continuar.

—Noah..., tienes que seguir, tienes que empujar, Pecas, una más... solo una vez más. —Nicholas me hablaba al oído. Me tenía fuertemente agarrada por las dos manos y lo más probable era que acabase rompiéndole todos los dedos.

—Estoy muy cansada... —confesé relajándome tras una de las muchas contracciones. Me dolía todo el cuerpo, me parecía que la epidural había perdido su efecto hacía ya tiempo y yo solo rezaba para que todo acabase de una vez.

Oía a los médicos hablar en voz baja, decían algo sobre mi pelvis y que el bebé no tenía el espacio suficiente para salir. Siempre lo supe: mi útero no estaba hecho para tener bebes.

—Nick..., sácame de aquí... Llévame lejos, no soporto más este dolor —le imploré llorando mientras veía cómo sus ojos se humedecían igual que los míos.

—Cuando esto termine nos iremos, amor, te llevaré conmigo a donde quieras, pero ahora tienes que empujar.

Otra contracción hizo que el vientre se me pusiese como una piedra, apreté los dientes con fuerza y volví a empujar. Las enfermeras me animaron y el médico siguió diciéndome que empujara. Alguien me puso un paño mojado en la frente y, cuando noté que la contracción cesaba y el bebé seguía sin salir, quise morir.

—Esto no funciona... —me lamenté.

—Doctor, ¡está agotada! ¡Haga algo, joder!

—Hacer una cesárea ahora sería peligroso para la madre —respondió el ginecólogo.

Vi cómo Nick palidecía.

—Noah..., quiero que en la siguiente contracción empujes con todas tus fuerzas, ¿de acuerdo? Voy a usar los fórceps para sacar al bebé, tiene que salir: hay sufrimiento fetal.

Mi bebé estaba sufriendo, sufría por mi culpa, sufría porque no era capaz de ayudarlo a salir.

—Incorpórate —me indicó el médico y apenas tuve fuerzas para levantar la cabeza—. Señor Leister, siéntese detrás de ella para que apoye la espalda contra su pecho.

Nicholas hizo lo que le pedían y saber que estaba entre sus brazos me dio fuerzas para seguir.

—Tú puedes hacerlo, amor... Vamos, solo una vez más.

La siguiente contracción vino segundos después. No sé ni de dónde saqué fuerzas, pero lo hice. Apretando las manos de Nick con fuerza, empujé y empujé hasta que prácticamente perdí el conocimiento.

—¡Ya sale! —anunció el médico y un minuto después escuchamos el llanto histérico de un bebé muy enfadado.

Me dejé caer sobre Nicholas, no era capaz ni de permanecer con los ojos abiertos.

—Noah..., es precioso... Míralo, amor.

Abrí los ojos y la enfermera se acercó con algo muy pequeño envuelto en una mantita azul.

—Es un niño muy guapo —me comentó la enfermera al tiempo que me lo tendía para que lo cogiera.

Los brazos me temblaban y Nick me ayudó desde atrás para sujetarlo contra mi pecho.

—¡Dios mío...! —exclamé emocionada.

Andy dejó de llorar en cuanto escuchó mi voz. Se me saltaron las lágrimas y me incliné para darle un beso en su cabecita apenas cubierta por una matita de pelo negro.

—Es perfecto... —escuché que decía Nick en mi oído—, gracias por esto, Noah. Te quiero muchísimo, lo has hecho genial.

Justo entonces Andrew abrió los ojos y nos miró con curiosidad. Dos faroles azules como el cielo nos dejaron a los dos sin aliento: era clavadito a Nick.

No pude seguir mirándolo embobada porque me lo quitaron de las manos.

—Tendrá que estar en la incubadora hasta asegurarnos de que todo está correctamente. Este chiquitín tenía muchas ganas de nacer.

Me mordí el labio con fuerza cuando escuché cómo volvía a llorar, furioso porque volviesen a molestarlo. Había estado tan a gusto conmigo...

Andrew Morgan Leister nació un sábado de julio y pesó dos kilos exactos. Pasó dos noches en la incubadora hasta que por fin pude tenerlo conmigo. Me dieron el alta unas horas después y Nick nos llevó a casa para que pudiésemos descansar. Yo aún me sentía floja y agotada. No había dormido más que unas horas, preocupada por mi precioso bebé, el bebé que en ese momento estaba plácidamente dormido en la sillita de coche que teníamos en el asiento de atrás.

Nick no se había separado de mí ni un minuto, estaba igual de cansado que yo, pero se lo veía más feliz que nunca.

Nuestros padres habían estado en el hospital, todos estaban locos con Andrew, todos querían cogerlo, dormirlo y arroparlo, pero mi hijito solo encontraba paz entre mis brazos.

Cuando llegamos a casa, me encontré con un montón de globos y cestas de regalo con tarjetas en las que nos daban la enhorabuena. Habíamos sido acosados por los periodistas al salir del hospital y nunca creí que se fuesen a molestar en regalarnos algo.

Nick se ocupó de bajar la sillita con Andy dentro y agradecí poder volver a casa. Los últimos días habían sido una locura.

Cogí a mi bebé en brazos y subí hasta nuestra cama. Nick vino detrás de mí. Debería haberlo acostado en su cuna, esa cuna tan preciosa que teníamos preparada para él en su habitación, pero me dolía solo pensar en dejarlo ahí solito. Nos acostamos juntos, con Andy entre los dos.

—No puedo creer que ya esté aquí con nosotros —me confesó Nick mientras pasaba uno de sus dedos por los mofletes rosados de Andrew.

—Es el bebé más bonito que he visto en mi vida —declaré agachándome para olisquearle la cabecita. Olía tan exquisitamente bien...

No es por el hecho de que yo fuese su madre, es que era un bebé hermoso. Todo ojos azules y mofletes gordos. Jenna le había regalado la ropita que llevaba puesta, un conjunto azul turquesa con la leyenda «Soy el número 1» grabada en el centro.

Sonreí feliz de estar en casa, de estar con Nick, de que lo peor ya hubiese pasado... O eso creí entonces.

Por raro que parezca, no nos resultó complicado adaptarnos a Andy. No era un bebé que llorase todo el día, al contrario, a veces teníamos que despertarlo nosotros para alimentarlo.

Por alguna razón desconocida solo había podido darle de mamar las dos primeras semanas después de que naciera. Empecé a notar que al bebé le costaba succionar y que, en realidad, ya no podía seguir amamantándolo. Me dolió perder ese vínculo especial con él, no hay nada más mágico que darle de comer a tu bebé, de sentirlo contra ti, pero no hubo nada que pudiésemos hacer.

—Míralo por el lado positivo —dijo Jenna, que acunaba a Andy mirándolo embelesada—. No se te caerán las tetas.

Puse los ojos en blanco. Si alguna vez era ella la que tenía un bebé, entendería por qué estaba tan deprimida por ese tema.

—Quiero uno —declaró entonces Jenna cogiéndome desprevenida.

Me reí mientras seguía doblando y colocando la ropita de Andy en el armario de su habitación. Tenía tanta ropa que la mitad no iba a poder llegar a ponérsela. Andrew crecía a pasos agigantados, nada que ver con lo pequeñito que era cuando nació. Ahora ya pesaba casi cuatro kilos y medio.

—Díselo a Lion —le dije sentándome frente a ella y observando el vaivén del chupete en los gorditos labios de Andy. Al haber dejado de darle el pecho, habíamos cedido ante ese capricho. Andrew no se separaba del chupete ni a la fuerza.

—Se lo he dicho... Pero dice que quiere esperar —me explicó haciendo una mueca—. Tendré que hacer algún truquito para que pase un accidente.

—¡Jenna! —exclamé abriendo los ojos como platos.

Mi amiga se rio y sus carcajadas despertaron al bebé. Se lo quité de las manos mientras lo acunaba para que volviese a dormir.

—¡Es broma! —repuso Jenna divirtiéndose a mi costa.

Al rato Lion y ella se fueron y Nick vino a buscarme. Me encontró sentada en el sofá con Andy despierto pero calmado entre mis brazos. Sus ojitos no se separaban de los míos, parecía querer decirme algo.

Nick me besó en lo alto de la cabeza y se sentó frente a mí, en el reposapiés.

—Te veo bien —me comentó sonriendo, inclinándose sobre sus rodillas y fijando sus ojos en los dos.

—Es increíble que ya hayan pasado tres semanas desde que estaba empujando sin descanso para sacar a este pequeñín —dije acariciándole el pelito oscuro con los dedos. Tenía la piel tan suave que podría pasar horas acariciándolo.

—Quería decirte una cosa, Noah —me anunció Nick repentinamente serio. Levanté la mirada para fijarla en él.

—¿Ocurre algo?

Sabía que había estado nervioso porque el juicio contra el hombre que le había disparado se celebraba dentro de dos semanas. Todos aguardábamos ansiosos el momento en el que encerraran a ese mal nacido entre rejas.

—No ocurre nada... o en realidad ocurre todo —me contó cogiéndome la mano y besándome los nudillos—. Quería decirte que me has hecho el hombre más feliz del mundo, Pecas —dijo inclinándose y besando la coronilla de Andy, que ya había cerrado los ojos, dormido y ajeno a todo—. Todo lo que hemos vivido, todas las situaciones que hemos tenido que afrontar juntos... Ya ha pasado muchísimo tiempo desde ese primer beso que nos dimos sobre ese coche, una noche de verano como esta, bajo las estrellas. Recuerdo que moría por una excusa que me llevase a saborear tu boca, tocar tu piel y acariciarte por todas partes. Me has hecho mejor persona, Noah, me has salvado de una vida solitaria y vacía, una vida en la que el amor no tenía cabida y estaba gobernada por el odio. Siempre eres capaz de encontrar la forma de justificar los errores de la gente, siempre quieres ver el lado positivo en todas las personas que aparecen en tu vida... Y si hay un error injustificable que pueda aplicárseme es no haber hecho esto antes...

Con el corazón en un puño vi cómo sacaba una cajita de terciopelo negro de su bolsillo. Cuando la abrió, me quedé sin respiración al ver un anillo precioso, deslumbrante.

—Cásate conmigo, Noah... Comparte tu vida conmigo de una vez por todas. Sé mía y yo seré tuyo para siempre.

Me llevé la mano a la boca, quedándome momentáneamente sin palabras.

—Yo... —Seguía con un nudo en la garganta. Me fijé en Andrew, dormido entre los dos; de repente me temblaban las manos. Nick cogió al bebé y lo depositó en la cuna con cuidado.

Después vino hacia mí, se arrodilló delante de donde estaba sentada y clavó sus ojos en los míos.

—¿Qué me dices, Pecas?

Una sonrisa apareció en mis labios sin poder hacer nada para evitarlo. Tiré de la solapa de su camisa y lo besé en la boca con vehemencia.

—¿Eso es un sí? —preguntó sonriendo contra mis labios.

—Claro que sí —afirmé emocionada, con los ojos húmedos de felicidad.

Nick me cogió la mano y me colocó el anillo en el dedo anular de mi mano izquierda.

—Te quiero tantísimo... —dijo besándome otra vez.

Me cogió en volandas y me llevó hasta la habitación. Nos amamos con locura, nos acariciamos, nos besamos y nos hicimos todo tipo de promesas. Quise que me colmara de besos y lo hizo, quise sentirlo muy muy cerca y me complació de la mejor manera...

Cuando Andrew cumplió un mes, Nick tuvo que volver a trabajar. En realidad no dejó de hacerlo en ningún momento, pero lo hacía desde casa, sentado en el sofá y con el portátil sobre su regazo. Me encantaba entrar en el salón y verlo con Andy dormido sobre su pecho mientras él tecleaba serio, su mirada clavada en la pantalla. Verlos juntos me derretía el alma. Dos cabezas morenas, dos pares de ojos celestes... Eran tan parecidos que a veces hasta me molestaba.

—Estarás contento... —le reproché un día mientras jugábamos con él sobre nuestra cama de matrimonio—. De mí no ha sacado ni el blanco de los ojos...

Nick sonrió orgulloso, pero negó con la cabeza.

—Tendrá tus pecas..., lo sé.

—Y me odiará por ello.

Nicholas se rio.

—Nuestro bebé va a ser un rompecorazones, Noah. No me cabe la menor duda.

Andy se rio por primera vez y los dos lo miramos embobados. Ese niño nos había cautivado por completo y ahora estábamos totalmente a su merced.

Un mes después del nacimiento de Andy, concretamente un lunes, Jenna vino a recogerme para ir a dar una vuelta por el centro. Apenas había salido desde que había tenido a Andy y aún me ponía nerviosa sacarlo de casa, pero tras mucho insistir mi amiga terminé cogiendo el carrito robot, que había aprendido a utilizar hacía nada, y nos fuimos caminando hacia el centro comercial que había a unas pocas manzanas de casa. Hacía mucho calor, y no quería que a Andy le diese el sol, por lo que nos metimos en una cafetería a charlar sobre mi boda y todos los preparativos que ya ocupaban la cabeza de Jenna.

—Ya te lo he dicho, Jenn —le advertí con voz cansina—. Estamos prometidos, pero no vamos a casarnos hasta que el niño no sea un poco más mayor.

—¡Eso es una tontería!

—No, no lo es, ¡no puedo organizar una boda y encargarme de un recién nacido!

—¡Ya la organizo yo por ti, tonta!

Negué con la cabeza exasperada y seguí escuchando su perorata. Nuestros padres se habían puesto muy contentos cuando les contamos que íbamos a casarnos. A ninguno de ellos le hacía mucha gracia que hubiésemos hecho las cosas al revés. A los dos nos habían criado para que siguiésemos las convenciones, hasta en el tema de la pareja —enamorarse, casarse, vivir juntos y luego tener hijos—, pero Nick y yo habíamos dejado bastante claro que nosotros no éramos nada convencionales.

Siendo sincera, no había pensado ni un momento en el matrimonio, había estado tan centrada en el bebé y en Nick, que me pilló totalmente por sorpresa. Éramos muy jóvenes para comprometernos de por vida, pero también lo éramos para tener un hijo, y también lo fuimos al vivir experiencias que se escapaban a la gente corriente.

Yo estaba feliz y Nick también, y eso era lo que importaba.

Un par de horas más tarde decidimos regresar a casa. Steve ya no me acompañaba a todas partes. Después de insistirle mucho a Nick, y al ver que todo había vuelto más o menos a la normalidad, le hice entender que era exagerado tener a alguien cubriéndome las espaldas todo el tiempo. Nicholas, por el contrario, se codeaba con gente importante, el juicio era un tema mediático que estaba a la orden del día y era a él a quien habían agredido casi hasta quitarle la vida.

Temía por él, Steve era el mejor en su profesión y, hablando claro, el pobre se moría de aburrimiento acompañándome al parque o a comprar pañales.

Nick terminó por aceptar y esa misma noche viajaban juntos a San Francisco. Me había dicho que iba a intentar regresar por la noche, pero yo sabía que sus reuniones allí se alargaban más de la cuenta. Iba a ser mi primera noche sola desde que había tenido a Andrew y Nick estaba nervioso. A mí no me preocupaba, sabía manejarme perfectamente con el bebé y decliné su oferta de acompañarlo. No quería subirme a un avión con un niño de un mes y tampoco cambiarle las rutinas.

Nick dejó de insistir en cuanto le expuse mis razones.

—¿Seguro que no quieres que te acompañe? —me preguntó mi amiga cuando le dije que tenía que pasar por la farmacia. Andrew tenía una erupción causada por el pañal y el pobrecito lo estaba pasando bastante mal.

—No te preocupes —le respondí y me despedí de ella con un abrazo.

Jenna se agachó para besar a Andy en la cabecita.

—La ropa que yo le compro es la mejor —sentenció, y no pude evitar poner los ojos en blanco.

Ese día llevaba unos pantaloncitos cortos blancos con una camisetita que tenía otro mensaje en el centro.

SOLO TARDÉ OCHO HORAS EN SALIR.

—¡Cuida de mi ahijado! —gritó alejándose.

Fui hasta la farmacia y compré la crema. De camino de vuelta, mientras empujaba el carrito por la misma calle que prácticamente recorría todos los días, noté una sensación extraña.

Un escalofrío me recorrió la columna vertebral. Volví la cabeza para mirar por encima de mi hombro y no vi a nadie. Se me hacía raro no tener a Steve a mi lado, y lo más seguro es que hubiese olvidado lo que era ir sola a cualquier sitio. Seguí caminando, deseando llegar a casa y la sensación extraña quedó relegada al olvido.

Andy no había dejado de llorar desde que habíamos llegado. La erupción que tenía le molestaba y cualquier roce lo hacía chillar histérico. Solo se calmaba cuando lo cogía en brazos, boca abajo: su culito mirando hacia arriba y su cabecita apoyada en mi brazo. En ese momento lo había recostado contra mi pecho, igual que hacía siempre Nick y se había dormido por fin. Lo metí en la cuna y lo arropé mirándolo embobada.

¿Cómo se podía querer tanto a alguien y de manera casi automática? Mi hombrecito..., con su chupete y sus mofletes regordetes, era lo más hermoso que había visto en mi vida. Sufría cuando lo veía llorar y tocaba las estrellas cuando lo veía sonreír. Y pensar que llevaba toda una vida sin él... Ahora solo pensar en no tenerlo conmigo me hacía desfallecer.

Me metí en la cama después de charlar un rato con Nick, que como yo sabía, había tenido que pagar una habitación de hotel para pasar la noche. Al colgar me quedé dormida casi al instante. Estaba agotada.

Abrí los ojos y todos los pelos del cuerpo se me pusieron de punta. No me preguntéis por qué, simplemente ocurrió. Todo estaba en calma, pero un presentimiento me hizo incorporarme en el colchón. Mi respiración se aceleró y me levanté poniendo los pies en el suelo sin apenas hacer ruido.

Me obligué a tranquilizarme. Lo más probable era que me hubiese despertado por alguna pesadilla. Ya no eran recurrentes como antes, pero al no estar Nick conmigo, era más propensa a sufrirlas de nuevo.

Esta vez no la recordaba siquiera, pero procuré tranquilizarme antes de ir a ver al bebé. Andy era capaz de percibir mi estado de ánimo al instante y, si estaba alterada o nerviosa, él lloraba enfadado en respuesta.

Cuando me hube tranquilizado un poco salí de la habitación y crucé el pasillo hasta la de Andrew.

Mi corazón se detuvo.

Había alguien allí.

Mi bebé no estaba solo.

57

NOAH

Todo mi cuerpo se tensó, petrificada de miedo cuando iba a entrar en la habitación de mi hijo. No pasé del umbral. La mujer que me daba la espalda me oyó y se volvió casi de forma automática. Me quedé sin respiración. La conocía y eso solo me aterrorizó aún más.

—Briar.

La chica pelirroja que estaba ante mí no tenía nada que ver con la mujer despampanante que convivió conmigo durante meses. Su pelo estaba más corto, casi hasta la altura de los hombros. Tenía ojeras bajo los ojos verdes y ni una gota de maquillaje sobre sus pequeñas imperfecciones. Iba vestida con unos sencillos pantalones negros y una sudadera de color gris. Repito: nada que ver con la chica despampanante que vivió conmigo durante meses.

—No te muevas de esa puerta, Morgan.

Su estúpida manera de llamarme, obviando mi nombre de pila, me hizo apretar los dientes con fuerza.

—¿Qué coño crees que estás haciendo aquí? —inquirí sin elevar el tono de voz. Andy seguía dormido, demasiado cerca de Briar, que había estado observándolo de pie ante su cuna hasta que yo la había interrumpido.

Vi cómo Briar sacaba su mano del bolsillo y el metal brillante de un cuchillo... El corazón se me desbocó de inmediato.

Tragué saliva y me quedé clavada en el lugar.

—Quería conocer al hijo de Nick —comentó volviéndose hacia la cuna y sonriendo completamente embobada.

No se me escapó el detalle de referirse a Andy solo como hijo de Nicholas.

Intenté mantener la calma a pesar de que lo único que quería hacer era apartarla de mi bebé y salir corriendo de la habitación.

—Es precioso..., clavadito a él —aseveró inclinándose y acariciando su cabecita.

Automáticamente di un paso hacia delante, pero su otra mano, la del cuchillo, se levantó apuntándome con su punta afilada, deteniéndome al instante.

—Te he dicho que no te muevas —siseó furiosa.

—Briar, por favor... —supliqué cuando metió ambas manos en la cuna y levantó a Andy en brazos, que se despertó al momento.

Mi bebé pestañeó varias veces, confuso, y cuando vi cómo lo cogía, supe lo que iba a pasar. Andrew se echó a llorar rompiendo el tenso silencio que se había creado en la habitación. Apreté las manos con fuerza, queriendo cogerlo, queriendo tranquilizarlo. Un odio terrible me recorrió el cuerpo. Nada me importó entonces, la mataría, la mataría si hacía daño a mi bebé.

Briar lo acunó para que dejara de llorar y estuve con el alma en vilo cuando el cuchillo que llevaba en su mano derecha se acercó peligrosamente al cuerpo de Andy.

—Lo estás cogiendo mal —le recriminé al verlo llorar, desesperada por que lo soltara, para que alejara esa maldita arma de mi bebé recién nacido.

Briar levantó los ojos hacia mí y pareció un poco agobiada.

—Ponlo boca abajo —le indiqué controlando mi tono de voz—. Así... —Asentí cuando hizo lo que le pedía. En esa posición podía sujetar al bebé con un brazo y con el otro, el maldito cuchillo.

Andy gimoteó, pero finalmente se calmó. Briar se mostró satisfecha mientras lo acunaba tarareando una canción que nunca había escuchado hasta ese momento.

—¿Sabes? —dijo clavando sus ojos en los míos—. Mi bebé también tenía los ojos azules...

Tragué saliva sin entender.

—No aborté —me contó mirándome desafiante—. El padre de Nicholas me dio el dinero para que lo hiciera... Pero no lo hice.

Pero entonces...

—Lo perdí —afirmó mientras sus ojos se humedecían, resaltando su bonito color verde esmeralda—. Toda mi familia me dio la espalda cuando les confesé que estaba embarazada de seis meses. Lo intenté ocultar, pero, al contrario que tú, yo no pude evitar engordar. Se me empezó a notar prácticamente a las ocho semanas.

Dios mío.

—Era pelirrojo como yo y tenía los mismos ojos que Nicholas.

Escucharla decir eso me partió el corazón. No solo porque su bebé había muerto, sino porque ese bebé era también de Nicholas. Mirando a mi hijo en sus brazos sentí pánico ante la idea de que algo así le ocurriese.

—Solo pude tenerlo en brazos una vez.

—Briar..., lo siento mucho...

Briar levantó el brazo que sostenía a Andy para olisquear su cabecita.

—Te advertí sobre Nicholas..., pero no hiciste caso.

Sus ojos me miraron con odio esta vez. Andy se removió inquieto.

—Briar, por favor... Por favor, dame a mi bebé —le supliqué notando cómo las lágrimas acudían a mis ojos.

Briar negó con la cabeza.

—Yo estaba antes, Noah... —repuso llamándome por mi nombre por primera vez—. Tú no te mereces ser madre antes que yo... Nicholas no se merece a este bebé.

No sabía qué hacer... Desesperada, miré en ambas direcciones buscando algo que pudiese servirme como arma. Briar estaba loca, siempre supe que esa chica tenía un problema, me había mentido haciéndome creer que Nick se acostaba con ella estando conmigo, me había mentido diciendo que había sido él quien la había obligado a abortar...

—Yo soy mejor madre que tú —declaró cogiendo la bolsa que había sobre el cambiador. Yo no la había puesto ahí, Briar debía de haberla preparado mientras yo dormía. Me sentí la peor madre del mundo. ¿Cómo no la había oído?

Mis ojos se detuvieron en el intercomunicador que había junto a la cuna. Estaba apagado.

—Briar, ¡no puedes llevártelo! —le rogué a voces cuando me amenazó con el cuchillo y me pidió que me apartara de la puerta.

Andrew se despertó y empezó a llorar otra vez.

—¡Mira lo que has hecho! —gritó mirándome furiosa.

—Por favor, ¡dámelo, Briar, soy su madre!

Ella empezó a acunarlo de cualquier manera, Andy se retorció entre sus brazos, estaba asustado, lo estaba cogiendo justo donde tenía la erupción.

—¡Dámelo, maldita sea, le haces daño!

El llanto del bebé llenó la estancia interrumpiendo el silencio de la noche. Briar dejó la mochila en el suelo para controlar mejor a Andrew y levantó el cuchillo en mi dirección. Entonces sus ojos, que habían estado fijos en los míos hasta el momento, se desviaron hacia un punto a la altura de mi hombro. Escuché un ruido y, antes de que pudiera volverme, alguien me cogió por detrás, mi espalda chocó contra un pecho duro y una mano me cubrió la boca ahogando el grito que se me quedó atascado en la garganta.

—Me moría de ganas de abrazarte —me susurró una voz conocida junto a mi oído.

Mi corazón dejó de latir para empezar la carrera más rápida de su vida.

Michael.

Intenté liberarme de su agarre, pero no lo permitió. El hedor a alcohol que desprendía su cuerpo era asqueroso.

Los ojos de Briar se iluminaron al fijarse en mi agresor y yo intenté con todas mis fuerzas buscar algún tipo de conexión entre ellos dos. ¿Cómo demonios habían terminado las dos personas que más daño me habían hecho en la misma habitación y amenazándome a mí y a mi bebé?

—¿Tienes todo lo que necesitas, cielo? —le preguntó Michael a Briar, a lo que ella asintió volviendo a coger la mochila con las cosas del bebé.

Sentí un miedo terrible apoderarse de mí, miedo y rabia.

—¡Suéltame!

—Voy a llevármelo y no vas a impedírmelo —me amenazó sin ni siquiera mirarme.

Michael tiró de mí para dejarle vía libre a Briar.

—Espérame abajo —dijo en un tono autoritario que no le había oído emplear nunca.

Casi se me para el corazón cuando empezó a caminar hacia la puerta.

—Briar... Briar, por favor... Devuélvemelo, por favor. —Lloré intentando liberarme de los brazos de Michael. Briar se detuvo unos instantes. Sus ojos me miraron, luego se detuvieron en Michael y por último en Andy.

—Lo siento, Noah —se disculpó desapareciendo escaleras abajo.

—¡No! —grité con todas mis fuerzas. Andrew chilló histérico y Michael me giró haciendo chocar mi espalda contra la pared.

—¿Creías que ibas a seguir con tu maldita vida como si nada? ¿Creías que iba a dejar que ese gilipollas te tuviese para él sin que yo hiciese nada al respecto?

Empecé a llorar desconsolada. No podía creerme que eso estuviese pasándome a mí.

Nicholas estaba lejos, Steve también...

Entonces me acordé de una conversación con Nick de hacía apenas unas semanas. No le había prestado mucha atención, él siempre tan obsesionado con mi seguridad, siempre tan preocupado por que alguien quisiese volver a hacernos daño... Ahora entendía mejor por qué había accedido a llevarse a Steve con él...

—He instalado una alarma en la casa, Noah —me había dicho Nick mientras yo le daba el biberón a Andrew, embobada y sin poder apartar los ojos de mi bebé—. Dado tu historial con las alarmas, y para que no tengas que estar metiendo claves cada vez que entras o sales, les he dicho que coloquen un botón del pánico, solo tienes que pulsarlo y se activará en la central. ¿Me estás escuchando?

Levanté los ojos del bebé y le sonreí absorta.

—Sí, sí, alarma del pánico, claro que te escucho.

Nicholas vino hacia mí soltando un suspiro.

—Botón del pánico, Noah, está debajo de la encimera de la cocina.

En ese momento, Andy hizo unos gorgoritos adorables y mi atención volvió a desviarse. Nicholas me arrebató al bebé de las manos, mirándome enfadado.

—Joder, Noah, ¡esto es importante!

Lo fulminé con la mirada y levanté los brazos.

—Te he oído, eres un exagerado, pero lo he entendido, ahora dame a Andrew.

Nick suspiró, sacudió la cabeza y me dio el bebé.

—Recuérdame que te indique dónde está exactamente...

Pero yo ya no le escuchaba... y no le recordé absolutamente nada...

—Los diez mil dólares que me dio para que me largara me sirvieron durante un tiempo..., pero tu noviete tiene mucho más que diez mil dólares, ¿verdad, cielo? —me preguntó Michael sacándome de mis ensoñaciones.

Quería dinero... ¿Por qué no me sorprendía?

—Eres un hijo de puta —le solté odiándolo como nunca he llegado a odiar a nadie.

Michael apretó la mandíbula y, antes de que pudiera evitarlo, me había cruzado la cara de una bofetada.

—No vuelvas a insultar a mi madre. ¡¿Me has oído?!

Temblé de miedo, pero intenté mostrarme fuerte. No podía creer que me hubiese pegado...

—Ahora dime dónde cojones está la caja fuerte.

Sabía que había una en nuestra habitación. La clave la había elegido Nick, era el día que nos habíamos conocido.

Le dije dónde estaba y me empujó hasta llegar al dormitorio. Sus ojos se fijaron en la cama deshecha, los bonitos muebles y la foto que habíamos enmarcado y colgado sobre la cama. Nos la había hecho Jenna y salíamos los tres: Nick, Andy y yo.

—¿Qué diría tu novio si vuelvo a follarte y esta vez encima de vuestra preciosa cama? ¿Crees que te perdonaría de nuevo? ¿O te dejaría tirada como no dudó en hacer hace dos años?

—Estás enfermo —dije apretando los dientes e intentando mantener la calma.

Michael se rio y movió el cuadro que le indiqué. Detrás estaba la caja fuerte plateada.

—Mete la clave.

Tiró de mí hasta dejarme justo delante. Hice lo que me pedía y, cuando la abrió, sus ojos se iluminaron.

—Joder, con tu novio... —exclamó cogiendo los fajos de billetes que había apilados junto a algunos documentos—. Si tiene todo esto en su puta casa, no quiero ni pensar lo que tendrá en el banco.

Apreté los puños con fuerza.

—Coge el maldito dinero y lárgate de aquí.

Michael sonrió, metió los fajos de billetes de quinientos en la mochila que llevaba y después me empujó escaleras abajo. Briar estaba sentada en el sofá, con Andy dormido entre sus brazos.

Cuando vi que estaba bien sentí que el corazón volvía a funcionarme. Me daba igual el dinero... Si por mí fuera, le daba hasta la ropa que tenía puesta, pero, por favor, que no le hicieran daño a Andy, por favor, a él no.

—¿Ya podemos irnos? —preguntó Briar con nerviosismo.

—En un momento, cielo —respondió Michael recorriendo con la mirada el resto de la sala.

Cuando tiró de mí en dirección a la cocina, sentí que segregaba adrenalina por todos los poros de mi piel.

«¿Dónde está la maldita alarma, Nicholas?»

Briar se levantó con Andy en brazos y nos siguió. Odiaba ver cómo lo sujetaba, como si fuese suyo, como si mi bebé le perteneciera. Michael dejó la mochila llena de dinero sobre la mesa y me obligó a sentarme en una de las sillas. Briar nos miraba a uno y a otro, de forma alternativa. Parecía una niña esperando que le dijesen qué tenía que hacer.

—¿Cuál es tu plan, Michael? —pregunté intentando alargar su estancia en aquella habitación. Si se marchaban antes de que yo pudiese darle a la alarma, lo más probable era que no volviese a ver a mi bebé—. ¿Llevarte el dinero y a mi hijo para vengarte de Nicholas?

—Eso es exactamente lo que voy a hacer —contestó sonriendo y abriendo la nevera. Cogió una cerveza y me miró fijamente a los ojos—. Me encanta verte tan asustada... Me vuelve loco moverme por esta casa, beberme su cerveza y saber que tengo a su familia a mi merced.

Temblé sentada en la silla, preguntándome cómo había sido tan idiota como para no haber visto cómo era Michael O'Neill en realidad.

«Siempre intentas justificar los errores de la gente...»

Las palabras de Nicholas me golpearon casi tan fuerte como la bofetada que me había dado Michael hacía unos minutos. Quise ver lo bueno en él, era cierto, quise buscar un motivo por el cual se aprovechó de mi vulnerabilidad y ahora comprendía que no hay bondad en todo el mundo. La gente mala existe, así de simple.

Andy empezó a gimotear otra vez y Michael apartó la vista de mí para clavarla en mi hijo.

—Tenía muchas ganas de conocer al pequeño Leister... —confesó acercándose y quitándole el niño a Briar.

Me puse de pie de un salto.

—¡No lo toques! —grité haciéndolo llorar, tal como era mi intención.

Michael ignoró mi advertencia y le acarició la cabecita.

—Se parece tanto a él que me da asco —comentó dándoselo a Briar otra vez.

Andrew siguió llorando.

—Tiene hambre —anuncié mirando a Michael a los ojos—, deja que le prepare el biberón.

Michael sonrió divertido.

—Seguro que sabes pedirlo mejor —dijo acercándose a mí. Su aliento a alcohol me produjo arcadas.

—Por favor —le pedí intentando controlar el asco y odio que sentía hacia él.

Michael me cogió por la cintura y enterró su boca en mi cuello. Me puse tiesa como un palo y contuve las lágrimas.

—Haz que se calle —me ordenó al oído, soltándome un segundo después.

Me aparté de él casi de inmediato y rodeé la isla de la cocina para coger el biberón, los polvos de cereales y la leche. Mientras lo hacía mis dedos tanteaban debajo de la encimera buscando la maldita alarma.

Michael, mientras tanto, se terminaba su cerveza con una estúpida sonrisa dibujada en los labios. No entendía por qué seguía aún allí: si yo fuese él, me habría largado en cuanto hubiese cogido el dinero, pero viendo lo a gusto que estaba, comprendí que aquello se trataba más de hacerme sufrir a mí que de largarse corriendo con los billetes. Disfrutaba, como bien había dicho, ocupando el lugar de Nicholas en esa casa.

Casi me da algo cuando finalmente mis dedos tropezaron con una cosa bajo la encimera. ¡Era el botón del pánico!

Lo presioné, rezando para que la policía no tardase en llegar.

Calenté la leche al baño maría. Cuando el biberón estuvo listo me acerqué a Briar.

—Deja que yo se lo dé —le pedí con ojos suplicantes.

—No —se negó arrebatándome el biberón de la mano.

Michael me observó.

—¿Sabes, Noah? —dijo cambiando el tono jovial de antes por uno mucho más oscuro—. Yo podría haberte dado esto... —afirmó señalando a su alrededor—. Habríamos sido felices si no te hubieses aferrado a alguien como Leister... ¿Qué pasa? ¿Acaso te gusta que te traten como el culo? Dime... Yo también puedo hacerlo si es lo que quieres.

—¡Déjame en paz! —chillé, encarándolo—. ¡Eres tan idiota que vas a pasar toda tu maldita vida en la cárcel! ¡Y tú también! —le grité a Briar—. ¿No ves que te está manipulando? ¡A mí me hizo lo mismo!

—¡Cállate! —me ordenó Briar con rabia—. Michael me ha ayudado más que nada ni nadie... Nos vamos a ir de aquí juntos... ¿A que sí? —dijo mirando a Michael con ojos brillantes de emoción.

Negué con la cabeza sin entender nada.

—¿Qué coño le has hecho? —le pregunté volviéndome hacia él.

Michael fue a contestar, pero entonces el ruido de sirenas de policía empezó a escucharse en la distancia.

Me hubiese aliviado oírlas si no fuera porque lo único que me importaba era que Briar me devolviera a Andy. Si la policía entraba y esa psicópata lo tenía, no quería ni imaginar lo que podía llegar a pasar.

Michael se volvió hacia mí dejando la cerveza sobre la mesa con estruendo y cogiéndome fuerte del brazo.

—¿Qué coño has hecho? —dijo zarandeándome.

Me castañetearon los dientes, pero sonreí.

—Alarma silenciosa. Tienes medio segundo para largarte de aquí.

Briar miró asustada a Michael y luego a mí. Andy empezó a berrear y a retorcerse, quizá porque la intensidad del ruido de las alarmas se incrementaba por momentos.

Michael me soltó, cogió la mochila que había sobre la mesa y se volvió hacia a Briar.

—¡Vamos! —gritó abriendo la puerta que daba al jardín.

Briar estaba muerta de miedo, se veía en sus ojos. Andy lloraba y ella lo único que parecía querer era hacer que se calmara.

—Briar, devuélvemelo... —le supliqué.

Michael no esperó ni un segundo más. Salió por la puerta, con la mochila a cuestas y sin mirar atrás.

Deseé que la policía lo cogiera, lo deseé con todas mis fuerzas, aunque en ese instante mis ojos solo podían fijarse en la mujer que tenía delante, la mujer que tenía a mi hijo entre sus brazos. Empezó a caminar hacia atrás cuando me acerqué a ella y la obligué a retroceder hasta la puerta principal que daba a la calle.

Se detuvo mirándome asustada.

—Lo siento, Noah...

Me creí morir cuando abrió la puerta para salir. Los llantos de Andrew se me clavaron en el alma. Mi bebé sufría y yo no podía hacer nada, se lo llevaban, me lo estaban quitando. Mis peores miedos se estaban haciendo realidad y no había nada que pudiese hacer.

Entonces dos coches de policía aparecieron por la esquina. Cuando los vio, Briar se detuvo, sus ojos muy abiertos.

—Yo soy la que debe cuidar de él —dijo mirándome con odio y apretando a mi bebé con fuerza.

Sus gritos se agudizaron, partiéndome el alma.

Salió corriendo hacia fuera, pero un coche de policía se detuvo justo delante de la casa.

—¡Suelte el arma! —le ordenó un policía apuntándola con una pistola.

Me tapé la boca con la mano. ¡No! ¡Podían darle a mi bebé!

Briar miró al otro lado de la calle, pero otro coche de policía llegó en ese preciso instante, abortando cualquier posibilidad de escapatoria.

—¡Suelte el arma! —volvieron a gritar.

Briar me miró, sus ojos llenos de lágrimas. Un segundo después el cuchillo cayó sobre el pavimento.

—¡Ahora deje al bebé en el suelo con cuidado, aléjese dos pasos y arrodíllese!

Contuve la respiración y clavé los ojos en Briar, que parecía completamente aturdida. Levantó a Andy, le dio un beso en la cabeza y, poco a poco, se agachó hasta depositarlo en el suelo. El pequeño se retorcía y lloraba como nunca.

Un sollozo se me escapó de la garganta mientras Briar se alejaba de Andy y hacía lo que los policías le habían indicado. Salí corriendo hasta donde estaba mi hijo, lo levanté y lo llevé hasta mi pecho: nunca en la vida había sentido tanto miedo, nunca en la vida había deseado matar a alguien. Me temblaron las piernas y me arrodillé en el suelo por miedo a caerme. Andy lloraba contra mi pecho mientras yo intentaba que se calmara.

No sabía ni lo que pasaba a mi alrededor, nada me importaba más que saber que mi bebé volvía a estar conmigo.

—Señora, deje que la ayude —se ofreció un policía para ayudarme a levantar. Me temblaba todo el cuerpo, apenas podía controlar los sollozos que se me escapaban de la garganta.

—Michael... se ha escapado por la puerta del jardín... —le informé temblando como una hoja.

El policía me pidió que le describiera al agresor y enviaron refuerzos para buscarlo.

Me llevaron dentro de casa, quisieron hacerme preguntas, quisieron que un médico me revisara a mí y a Andrew, pero me negué, les pedí que me dejasen en paz y me encerré con Andy en su habitación.

El body blanco con abejitas que le había puesto para dormir estaba todo manchado por la suciedad de la carretera. Le quité la ropa sucia y lo cambié mientras seguía llorando. Me senté con él en el sofá y no paré de acunarlo hasta que finalmente dejó de llorar. Sus ojitos no se apartaron de mi cara en ningún momento.

—Ya está... —le susurré acunándolo contra mi pecho—. Ya pasó, mi vida...

Solo cuando supe que Andy estaba dormido profundamente me permití bajar con él en brazos al salón.

—Señora Leister, tenemos que hacerle unas cuantas preguntas —me anunció el policía—. Su marido está de camino, nos hemos encargado de avisarlo de lo que ha ocurrido...

«Nicholas...» No había pensado en él ni una sola vez. Mis pensamientos y atenciones solo habían estado centrados en el bebé que tenía plácidamente dormido entre los brazos.

—Hemos capturado a Michael O'Neill, señora —me anunció uno de los policías que había allí—. Intentó huir, pero pudimos abatirlo con facilidad. No llevaba armas.

Asentí, aunque no noté ningún tipo de alivio. Aún no podía creerme lo que había ocurrido, estaba en estado de shock y solo quería encerrarme con Andy en mi cuarto y no ver a nadie más.

—Al parecer, el señor O'Neill trataba a la señorita Palvin en un programa para personas con trastornos mentales.

¿Qué?

—¿Briar...? —pregunté sin dar crédito a lo que oía.

—La señorita Palvin fue ingresada en ese centro hace cuatro meses y medio. Al parecer, intentó quitarse la vida y sus padres la encerraron por su propio bien. El señor O'Neill debió de sacarla del centro sin que nadie se diese cuenta.

No podía creerlo..., aunque aprovecharse de sus pacientes parecía ser el pasatiempo preferido de ese mal nacido. Podía ver la satisfacción de Michael al comprobar que estaba tratando a alguien de mi pasado y también de Nicholas. Podía casi escuchar las charlas entre ellos dos: Briar, dolida por lo que había vivido con Nick, y Michael, alimentándose de su dolor para chantajearla y animarla a hacer lo que hizo.

Controlé las ganas de llorar y las siguientes horas las pasé prestando declaración. Me dejaron hacerlo en casa, dije que no pensaba moverme de allí, de ninguna manera.

Llamé a Jenna por teléfono cuando los policías se marcharon: no quería quedarme sola. Ella y Lion vinieron de inmediato, asombrados y asustados por lo que había ocurrido.

—Estoy cansada —reconocí después de tomarnos un té en la cocina. Seguía con Andy dormido contra mi pecho y me negaba a soltarlo—. Voy a echarme un rato.

Jenna asintió y me dijo que no me preocupara. No había podido hablar con Nick porque había cogido el primer vuelo a Los Ángeles y ahora mismo estaba volando.

Me metí en la cama con Andy a mi lado y procuré descansar un poco. Aún tenía el susto en el cuerpo y no sabía cuánto tiempo iba a tardar en recuperarme de lo ocurrido.

Abrí los ojos un par de horas más tarde. El corazón se me paró cuando vi que Andy no estaba conmigo en la cama. Me incorporé aterrorizada, pero me detuve al ver a Nick sentado delante de nuestra cama con Andrew dormido contra su pecho. Su nariz le acariciaba la cabecita y sus ojos se movieron en mi dirección al oír que me había despertado.

Respiré hondo aliviada y me eché a llorar.

Nicholas se incorporó con nuestro hijo en brazos y vino hasta donde yo estaba, inmóvil, sin poder dejar de llorar y sintiéndome tan culpable que apenas podía abrir la boca. Todo había sido culpa mía... Nicholas me había advertido sobre Michael y no había querido hacerle caso. Seguramente había sido Charlie quien le había dado la dirección de mi casa... Mi hijo podría estar muerto por mi culpa...

—Nick... —dije sollozando incontroladamente—. Lo siento tanto...

Tiró de mí y me estrechó contra su pecho, nuestro bebé aún dormido entre los dos.

Enterré la cabeza en su cuello y dejé que me apretara con fuerza.

—Chis... Noah —me acalló con la voz entrecortada mientras subía la mano y la enterraba en mi pelo—. No lo sientas... Ni siquiera yo pensé que ese hijo de puta podía hacer algo semejante...

Me aparté de su cuello para poder mirarlo a los ojos. Sus bonitos ojos azules estaban inyectados en sangre y me miraron como nunca antes lo habían hecho.

—Andy está bien... —dije intentando consolarnos a ambos.

—Si os hubiese pasado algo..., yo no sé qué hubiese hecho, Noah.

Lo abracé y lo besé en la mejilla.

—Menos mal que ya estás aquí —comenté acercando mis labios a los suyos. Me besó con fuerza, reteniéndome contra él durante lo que pudieron ser minutos.

—¿Te hizo algo, Noah...? —preguntó tocando suavemente la marca que debía de tener por la bofetada que me había dado.

Nick parecía estar conteniendo el aliento, aguardando mi respuesta con miedo.

—Estoy bien... Me amenazó, pero no me ha tocado —contesté intentando hablarle con calma, intentando demostrar que no había sido tan horrible, aunque hubiese vivido un infierno.

Su pulgar volvió a acariciarme la mejilla con suavidad.

—Quiero matarlo —me confesó un segundo después y vi el odio cruzar sus facciones.

—Va a pasar mucho tiempo en la cárcel... Eso será castigo suficiente.

Nick me atrajo hacia su boca, y nuestros labios se fundieron en un beso desesperado y lleno de angustia. Al separarnos oímos a Andrew hacer un ruidito a la vez que movía su cabecita. Estaba despierto y nos miraba fijamente. Sonreí peinándole su matita de pelo hacia atrás.

—Os quiero tanto que ni siquiera sé cómo expresarlo —me dijo Nick abrazándonos con cuidado.

Nos metimos en la cama los tres. Nick abrazándome desde atrás y Andy dormido junto a mí.

Nunca más iban a hacer daño a mi familia.

58

NICK

Enterarme de todo lo que había ocurrido con Michael y Briar estando en otra ciudad sin poder hacer nada excepto coger un avión, me había torturado. Solo me tranquilicé cuando horas más tarde pude entrar en nuestra casa.

Jenna y Lion estaban despiertos, bebiendo café y hablando en voz baja cuando abrí la puerta de entrada. Todo estaba en calma, no había policías ni había sangre... No había nada de lo que había estado imaginándome en el tiempo que tardé en llegar hasta allí.

—¿Dónde está Noah? —pregunté a modo de saludo. No podía entretenerme con ellos, necesitaba ver por mí mismo que las dos personas que más quería en el mundo estaban bien.

Subí a la planta de arriba y primero me asomé al cuarto del bebé. Al ver que no estaba, fui directamente a nuestra habitación con los nervios a flor de piel. Al entrar solté el aire que había estado conteniendo: Noah estaba dormida y, a su lado, nuestro precioso bebé movía las piernecitas y los brazos, despierto.

Me acerqué con el corazón en un puño. Andy miraba hacia arriba, su chupete en su boquita y sus ojitos hinchados por haber estado llorando. Lo cogí en brazos y lo apreté contra mí.

Habían querido arrebatárnoslo.

Andy hizo un ruidito lastimero y me lo llevé conmigo hasta sentarme en el sofá que había delante de la cama.

—Hola, campeón —lo saludé y dejé que me cogiera el dedo con su diminuta mano—. Has sido muy valiente, hijo —dije besándole los mofletes e impregnándome de su aroma a recién nacido.

Andy sonrió como si me hubiese entendido. Lo apreté contra mí y no pude evitar que las lágrimas rodasen por mis mejillas.

¿Cómo habían podido hacernos esto?

Briar... Michael... Ese hijo de puta iba a pudrirse en la cárcel, yo me aseguraría de ello.

Me fijé en Noah, debió de ser horrible para ella, joder, eso nunca debió haber ocurrido. Steve debería haber estado aquí... Yo debería haber estado aquí.

Agradecí en el alma haber instalado la alarma y que Noah hubiese sabido activarla. Si pensaba en lo que podría haber llegado a pasar...

Al día siguiente, con las cosas más en calma, Noah me contó todo lo que había ocurrido con pelos y señales. Sentí cómo la vena del cuello me latía enloquecida por cómo se habían desarrollado los acontecimientos.

También sentí dolor cuando me enteré de que Briar había perdido el bebé cuando estaba embarazada de seis meses. Nunca lo supe, si lo hubiese sabido... Debió de ser horrible para ella pasar por eso sola. Había sido hijo mío también y, al contemplar a Andrew, comprendí que ese hecho me dolía tanto o más que cualquier otra cosa.

Sentí la necesidad de ir a visitarla. Michael podía pudrirse en la cárcel, pero Briar estaba enferma. Dos semanas después de lo sucedido me acerqué al centro donde la habían ingresado. Estaba recibiendo un tratamiento contra la depresión y el trastorno bipolar. Siempre pensé que Briar tenía un problema que escapaba al entendimiento de cualquiera de los que la rodeábamos.

Su vida había sido parecida a la mía en el sentido de que creció sola rodeada de niñeras que no la querían. Sus padres parecieron solo fijarse en ella cuando regresó a casa embarazada y únicamente lo hicieron para darle la espalda. Deseaba de todo corazón que se recuperara por lo que había sufrido. Pero nunca le perdonaría el haber querido arrebatarme a mi hijo.

Al llegar al centro me informaron de que estaba bastante mejor. Se tomaba la medicación y se mostraba mucho más alegre. Cuando entré en su habitación, la encontré sentada en su cama, leyendo un libro. Según lo que me había contado Noah, cuando la vio tenía un aspecto maltrecho y desaliñado. El aspecto de la Briar que tenía delante no era ni una cosa ni la otra.

Iba vestida con unos vaqueros y una camiseta de algodón limpia de color azul cielo. Su pelo corto estaba recogido en un bonito moño en lo alto de la cabeza y sus preciosos ojos me observaron expectantes cuando me vio entrar.

Ya le habían informado de mi visita. Estaba esperándome.

—Hola, Nicholas —me saludó cerrando el libro y dejándolo sobre la mesilla de noche.

Me acerqué hasta ella y le pregunté si podía sentarme.

—No he venido a robarte mucho tiempo —le expliqué sin saber cómo expresar mis sentimientos encontrados—. Solo quería decirte que lamento lo que le pasó a nuestro hijo. Nunca supe lo que había ocurrido; si lo hubiese sabido, te habría apoyado en lo que fuera que hubieses decidido.

Briar me escuchó con el semblante tranquilo.

—No estaba en los planes del destino que ese bebé formase parte de nuestras vidas —afirmó y vi cómo sus ojos se humedecían—, pero era precioso...

Le cogí la mano entre las mías. Me dolían sus palabras.

—Lo siento mucho —dije, y era cierto. Adoraba a mi bebé y contaba los segundos para regresar a casa con él y con Noah, pero eso no quitaba que me partiese el corazón que ese hijo mío no hubiese tenido la oportunidad de vivir.

—Siento lo que hice —se lamentó interrumpiendo el silencio—. No sé qué me pasó... Yo... Michael... Yo creía que él me quería, ¿sabes? Dijo cosas..., sobre Noah y sobre ti... Pensé...

—Ahora céntrate en recuperarte, Briar —le aconsejé poniéndome de pie.

Ella me miró con los ojos muy abiertos.

—¿Crees que algún día podré ser como vosotros? ¿Que algún día llegaré a tener a alguien que me quiera como tú quieres a Noah...?

Elegí con mucho cuidado mis palabras.

—Creo que hay una persona indicada para cada uno de nosotros —declaré mirándola a los ojos—. Yo nunca pensé que pudiese llegar a amar tanto a alguien como amo a Noah, tú más que nadie sabes lo destrozado que estaba por dentro. Así que sí, creo que te esperan grandes cosas, Briar. Un día te levantarás y alguna persona pondrá tu mundo patas arriba... Solo tienes que esperar a que sea tu momento.

Me fui hasta la puerta y me detuve cuando me llamó.

—Le puse tu nombre —dijo hablándole a mi espalda—. Tenía que decírtelo.

Respiré hondo y salí de la habitación.

59

NOAH

Dos años después...

Acababa de graduarme. La felicidad corría por mis venas y no podía dejar de sonreír. No había sido fácil, no os voy a mentir. Regresar a la facultad después de haber tenido a Andrew me costó muchísimo. Odiaba alejarme de él, pero poco a poco nos fuimos adaptando. La obsesión que parecía haber tenido por mi bebé después de que hubiesen intentado quitármelo se fue curando con el tiempo y, con la ayuda de Nick, volví a sentirme segura y capacitada para dejarlo con alguien que lo cuidase mientras yo iba a clase y me sacaba mi carrera.

Nicholas había sido todo lo que me había prometido y más. Juró proteger mis sueños y ambiciones y ayudarme a no tener que renunciar a nada y así fue. Nick..., mi hermoso novio que en un día se convertiría en mi marido.

La boda la fuimos atrasando hasta que al final decidimos hacerlo de manera que pudiésemos casarnos sin agobios. Andrew ya era un pequeño hombrecito de dos años, nos volvía locos, pero al ser más mayor podíamos dejárselo a sus abuelos y tomarnos dos semanas libres para disfrutar de nuestra luna de miel.

Sonreí con alegría cuando recibí el diploma del decano de la facultad y busqué a mis dos chicos preferidos con la mirada.

Nick se levantó del asiento cuando me volví contenta sobre el escenario. Andy aplaudía, sentado encima de los hombros de Nick, su pelo indomable despeinado igual que el de su padre y sus ojitos felices por algo que ni siquiera entendía. Mi madre y Will aplaudían contentos mientras que Anabel y Maddie sonreían en mi dirección.

Anabel se había librado del cáncer y había retomado la relación con Nick. Maddie seguía viviendo con Will, pero los fines de semana los pasaba en compañía de su madre. Casi siempre venían a nuestra casa, la madre de Nick estaba loca con Andy y también Maddie. La niña se había convertido en toda una hermosura de cabello rubio y cara de ángel. Con sus diez años de edad ya conseguía que la gente se volviese para mirarla.

Nos reunimos todos en nuestra casa para hacer una pequeña celebración por mi graduación. Estaba toda la familia y todos nuestros amigos. En un momento dado, aprovechando que me había quedado sola en la cocina, Nicholas me cogió de la mano y me arrastró hasta nuestra habitación.

Mi espalda chocó contra la puerta y sus labios se apoderaron de los míos con infinita pasión y ternura.

—Mañana serás mía por fin, ya no hay escapatoria, Pecas —dijo besuqueándome el cuello con veneración.

—Aún estoy a tiempo de dejarte plantado en el altar —le advertí riéndome. Me respondió con un fuerte mordisco en el hombro que me causó dolor y placer al mismo tiempo.

Sus manos se colaron por mi falda de vuelo y me levantó obligándome a rodearle las caderas con mis piernas, apretujándome contra la pared. Me sujetó con fuerza, sin dejar que me moviera.

—Explícame de nuevo esa estúpida idea sobre no acostarnos hasta que estemos casados.

Había sido idea de Jenna. Nos desafió a pasar dos semanas sin sexo para que en la luna de miel todo fuese más intenso y romántico, según ella.

—No sé de qué me hablas —contesté atrayéndolo hacia mí y dejando que me besara en la boca. Nuestras lenguas se entrelazaron y gemí en voz baja cuando su mano se coló por lugares prohibidos, torturándome sin piedad.

—¿Esto es romper las reglas? —preguntó. Eché la cabeza hacia atrás suspirando con fuerza y cerrando los ojos para disfrutar de sus caricias.

—Siempre se te ha dado genial romperlas, no sé por qué te preocupas ahora... —apunté retorciéndome debajo de su mano, buscando lo que tanto anhelaba mi cuerpo.

Nick besó la parte superior de mis pechos, mientras sus dedos seguían jugando con mi cuerpo.

—Venga, amor... Dame lo que quiero —dijo susurrándome al oído.

Y entonces llamaron a la puerta.

Nicholas se detuvo.

Abrí los ojos. Mi respiración agitada, mi cuerpo tembloroso.

—¿Qué demonios estáis haciendo? —dijo la voz de Jenna al otro lado de la puerta.

Oh, mierda.

—Jenna, desaparece —ordenó Nick dándome un pico y dejándome en el suelo.

—¡Como no salgáis ahora mismo...!

Maldije entre dientes, odiando a mi amiga con todas mis fuerzas.

—¿Regresamos a la fiesta? —me preguntó Nick pasándoselo en grande.

—Eres un idiota. Te pagaré con la misma moneda.

Nick me acorraló contra la puerta y me miró fijamente a los ojos.

—¿Qué te hace pensar que yo no estoy sufriendo igual o más que tú en este momento?

Una mirada a su entrepierna me bastó para comprobar que lo que decía era cierto.

—Nada de sexo hasta que estemos casados...

—Nuestros padres estarían orgullosos.

Me reí ante su último comentario y abrimos la puerta para enfrentarnos a la pesada de nuestra amiga.

—¡Mami! —dijo Andy extendiendo sus bracitos para que lo cogiera. Jenna lo llevaba apoyado en sus caderas. Su barriga de seis meses era más que visible bajo su vestido color amarillo.

Cogí a mi precioso bebé en brazos y bajamos juntos al jardín de nuestra pequeña casita. Lion estaba pendiente de la barbacoa y William se hallaba a su lado. Ambos vestidos con un delantal que rezaba «Amo al cocinero». Regalo de Jenna, claro está.

Andy se sacudió de mis brazos y lo dejé en el suelo. Salió corriendo en dirección a los columpios donde Mad lo esperaba con los brazos abiertos, lista para jugar con su sobrinito.

Nicholas se acercó a ellos. Adoraba a esos niños más que a nadie en el mundo... Miré a mi alrededor, toda mi familia estaba allí, todo eran caras sonrientes.

El día siguiente iba a ser un día genial.

60

NICK

Miré fijamente a la preciosa mujer que tenía frente a mí. Estaba tan hermosa que me quedé sin aliento, me dejó sin palabras... Joder, me había quedado totalmente noqueado al verla entrar en la iglesia.

Todos nuestros familiares y amigos estaban allí, todas las personas que nos importaban habían venido para ver cómo nos uníamos en sagrado matrimonio.

Noah estaba emocionada. Sus ojos brillaban intentando contener las lágrimas.

—Sí, quiero —dije pronunciando cada palabra con claridad.

—Noah, ¿aceptas a Nicholas Leister como esposo, para amarlo y respetarlo, en la salud y en la enfermedad hasta que la muerte os separe?

Mi preciosa novia sonrió y clavó sus ojos en los míos.

—Sí, quiero —respondió con voz temblorosa.

—En nombre de Dios y por el poder que me ha otorgado la Santa Iglesia, yo os declaro marido y mujer. Puedes besar a la novia.

Joder, no tuvo que decírmelo dos veces. Le acuné las mejillas con mis manos y nos fundimos en un beso que nos dejó sin aliento a los dos. Nuestras familias aplaudieron y tuve que obligarme a separarme de ella.

—Ya eres toda mía, señora Leister —dije más contento que en toda mi vida.

Noah sonrió derramando una lágrima que sequé con mis labios.

La celebración tuvo lugar frente al mar. El día era cálido, perfecto, y Noah estaba despampanante. Se había puesto un vestido que me iba a costar quitarle de lo hermosa que estaba. El encaje blanco se ajustaba a su precioso cuerpo y descendía convertido ya en tul en forma de falda abombada a partir de la cintura. Tenía los hombros desnudos a excepción de dos finas tiras de satén asimismo blanco que se cruzaban en la espalda realzando su bonita figura. Sus pecas resaltaban más que nunca... y lucía un bronceado espectacular gracias al sol que había estado tomando días antes de la boda: me volvía loco.

—¿Estás preparada para irte? —le pregunté, horas después mientras bailaba con ella en medio de la pista. Había pedido que nos pusiesen «Young at heart», y Noah había llorado emocionada cuando recordó esa bonita noche de unos años antes cuando le enseñé lo buen bailarín que era. Había sido la última noche que habíamos pasado juntos antes de romper y había querido recordarla para hacer hincapié en un momento que nunca debió llegar a su fin. Ahora, cuatro años más tarde, volvíamos a bailarla, pero esta vez habiéndonos jurado amarnos para siempre.

Noah miró alrededor en busca de su madre, que acunaba a nuestro pequeño entre sus brazos. Había aguantado despierto más de lo que ninguno hubiésemos esperado. Había corrido, jugado, bailado y, por fin, había caído rendido.

—Estará bien, Noah —la tranquilicé dándole un beso en la frente.

—Nunca ha pasado tanto tiempo sin estar con alguno de los dos...

—Se lo pasará en grande jugando con Maddie y comiendo galletas de tu madre.

Noah volvió a fijar su atención en mí y me sonrió de corazón.

—Te quiero muchísimo —declaró acariciándome la nuca.

Me incliné para apoderarme de sus labios. Necesitaba estar a solas con ella. Ya.

Nos despedimos de los invitados y de nuestros familiares. Cuando tuvimos que hacerlo de Andrew, la escena adquirió tintes lacrimógenos.

El peque se despertó cuando Noah lo cogió en brazos. Lo habían vestido con un chaqué minúsculo y estaba para comérselo.

—Mi principito —dijo Noah besando sus mofletes—, pórtate bien, ¿de acuerdo?

Se lo quité de las manos cuando vi que a mi reciente esposa se le humedecían los ojos. Si Andy la veía llorar, aquello se iba a convertir en un concurso de llantos en toda regla.

Cogí a mi bebé y lo levanté por los aires haciéndolo reír. Cuando lo estreché contra mí, me abrazó y apoyó su cabecita contra mi hombro.

—Nick..., ¿no crees...?

Le clavé una mirada de advertencia. Necesitaba estar a solas con mi mujer. No íbamos a llevarnos al niño, ese asunto ya estaba zanjado.

Mi madre se acercó y levantó las manos para que se lo diera.

—Marchaos ya... Este enano está en buenas manos.

Mi madre me besó en la mejilla como despedida y se marchó con Andrew.

Los llantos no tardaron en desaparecer entre el ruido del gentío y la música. Me acerqué a Noah, que miraba el punto por donde había desaparecido mi madre con nuestro bebé.

—Vamos —dije envolviéndola entre mis brazos—. Tenemos que irnos, Pecas.

Noah se volvió hacia mí y forzó una sonrisa.

—Sí, será mejor que nos pongamos en marcha.

La gente se apelotonó en la puerta esperando para despedirse. Corrimos hasta meternos en la limusina blanca que nos llevaría hasta el hotel donde había reservado una suite nupcial. Estaba junto al aeropuerto, pues al día siguiente nos marchábamos a Grecia, a la ciudad de Mikonos. Había alquilado una casa preciosa a pie de playa solo para los dos. Íbamos a pasar una semana allí y luego otra en Croacia, en un hotel de cinco estrellas.

No quería que Noah tuviese que preocuparse por nada. Los dos últimos años solo la había visto estudiar y ocuparse de nuestro hijo. Necesitaba estas vacaciones más que nadie y yo iba a dárselas por todo lo alto.

Cuando llegamos al hotel nos recibieron con toda la parafernalia de los recién casados. La habitación era enorme y había pedido que nos esperasen con champán, bombones y fresas frescas.

Cuando entramos Noah se quedó con la boca abierta.

—¿Esto lo has organizado tú?

—La de cosas que se pueden hacer con una llamada, ¿verdad? —dije tomándole el pelo y tirando de ella hasta hacerla chocar contra mi cuerpo.

—¿Estás lista para que te haga el amor hasta que sea la hora de irnos al aeropuerto?

Noah me miró con los ojos brillando de deseo.

—Dijiste que el vuelo no era hasta mañana al mediodía.

Sonreí de manera perversa.

—Exacto.

Pasamos la noche amándonos sin descanso. La hice mía por fin, con todo lo que esa palabra significaba. Nos desnudamos con vehemencia y nos comimos a besos sin darnos tregua. Su vestido quedó relegado al olvido, hicimos el amor con cuidado, con pasión, con ternura y a lo bestia. Nos entregamos al placer solo como se puede hacer cuando de verdad se está perdidamente enamorado.

Porque si fuese un delito amarse con locura..., nosotros nos declarábamos culpables.

Epílogo

NOAH

Ocho años más tarde...

Cerré la puerta del garaje con una sonrisa en los labios.

—Papi va a flipar más que nunca, Julie —le dije a mi hija de dos años mientras rodeábamos el jardín para entrar en nuestra espectacular casa.

No hacía mucho que nos habíamos mudado; en realidad, ese día se cumplían dos años exactos. Cuando nos enteramos de que íbamos a ser padres por segunda vez, comprendimos que nuestra casita en la ciudad se nos quedaba pequeña y decidimos que lo mejor que podíamos hacer era mudarnos a una más grande, junto a la playa para que los niños pudiesen disfrutar del mar y todo lo que ello ofrecía.

El más interesado en ese cambio había sido Nick. Mi casita en el centro me la había regalado para que pudiese seguir estudiando después de nacer Andrew. Al final, por una razón u otra, no quisimos dejarla hasta que ya fue algo inevitable. Nick estaba feliz pudiendo vivir frente al mar otra vez, y yo me alegraba por él. Andrew se había convertido en un surfista de primera: con solo diez años ya había competido en la liga nacional y había ganado muchos trofeos, así que para él la mudanza también había sido motivo de alegría.

Andrew era un calco de Nick, no se podía negar que eran padre e hijo y, como afirmé nada más verlo nacer, de mí no había sacado ni el blanco de los ojos. Menos mal que había una personita que era prácticamente calcada a mí: Julie, mi hija, era rubia como el sol y su cara estaba salpicada por cientos de pequitas que hacían que te entrasen ganas de comértela a besos. Sus ojos era lo único que había heredado de Nick, de un azul celeste igual que el de Andrew.

Julie no nació por sorpresa; es más, estuvimos buscándola durante seis largos años. Como yo había supuesto, mi primer embarazo había sido un auténtico milagro, ahora que echaba la vista atrás estaba segura de que Dios nos había regalado a Andy como único método para volver a juntarnos.

Cuando supimos que era una niña, nos pusimos locos de contentos. Nicholas tenía pasión por su hija, pero ella, fiel a su madre, no quería saber nada ni de meterse en el mar ni mucho menos de que la subiesen a una tabla flotante. Mi hija era feliz en mis brazos y yo disfrutaba dedicándole todo mi tiempo.

Andy entró en casa todo mojado y con los pies llenos de arena.

—¿Podemos comer ya la tarta? —preguntó sentándose a la mesa y pellizcándole los mofletes a su hermana. Julie gritó como una descosida y Andrew se rio con esa misma expresión pícara que le veía a su padre tantas veces al día, sobre todo cuando estábamos solos.

—Cuando venga papá —respondí.

Ese día Nick cumplía treinta y cinco años. Aún me costaba creer lo rápido que había pasado el tiempo. Me parecía que fue ayer cuando caminábamos juntos por las playas de Mikonos, absortos el uno en el otro, comiéndonos a besos por la noche para seguir haciendo lo mismo por el día. Yo había cumplido los treinta en junio y también me costaba hacerme a la idea.

Nick me había pedido que no tirásemos la casa por la ventana por su cumpleaños, quería una noche tranquila en familia y yo había respetado sus deseos... más o menos.

Sonreí mientras terminaba de colocar el glaseado a la tarta que había estado horneando para él. Los niños estaban en el salón viendo los dibujos animados, aunque los gritos histéricos de Julie me indicaban que seguramente se estaban peleando.

Me sobresalté cuando unas manos me cogieron por la cintura y un cuerpo increíblemente musculado se me pegó a la espalda.

—¿Estás cocinando para mí, Pecas? —me susurró Nick al oído, mordisqueándome el lóbulo de forma muy sensual.

—No te acostumbres —le solté dejando la espátula sobre la mesa y volviéndome para recibirlo como se merecía.

—Feliz cumpleaños —dije subiendo los brazos y atrayéndolo para que me besase en los labios.

Nick sonrió sobre mi boca.

—¿Nada de fiestas sorpresa? —me preguntó subiendo su mano por mi espalda y acariciándome con ternura y deseo.

Negué con la cabeza.

—Solo nosotros —respondí con contundencia. Nicholas sonrió satisfecho y me apretó con fuerza contra su cuerpo.

Una personita apareció para interrumpirnos, junto a nuestros pies, distrayéndonos de nuestro pequeño jugueteo.

—¡Papi! —llamó Julie a Nicholas levantando los brazos en alto para que su padre la cogiese en brazos. Nick se separó de mí a regañadientes y levantó a su segunda chica favorita.

Al contrario que Andy, que siempre le había encantado que Nick lo tirase por los aires y lo hiciese girar sin parar, Julie lo odiaba. Mi niña era, en ese sentido, muy remilgada. Nick le besó los rizos rubios y se la colocó en la cadera mientras abría la nevera y sacaba una botella de vino. De fondo se escuchaba el ruido de los videojuegos en la tele.

—¿Cómo está la niña más guapa del mundo? —le preguntó Nick a Julie haciéndole cosquillas. Nuestra hija se rio, mostrando sus dos únicos dientes y moviendo sus piernecitas con fuerza para que Nick la dejara en el suelo. Salió corriendo a buscar a su hermano.

Nick se me acercó y me volvió a besar en la boca.

—Hoy va a ser una noche muy larga... —me advirtió de manera sensual.

Sentí un cosquilleo en el estómago por la anticipación y me obligué a terminar con la tarta.

Pasamos una bonita noche en familia, cenamos todos juntos y le cantamos el «Cumpleaños feliz». Julie aplaudió como loca, era de las pocas canciones que cantaba sin equivocarse, y Andrew disfrutó comiendo la tarta que tantas ganas había tenido de probar.

Cuando metimos a los niños en la cama, cogí a Nick de la mano y lo hice bajar a la primera planta.

—Tengo una sorpresa para ti —anuncié nerviosa y sin poder evitar sonreír como una idiota.

Nick me miró con suspicacia.

—¿Qué has hecho, Pecas? No irán a salir payasos o algo de detrás del sofá, ¿no?

Puse los ojos en blanco, eso solo había pasado una vez.

—Ven..., te va a encantar —dije abriendo la puerta de entrada y deteniéndome frente al garaje.

Nick se metió las manos en los bolsillos, mirándome entre divertido y curioso.

—¿Listo? —le pregunté mordiéndome el labio.

—¡Qué va! —contestó burlándose de mí.

Lo ignoré y le di al botón del garaje para que las puertas se abrieran. Era un garaje enorme, donde teníamos un gimnasio y guardábamos muchos de los juguetes de los niños. Cuando la puerta terminó de abrirse, los ojos de Nicholas se quedaron fijos en lo que tenía delante.

—¡Feliz cumpleaños! —grité emocionada.

—Hostia... —soltó como único comentario—. ¿Te has vuelto loca? —dijo dando cuatro pasos hacia delante.

—Te dije que te debía un Ferrari, yo no olvido mis promesas.

Nicholas me miró con incredulidad y soltó una carcajada que me llenó el pecho de alegría. Vino hasta mí y me levantó entre sus brazos haciéndome girar.

—No puedo creérmelo... —reconoció mirándome fijamente para un segundo después fruncir el ceño—. Espera...

Me dejó en el suelo y supe que se avecinaba tormenta.

—¿No habrás...? —empezó a decir mientras yo me alejaba de él con disimulo—. Dime que no te has gastado el dinero que ingresé en tu cuenta en un regalo para mí.

Me encogí de hombros.

—Te dije que no quería ese dinero.

—¡Eres mi mujer!

—¡Y tú mi marido! —repuse sin poder evitar mi regocijo.

—No sé si matarte o comerte a besos... Dime, listilla, ¿qué quieres que te haga?

Sonreí con suficiencia.

—Quiero correr.

Agradecimientos

Llevo cinco años escribiendo esta trilogía. Cuando empecé con *Culpa mía*, lo hice porque fue una de esas historias que da igual lo que estés haciendo: te exigen dejarlo todo y ponerte manos a la obra. Noah y Nick llegaron a mí en el momento clave y, ahora, después de tanto tiempo, por fin puedo ponerles punto final.

Da miedo dejar de escribir sobre unos personajes a los que conoces más que a ti mismo, porque se convierten en algo tan real que despedirse duele igual que cualquier adiós a alguien real.

Aún sigo sin creerme que esta historia haya llegado a publicarse y que gente de todo el mundo haya conectado con algo que ha salido directamente de mi cabeza.

Gracias a todos los que han puesto su granito de arena para que este libro esté hoy en las estanterías. A mis editoras Aina y Rosa, sin las cuales este libro no sería lo que es ahora. Gracias por haber conseguido que diera lo mejor de mí y por haberme enseñado lo que es trabajar profesionalmente en el mundo editorial.

Gracias a Wattpad por ofrecerme la mejor manera de mostrar mi trabajo y por haberme ayudado a conectar con mis lectores de una forma tan directa. A todos los que escribís allí y soñáis como yo, os animo a seguir haciéndolo. Nunca se sabe quién puede estar leyéndote.

Gracias a mi agente Nuria por tranquilizarme cuando hay cosas que aún no comprendo y apoyarme desde el principio.

Un gracias gigante a mis padres por enseñarme que hay que luchar por lo que uno quiere a pesar de que todo parezca estar en tu contra. He aprendido de ellos que da igual cuántas veces uno se caiga: hay que levantarse y seguir adelante.

Bar, no me cansaré de agradecerte la ilusión que le has puesto a este libro por habértelo leído incluso más veces que yo. Eres mi lectora cero y espero que sigas conmigo en cualquier otro proyecto que ponga en marcha. ¡Tus consejos valen oro!

Eva, gracias por haberte convertido en una de mis mejores amigas casi sin darte cuenta. Gracias por aguantar todas mis inseguridades, calmarme mejor que nadie y hacerme reír como nunca. Espero llegar a ver cómo cumples tus sueños al igual que tú has visto cumplirse el mío. Conseguirás todo lo que te propongas.

Y, por último, a todas las personas que llevan meses esperando este final, espero de todo corazón haber cumplido con vuestras expectativas y haberle dado a Nick y Noah el final que se merecen. No hay nada como escribir para uno mismo, pero cuando sabes que tanta gente espera emocionada algo que tú estás creando, la experiencia se convierte en algo maravilloso.

Espero que sigáis conmigo durante mucho tiempo, al igual que deseo compartir con vosotros todas las historias que están por venir.

Este libro es para vosotros. ¡Os quiero, «Culpables»!

ENAMÓRATE DE LAS SAGAS
DE MERCEDES RON

Culpables

Enfrentados

Dímelo